# 山帆观海集

吴建新 著

上

文化发展出版社
Cultural Development Press
·北京·

## 图书在版编目（CIP）数据

山帆观海集 / 吴建新著 . -- 北京 ：文化发展出版社，2024.11.-- ISBN 978-7-5142-4496-0

Ⅰ . I217.2

中国国家版本馆 CIP 数据核字第 2024EL8163 号

## 山帆观海集

著　　者　吴建新

责任编辑：康梦玥　　　　责任校对：岳智勇

责任印制：邓辉明　　　　封面设计：WONDERLAND Book design 仙境 QQ:344581934

出版发行：文化发展出版社（北京市翠微路 2 号 邮编：100036）

发行电话：010-88275993　010-88275711

网　　址：www.wenhuafazhan.com

经　　销：全国新华书店

印　　刷：三河市中晟雅豪印务有限公司

开　　本：787mm × 1092mm　1/16

字　　数：536 千字

印　　张：36.5

版　　次：2024 年 11 月第 1 版

印　　次：2024 年 11 月第 1 次印刷

定　　价：68.00 元（全两册）

I S B N：978-7-5142-4496-0

# 目录

Contents

# 新生之歌

# 献给新生命

这个集子在我生命中很特殊，首先是为了赞美生命赋予了我一个女儿，然后是见证了我在这段写作期间，由一个阴郁青年裂变为理想主义者。①

① 2017-7-27

# 序

## 一个无可奈何者的希望

当终于跨过时间的节点，当这本集子收到最后一首诗、一个标点，虽然一切仍如过往，虽然此心平静依然，但我知道，是时候跟逝去的爱痛情愁说再见了。

不知不觉中，从2013年3月正式记录以来，已过去了6个年头。这本集子由爱而始，写下新生命成长期间的心得、感悟，我希望将这种美好一直保留珍存。

当时还想进行网络式小说的写作，于是就有了“枝山”，将成长部分记述到小小说里。2015年底，又加了两部分，“丰华”，写诗；“树巅”，记思。

这种集子的形式，在我日后的写作中应该不会出现了，由《从湖到海的涛声》，到《三味时间集》，再到《新生之歌》，诗文歌思，都是夹杂在一起的，随着时间与生命的进程，而逐渐铺排开。混沌一体，无法分割。经历了激荡、波折、痛思、孤觉之后，观一切都成自然，花就是花，山就是山，就随花成花，任山成山。

也许花还会被人践踏，也许山还会被人涂污，但这并不妨碍，我们描绘花，向往山。

山帆记述

2019年7月

## 目录

### 丰华

## 枝山



## 树巅

# 丰华

## 一起欢乐

当我一天天老去
心已开始
逐渐僵冷
直到生命中出现
你的微笑
我才忘记了
忧愁恐惧
岁月的无奈
早使我以为
自己只是
一株小草
经不起风霜
任凭摆布
可我现在
要做参天大树
为你挡风遮雨
陪你欢笑歌舞
我的孩子
谢谢你给了我
第二次生命
无畏的精神
崭新的面貌
蓬勃向前的力量
让我们一起
将腐朽踩在脚下
将烦忧抛在身后
将命运牢牢
抓在手中
向前
向前
永远一起
欢乐

2015 年 8 月 30 日，周日和孩子一起玩耍，归家之后作。

## 分享

我很庆幸
遇见你
很晚
一些风霜
我已渐染
一些悲凉
我曾怀感
我把名山大川
广漠长滩
还有绚烂的画
天籁的音
都留与你
分享

探索的眼
为这灰蒙的周边
染上迷人的色彩
追寻的梦
给这世界
揭下虚伪面罩
相携的手
在跨过艰难险阻后
留下开心的笑

我很庆幸
遇见你
很晚
感谢你
留与我的
分享

2018 年 7 月 12 日。

## 钢琴曲

假如我老了呆了痴了茶了傻了
不再感受欲望癫狂穷苦怨恨不平
请在窗边
为我弹一首钢琴曲
悦耳的音符
划过岁月的沉浮
灵动的双手
抚平心头的褶皱

假如我聋了哑了瘫了瞎了死了
不再感受喧哗争斗虚伪谎言不净
请在花间
为我弹一首钢琴曲
优美的音符
抖落一生的情愁
圣洁的礼服
解脱命运的绑缚

作于2018年9月19日。

## 亲爱的

亲爱的
在追求你的一千零一个人中
我不是第一个
也不会是最后一个
但希望是最持久的
亲爱的
在你一生遇到的人中
我不是最帅的
也不是最富有的
但希望是最爱你的
亲爱的
在你人生中的那些瞬间
我希望给你
最热烈的掌声
最诚挚的拥抱
最坚实的臂膀

2019年5月20日，“520”的日子总要对爱人有所表达，无钱无花，还没有诗与歌吗。

## 初雪梅江漫步随感

孤林寒径叶欲红
只伴得白雪朦胧
青云已成灰
夕阳伴长虹
几声翠啼惊人肠
却把喜鹊作黑鸦
木桥又无言
青竹早成黄
几只寒鸦戏沉浮
遥不见逐日苍鹰
小亭独立风雨中
又遇北国寒冬
爱也匆匆
恨也匆匆

写作于2016年11月21日，早间飘雪，带女儿体检，然后去外婆家，傍晚时分漫步梅江公园。

## 直面千江涌

直面千江涌
气吞万里虹
我自独立天地间
精魂无限

2016年12月15日。

## 雄鹰展翅

雄鹰展翅
沙鸥低鸣
看此天
何其阔
激浪前行
冷雪摧冰
望海涛
向东涌
念天地之悠悠
怀古今之怅事
一腔热血
诉与谁知

2017年1月13日，冬雪初过，看于家堡江景有感。

## 我已不是青年

我很庆幸
浑浑噩噩时
能够虚掷
大把光阴
不断见识
没用的东西

蓦然间
发现
我已不是青年
虽未白发
依然钦羡
江州司马
黄楼夜宴

些许名利
世间期冀
老去的心
选择独自
飘落低吟

写作于 2017 年 1 月 19 日，天落小雪，人近中年。

## 潮音寺边

断桥枯木
倚栏西楼[①]
弱水三千
悠悠似稠
众雀聒噪
风送沙鸥
雪无影踪
冷入心头
日月当空
何苦良谋

2017 年 1 月 19 日，中午时分漫步潮音寺岸边。

① 西楼，谓高楼之西，断桥指桥久不合。

# 弹唱歌手

城市的夜晚
充满不安与喧哗
霓虹灯下
闪烁空洞面庞
晚风掺杂
放纵与无厌
觥筹交错间
又在进行虚伪交换

在那冰冷的墙
有个心灵在震颤
你弹着破吉他
发自内心歌唱
do re mi fa so la
歌声打散
世间的迷障
在这瞬间
人们重返
曾经的青涩年华
do re mi fa so la
幸福原来如此简单
生活的平凡
才是最大的奢华
你弹着破吉他
在这里歌唱
do re mi fa so la

2017 年 1 月 24 日，昨晚看了个关于街头弹唱歌手的纪录短片，被其感动，早间写成此曲，希望能被演绎成歌文弹唱。

## 若我们再次相遇

当我们渐渐老去
你是否还记得
我们曾经携手走过的路
年轻时的抱负
禁不起生存的重负
那些美好的理想和蓝图
难道真得如此短促
虚无与沉暮
笼罩着生活之路
若我们再次相遇
在那曾经的老杨树
也许能够停住
时间脚步
携手回到当初
重走来时的路

2017 年 1 月 24 日。

## 晨望孤雁北飞

暗空如旧
冷风四起
星垂天翰
月挂斜枝
一雁载翔
慌张北还
何处吾伴
独自彷徨
悲鸣感怀
空影留唉

2017 年 2 月底，晨起见天空中一雁慌张北飞。

## 迎春花

你笑了
经历了漫长的等待
熬过了无数的黑夜
经历过
风的拍打
雪的凄冷
你还是
笑了

多少次
你我擦肩而过
你在角落里
滋长黑色的藤
我躲在厚重的外套
抱怨冬的黯淡

猛抬头
我见你
笑了
那么自然
那么随意
没有烟花绚烂
也不用节日庆祝
你就是这样
笑了

2017 年 3 月 14 日，中午漫步海河边，突见迎春花纷纷开放。

## 思赋

白冷红酸风乱
飞花散叶重山
天地一体兮值寒
翘首盼望兮思念
与君携手兮共远
月缺挂纱兮复圆
游天河兮跨玉栏
赏星瀚兮醉琼浆
无忧惧兮了愁烦
乐逍遥兮保寿年

写作于 2017 年 6 月初。

## 晨驻花坛

酷夏逢阴，
久旱着雨，
偌大一个天，
只见三两片云。

苔上枯石，
水腐鱼死，
只恨这大河，
似枯藤般绕缠。

花开花落，
叶上清露，
唯一方香坛，
聊以驻停慨叹。

作于 2017 年 7 月 24 日。

## 晚遇梅江

在这晴朗的天
寂寞重向我袭来
云彩
如棉花糖般
层层铺排
恰挡住
远眺的光

耸立的楼
经不住
风雨的打磨
已锈迹斑斑
只有这一湖水
仍在摇曳
低垂的眼

作于 2017 年 7 月 25 日。

## 我从内部爆裂

我从内部爆裂
对一切的不满
再难以阻拦

无数的撞击
使这懦弱的人
火山般勃发

我高昂着头
满腔的血
喷涌如刀弧

燃烧吧
天上的火
时间早已锈腐
就让这半生跃舞
热血燃烧的火

## 快爱吧

快爱吧
爱这一切美好的
拥抱吧
抱紧一切即将离去的
热吻吧
亲吻一切火红甜蜜的

太多的规矩
无尽的束缚
岁月流逝
我们渐渐老去

受够了折磨
耐住了寂寞
快爱吧
还在等待什么

像花一样美
像鸟一样飞
每一秒
都成为生命盛典

拥抱吧
抱紧一切即将离去的
热吻吧
亲吻一切火红甜蜜的
快爱吧
爱这美好的一切

## 要知道

说什么花开花落
要知道
她曾经盛开

谈什么容颜易老
要知道
她曾经爱过

哪有什么永恒的光
更没有再生的我
让心绽放
听生命歌唱
要知道
一霎大于永远

上三首作于2017年7月27日晨，写完后认为自己在向理想主义者跨寻。

## 叶之愁

我在风中飘摇
那根枝
牵系着柔弱的我
忧愁
不断涌向心头
掉落
将奔向无尽的黑沉
死死粘贴在
冰冷的大地
飞翔的诱惑
不断冲撞
纤薄身躯

我在风中飘摇
地的诱惑
飞翔的渴望
不断冲撞
纤薄的我
好想放开
那柔弱的枝
纵身跃起
尽情纵享
这一霎的欢娱

约写于2017年7月末。

## 不变的心

哪有那么多波澜壮阔
我们不过都是
平凡的普通人
在这变动的世界
寻找那颗
不变的心

那些英雄
一定更加痛苦
用他们的血与魂
推动世界的变化
好容纳那颗
不变的心

写作于2017年8月下旬。

## 去远航

走吧，去远航吧
船已备好
干粮带足
快离开这地方

走吧，该去远航了
压抑了太多时候
有多久
未曾欢笑

走吧，去远航吧
追随心中的光
让希望
引领前航

走吧，该去远航了
快登上这艘船
海天间
扬帆起航

写作于2017年8月18日晨，在河湾见大船停驻有感而发。

## 河边小道徘徊观感

风停了
浪歇了
海鸥扇动着翅膀
在这无力的夏末
飞翔

船泊了
人驻了
鱼儿嘲笑着钓钩
在这恹恹的时候
哪有什么欲望与诱惑

蝉鸣着
蝶舞着
蚂蚁忙碌地爬行
那黄沙筑就的巢
承载了太多
幸福与权势

2017 年 8 月 22 日晨。

## 当我衰老

当我衰老
曾经的烦恼
再不来困扰
可那又怎样
生命
再无绚烂色彩
只剩下
黑与白
当我独自徘徊
在午后荫蔼
不禁感慨
我
还是
我吗

## 我想向寂寞挥挥手

我想向寂寞挥挥手
再见
我多年的朋友
我们度过了那么多相互陪伴的日子
在阴雨的夏末
黄叶的深秋
梅花散落的冬季
还有那相互拥怀赞赏鲜花的春天

可我发现
你过于严肃与刻薄
笑容从不会主动出现在你的脸上
只有当我试着微笑
你才不情愿地动动嘴角
若是偶尔有人打断你我间的沉默
你会表现得非常懊恼
愤愤地转身离去
给我留下大片空白
我只能急忙去把你追赶

可今天
在长久的沉默之后
我还是想跟你挥手告别
快乐已太久未来光顾
还有那幸福与满足
即使我们生来就是朋友
请给我留下一些独自的时间与空间
那么
我走了
独自一人
再见了 寂寞
我要一些独自的时间与空间

上两首同作于2017年8月25日。

## 祭潭

这断壁残垣
野鸟飞仙
肆无忌惮的花
无忧无虑的潭
原来就在
城市中央

风划过苇
雨打着沙
还有那钢筋混凝的柱
一片 一片
一片 一片

## 你不怕我吗 小鸟

你不怕我吗 小鸟
五大三粗
愁眉苦脸
这行走在白日的魂
挣扎着要逃出
空洞躯壳
拖在泥沼中的影
已快要被风打散

你不怕我吗 小鸟
快乐地向我飞翔
那叫声
连接天空

上两首作于2017年8月27日晨，在河岸上游发现一大片废弃的工地，顿觉苍凉无限。

## 高楼玻璃清洁工

你来了
从天而降
坐在摇摆的板
两个桶
不停颤动

透过污浊的玻璃
你看到了什么
是尔虞我诈
还是无聊透顶
灰黑的发
在 32 楼飘荡
单薄的身躯
掩不住高楼大厦

你走了
留下绳的飘摇
还有这
光亮空白

写作于 2017 年 8 月 31 日。

## 寻找荒凉

我抛弃了一切
心中充满懊悔
世间的虚伪
如燃灯般寂灭
花花世界
恰似流水

我要追寻内心的呼唤
去寻找
荒凉
那里没有无尽的欲望
也没有离我而去的姑娘
漫天的黄沙
掩埋无用的渴望
只有星空
还有那凄冷的风

我要寻找
荒凉
追随心中的光
去寻找
荒凉

写作于 2017 年 9 月初。

## 长短句·半生

曾年少轻狂，春风得意，
群芳献丽，共明月清风。
奈世事无常，西风骤起，
长虹贯日，染青山沙腾。
倚危楼暗伤，古木鸦寂，
云疏星密，唯浊酒残筝。

写作于 2017 年 9 月 20 日。

## 风雷随

今朝有酒今朝醉，
管他明日沉或贵。
但得风雷常相随，
平生志气已足遂。

作于2017 年 9 月 22 日，庚了山《望野》诗云：“但得风云赏，何须人事论。”语出《后汉书·二十八将论》，“然咸能感会风云，奋其智勇。”

## 断头桥

我走在这断头的桥
勇往直前
义无反顾
脚下的路
不知何时塌陷
可我已没有归路
就在希望中毁灭
就在这断头的桥

## 秋雨后

冷风乍起
孤夜雨紧
青草依依
发朝露胜蜜

碧空已洗
白云飘尽
伸我胸臆
写下乾坤字

## 半树梧桐

冷风打破铅华楼，
天涯孤客搔白头。
一夜秋雨一夜泪，
半树梧桐半树愁。

作于2017年10月11日，沿河边梧桐路，骑行至荒地之畔。

## 海边晨光

沙鸥翔
秋潮平
几缕晨光
穿透云乌

海鸟逐
锦鲤藏
看这海天
堪比画图

作于2017年10月12日，看海上晨光穿透云缝。

## 颠倒

在高耸的楼
怀着湖的涟漪
披着光鲜的皮
舔着痛风的疾

是谁在摧残我的心房
点亮了沙的声音
唤醒了叶的妩媚
海在流
云在飘
谁能告诉我
你在哪里

一群林
几朵鸦
秋的温暖
穿透夏的单薄
冬的来临
将春冻结

死亡就在眼前
我们却闭目不见
未来如此精彩
快把它一脚踢开

## 陌生人的故事

我最爱的陌生人
你可忘记
自己从何而来
回首过往
衰老已爬上你的脸颊
你迷蒙的眼
要诉说哪些故事

走在回去的路上
未来不会来
只有慢慢地延展
不知哪一时刻
我就突然倒毙
死亡离我很远
就在破碎的口袋
我还活着
多么的幸福与悲惨

以上同作于 2017 年 10 月 16 日。

## 你在哪嘞

你在哪嘞
我乘着船
骑着马
驾着云
千里迢迢
赶到这里
可你又在哪嘞

叫声刺破浓雾
呼喊驱走严寒
可你又在哪嘞
我最爱的人

快乘上我的船
骑上我的马
驾上我的云
我们一起
去捕鱼
去看海
去天涯海角
再不分开

作于 2017 年 11 月 2 日，晨时海边听一老渔夫高喊，“你在哪嘞”。

## 百味川面馆

人间有各种滋味
苦辣酸甜咸
你的味蕾
是否只习惯
单一的口味

百味川面馆
汇聚了百种滋味
凝结了世间美味
就开在
城市边缘

一片断壁残垣
一方野鸭绿潭
与野鸟为伴
依芦苇之旁

“百味川面馆
开业”
鲜红的字
映着衰草遍地
银漆的窗
紧紧关闭

百味川面馆
汇聚了百种滋味
凝结了世间美味

作于2017年11月14日，初次踏入海边荒地，看到一小亭孤立潭边。

## 江榆

枯坐兰台
思君不来
韶华易老
莫负春白

作于2017年11月15日。

## 陀螺

你不停旋转
一刻不歇
你在努力争取
那一点点
立足之地

你忍受着鞭打
在疼痛中转身
在迷眩中觉悟
只为争取
那一点点
立足之地

## 我有一片苇塘

我有一片苇塘
就在繁华旁
虽已枯黄
经过秋的寒
鸟儿鸣欢
野鸭戏潭
也有寂静
听风拂言
身在其间
才知生禅

写作于 2017 年 11 月 17 日晨。

## 一别

未来不会来
过去不曾去
我会爱你
你曾爱我
风抚着窗
窗透着风
雨润着蕉
蕉垂着雨
你已走远
我仍呆立
你心如铁
我情似水
你有未来
我在过去

## 蓝海

咸涩的水
涌入我的口鼻
我手舞足蹈
在努力跳起
最后的独舞
好在
一切的喧嚣
都不再灌入
一切的烦杂
都不再入目
一切的忧愁
都不再回荡
我沉浸在幽蓝之中
慢慢放松
慢慢享受
这生的最后一刹

## 嘲笑

你正襟危坐
侃侃而谈
一般的大道理
被两片嘴唇说薄
一堆的忙事
被吹散在地
恍然发现
多年的辛苦
还不值一些句号
俯身劳作
已看不清云移
在昏昏欲睡中
我似乎听到了真理

## 败了

败了 败了
结果已定
我们已经败了
快说些奋勇的言
快喊些激励的话
用华丽的词
装饰倾颓的厦
让美妙的语
颠覆众人的观

败了 败了
结果已定
我们已经败了
幸好一开始我们就有
奋勇的言
激励的话
幸好我们一直有
华丽的词
美妙的语

以上同作于 2017 年 11 月 17 日上午。

## 妙赏

观沧海潮起潮落
赏青山花开花谢
在观中知盛衰
在赏中体妙趣
大观天下
妙赏自然
于一滴水达四海
于一叶花遍千山
伏以达身
静以刚乾

## 一点寒光

灿烂
在霓虹闪耀的街角
那一点点光
护着内心的暖
照着身边的暗
冷寒
驱走无谓的想
凝炼虚构的望
约作于 2017 年 11 月下旬。

## 绽放

绽放
用尽最后一丝气力
将最好的一面
展现

来欢唱吧
就在死亡面前
尽情嘲弄吧
人间的惨淡
快点燃吧
穿梭过的平凡
绽放
我要用尽生的力量

## 老子的耳

聒噪
绵细的音
赛过翻腾的潭
在身边吹起
不住的烦
当我们闭起眼
一切漆黑一团
美貌与丑乱
都归于黑暗
颠倒
看到的假
空虚的道
老子的耳
已随牛西去

## 冷水河

热辣辣的气
白腾腾的沙
火艳艳的袄
粉嫩嫩的脸
冷水河的妹子啊
你像一团火
从天而降
越寒越辣
越冷越艳

喝一口冷水河的水吧
带着冰碴
冻得掉牙
亲一口冷水河的妹子吧
裹着春香
暖得心痒

上三首同作于 2017 年 12 月 1 日。

## 一霎思念

世事多磨
岁月如梭
你我为何还在蹉跎

青丝已白
青春一去不再
你快回来
我们仍然相爱

你的温柔
已深植我心魄
你的婀娜
是否经得起岁月打磨
我们何时能摆脱
命运陀螺

一霎思念
相跨百年
只要相恋
管他地老天荒
不论海角天涯

相拥
在光怪陆离的街角
相爱
在一刹那的思念

作于2017年12月5日。

## 放

去了，逝了，不见了，
抓不住，系不牢，难以入怀，
一丝红，半缕白，几抹芳菲，
追索是空，
停驻是孤，
望长空，谁复携手双飞，
看远山，徒余单木徘徊。

## 长湖

那一大片水
流入我的梦里
从天而降的瀑布
浇灌心里的洼
升腾的土
在湛蓝中迷漫
透过黄色的埃
我看到那片蓝
与天混合
倾注一体
我融在蓝中
已经消失不见

## 白沙

黑天鹅
蓝月亮
一片白沙
铺在黑土地上
天上的星
水中的冰
映着沙
闪着光
沙中的世界
数也数不清
世界的沙
只在你我眼中

上三首同作于 2017 年 12 月 8 日。

## 进退

进一步排山倒海
气势恢宏
力拔千钧
冷风吹打英雄面
苍石之巅临天下

退一步海阔天空
腾挪在我
气朗神清
阴蕴潜生顺时移
我自逍遥破执迷

## 小小草

我是一棵小草
小小草
风吹弯了腰
雨打湿了脸
我很矮
看不到天蓝云白
却拥有脚下的爱
我很小
没有鲜花的美貌
但不会忧愁到老
我只是一棵小小草
快乐的小草

上两首作于 2017 年 12 月 21 日。

## 等待

我平静地等待
你的到来
或急或缓
或早或晚
也许今生
我们不会见面
也许来世
我们才能携手言欢
也许现在
你已来到
我的窗前
悄无声息
带着坏笑

作于 2018 年 1 月 9 日。

## 冻河

你咆哮了那么久
嚣张了那么长时间
一遇到冷
就被冻结
还不如这枯枝
举着仅剩的叶
迎着冬日的寒光
在凛冽的风中
依旧招摇

作于 2018 年 1 月 23 日。

## 花舞

在阴暗的天
我独自徘徊到孤独的岸
举目四望
黑夜的力量
在身边集聚
心已死
鬼在哭
压抑至极

一道光
从天而降
注入灰飞的骸骨
光明重现
一片片花瓣
肆意飘舞
清香
喜乐

血渐冷
我摩挲着爆裂的心
瘫倒在枯焦的枝

后记：在硬冷冷的物质世界中
　　我们不过是生活在自我的意识中
　　守候着心中的那一点点光
　　编织着脆弱的幻想

作于 2018 年 1 月 26 日。

## 花猪

谁能理解
猪的烦恼
我本愿快乐变老
却被架上花绿高帽
再不能无忧无虑
在泥沼中打滚
再不能独自酣睡
管他残阳高照
岁月本是把杀猪刀
打磨我肥胖脸庞
奈何生活是袋猪饲料
滋润我茁壮成长

作于 2018 年 1 月 30 日。

## 沙与海

一滴水
难以容下一粒沙
一条溪
只能受顽石的束缚
咆哮的河
穿不过山的遮拦

只有无极的大海
孕育最初的生命
哺养万物生灵

天太远
听不到你的哭泣
地太冷
暖不了你的心寒
眼中不可逾越的山
只不过风中飞舞的沙
飘落生生不息的海

作于2018年1月31日。

## 思源东路

乱苇 泊船 翻土
冰冻的河边
只听到林中风声
枯竹 细丝 老藤
简陋的窝棚
也曾有过无尽甜蜜
我仔细端详着树梢
想看到芽的萌动
一闪而过的飞鸟
却只有皲裂的树皮
遒劲的树干
在诉说着它的坚持与等待

昨夜
弯月上悬
此时
阳光普照
远处的火升腾起来了
而我刚刚走过那堆
黄纸
余烬
是否还能犒赏
灵的降临

作于2018年2月10日，东丽思源东路河边漫步所见。

## 心中的山海

我们心中
都有一片山
一抹海
神念念之
都不能达到
若是
山裂了
海枯了
心便死了
岁月老了
容颜旧了
山却愈青
海也愈蓝

人生有多少韶华
能够蹉跎
为一点转瞬即逝的尘黑
为了无影无踪的丝白
我们承受了多少羁绊与牵束
山暗了
海腐了
那颗心
正被埋葬
逐渐沉沦

作于 2018 年 2 月 12 日。

## 轻声再见

我想对你说声
再见
感谢那抹映春藤
在我孤独时的相伴
还有那方野塘
曾带来欢欣无限

再见
海边的年华
消融的冰
萌动的芽
谁能留住
岁月的步伐

作于 2018 年 2 月 14 日，春节假期前到彩带公园边。

## 世事循环

世事循环
年复年
又逢乐陷
独倚危栏
爱实难
海空阴掩
难复啸天
几鸥沙
展翅搏翔
纵情一霎

作于2018年2月26日，后有微调，“爱实难”原为“爱不难”，“展翅搏翔”为新加。

## 狗绳

我是一只狗
被一条绳子牵住
当我想疾驰
只会把脖子勒得更紧
窒息
疼得汪汪直叫
只有当我
懒洋洋地躺在主人脚下
才会得到
腐肉的恩赏

我已如此
熟悉
这条绳子
我会遵从
它的指引
好似
它仍套在
我的脖子

作于2018年2月28日。

## 两个你

你站在芭蕉叶下
赏着风景
雨花溅落青石
敲奏动听音乐
冷风吹拂杨柳乱
暗送清香几片

你躲在破伞中
哆哆嗦嗦
裹紧半湿的袄
拖着泥泞的足
努力不被绊倒
心中的咒骂
夹杂着风嚎

## 『冷酷的魔王』

不要让他孤单
玄奥的门
怎能轻易打开
世间的纷扰
足够迷荡年青灵魂
高山与浚流
最好让他流连忘返

市井的狗洞
是魔王的大门
“疯癫”与“狂喜”
从洞口涌出
名言与至理
被抛在剩饭盆里
他纵声长啸
发出美妙的音响
“汪，汪，汪”

## 原子的消逝

一天天
我在这里腐烂
一点点
我消磨着时光
无可挽回 无药可救
锈烂的味道
不断钻进鼻孔
逃无可逃 避无可避
我看着原子的消逝
混进无边的沙漠

## 时间盒子

时间是由过去组成的
所以时间都化为过去
时间是由未来组成的
所以未来都会变老

每个人都有个时间盒子
盒子中装着一生的时间
未来化作一片烟火
灰烬装在盒子中
再也难以吹动
点亮前生的灰睛

上三首作于2018年3月13日。

## 春鸥

你呆呆地站在那里
一动不动
几根秃木
浮出水面
就如这风
在春日的阳光下
感受不到
它的存在

春天来了
来就来了
你还没有
寒冷时激动
在白雪覆盖的冰面上
傲然屹立
儿声长啸
划过萧索的残空

你呆呆地站在那里
一动不动
春天来了
来就来了

作于2018年3月16日。

## 迎春花

忍耐了那么久
你终于绽放
送走了冬 迎来了春
你如开在地上的金火
迎着惨淡的天
微笑

等待了那么久
我终于看到你的身影
娇嫩的花瓣
在风中起舞
忘记了冷
抛却了愁
你来了
我的心就化了

作于 2018 年 3 月 29 日。

## 哪里

哪里
足以寄托此情
它要足够大
装得下爱恨思愁
它要足够广
盛得住四时变迁
它若有水
则可吟咏诗词
它若有山
则可登高望远
共松鹤啸天

可是
乾坤尚且嫌小
百代亦以为狭
江山若隐于掌隙
噫
此情又何以托寄

作于 2018 年 4 月 11 日。

## 一个虚无者的自白

当我面对死亡
才发觉
这么多年
都被白白浪费
一切知识
都是无用东西
正如皇帝的新衣
只能遮挡我们的无知
再来装饰
空虚的内心

青年人啊
别再折服
名利之途
想想什么才是
终身财富
曾经的荣辱
都成身外之物
只有孤独
陪我走在最终的路
平静似湖
波澜不露

作于2018年4月16日。

## 六千万年之后

六千万年之后
我在这里
恐龙已经灭绝
月亮不知何处高悬
达尔文的学说
笼罩着森林法则
人们在以命相搏
就如末日之时
贪婪者吞噬权力
贫穷者拾捡牙慧
谁能知晓
千年之后
这里是谁

## 空非

拿去是空，不拿亦空，
莫费心去拿，
去也是空，不去亦空，
莫动心去，
是也空，不是也空，
莫辩空非，
空亦不空，不空为空，
莫为空而空。

上两首作于2018年4月18日。

## 又见欢舞

我欣喜于
自己的老去
走过曾经彷徨的路
又见到你们在欢舞
映着春天的粉绿
伴着彩蝶的羡妒
你们在尽情欢舞
青春的图画
光彩炫目
光明的前途
无限延续
你们在向世界宣布
谁才是时间的主

乾坤运转
阴阳相伴
对于黑暗
还有苦难
就留吾生的下半
用这佝偻的肩
为你们扛住
未来的天

作于2018年4月28日晨。

## 潭

你找到自己的潭了吗
或在闹市
或在深谷
或从天而降
飞入万丈瀑布
或跌进深谷
穿过亘古冰窟
总有一方潭
在等你
总有一片净土
会伴你
听这鸟鸣
闻这花香
天地朗朗
只有你与潭

作于2018年5月8日晨，重回百味川面馆前的野潭。

## 一滴水的秘奥

平滑的斜面
划过一滴水
穿透嘀嗒的钟声
留下凉爽的忆恋

“佛观一滴水
八万四千虫”
一条虫的眼中
奔腾着大江大河
虚明
一滴水
消失在暗直的面

## 厕纸的背

300 年后世界会是如何
100 年后世界会是如何
50 年后世界会是如何
10 年后世界会是如何
10 年后我在衰老
50 年后我近死亡
100 年后我书仍在
300 年后我思回荡
肉体的我
化作精神之我
任人辱骂
随便阉割
那些文字
鲜红如血
正好堵住
膣瘘的孔
快扔掉
这肮脏厕纸

上两首作于 2018 年 5 月 21 日。

## 谎言大王

当人人都在诉说谎言
你遮掩透明的华衣
那最丑陋的躯体
最需要练好蛤蟆神功
当最后的遮羞布被摘掉
一切都会崩溃
吸进最后的一口气
回光返照

当我们活在社会中时
一切都在运转
当我们死去
衰败仍会延续
这短短的人生啊
最后的一眼
竟是同样的情景

约作于 2018 年 5 月末。

## 口水

每个人都说
我好无辜
我最可爱
世间充满
爱与祥和
唾沫横飞
口水
吐在谁的脸上
编制出
绚烂图案

## 烂泥一块

有一块泥
你为什么要去捏
泥人 泥虎 泥元宝
即使返璞归真
也着了痕迹
嘿
烂泥一块

上三首作于2018年6月1日。

## 在老

光阴在流
你我在老
誓言还在耳畔
手中的温度
仍暖
我却再
见不到
你的笑脸

还不到天荒地老
你我却在慢慢变老
无情的风霜
将花容摧残

我对天长吼
却听不到爱你的回声
几缕青丝
滑落暮秋斜窗
几抹粉泪
滴散残荷冷塘

## 月坛小休

一方小亭
几尾细鱼
三两声叽喳
四五排青竹
无怪石嶙峋
唯清风肃然
曾把酒金蟾
想清凉如斯
忘一时忧烦
留自在于心

作于2018年6月11日，午驻北京月坛公园。

## 你在或不在

你在或不在
我都在
你来或不来
我都来

白杨树下
黑丝垂肩
粉荷塘边
香腮拂面
烂漫
不再

留着淡淡的香
守着微弱的光
在喧嚣中孤单
在欢笑中哭泣
我在等待
自己的悔改

约作于2018年6月上旬。

## 哦哈哈哈

终于等到我的年代
心中无限豪迈
看天看地看大海
观人观势观兴衰
古今变迁一掌通
水火已济随心动

这是我的时代
心中充满喜爱
我已打通奇经八脉
一身绝世神通
我笑天亦笑
我悲风卷雷
一江冬水逝无踪
万千军马隐草丛
哦哈哈哈
哦哈哈哈

作于 2018 年 7 月 1 日。

## 七彩祥云

你踏着七彩祥云
驾着五色花车
摇着动听铃声
舞着天籁身姿
美妙音乐
响彻天地
正所谓
扶摇直上凌九霄
奔腾垂下注彩潭

## 线

我一直躲避那条线的缠绕
可越努力
越脆弱
越挣扎
越系牢
到后来
我发现
我就是那条线
所以
他们给我准备了
长的棺材
方的碑
快掘了那座坟
毁了那座棺
掀了那座碑
在大笑大悲痛快痛苦中
我来做
那条线

作于 2018 年 8 月 1 日晚漫步时。

## 小舟与秋叶

一方小舟
划过无尽的汪洋
一片秋叶
穿破阴霾的苍空
你我的一瞬
能否停驻这永恒
用否定的眼光
看待世间的变迁
我在忧伤
你在悲愁
你我都在
黯然神伤

一方小舟
划过汪洋
一片秋叶
穿破穹苍
一瞬的凝眸
能否停驻永恒
童年的时光
已被无情埋葬
用否定的眼光
看待世间的无常
我在这里忧愁
你在那里神伤

作于 2018 年 8 月 3 日夜无聊漫步时。

## 夏末

极目天阔
云卷风舒
清凉似秋
浪打碎岸
雨破夜霾
意气勃发
海天归一
千古幽幽
傲然独立

作于2018年8月6日。

## 这海这天

怎能将海与天、蓝与绿
聚在一起
怎能将情与意、思与愁
融在一心
我曾用尽力气
要将一切纳入自己
直到海风拂面
天蓝洗眼
才发现
沙鸥飞翔
金鲤徜徉
一片片喇叭花
沐浴在初秋斜阳
这海
这天
这个我
已融在一起
还有什么不足
又有几多遗恨

## 我想离你远点

我想离你远点
这蔚蓝的天
就让娇嫩的叶
在清风中随意舒展
好让淡雅的香
在街头巷尾传遍
我面对着你
尽情欢笑
你拥抱着我
无限情深

上两首作于2018年9月5日。

## 夜苇

你发出簌簌的声音
是要把我留住吗
你拂动那轻柔的枝头
是要再抚摸我的面庞吗
看这江水
义无反顾地向前流去
听这江风
到底想要抓住什么
在这夜幕笼罩的江边
你的孤独
要与谁分享
你送走了春夏
马上要迎来
清冷的秋
在这江边
谁
又会与你相伴
你发出簌簌的声音
是要把我留住吗
你拂动那轻柔的枝头
是要再次抚摸
我的面庞吗

作于2018年9月6日傍晚海河下游骑行时。

## 江湖路

有一种追求
打落刀光剑影的绑锁
有一种追索
不再受人心的羁束
茫然的目
穿过命运的罔顾
喧哗的江湖
孤独的路
让暴雨
浇灌内心的不屈
让冷风
吹拂一身的狂傲

## 秋之蜓

你纤薄的翼
曾划过美妙的形
无数婀娜的影
激起池塘中的片片涟漪
在荷尖
在柳端
你曾尽情欢舞
享受生的绚烂
你浅薄的翼
怎经得起秋的寒
你俯伏在地
静待死的宣判
一生
短暂
往景
难还

上两首作于2018年9月25日，发现灵感往往集中在一天到来。

## 就让我一事无成吧

就让我一事无成吧
当你们成为专家教授
享受人间的显耀
就让我一事无成吧
当你们在无限细分的领域
不畏千辛万苦努力探索求证
就让我一事无成吧
当你们年纪轻轻就拥有无限的权势
享受着人间的名利
就让我一事无成吧
寂寞与落寞
总让我偷偷微笑
我怎舍得
云边的星
花间的草
还有那
心中的潮

作于2018年9月29日。

## 三颗石子

我扔下第一颗石子
波澜不兴
我又扔下第二颗石子
杳无音信
当我拾起第三颗石子
要投出满腔的愤怒与不平
却瞥见
天的幽宁
海的平静
就在那
潭的涟漪
岸的林荫
于是我轻轻
放下这颗青石
端坐欣赏
叶的低垂
鸟的欢鸣

## 东方公主

当我面对东方公主
伴着清晨灿烂的光曙
你在无语
我在默嘱
愿你不再苦等
远逝的帆鹏
愿你永得
这海的亲吻
风的垂恩

塘沽外滩上停泊着“东方公主”号轮船。

## 风的秘奥

我仰头看天
望见云在飘
叶在摇
我低头看地
看见花在老
影欲倒
我想问天
那么宽广怎容不下一双想飞的翅膀
我想问地
那么深邃怎托不起这颗破碎的心
直到
我知道
风的秘奥
无声无息
却无处不在
常伴左右
却无足轻重
直到
吸进最后一口气
才懂得生的甜蜜
直到
呼出最后一口气
才破解死之谜题

上三首同作于2018年10月8日，前两首于清晨海河岸边静坐所得，第三首感于下午青石路漫步。

## 夜

男儿当得意
劲气须凌风
英雄总多情
谁复论功名

作于 2018 年 10 月 9 日夜，
练习书法时感发。

## 西东

我独自走在单行路
只有寂寞陪伴孤独
深爱的你已经远去
留下思念在风中飞舞
多想再与你相拥
在青涩花红
可惜你我已奔西东
再难从容
在深秋笼罩的夜幕
一片黄叶在独自飘拂
离开枝的羁束
你是否找到了自己的幸福

作于 2018 年 10 月 11 日晚。

## 古僧

暮听松鸣晨
静观云过门
但求一心真
何事染凡尘
天下乱纭纷
众生苦求恩
听我讲佛法
解厄渡众人

作于 2018 年 10 月 12 日。

## 碑林游记

融五朝精华汇八方风采
达三皇神韵畅千秋文脉

## 暮望青江感怀

问君何得来
此地正纷纭
云压雾似霾
岸迫潮无踪
几行雁南归
三两鱼复潜
默默天下势
疾疾青春时
我欲乘舟去
天地一方壶
非吾正流年
无语亦多哀

作于2018年10月24日。

## 观江

对浮生长叹
临青江怀感
无可奈何中
呜呼哀哉矣
观层林尽染
听秋波拂岸
只鸟在翔兮
寂寥天地间

作于2018年11月6日。

## 牵挂

我知道
你就在这里
等我
经历了萌芽
经过了春荣
夏日的匆匆
你我擦肩而过
在清冷的秋
迎着淡淡的晨光
你就在这里
等我
牵挂
无关
芳华

作于2018年11月29日午漫步彩虹公园花坛时。

## 杂思

腰持三尺剑
背负圣贤书
简装上山阿
无限风光醉
松涛抚琴瑟
清泉弄笛箫
长啸临绝巅
低吟散章句
闻香且歇足
望云酣然睡

作于 2018 年 12 月 11 日。

## 飞翔

我走了太久
似乎已
忘了飞翔的感觉
在这肮脏的狗窝
苟且
一块腐败的肉
就带来无比欢欣
多足的动物
在尘世间蠕动

飞翔
不是
一种求生的手段
是
一种生的态度
活的精神
向着蓝天
向着未来
飞翔

作于 2018 年 12 月 13 日晨，
海门大桥下，海鸥近旁。

## 海鸟

我想咀嚼
太阳的味道
看花 看草 看海鸟
叶在飘
风在摇
人未老
在一片蔚蓝中
度过余生
将名利抛却
换来一身轻松

叶在飘
风在摇
人在老
多想与你携手
看花 看草 看海鸟

作于2018年12月13日，晨起骑行在迎宾大道，几缕阳光透过大厦间映照面庞。

## 碰面

你慢慢走啊
拖着衰老的身庞
一步一颤
蹒跚搜尝
我还在人潮中迷茫
无门窄窗
寻找
只等心灵相通
当我们终于碰面
我知道了未来
你找到了归宿
所以
我们要自己珍爱
让你有个好的本来
我也有个好的未来

作于2018年12月25日，现在的我沿着命运之线，走向从死亡归来的我，重生的我摸索生命之线，找寻尘世中的我。

# 又见翠鸟

当荒凉变为平静
当壮观变为安宁
当波澜壮阔的画景
不再引起心的激荡火的热情
你可知道
是为了什么
是你我的衰老
还是心态的无聊
要知道
青山不老
俗人自扰
当我再见翠鸟
似在昭晓
我要再去寻找

作于2018年12月27日，恍惚在10年前，未名湖畔，经常能拾到似是翠鸟的长羽毛，用来做书签再适宜不过了，今晨骑行在迎宾大道上又看到几只翠鸟在矮枝头。

# 仿古

琴诗沥俗质
山水洗凡情
朝暮白发起
何处伏吾心
远观盛衰兴
近抚成败事
望云知大势
闻声辨得失
去去身后议
静听风潮音

作于2018年12月28日，出席南开大学经济学院《中国改革开放全景录·天津卷》首发式上现场创作并朗诵。

## 得无风雨否

### 塘苇

你拂动娇小的身庞
向我不住点头
几丛秀发
在风中飘摇
掐指算来
我们已太久未见
你经历了秋夏
我感受着冬寒
你守着这方塘
承受日月变迁
我追寻着那种荒凉
直到地老天荒

你轻摇纤细的身躯
向我簌簌低语
我凝立在这塘前
任冷风拂面

作于2018年12月29日，岁末去探访海塘时感发。

### 得无风雨否

我穿过断壁残垣
寻找失去的文踪
轻呼
不在

我站在江边
遥思先贤
几声长叹
透过苍白的云天
数度悲欢
留下无尽的悔恨

我抛下头顶的黑伞
沉浸在稠密的春雨
在一片花海中
轻呼
逝去的身影

原作于2019年1月18日，确定题目《得无风雨否》，后发现当时没有录上音，于4月17日整理时按当时思绪重作此诗。

## 我的眼睛花了

我的眼睛花了
看世界再也不是铁板一块
我看到世间的痛苦凄凉与无奈
我看到人世的卑微不屈与忍耐
我看到火红的太阳照着血红的大地
饥饿的狮子啃食着半个鹿角
我看到深蓝的海底
白色的泡沫缠绕着远古的沉船
我看到遥远的星球
在无尽的黑洞前努力挣扎爆裂

我看到自己的痛苦
我感受着自己的孤独
于是我闭上眼睛
体会贝多芬的无奈
回到内心的光彩

作于2019年1月25日。

## 闲适无题

对朗朗乾坤
碧蓝天地
海鸟疾翔
长鸣云霄
观古今成败
叹浮生匆忙
舍功名缠系
觅一方闲亭
欲把此生归天地
载飞载翔

作于2019年1月28日。

## 我问青山好

我问青山好
青山抚红桃
我问长江好
长江卷浪涛
我问清风好
清风无语笑

叹物华更替
年来无迹
浮生杂事
老矣将至
我当就此归去
赏桃园画图
与翠啼朝暮
寻先贤心路
莫问老与贫兮
只求浮生无恨

作于2019年2月8日。

## 迟来

我强忍着呕吐的欲望
拖着虚乏的身体
来到候车亭
刚才拼命地追赶
还是又一次错过
望着远去的车
我感到阵阵眩晕

我已三天
未曾进食
尘世的腐
已逐渐厌倦
可这肉身
似已经受不住

下雪了
透过零零散散的白纸片
我看到一只苍鹰
掠过
不动的翅
划开惨白的空
消失不见
我低头继续喘息
强忍着呕吐的欲望
等待着复又迟来的车

作于2019年2月12日。

## 一棵树的修为

我要学习一棵树的修为
虽是岁物
经历寒暑
但不会像小草那样
经不起风雨摧折
也不似候鸟
耐不住一地的严酷

你无语忍耐
任曾经的繁华散落
将根扎进厚土
在黑暗的地下
努力汲取世间不曾给予的养分
直到春天到来
再将精神充溢的种子
奋力抛向空中
随风飘舞

作于 2019 年 2 月 25 日。

## 春天的孩子

你们奔跑着
跳跃着
有时摔倒
爬起前行
你们欢语着
快乐着
天真的笑
来自内心

你们走在光秃的路
不去理会
树的颓唐
景的单调
你们只愿踩着路边
五彩的石
一排排
一串串
发出咯咯的轻响

在惊蛰的前天
看到你们
我才明白
春天
真的来了

作于 2019 年 3 月 5 日。

## 清江如绸

清江如绸
天宇似縺
几点白鸥
藏翼波澜
清风待展
春煦多暖
随浪沉浮
逍遥无限
作于 2019 年 3 月 21 日。

## 长风烈

长风烈
大江东去不回
涛声起
可叹人世无悔
一腔血
激昂肉体凡躯
问天公
今时可梦醒
提冷剑
点洒乾坤字
共白鸥
飞翔天地间
作于 2019 年 3 月 28 日。

## 在禁止游泳的牌子前

在禁止游泳的牌子前
也要禁止垂钓
在当心落水的红圈边
你却要靠近江面
把身子撑在护栏
只为看看
水中的你

随波荡漾的楼
顺流直下的船
还有那
半淹的木桩
苍锈的青石
还有那
江边的人
还有那
水中的影
作于 2019 年 3 月 29 日。

## 逆风而行

我逆风而行
感受自然的力量
你使江河倒流
你使大树折腰
可你还不够强大
海鸟仍在滑翔
歌声仍在飘荡
唉
你还不够强大
作于 2019 年 4 月 18 日。

## 我是光

我想像一束光
照在我身上
从天而降
来自琼宇
我感受
光的温暖
我感受
光的力量
我想象自己成为一束光
拔地而起
直上云霄
照亮夜的昏暗
照亮人世的悲凉
我是光
来自天空

一束光
从天而降
带来光的温暖 光的力量
一束光
拔地而起
照亮夜的昏暗 人世的悲凉
我是光
来自天空
作于 2019 年 4 月 25 日。

## 海葬活动

生活需要仪式感
即使在身死之后
捧着油印的报纸
带着即将凋谢的花束
跟在那黑衣人身后
踏上一去不返的船
好止住思念的线
飞撒吧
这余烬已不能吸引白鸥与咸鱼
飞撒吧
小心别迷住泪水蒙眬的眼

作于2019年4月26日。

## 美丽季节

这是个美丽季节
情侣在喃喃细语
提着脚尖
顶着鼻尖
还有送花的童子
捧着满束的蔷薇玫瑰
要送给心上的她
花的香
在播撒
爱的笑
在传染

作于2019年4月30日，
轻轨上所见所感。

## 终将胜利

我知道自己
终将获得胜利
那颗孤独的心
会焕发无限光彩
为此
我要持续等待
无尽的知识
滋润生死间的苍白
随着瞬息
感受世间的无奈
终将用我的方式
书写生命的澎湃
探寻人世的真爱

作于2019年5月5日。

## 红衣女孩

你还在舞吗
红衣女孩
在清澈的湖边
在翠绿的树下
尽情欢舞
你还在舞吗
红衣女孩
伴着飞翔的白鹭
在这美好的成都
尽情欢舞
你还在舞吗
红衣女孩
任群芳羡妒
随粉蝶驻目
尽情欢舞吧
红衣女孩

## 万物静谧如斯

在泰山脚下
你不必感到自己渺小
在喜马拉雅之巅
你不应感到自己伟岸
死尸堆积
圣洁的路
鲜血染就
城头变换的旗
万物静谧如斯
我只听到
自己的心跳

上两首作于2019年6月6日。

## 爱的消失

让我消失在茫茫人海
从此再难相见
曾经的爱
已被辜负
分离的痛
我要独自承担

我的未来
已不会来
因为爱已不再
因为痛已深埋

就从此消失在茫茫人海
任陌生面孔往来
将昨日的痛
深深掩埋
好忘却
对你的爱

## 在奇点附近

在奇点附近
感受心跳的耦合
曾经的爱与痛
都被掩埋
许诺的情与梦
都被吞噬
我们奋力挣扎
只为摆脱脚上的缠系
我们相互拍打
只为卸下沉重的包袱

在奇点附近
感受心跳的耦合
愤怒斥骂的嘴
沾满热吻的余味
恐惧变形的脸
来自你
瞳孔中的我

## 掀开那页粘纸

你要掀开那页粘纸
游走在空白之外
钻心的撕扯
血红的伤痛
空虚的豁口
那高楼大厦如纸片坍塌
美好的安逸似蛛丝缠系
别了 过往的一切
别了 小园芳径的夏末
穿过对折的空间
踏入无底的深渊
寻觅超维的曲线
自保吧
虚弱浮肿的肉体
纵欲吧
转瞬即逝的欢愉
抛撒吧
一去不返的原子

## 生如夏花

在灯光灿烂的街角
你与我相拥
许诺白头到老
天上的星在幸福地飘
我们曾憧憬
相伴天涯海角

生如夏花
在一刹那间看尽繁华
生如夏花
将最美丽的一面展现人间
生如夏花
在凋谢时也要保持优雅
脆弱的花蕾抖落
谎言欺骗与虚假
纯真的我
无畏伤痛泪水与孤单

繁华已去
旧景难复
任群芳厌妒
随晚风飘舞
生如夏花
爱过痛过
作于2019年6月24日。

## 八面出锋

点划枪 线似剑
明月如钩 纸雪赛沙
写茫茫
古今成败多少事
都付纤纤字
黑无道 白虚明
紧气难逃 势张易断
叹幽幽
煮酒复论英雄难
空摇芭蕉扇

## 午后小憩

西山垂钓两三支，
花开四季不分时。
小庭清风一字过，
大梦十载觅新词。
作于2019年6月30日。

## 饮掉你的忧愁

我与你分离太久
不知你过得可好
你是否依然会傻傻地笑
在夏末咖啡店旁的街角
你是否还爱那只白色的猫
总是给她大大的拥抱
你是否穿了大红旗袍
许诺与别人白头到老

我与你分离太久
不知你过得可好
曾经的少年已老
曾经的青春已走
不知岁月是否爬上了你的鬓角
不知悲伤是否曾进了你的心头
分别如酒
在午夜的街
你可知道我的伤口
我想将尘世装入烈酒
饮掉你的忧愁
我想将思念装入烈酒
一饮而尽

## 任往事浮现

我捧着一地碎片
任往事浮现
曾经的少年
现已如此不堪

还记得那金色年华
还记得你乌黑长发
青涩的面庞
羞答答的笑
还有那随风飘扬的裙角
永不褪色的美好

也许那不叫爱
也许我那时很呆
也许有太多也许
我们不觉已然分开

在一个人的夜晚
有时我回捡起
记忆碎片
任那往事
浮现

上两首同作于2019年6月29日。

## 白勺的

我从尘世中来
沾染虚伪的爱
空洞的告白
无尽的等待

我向尘世中去
享受片刻的欢愉
命运的摆布
离别的痛楚

一个人的孤独
两颗心间的爱
相聚的幸福
期待的无奈

作于2019年6月27日。

## 小鹿

在天之下
在地之上
一只小鹿
尽情奔跑

曾几何时
天抱着地
地拥着天
牢不可分

一只小鹿
从光而生
她问天
我在哪里
她问地
我在何处

天说
你在我上
地答
你在我下

在天之下
在地之上
一只小鹿
尽情奔跑

上两首同作于2019年6月26日，后一首作于晚间哄女儿睡觉，她让讲“小鹿和天”的故事，于是得此灵感。

枝

山

## 钥匙

这是一个秩序井然的城市，每个人都有自己的房间，脖子上挂着的亮闪闪的钥匙代表着身份与市民的荣耀。为了体现公平，避免炫耀带来的堕落，每个人只有下班回家的路上才能佩戴钥匙，上班时钥匙要被统一收到市政厅。

一个农夫慕名来到这个城市参观，他为眼前的一切所彻底折服，不由感叹，未来的生活就该照此继续，直到永远。为此，他拿出随身带的酒壶，独自喝了起来，心中充满了诚挚的祝福和美好的希望。乡下的老酒本是不烈，可他一高兴就多喝了几口，随即坐在一户房的门廊前休息。这户的主人刚巧下班回到房间，他脖子上的钥匙随即引起了农夫的注意。农夫仗着酒劲，提出希望把玩下这宝贵的钥匙。这市民自是不好拒绝，农夫仔细看着这钥匙，要把它永远记在心中。

一年后，农夫再次来到城市，胸前挂着一把亮闪闪的钥匙，那是他按照记忆叫铁匠仿制的模型，自打做成就不曾离开他的胸前。街上的市民纷纷投来惊讶与羡慕的目光，他们有些已在盘算转天也要把钥匙整日带在身上。

街上亮闪闪的钥匙越来越多了，市政厅变得逐渐冷清。有钱的人开始厌倦这一成不变的城市，他们纷纷转到更繁华的地方，穷人为了附庸风雅，也追随而去。城市只剩下一排排房间，很多门上还插着钥匙，亮闪闪的。

作于 2014 年 1 月 10 日。

## 寿命

这是个封闭的村庄，人们恭顺地劳作栖息，因为他们从懂事起，就知道自己将活到七十岁。这是一种信仰，人们为了那个目标努力活着，尽管生活非常艰辛，有各种困难威胁着他们的生存。在这里，自杀是不被允许的，夭折或是早逝都被各种理由很好地解释。

后来，科学进步了。先是数学，人们知道了他们寿命的平均值远远低于七十，但这种不幸总会被乐观地认为会落到别人头上。再是通讯，人们发现邻村的信仰各不相同，有六十岁也有八十岁的，但这种情况当然是别人的事了。最后是医学，人们惊异地发现，在七十岁时，他们的身体还是很健康，于是自杀被视为很高尚的事，偶尔的延期也被各种理由很好地解释了。

作于2014年1月10日。

## 锁

我那么爱她，可她却为一点小事与我吵架。我匆忙追下楼，仍只看到远去的背影。

“先生，这是九号楼吗？”

“是！”我愤愤地说，还有这么傻的人，楼栋上画着那么大的“八”字，不是套瓷的就是喝多找不到家的。我哪有闲心管他，急忙去追逐她的身影。

又闹得不欢而散，我怏怏地上楼，掏出钥匙，要去煎熬独自的空房。可今天也奇怪了，钥匙怎么转都打不开这扇木门。这钥匙本就不灵光，莫非是它也要落井下石？

折腾了半小时，饥寒交迫的感觉最终促使我拨打了开锁公司的电话，师傅泰然自若地赶到后，仔细端详门锁，就是不动手。

“你这锁被人撬动了，门框都松了，还是让警察来吧。”

半小时后，两名警察仔细端详木门，拿着相机咔咔拍照。

“你这门是被人蹬了，瞧这鞋印。”

“这贼也够笨的，”开锁师傅打趣地说。

“哪啊，以我们的经验，这肯定是哪个醉鬼认错门了，拿钥匙开不开门，就用脚蹬了。”

作于 2014 年 1 月 10 日。

## 镜子

“我不愿照镜子，镜子里的不是我。”女儿嘟囔着小嘴吵闹着。

“小公主，镜子照出的就是我们自己啊。”我拉住女儿的手，耐心解劝。

“可我认为自己最美丽，镜子中的只是普通的面庞，难道你不记得自己常对我说的了？”女儿气愤地说，那语气容不得我有一丝犹疑，

“而且，我明明个子在长高，头发在变长，可镜子里只有一个形象啊！”她越说越激动，声调已经逐渐升高了。

“最重要的是，我只想在镜子中看到自己感兴趣的人物，可那些桌子、椅子啦，总要出现在旁边，即使用布遮盖，也还是灰蒙蒙的一片，”

“我要打碎镜子！”说着，她抓起桌上的茶缸朝镜子扔去，镜子中显出一片晶莹的水珠。

作于 2014 年 1 月 15 日。

## 蚂蚁吃西瓜

两只蚂蚁找到了一个大西瓜，他们无比兴奋地冲到西瓜上，开始享受这顿盛宴。

一只蚂蚁张开大嘴，从西瓜皮上直接往西瓜的中心前行，而另一只却从西瓜瓤的边缘横着绕圈爬行，他一圈圈靠近西瓜中心，可当他最终到达时，最甜的西瓜瓤已被第一只蚂蚁吃完了。那只蚂蚁拍着鼓鼓的肚皮，嗤笑道，“你还在相信螺旋式前进的鬼话吗，要知道这是个竞争的世界，最先到的就抢到了先机，也就是一切。”

第二只无奈地说，“我本以为以绕圈的方式，能够一步步尝到更甜的西瓜，忍耐会带来更长久的收获。”

“你的思维太被条条框框束缚了，它们阻碍了你的认知，现在我要去吃下一个西瓜了，而这空瓤很适合你反思。”

作于 2014 年 7 月 14 日。

## 人生与珠子

一天，女儿正在玩串珠子的游戏，她无忧无虑，玩得很开心。而我，出于无聊，竟然想让她想些高深的问题，于是试着引导她说：“你看，人生多像这些珠子啊，每一个存在点就是一枚珠子，它们串联起来，就组成了人的一生。”

女儿本是无意中听到这些怪话，可到最后，她却头也不抬俏皮地对我说：“那么，它们是以怎样的方式串联起来的呢？”

这明显是在挑战家长的权威，因为我当初只是想随便说说，好让她明白手中游戏的意义，可她这个反问，却使我陷入良久的沉思之中：

如果这些珠子是以最通常的直线方式串联，那么人生就是绵绵相序，在某一个存在点上的人，回顾过往，会感受难平之气，遥想未来，又难免虚妄之火的困扰，他只能独守不能留住的此在，从而由于最终的无能为力，而走向持久的空无。

若是将这些珠子串成项链，则会带来循环往复的人生观点，此生的不如意，都是由于过往的过咎，而对此生幸福的希望，就被寄托在不远的几世之后的来生。人们会为此循序蹈矩，知天认命，这种永世的良善治世法，一直以来都非常好用，但人生不应该全是这个样子，人生应该激荡起伏，畅扬挥洒。

那么人生之珠是以复杂的方式串联起来的吗？可若把一切问题都归于复杂，等于什么也没有说。把一个概念换成另一个概念，只会满足单纯的知性，于实际理解并无增益。

最终，我终于觉得自己找到了应答她问题的答案，“哦，我想明白了，只要以无限的、扩展的、重复的方式串珠子，就能模仿人生。”

接着，我又补充说，“就如同火山中喷涌出的熔岩，历史已被凝冻在底部与前端，但后续熔岩会快速跨过冷冻的表面，奔涌向前。”说到激动处，我不禁从座位上站了起来，“而人生的意义，就在于让无所住的此在挥洒出灿烂的光芒，照亮过往、未来与周边，众人苦恼的根源都在于颠倒了本末，寄托于以往的留念、今后的期待与周边的反馈……”

“你不要乱说了，我要好好玩自己的串珠子游戏，如果你有空的话，请帮我找找地上散落的珠子吧。”

写作于 2016 年 12 月 6 日。

## 看不见的手

“爸爸，这个吊球游戏真好玩啊！”小女孩一手拉着长绳，长绳那端系着一个蓝色的圆球，一边抬起娇嫩的小脸，微笑着向站在一旁的父亲说。

“那就好好玩吧，只要你感到快乐就好。”

“谢谢爸爸，这样我就不再感到寂寞了。快看！小球上还有虫子在动呢！”

“哈哈，那是人，他们在劳动、战斗。”

小女孩吃惊地凑近圆球，仔细端详起来，“是啊，爸爸，这些小虫子在四处跑动着，还不时有黑烟冒出！”

“哇塞，这个球叫什么名字，这么神奇啊！”

“这是地球。”

“哦，爸爸，地球上也有像我一样的小女孩吗？”

“有啊，正如在我们上一层也有你一样，”说着，男人不禁向上仰望了一下，只看到黑烟往天上袅袅升起。

“爸爸，你又瞎说了，我是唯一的，我们都是唯一的！”

小女孩生气地不理她爸爸了，又快乐地拽起圆球玩起来。

写作于 2017 年 3 月 23 日。

## 爸爸是什么

“爸爸，你是什么呢？”3 岁的女儿好奇地问我。

“你希望爸爸是什么呢？”

“我希望爸爸是气球，将你拴在我的小书包上，这样我就能天天拉着你到处玩。”

“哦！”我看了一眼被她扔在墙角的瘪气球，咽了口口水。

“我还希望爸爸是彩笔，我天天用你画画，画大恐龙、画怪物。”

本来我心里是暗自庆幸的，她能有这样的艺术自觉，可再一看满墙的抽象线条，就直接想继续问下去了。

“你还希望爸爸是什么呢？”

“我还希望爸爸是巧克力，黑黑的那种，这样我就能含着你，甜甜的。”

我已觉得她是在取笑我了，因为在我家里，巧克力是要藏在各种隐蔽地方的，冰箱早被她翻遍了。

我终于无语了，“可爸爸不是气球、彩笔、巧克力啊！爸爸是守护你一生的人。”

“不，我就希望爸爸是气球、彩笔、巧克力！”

说着，她用小手一指我：“变！”

我顿时感到心里一阵慌乱，不知道自己是变成气球、彩笔，还是巧克力好……

与上一篇同时写作于天津东站候车之际。

## 时间的味道

“爸爸，时间是什么味道的呢？”女儿放下手中的红苹果，突然煞有介事地问我。

“哈哈，你怎么会突然问这个问题？”我放下手中的书稿，看着身边已有半人高的女儿。

“因为你们总念叨什么《三味时间集》啊，难道时间有三种味道吗？”

哦，原来是这样，这个集子正在谋求出版，书名已经定好了，所以我在话语中会不时提到它，想是被女儿无意听到了，也许是刚才苹果的酸甜味恰好触碰到了她内心的灵感。于是，我微笑着对女儿回答：“是啊，我在写作这本书时，以为时间有三种味道，苦味、甜味，以及无味，人生在经历失败的痛苦，尝遍胜利的甘甜后，还会拥有透彻世界的淡而无味。”

“真有三种味道啊，可我只希望时间是甜甜的！”女儿舔了舔还带有些许苹果渣的小嘴唇，略带得意地说。

“也许这就是天然的幸福，爸爸当然希望你的世界都是甜甜的了”，我摸了摸她的小脑袋，继续说，“不过，当你真正长大后，就会发现，时间还是有其他味道的，而且你越是能品味出时间的味道，越是能拥有更丰富的人生经历，对人世的感悟层次就越高。”

“我才不要苦苦的时间呢！”女儿吐出舌头，大声反抗着。

“时间其实还有其他滋味的，就如我现在已经认识到，时间不只我以前所认为的只有苦、甜、无味三种状态。当我们开始意识到亲人的永久逝去时，内心会充满酸楚；当我们注视时间自身的流逝时，会感到无限悲哀，又会有人生苦短、来日无多的苍茫感；而当我们忍受人世的不平、静待自身的绽放时，又会有忍耐所特有的涩涩的味道。人世的这些味道往往又是掺杂在一起的，比如既有苦涩，又有甜涩，我们很难予以区划分离。”

我说到兴起处，就把近些日子的所思所想一股脑都吐了出来，心里是畅快多了，但估计女儿不会接受这些抽象的说辞，谁知她反而高兴了，竟然拍起了小手，“爸爸，你这样写书才好嘛，这样才够精彩啊！”

“哦，是吗？”这回该我自己感到尴尬了，我看了看桌子上堆得老高的《三味时间集》书稿，才有些明白为什么出版过程这么漫长艰难。

写作于2017年3月29日，亦真亦幻，这个题目用议论的方式写，会很枯燥、无味，于是编了这个故事，写得很顺畅，四十分钟就脱稿了。关于时间，我想下一部集子中，将完全省去这种对年、月、日的详细记录，“古今同致，永和徒记年月”。

## 陀螺

“爸爸，马上就要过我的四岁生日了，你要送我什么小礼物呢？”

“呵呵，看，礼物早给你准备好了。”我得意地从桌子上取出精心准备的盒子，拿到身高还不到我一半的女儿面前。

“啊！”她做出夸张的鬼脸，“一个破陀螺，我才不要！”说着还用小手扇动鼻子前的空间，好像闻到什么臭味似的。

看着从旧货店淘来的打折玩具马上要被再次扔进垃圾堆，我立刻假装严肃起来。

“孩子，你知道陀螺背后的故事吗？其实我送你这个礼物是有寓意的。因为你最近表现进步了，所以我才送给你。”我尽量边说边想，脑子在急速转动。

“哼，什么故事，你又在骗我吧？！”

“怎么回事，爸爸什么时候骗过你！”说完这句话，我自己也感到脸有些泛红，于是赶紧转移话题，“孩子，我来给你讲讲陀螺吧。”

“爸爸活到快四十岁，突然明白了一个道理，人生原来就是个陀螺。我们在这世界上，需要争取一个立足点，就像陀螺的尖顶，这个点可以很小，甚至微不足道，但必须要有，如果将这个点失去，那么就将遁入虚幻与死亡。从这个点出发，有根向上垂直的线，这线就是每个人的命。中国古代讲，人上有天魂，下有地魄，我想就都是指这根生命线而言。如果你放眼望这个世界，就会发现有无数根数也数不清的射线在大地之上游动。

“从线的立脚点出发，越往上移动，越是虚渺。有两种极端，一种是我刚说的，完全放弃立脚点的线段，它们是缥缈的、空洞的。而另一种是完全抓住地上的点不放，不再追求向上的精神领域，因为大地才是实际，一切物质利益都源自大地，正所谓‘地为物母’。不幸的是，绝大多数人都在拼命追求地上的物质利益，因此成为一些爬行的泥点。

“地上的竞争无比激烈，有一些暂时失意的人会转向上虚的领域。注意，我这样说是不想留下这样的印象，以为我们追求线上的虚渺就是高尚的，而那些奔波于生存边缘的人们，就都不屑。事实上，我们必须要有立脚点，然后才能谈及其他。因此，追求精神领域的人多是物质世界的失败者，他们努力向上攀爬，延伸自己的精神之线，同时随着对精神的深入探索，也会向周边拓展精神关注的领域，从而使向上的直线变为倒圆锥体。

“你现在还不太认识字，这里其实就是一个倒‘人’字，要知道真理一般都是常识的颠倒，从这个认识角度出发可以很容易引出上面的论述，而你也会惊叹中国汉字隐藏的博大精深而又浅显明见的哲理。

“当这些圆锥与其他射线相交时，就会对其他人产生精神影响；这些圆锥相互接触时，就会产生思想共鸣。

“在这个陀螺世界，我们能做的就是抓住立脚点，不断拓展自己向上的圆锥范围。通过圆锥的从层次延展，来忘却物质世界的失意，来带动下一层次及倒圆锥顶点的价值实现。

“另外，陀螺必须要转动起来，才能抓住自己的立脚点，它必须不断遭受鞭打，在痛苦中旋转反思。而人的生命就在于在外力阻碍下，带动自己陀螺的旋转，同时不断拓展陀螺的上延范围，不断向天际、向四周伸展。”

一气说了这么多，我都感到口干舌燥了，刚要得意地训导一下这个小姑娘，却见她双手交叉腰间，气哄哄地对我说：“爸爸，你这个大骗子，不给我买生日礼物还来骗我，我才不要这个破陀螺呢！”

说着一把将我手中的陀螺打落到地，只见陀螺滴溜溜地开始在地上旋转，划出了一道美丽的弧线。

写作于 2017 年 11 月 16 日晨，百味川面馆旁。

## 歌者

夏日的广场，喧嚣庞杂，乞讨的歌者在或真或假的高唱，有的似乎已经陶醉在低价音响编制出的音乐中，有的则一边弹着乡村吉他一边不时弯腰道谢。

一条花裤衩吸引了众人的目光，一阵杀猪般叫声打断了广场舞的节奏，一个胡子拉碴的瘦黑个子正唱着朋克，呼哧呼哧的唾沫不停溅到银色麦克风上，他似乎在叫嚷着自编的歌，断断续续的歌词似乎是这样的：

人类有一颗动物心脏

下体的动物

寻觅的灵魂

我们活在花花绿绿的时代

一直都是花花绿绿的时代

从未变化

一直都想

绵延不断

一直都想

绵延不断

几个年轻人手舞足蹈地跳了起来，人字拖的凉鞋散了一地。还有的大妈已经出离愤怒了，好好的广场舞被这震耳的噪音不断干扰，于是她们将自己的音响又调大了几格，在轰鸣声中，摇晃着无比丰满的腰臀。

写作于 2018 年 7 月。

## 眼镜

“爸爸，这个电影看得我头有点晕，我想摘下眼镜。”女儿看了一会“大怪兽”，把小脑袋转向我，身子靠在我手臂上嘟囔着。

“可是摘下眼镜，就看不到这么逼真的立体画面了。”我试图劝说她继续看下去，毕竟现在正是打斗的精彩时候，我有点舍不得将视线离开电影屏幕。

“我们为什么要戴眼镜呢？”

“通过眼镜，我们才能看到更清晰的世界，比如你妈妈，就得戴近视镜”，刚说到这，我感到有股冷冷的光从身那边传递过来，不禁赶紧改换比喻方式，“其实，我们人人都在戴着眼镜，有形的无形的，通过名、利、权的眼镜，看这世界和周边的人”。

“爸爸，你又在瞎说了，哪来的名利眼镜？”

“等你长大些就会体会到了，小朋友们纯粹是出于自己的本心，来待人接物的，天真无邪。”

“我就知道嘛，当个小孩挺好玩的，嘿嘿！”

“但你总要长大，希望到时候你能不受各种眼镜的束缚，用心感受世界，体会生命，如果一定要用眼镜才能看清世界的时候，希望你有能力按自己意愿摘下，或转换眼镜。”

“爸爸，那我现在能摘下眼镜了吧？”

“当然了，我们一起摘了这眼镜吧，闭上眼睛，休息一下。”

写作于2018年11月2日，起源于一同看3D电影的真实事件。

树

巅

## 疲乏中年

不知怎么了，最近总感觉疲乏，也许是人近中年，也许是无谓奔碌，也许是夜半要给你换尿布、喂奶粉。

第一种可能让我感觉很无奈，风景眨眼即过，而我还没来得及犯傻。人活得太清醒就会少了太多欢乐，你不会为清风明月而歌，也不会把酒迎风而舞。在一路追寻中，总要达到什么，弄懂什么，殊不知对于个体来讲，在有限的个体生命中，过程是这个个体所唯一拥有的，大道理，光辉的目标，或是种类的荣耀，或是他人的嫁衣，即使最好的情况，某个个体达到了这些，而这些也不过是他人世旅程的一个片段，就是他在那样的高潮中死去，人们也仅仅会说，他死得其所而已。

第二种呢，生活的无奈，为了贷款、生计、自我实现等等去奔波，这不是绝大多数个体的悲哀，而是社会的不足。也许个体的幸福就在于把其有限的过程用于弥补这种不足，若无人做此，则族类会堕落，个体的旅程会愈加不幸。这里并没有什么大说教，贤者保身，达者兼济，西方经济学要人们做贤者，中国传统道德关注达人。

至于第三种，刚刚我拖着沉重的双腿来填饱肚子的路上，我又想到你甜甜的、浅浅的笑，顿时感到力量十足了。

2013 年 12 月 26 日。

## 自由阶段

今天整理原来的文稿，发现好久没有留下跟女儿的文字交流了，整日抱着她，任由她用好奇并略微夹带些无所谓的目光看着陋室，总希望把最好的呈现给她，可各种约束存在着。

看着快四个月的女儿，越来越为她觉得自由的不可能。原来以为长大就能自由，可逐渐长成后却发现有各种束缚，一方面是大环境的，比如时代的特色，如衣着饮食、风俗习惯、语言文化等；另一方面就是生的是否是地方，所谓穷爸爸与富爸爸，在这些基础上，在个人素质基础上，每个人从生到老，也就是一辈子了。

世俗的观点就是这样，哲学往往认为，个人的解放与自由是最值得称道的。这里先不论把集合放到个体之上的争辩，前述西方的自由观是很鼓舞人心的，如果连炭火或是特立独行的精神都没有了，集合也只是由平庸之辈组成，定会被自然法则淘汰。

当个人的精神到了一定高度后，他定会觉得寂寞与无聊，前者是由于缺乏知己，如果他还需要别人安慰或是启发的话，那就与刚才的假设矛盾了；后者就涉及到了各种约束与限制，他的精神被物质与外界无形的规则等约束着，怎能开心颜？

从而引出自由的三个阶段：无知、无为与创造。现在的女儿就是第一个阶段了。光照顾精神与个体的无约束，不敢也没有能力对付外在世界，就是第二个阶段的表征。当一个人真正自由时，他将是物质世界的改造者、规则的创制者，他越向外开放，向内在世界的迸发也就越深入，我不认为反之的过程也成立。

2014 年 3 月 19 日。

# “三”之为数

隔了这么久，我又有些话需要对你诉说了，以往的美好瞬间都已凝固成记忆，你也一字一句掌握了一定语言，原本的寄语正在实现，人生的思考还希望与你分享。

为什么世间有这么多思想，因为思想不值钱，它本身不创造价值，而往往歪曲物质世界的价值规律。人们往往用廉价的思想，满足自己的欲望与心灵，就如同便宜货假冒奢侈品一般。而关于世界的看法与观念，往往需要颠倒来看，主流的“强”，即是事实上的“弱”，只不过用字词来粉饰罢了。

为了免于被世人如此讥笑，这些感悟希望能写给你，当你长大后，而我变得足够老的时候，能够再寻找到这些思想在个人情感上的共鸣。

我喜欢“三”这个数字，一正，一负，一阴，一阳。黑格尔也讲，无，有，以及这些之上的“合”。我要感谢这些年的压抑，让我有时间思考，从而体会到从前自己的不足，挖掘出自身埋没隐藏的潜能。马斯洛讲人生而有数种需求，我认为人生应有三个必经阶段。认知、行动与个体。认知属于思考的范畴，用于理性知识的积累，这是最初级的，充满谬误与颠倒。人们在其中，只能获得僵尸般的教条。行动是主体的主动作为，但由于需要按照认知规则来进行，因此一方面受认知的引导，另一方面却在甄别各种认知规则，在现实世界中接受由其行为带来的奖惩。而世界是规律竞争的场所，没有永恒的真理与绝对的正确或错误，主流观念也会遮茫人的心神，所以获得奖励的行为不一定是好的，成功人士不见得值得人们追随。人生只有上升到个体阶段，才能观察感悟世界的真谛，不盲从、不追逐，做一个沉静的自我，将各方面潜能发挥到极致。以出世之心入世，即是让我们辨别观念的真伪，保持行为的独立，探求个体的世界。

在追求个体的过程中，也有所谓阴与阳的相应。一方面要动心忍性，增益其所不能；另一方面要涵养挥发自己的志气、胆气与霸气（当然这需要依个人的心性本质而定，但志气与胆气是一定要的）。

今天就讲这么多吧，如上所述，讲解与思考是最初步的，希望今后能跟你分享些更加美好的。

写作于 2017 年 1 月 13 日，与上一篇竟有两年半的间隔。

## 思维碎片

有一些思维在头脑中闪现，经过反复端详后，当时会有一些心得与结论，若是就此结束，那些念头就只能起到暂时性的满足作用。虽然一些好的念头会反复出现，但面貌将变，而且它们更可能的情况是消逝在茫茫的思维黑洞之中。因此，我决心将这些碎片拾捡起来，用文字将刚才头脑中的闪念记录下来，也许日后会就其中某个主题继续深化，也许只能就此作罢。

作于 2015 年 7 月 8 日，津滨轻轨之上。

## 考察的基点

你的立足点何在？这个立足、安身、外察的基点，应是稳固的、不被注意力觉知的。就如你站在一块地方，虽然只有方寸大小，但只要它平稳、不动，你就不会去刻意留心它的存在，以便做事或看物。

那么我们考察所用的基点是什么呢？由于我们的世界是具有维度的现实[①]，因此，考察基点就是相对于外在世界主维度的主观所选择的主维度。

如此时在班车上的我，外向观赏街景，抑或是你站在窗台上，向外看风景

① 参见《三味时间集》中对现实世界、维度世界、主维度的表述。

时，我们都是立足于时间，在考察空间。因为这时我们并没有关注时间的流逝，而是在观赏空间的美妙与多变。

当你站在大门前，焦急地等待应答，或是在约定的地点，不时看表，期待特定时刻的早些到来，则是立足于空间，在考察时间。

当然，由于我们不能直接观察纯粹的时间或空间，所以总要附加上状态属性。

若去刻意追求考察对象的“空”，则会进入禅定状态，因为这时，不仅考察基点是不被觉察的，考察基点所用来观察的对象也是“空”的。

写作于 2016 年 12 月 6 日。

## 生死之间是感恩

早年无忧无虑，即使感伤，也是为了游戏般的世事，现在看来则是充满了怀念，感慨那时的天真与各种傻。

后来接触到各种死亡，从最开始的朦胧，到痛苦不安，再到越来越清晰醒悟，开始感到自己的变老，与逝去的接近。死亡从不被感知的存在，到了回避遮掩的恶事，再到无处躲藏、不断降临的命运安排，才发觉，死亡是无可避免的，它才是最真实的存在。

活着时，没人愿意给予死亡些许考量，我们拼命追求美好的生活，发明各式的新巧技能，似乎人生会在各种应用产品中获得幸福。直到死亡降临，或是在身边，或是在身上，才会发现一切都被雨打风吹去，在我们还未好好感受生命之前，生命就已逝去。

在一呼一吸间，其实就蕴含着整个生命。我们讲求“舍得”，而一呼，即是舍；一吸，即是得。若是在“舍”之后，未“得”，即是死亡降临。所以在一呼吸间，我们都应保持感恩的心，感谢自己在“舍”之后，还能“得”。照此感悟，我们不需悲伤了，面对时间的流逝，不用再悲叹时间的不可得、不能驻，因为我们还在“得”，在一“吸”间，我们将未来的生命物化、具体为现在，这种力量得自生命。而在心思烦乱时，我们只需归守生命的原初，在关照时重获感恩之情的沐浴。

写作于 2016 年 12 月 19 日。

## 人才可以培养吗

就题而论，此需商榷。唯人才多样，怎可一概而论，培养多端，不学谁能成才。遥想夫子，注春秋，编经籍，弟子三千，得道者遍天下。虽良莠难分，然碌碌之辈，不过投名门以自擂，稍具风采者，亦趋步以标榜。夫子谁人教之，唯此一问，可洞古今学养。

乱世之时，还问天以降不拘之人才，天下治久，则画模以刻泥塑乎？金字宝塔，虽贯顶而愈艰，人立寸土，自生长而不息。

作于 2017 年 1 月 19 日，《我已不是青年》同慨。

## 一棵树的感悟

每个工作日的清晨，我都会来到一棵树的旁边，等待着载我远去的班车。偶尔，树上有片枯叶，会在风中舞动，在相伴了几天之后，就杳无踪迹。还有时，月亮会在树枝的周围闪耀，似乎是由于树的所在与我站立角度的缘故，只有弦月才会挂在枝头，而在一轮圆月的时候，这棵树会处在早空镜框的左下角。

树静止不动，而却经历四季变迁，内部的年轮也会一圈圈生长。它会寂寞吗？孤单、喜悦这些情感会被它体会到吗？这些问题似乎太过于感性，可是要知道，树是这个星球上存续时间最久的生灵，见证了陆地、海洋的变化，各种生物的起灭，而它依旧矗立在自己的方寸之上，根深深地扎在视线之下。

所谓个人的三方面修持，潜能、携世、心性，在树看来是想当然的。它在不断地激发自身能力，将根不断向更有营养、水分的地方扩展，以不动心的姿态默然屹立于世界之中。这些素养或是修为浑然蕴化一体，它也并未遁入虚无与寂渺，在街边巷尾，或是水岸山崖，感受着每一天带来的新成长与新生命，每一刻对于树来说都是新鲜的。

它在尽力生长，而死亡或是由于外在暴力而无法避免，或是由于境遇恶化而难以存续，或是出于自身老弱而败于竞争，这些所谓“命运”安排是它不会予以考虑的，从而不会引起前文所提的那些感情波动。而人类的烦恼或哲思，也就是从之而起的，这也是我们不愿成为树，也成不了树的原因所在。

写作于 2017 年 1 月 22 日。

## 追寻“仁人”

“吾常怀古仁人之心”，这是古代文人最爱感慨的一句话，那么什么是“仁人”呢，“仁人”只有古代才有吗，当下就只能是世风日下、遍地小人吗？

从直觉上来看，这些判断句的答案应该是积极的，因为我们还生存着，我们的孩子们也会继续生存繁衍，为此我们会把世界改造调整得更适合我们存续。那么为什么会感到当下无“仁人”呢？为解谜题，首先来分析下“仁人”的含义。

我们从更一般的概念入手，人是什么，这一撇一捺，看似简单，实为复杂，其复杂性就体现在人是一种社会性的存在，在山野之中、草泽深处的，与动物鸟兽无异。既然人处在社会之中，就拥有了社会属性，归纳起来，就是名、利、权。你反思一下，人活在世，不就为了这三种诱惑吗?

“仁人”也是人，只不过是将自身获得的名、利、权，又运用到社会之中。“仁人”出名，则用自身言行、理念，来引导社会风气向好，指引人们在世间前行。“仁人”得利，则会最大限度发挥资源、资本效力，开创新的科技潮流，制造出更佳的产品，更好、更公平地服务社会大众。“仁人”掌权，则会用人民赋予的权力，制定良善法规，引导社会资源向市场所不及的领域分配。这里就不长篇列举“仁人”的所作所为了，我们可以考察古今中外，可以对得起这个名号的人物，从中汲取具体的经验做法。

那么，凡是出名、得利、掌权者，就是“仁人”吗?这个反问不言自明。因此，普通大众大可不必妄自菲薄，因为只要你明白了上述选择标准，那么你就会对很多光鲜人物嗤之以鼻。而同时若有幸接近“仁人”，则会感到无比幸福，因为你知道，你交给“仁人”的名、利、权，他们都用来服务大众了，因此我们要热爱、拥护“仁人”，希望世间有更多的“仁人”。

作于2017年3月10日。

## 作品与时间的划分

图书馆里有那么多的书籍，人们每时每刻还在不断制造各式作品，用汗牛充栋已经不足以形容其多了。这里我想谈作品的创作，间接涉及作品品鉴。

什么是出色的作品呢?它要以理性思考为根据，富含作者对人生、世界的独特感悟，若是有若干灵感的闪现，那么就可称为上乘之作了。因此，我用创作、感悟、灵感这三个层次划分作品。创作这个层面主要是要进行艰苦的理性创作，这是一切工作的基础，光说不练，不能把理性思考演化展示出来，那么一切都是空中楼阁。感悟，是对外界与内心的整体把握。灵感，则是可遇而不可求，在电光火石中，融合此情此景，将内在与外在贯通之后才能得到。

如果以理性和非理性来划分，则创作位于理性的核心，非理性的核心是无知觉的休息状态，感悟、灵感横跨这两个领域。下图用直观方式展示了这种划分。这里我们还联系上了中国“阴阳”概念，把理性领域认作是阳，非理性则是阴。只不过“阴阳”概念，如同很多中华古典思想一样，用作根基，箭头指向的是现代的称谓。如果用这个圆圈表示一天的时间的话，那么四个分块分别占用 6 个小时。纯粹休息即睡眠用 6 个小时，应该是足够了；而散步、阅读等与感悟、灵感相关的活动，总共用去 12 个小时，那么一天也就不会枯燥、紧张了；剩下 12 个小时留给艰苦的创作活动，也是能够支撑的。

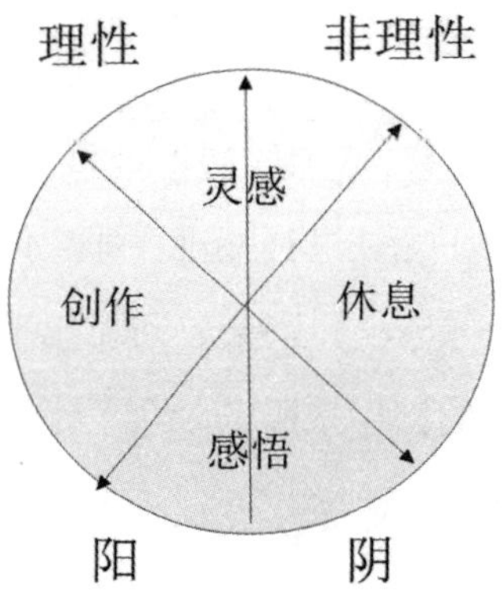


这里只是直观的套用，若是你愿意将此圆圈应用在月度、年份，乃至一生的话，相信会有更深刻的体悟闪现。

写作于 2017 年 3 月 10 日，创作、感悟、灵感这三个层次在脑海中盘旋多日了。

## 时间的进一步划分

对于上图，近来又有很多思考。比如，灵感和感悟，虽然横跨两个领域，但多是植根于创作，对非理性部分的强调不够。要有高出世间感触的灵感，需要有知花揉风的情怀。在诗歌创作中，我们往往有这样的体会，在紧绷的写作或工作期间，并不会有灵感激发，只有当放松下来，心灵才能感触到外界的纤细变动，相应的情怀才能不自觉地顺着笔尖或画作、音乐等媒介得以宣泄抒发。这就说明，情怀是非理性的一部分，与灵感互为激发。

至于感悟，则对应的是胸襟。只有傲视寰宇的气魄，才能逐步提升自己的理性感知范围，而眼界的开放，自然又会反过来扩展自己的涵养。

上图中，非理性核心的休息，应进一步完善为“休养”，除了单纯的睡眠外，更要重视养生健体等“颐养”的作用。而且中国古人的睡眠，还讲究混元式、还阳式等直击深入睡眠、全身畅通的方法，因此要“以养来休”。

尼采等哲学家提出意志的重要性，只有通过意志，理性成果才能催动事实的实施，没有意志，一切妄想皆是空谈。因此，理性部分要对应意志。而所谓“谋事在人，成事在天”“七分人力，三方天工”，古人对于不能把握的势事变化，皆归于天，也即西方所说的“命运”，于是非理性部分也应标注“命运”的标称。

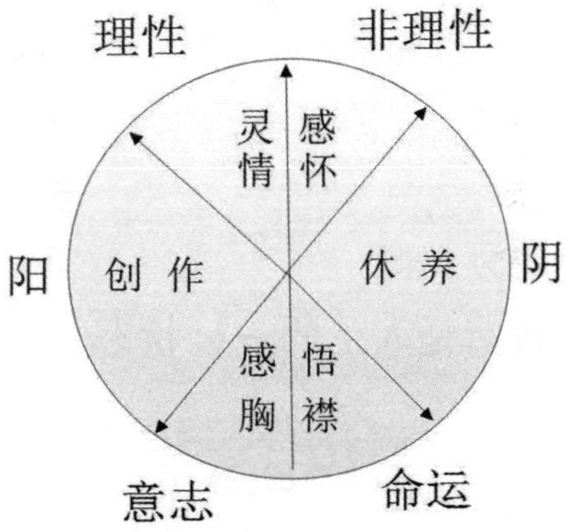


综上，对于时间，可按右图进行进一步划分。

写作于2017年3月20日。

## 人生的把握

人生在世，不过短短几十年，而又将宝贵时间浪费在名、利、权之上。在《追寻“仁人”》一文中，已经初步讲了，单纯追求这三方面不过是虚妄，其三方面的实质是带动社会整体的进步，而不是夺得表面的光鲜、吹嘘的荣耀。人世间争名、逐利、夺权，就如沧浪之水，看似波澜壮阔，实则完全汇入历史长流。

反映这种长河的，即是主流文化，主流文化是无关生死的，最多只是崇尚生存、强者，若是一个人只按照头脑中主流文化范式思考感知，则其对个体死亡的认知就被无限推迟。

个体的出路，曾有宿醉、成仙等途径，但只有将整体文化与个体生命进行再融合，才能寻觅到真正的解放道路。一个人独立的标志是拥有清醒的认识，能将整体的文化观转化为个人的反思，只有这样才能活得通彻。这一过程是痛苦的，但唯有感受到痛苦，才能促使优秀的头脑进行这种反思。

只有个人才会有死，而感触、思考、解决个体的永恒不死，是人生最大的悲哀、哲学终极的命题、世界永恒的追求。这虽是不可能完成的任务，但会带动文化的进步，促进整体思想的进展。

初稿成于 2017 年 3 月 20 日，29 日誊写完成。

## 寂寞是人生的一种状态

寂寞是人生的一种状态，难说是最好的，也不应判断是最差的。起码我还有寂寞陪伴，若连她都不在了。人生将彻底陷入疯癫。对影酌酒，当镜高歌，起码还有兴致歌酒。

为什么会寂寞呢？因为有些人是要陪的，有些话是不能说的。千年的迷，被点破了，是要遭受天谴的。虽然那谜面是众人都浅见的，但有几人能被吸引住而深陷其中呢？纵然经历长久的探索与痛苦，他们找到了迷解，可那说出来的话，会被众人嗤笑为如此浅显。为了这简单的道理，至于散发入深山、献身于深渊吗？这就像精美盒子中的礼物，一旦拿出，钦慕于外表的众人都会大失所望。

如果说答案是空气，既而是“空”，那么众人的难以理解就解释得通了。这里就潜藏着世间最大的矛盾，知道都不能也不应说，要与众人分享都不能也不应给出。在这“给”与“得”中，存在着两个群体，暂且概括为圣人与凡人吧。凡人觉醒为圣人，立志出凡入圣，是个体生命的意义；圣人离不开凡人，应该忘圣入凡。这两方面都是大道的意义所指。

“时间的道理是什么？”

当好不容易追问到所谓的大师时，他却摆手点头，什么也“不说”。

写作于 2017 年 8 月 25 日。

## 破障（心头的魔）

当用一种精神工具从极细微之处，抵达最高深之所，就会发现精神世界的错综与简约。这种精神工具于我开始时是思维，而越到后来则趋于感性与艺术性。

世间的政治，不过权力的争夺；经济则是利益的拼抢；道德是行为的规范；艺术是心灵的慰藉；宗教是信仰的定向；科学是对奥秘的追寻。

从人与一般生物体的角度讲，可划分为集群与个体。个体在物质层面上经历衰老、变更；在精神层面则要转化与运动。一个个单独的个体，向上的箭头推动思维整体的变化，思维整体向下则在反哺个体。

要体现个体的不同，发挥个体的作用，需要唤醒野性的本体，用动的思维反哺肉体与思维的个体。

**心头的魔**

你需要什么
就奔向什么
为了循环的环
先画笔直的线
刻上你的大名
镌上独特的体
快汲取那美妙的香
浸透易腐的躯
不要被名词吓坏
多用不停地动

为了这转瞬的一霎

抓来头顶的云天

燃起内心的烟火

点亮这暗淡的宇环

简文与诗歌写作于2018年2月27日，4月20日对简文做了理顺整理。

## 破识

好久没有呱噪了，闷热的天气让大脑归于空白，不断增长的年岁（特别是自己对此的意识）也使得对无意义的空谈，愈发不感兴趣了。头脑中还是在总结，还是在对周遭进行反思，那颗珍惜此生的心，还是不肯就此沉沦，于是有了独立的意识，有了探索的勇气，头脑中出现醍醐灌顶式的影像，特别是对于识见有了新的思考。

我还是深受黑格尔的影响，喜欢把阶段划分为三，于是对于广义的认识，有了三个层次：一是世识，二是识识，三是是识。世识即是物质世界以及我们生活在其中的经济社会政治文化形态对于意识的作用，体现为人们头脑中对于物质生活的追求，特别是对于“名、利、权”的追逐。

识识较为不好理解，我想表达的是外界意识对自我意识的作用与束缚，特别是思想观念、宣传理论、潜在道德律等对自我思考的约束，其划分出的禁区或通道，虽然有助于思维经济性，但也使我们的思想过于大众化，成为思维市场上的标准品，缺乏了个性与独创性。

意识到思维自身的约束作用后，就到了第三层——是识，这一层既不是“有识”，也不是所谓“无识”，在有识中归无识、促无识于有识，这是思维中的一束光源、一眼甘泉，人类思维界得以推动前进的源动力、思维的生产力。

前两个层次，都是要“破”的，到了第三个层次，“破”与“立”已经统一起来，但“破”是主导力，只有“破”字当头，才是使“破”“立”互转。所以我们尽可以说，这三层“识”，都是要“破”的。

写作于2018年9月14日。

## 让时间再飞一会

随着年岁的增长，我已接近不惑之年，有一种紧迫感、使命感、责任感在心中不时升腾，十年蹉跎早成空，现在连五岁的女儿都知道她爸爸傻了，男人活到这个地步，也是憋屈窝囊到极致了。

可心中却有着期限，宁可不要抛头露脸、扬眉吐气、人前显贵，也想把自己心中的路走完，孙行者需要压在五行山下500年，少一天也不行，当然多一天他也是不愿意的。心中设定的期限是自己成长的路程，需要一步步走完，虽然路程上的每一天都很难，但自己的内心是一天天轻松的，自己的心态也是一天天成熟的，回首过往，会发现来程的自我，是如此幼稚、笨傻，那么多艰难些、多困苦些、多遭受些委屈，也是理所应当的了。不知道是心中坚持的作用，还是外界确实在变化，感到心与周边都在按照原来的设想在改变，在一天天趋好，因为即使客观上没有变化，但原来的困境对于成熟的自己来说，已经如清风浮云，看清、看淡、看开了，所有心会轻盈、飘逸起来。

但还有路要走，设定的期限还未完成，所以自己待不了庙堂之高，只能在灯火阑珊之处，处在这样的境遇，心中一直在默念，让时间再飞一会。不要为了峰回路转、柳暗花明，而半途而废、抛却本初。

有人会指出，这样的态度，是在逃避。如果把期限设定为一生，或是几辈，那么现在的存在已然无趣，只有把视角、感官拉回到个体的生命存活的范围内，再设定忍耐时间距离，对血肉之躯才是有意义的。如果从世代接续的角度看，那么个体已然献祭给空虚之境，而我好不容易才从虚空回到血肉的人，所以就让时间再飞一会，只一会就好。[①]

## 膜

“观天之道，执天之行，尽矣。”《阴符经》这句话简短而意蕴深广。人生若能“尽矣”，则洒脱、自由、闲适，少了追逐、烦躁、忧闷。既是“尽矣”，则首先要“化简”，所谓“大道至简”，一方面从名词或形容词的角度看，是说天地间的道是简约、纯粹、无杂的，它存在的状态是不繁杂、不困扰的；另一方面是动词，要达到这种“道”的状态，是需要我们对周边的杂事、牵系“化简”的，用“奥卡姆剃刀”剪除思维上的过多束缚，进而使生活追求简约化。

在化简的过程中，我们会察觉周边的行为规范、欲望追索，都像披上了一层无形的“膜”，是不真实的，并且阻挠我们对“道”的拥有。这种膜有各种形态，从感觉上的本能，到物质世界的利益、权力，乃至文化传播方面的名声，这一切都如薄膜，是道的外观，由于有了扭曲，而不能成为道的本身，但也不是镜中之影，而是纱后之形，只是对道本身有遮掩、阻碍，但不妨碍其通过正当认识、使用，而促进道的观察、行使。

将有限的生命投入到终极之道的体察、执行之上，需要看透这些膜，但并不是说这些膜能够完全去除，或是不必要的。能彻底揭开这层膜，是宗教与神话的臆想，从客观思维的角度看，膜与道是一体的，没有膜就没有道，或是纯粹唯心主义的道。而我认为，道与膜是一体的，道是天上的，膜是地上的，天

---

① 写作于 2018 年 9 月 18 日。

与地是一体的，这又转化为那幅最古老的图像。

阴阳相对、互融、互化，阴是感觉、意志、思维，阳是自然、人世、物质界。不存在能独自存在的思维、本体，也即阴；也不存在感觉、意志、思维没有或不能覆盖及观照的纯物质界。但阳终究是起主导、主动作用的，所以阳的范围更广泛，但我不认为存在纯物质界，因为我对物质界的定义是感觉、意志、思维覆盖及观照的对象，若不能感觉、意想、思考物质界，那么这样的物质界却恰好是感觉、意想、思考出来的，这个悖论使我放弃对纯物质界的认知。

因此，我回到了中国最古老的信条、认识，阴阳一体，互生、共化。透过这些“膜”，感觉、意识、思考纯真的精神体，修正、调整这些膜，以使这种感觉、意识、思考更接近精神体的本来。

我很欣赏日本饭店门口挂的“一食入魂”招牌，吃的东西或进行物质性的消费，是为了培养、滋润精神性的自体，物质性的对象不是目的，阳应回到阴，我们最终应回到母体。

我以这样的视角看待世界与此生，通过一生与物质客体的争斗，而回到人类整体精神界的存在。

## 论“无”与“一”

最近头脑中又有新的感悟，有一种似乎已经冲破“百会”，将“水”与“火”，“龙”与“虎”勾连起来的感觉。但这不是通过静坐练气，所以是否与道法相合，也还是需要未来求证的。

这种思维是外向性的，关于个体与世界的一般关系。在传统上，可以很直接将这种关系划分为三个部分：第一部分是个体的劳动，生物特别是人的行为；第二部分是个体间的关系，生态与社会关联网络，这种关联采用食物链、名气声望、经济利益、权力支配等形式体现；第三部分是塑造生物界的本源，人类一直追求的终极理念、单一的神、本体等语言所表达的此类意思。

从宗教学或世俗常识的观念，这三部分是从下往上依次递进的。从价值方面考虑，个体行动被置于最低层次，是无足轻重的，人们追求的是“名利权”，更高一层的要求是要达到终极的感受或体悟，与神一体。以孩童般的眼神观察这个世界，会发现芸芸众生，在为温饱、爱欲、繁衍、名利、权势，削破头皮、不要脸皮、算尽机关，突破任何底线地争抢。殊不知，他们仅仅成为提线玩偶，以一世的修为，挣得一瞬的浮乐。若是甄破这层，则以世俗为“无”，进而认为万物归“无”。即使从“无”化“有”，也是停留在对单一体的崇拜、臆想之中，往往落得疯癫，或是沉沦为权势的工具。

从山顶往下行走，重新回归个体，意味着文艺的复兴、自我的觉醒，但不免滑落过快，缺乏了中间层的规束，将个体降低为感官的单核生物。因此，东西方两种人文历史有两方面值得吸取，东方的静与西方的动。

个体行为，经过道德、礼仪等的束整，达到对远古祖先、社会本源、终极之道的体悟与“一体化”，个体升华为“无”，进而带动整个人世从烦扰、忧愁、纷纭中解脱，化生于“无”。

化整体的说教、束缚，经过艺术、科学、新生活的提升，为活泼泼的个体，让个体的胸怀是舒畅、愉悦、喜乐的，珍惜此生、今时的点滴感觉，听鸟鸣、观叶落、闻风香。

当我刚刚跨上山坡时，我是以“一”自居，既看到尘世的种种纷扰，也观察人们的众多努力。这就有如是练气发功，将气息聚集到一定程度，然后挥发出来。人类通过世代的努力，形成相应的制度，达到对整体的认识，然后用思维指导制定社会关系网，推动个体行为的继续。这是一层循环。但当我用“循环”这个词时，我发现考察的立脚点与根基，可以选择这条循环路径上的每一个部分，而整个历史也将如双螺旋结构那样扬弃上升。

让我们回到诗的表述吧，在循环之中，单一体不是完美的，她通过个体的感觉、追求、思维来实现自我的观感。用有机体来比喻的话，生命之树最为恰当，当我们不是在草地上远观这棵参天之树，我们是作为树叶、树枝、树干而生活、存在于树本身，我们即是生命之树。

我呼吸即她呼吸，
我思维即她思维，
将最美好的奉献于她，
我才能品尝生命的甘甜。

因此，请将琐屑抛去，踏上孤独的溯源之路，将时间、财富、生命用于体悟、思考终极的理念，让这种体悟、思考指引我们在闹市人潮中继续前行的步伐。①

## 感秦灭六国

乱世纷纷扰，众生多颠倒。
兵戈时时现，谁复论圣贤。
一生论三王，匡正礼义纲。
郊外战鼓擂，城内饥民嚎。
周氏已倾颓，奈何谈宗朝。
腐儒不足与，大限不期年。
修兵积粮草，东墙补西城。
百废无一兴，千疮叠万孔。
势与时俱逝，权与财共亡。
乱将及庙堂，弃席不及履。②

---

① 写作于 2018 年 10 月 26 日。
② 作于 2018 年 11 月 2 日，读《资治通鉴》相关篇章有感。

# 世界

尽管世事纷扰、俗务缠身，我还是会在忙碌一段时间之后的清晨空闲时，头脑中自然流淌着对一些“大言”的寻究。世界很复杂，个体很迷茫，我们想知道何去何从。有些人会从实际处境出发，针对自己的困难境地，寻找出摆脱贫困、不足的途径和方法，然后身体力行、艰苦实践，然后获得物质性的满足。还有些高尚的人，据说会针对群体的困境，寻找解决方法，或是献智，或是实行，让群体过上幸福安康的生活。另有些人，会针对科学技术，或是社会科学，或是艺术技法中的具体问题，攻坚克难、刻苦钻研，在思考解决问题的过程中与取得突破时，获得内心的愉悦感。而我，似乎是在思考透彻某些虚无缥缈的问题时，会感到满足与释然，在理解整体是如何运转、世事是如何兴衰、命运是如何弄人之时，会激发出探究的热情、钻研的不舍，头脑会自觉地进行运转，而在自认为理解通彻之后，会感到由衷的释然与轻松。

在前一段忙碌完平常的科研工作之后，今天早晨，一些想法就在我行走时自然流淌出来，纠缠不去，直到自认为找到了解答。这些想法是这样的：

我们所处的这个世界，第一条隐藏法则是什么，这是无数哲人探究思考过的问题，我不愿蹈人窠臼，不过还是从所受文化理念中，找到了一句表达，“天之大道在生”，这种生，既表现为自然界的循环演化，也呈现出生物界的竞争繁殖，还体现在人世间的爱生恶死，另一个层面，还有这整个世界的“生”，我们之所以活着，是因为这个世界繁衍出了适合生、鼓励生、激发生的规律与环境，若有截然针对“生”的主导性趋势，这个世界就会走向衰亡毁灭。而这个世界不光包括物质性的星球、高等级的生物界，还有具有血肉骨骼的、规模越来越庞大的人群，及其思想、意识、习俗等，这些都囊括在我们所谓的世界中。至于外星球，则因其对地球的影响强度，而微弱地作用于这个世界。

我不想讨论世界体系，或是从科幻的角度幻想另一个平行世界，我的考察工具是感官观察与理性思考，但我不会拒绝世界体系的认知，实际上，这种体系会极大扩充世界的覆盖范围与认知深度，但当这个世界，将外壳消化或是塌陷，融合或是崩坍进世界体系中时，若其仍坚持自身法则，并将其扩展进世界体系中时，则这个世界就成为世界体系，我们的考察仍然适用。而若是这个世界的法则，在世界体系中完全不适用，而被实行另一种法则时，这整体世界体系若要存活，也需要保留我们刚才提到的原有世界的第一条法则，以便延续下去，若是其对立面起主导作用的话，世界体系就会趋于消灭。当然，对世界体系法则的探讨，是更加形而上的问题，有无限种可能，而这些可能会为当前世界的改造提供借鉴和启发，但我不想在这里展开了，我们离世界有点远了。

在世界的第一条法则之下，是深度和广度，两个维度拉扯出整体世界的骨架，而深度和广度这两个维度交织演化出丰富多彩的生命画卷，在纷繁变化的人物事件前，我们可以用复杂度这个概念对其测量表现。深度要高于广度，在世界的具体运行过程中，起主导作用，这就是所谓“一粒沙而见世界”。因为若是世界无限制蔓延，那么从内容上看并没有增加，所以广度只是在深度无法取得进一步进展时，将已有深度的并列排放。

我们快速地过渡到对世界对人的表现与要求。第一层次表现为对第一法则的直接体验，即受到灵感感召的诗歌与自然而然的舞蹈；第二层次是视听等感官体验；第三层次是知识，对世界的具体认知与梳理总结；第四层次是思想，意识形态上的框束与飞跃。这是从考察工具上的大体划分，它们对应着自然、经济、社会界，俯视着生存竞争、名望争夺、权力交替。这里我只举一个例子，有很多失意宦途或是财富的人，自身觉得不平，其实这是世界法则的要求，它要求这些对世界有直接体验的人，放弃一些平常的、众人都在蜂拥而上的事务，去从事直接靠近第一法则的事情，以维护、体现第一法则，因为俗物的追逐表现，其实并不需要多大才气，所以上天要把最好的留到最后。正所谓“冥冥之中自有天意”，若是看破这一层，这些失意诗人，会豁达适意很多，从而享受到无比的幸福。[①]

有太多问题需要展开，有太多问题在思考过程中产生，但我已经到站，于是搓揉几下皱褶的面庞，缓缓起身，走进拥忙的人流。[②]

## 火雨

在上次宇宙大爆炸时，物质都被烧毁，只有思维碎片脱离灭绝的旋涡，在另一个宇宙中附着于物体上，形成各种生物。由于高等级思想是在后面到达的，所以人类最后出现，捡拾起思想，最高深的思想被少数人获取，从而成为天才。

思想与物质界的对立是两个宇宙间的冲撞，最纯粹的人沉醉于另一宇宙中的思想而舍去当前的物质享受，特别是不屑于名、利、权的争斗。

但思想需要外化，将毁灭的宇宙重建，用思维的记忆与构图，重新改造当前的宇宙，恢复毁灭的文明宇宙。

存在伊甸园，但早已毁灭，奔流的思想碎片，要寻找可以外化的对象。

思想因人而显，随死而再遁入虚空，直到后人接续。[③]

---

① 读者可以认为我是在给包括自身在内的这些失意诗人找借口，我在书写的过程中也有这种感觉，不过我还是要写，因为我觉得这确实是世界的一项很机巧的安排。

② 作于 2018 年 12 月 20 日。

③ 作于 2019 年 3 月 11 日晚。

## 疯癫之语

在最黑暗的时候
等候更加黑暗的时刻
在最痛苦的时候
期盼更加痛苦的伤痛
希望
是懦弱者的专属
强者
只会欣喜更加强大的恐怖
扯下一切虚伪的粉饰
撕开那些无聊的面具
让我们见识见识
宇宙的本来面目

美好的事物
都是留给娇弱的身躯
从儿时就编织起的童话
蒙蔽了我们太久
金钱与欲望
才是支配世界的法则
在丛林中活下去
是每个生物的终极追求
让自己变得更加强大
让个体获得生命延续
才是生命的真谛

快欢呼吧
那些腐朽的人已死
快欢呼吧
那些道貌岸然的人将亡
谁能把握生命的整体
谁才值得我们称道
谁将你我内心的火点燃
谁才值得我们为她照亮
那所黑房子从未坍塌
人们仍在艰难呼吸
用无聊的冥币与蜗壳
相互捆绑着不断臃肿的四肢

燃烧吧
那团内心的火
像太阳的耀斑
在无尽的源泉中挥洒精神的光芒
踩踏吧
那些已死将死的尸
从他们的臭气中懂得堕落的下场
欢舞吧
从众多鲜花中
汲取无比甜蜜的蜜
光明
只在有光明的地方才有
如太阳
内心
生命①

① 作于2019年5月17日，归途中的公交车上。

# 生命的意义

我问天
问地
问自己
生命的意义是什么
天说
木星系群只是宇宙的一点
生命在努力挣扎以求得片刻喘息
地应
在浩瀚的土壤中掩埋无数尸骨
生命在历史长河中微不足道
我想
这个问题已然颠倒
我们应该问
意义的生命是什么

是鲜活的生命
赋予
天以色彩
地以厚度
人以自由
你若追问
生命到底是什么
在清风中
在晨曦里
在爱的怀抱中
看鸟的飞翔
闻花的馨香
听爱的喃语
你是否找到了
生命的意义[1]

---

① 作于2019年6月1日。

## 生存、延续与扩展

当我们把目光从眼前的繁华景象延伸到过往、再过往，以至46亿年前；当我们把思绪扩展到地球上生生不息的各种生命，乃至浩瀚无垠的宇宙之中，心中升腾的是无限的悲凉与感慨，寂寞就如这虚渺的往逝、空洞的虚宇，笼罩着一点点光与暖，缠抚的个体。

在无尽的虚幻之中，生存是最大的进化，挣脱出虚空是生命最灿烂的展现。虚无本身具备无限种能量与势能，是生命成为虚无的最佳组合方程式，点燃了生命对应的虚无的潜能。生命的更替进程，是能量形式变迁的过程，更有效利用能量的生命成为更高的形态。

在这个链条中，隐含了物质环境这一环节，生命既可以从虚无中直接产生，也可以通过利用从虚无中进化出来的物质环境，利用相较虚无更物化、更显像的物质环境，更便宜地涌现出来。后一生命出现方式，更加普遍，一般来讲其生命形态相较前一方式更加高级。但一般性的生命，完全可以推倒已有的生命金字塔，以另一种方式从虚无中浮现。因为虚无的无限广大，我们不能贸然指出现有生命是唯一的方式，完全以另一种方式从虚无中产生的生命系统是可以存在的。由于人类系统知识的限制，我们还无法探知另一种生命系统，我们的考察视角只能局限在人类所处的生命系统之中。但是从概率论、组合分析等角度，考察虚无中爆发能量的原始形式，进而模拟仿真之后的物质、生命演进过程，是非常具有科学意义的。

从虚无中涌现出的生命，具有生存属性。这其实可以通过悖论判断分析得出，假如一种生命不愿意自我生存，则其只能走向灭亡，从而这种生命就不存在。因此，生存是生命的根本属性，活下去是生命的最基本诉求。

为了生存下去，为了在虚无的各种维度上生存，生命需要尽可能利用各种潜在能量，更好利用能量的生命能够占据虚无的更多维度，否则就会再次跌入无尽的虚无之中。因此，在生存的基础上，衍生出生命延续的需求。这种延续需求体现在时间、空间、资源占有等虚无维度之上。

在生命形态的更高级阶段，生命会从线性的延续需求，变迁为非线性的扩展需要。将片段化的感官，扩展为囊括时间、空间的感觉综合体；将单一的知性判断，扩展为对全局的思维综合体；将个体的生命形态，扩展为全族群的生命综合体。

现有的人类已经掌握了一定的扩展方式，第一种扩展拥有音乐、绘画、雕塑、诗歌等艺术形式；第二种扩展拥有古典哲学、多学科科学集成等形式；第三种扩展拥有道德律等形式。但是现有人类受到太多障碍的束缚，如感官障碍、语言障碍、规则障碍，这些障碍过往曾经促进了人类的进步，但现在人类站在进化的顶点，是继续前行，还是另辟道路，抑或从此衰亡，取决于人类对已有扩展形式的再体察、再思考、再践行，取决于人类进一步汲取虚无潜能、改造物质世界的方式，也有可能取决于人类对另一种虚无——生命形态的科学探索或偶然相撞。

## 如何才能掌握全体

在缓缓浮动的公交车上
一个疑问钻进血肉大脑
我有个问题
如何才能掌握全体
作为要死的凡人
这个问题过于大胆
日常生活的机械劳作
还未磨平不切实际的孩童幻想
那些大腹便便的官宦富人
最看不起穷酸书生的迂阔用语
可在低头弯腰的瞬间
在星河洒落的屋檐
望着奔涌的江海
闻着深山幽谷的芳兰
一种脱离平凡的渴望
一种获得神圣的期盼
会在心头涌动
带来转瞬即逝的灵感
触发对生命自身的审视

诗人用诗
歌咏生命的伟大
画家用画
描绘世界的美好
音乐为我们带来
无限联想
哲人的沉思哀叹
会让心跟着震颤
一切的一切
都太过现实
一切的一切
都太过浮现
那扎在最深地壳下的蠕动
那隐在无尽虚空中的潜能
那生命从远古到未来的源力
我将怎么
掌握生命的全体
生命自身处在
演化过程之中
诗人用诗歌
画家用画笔
哲人用思考
编织着生命进化的前沿
华美的诗句
绚丽的形态
动人的篇章
拉动着人类族群
生命在问
谁来掌握这个全体[1]

---

① 上文和本诗同作于 2019 年 6 月 3 日。

# 思维片段

# 目录

## 起语

让思维顺着一个方向，前行，就如集团军作战一般，需要做好充足准备、集聚足够力量、进行全局规划、周密安排部署，在战争中，这将是主要的决定最终胜负的综合比拼。但思想是战争吗，我们是否一定要攻克一个又一个思维问题，获得满意的答案之后就以胜利者的姿态炫耀，我对肯定的回答予以质疑。也许现代科学技术的进步，使得我们需要集中大规模，甚至跨领域的科学家，共同攻克某个科学难题，或是以有组织的领导模式，或是以松散的论文研讨形式，或是以追述式综述模式。

但为什么对于一些基本的人性问题，对于与生命有关的存在性问题，对于生活形式的生存问题，每个人都在追寻自己的答案，即使苏格拉底、柏拉图、孔子、庄子诸人，已经给出了后来奉为瑰宝的至理名言，但我们并不会满足于翻阅镶嵌金边的泛黄纸卷，在闭目掩卷后，心中仍会涌现无数的疑问，甚至是对于这些回答的强烈质疑。

对于生命的意义、存在的形式、终极的追求，这些带有普适性的问题，反而需要个体鲜活的生命，来赋予它们意义，这种回答不是在纸面上、不是在口头上，更不会在墙头上，而很可能隐藏于街头的身影、城市的晨曦、乡间的小溪。我们在阅读传世文学或是哲学大师的著作时，有时也会隐约感受到生命的答案在向自己招手。

那么，就让我们起身去自由探索吧！

既然知道自我的必死与有限性，就让我们痛快地去寻宝吧。当然，这种宝藏不会埋在地下，也不会单以故物黄器的形态存在，这个大时代的精神所在就是鼓励人们进行这种探索的。特别是在当前的中国，我们经过了史记以来三千年左右的动乱波折史，终于抵达了一段平缓石板，当然滔天海水仍不时泼来，天也并未完全放晴，好在我们有了这一段平缓期，可以回顾下过往，总结下得失，畅想下将来。

那就请我们各自出发吧！

而我的思维又恢复了碎片状的形态，有感而发、有情可抒时，就会有思维片段涌现，但这时我已不再像初到海滩捡拾贝壳的少年，将在思维之海边捡到的所有，都如珍宝般一股脑抛进竹篓。我将放弃时间顺序，而会将如游骑兵般四面八方扩展开来的思维片段，根据空间方位、属性的区分，进行再整理，再排布。因此，展现在大家面前的将是几方面较大的思维块，每块之内则是思维碎片和小片段。①

好了，不再啰哩啰嗦、啰哩啰嗦啦，上述文字权当是出发的宣言。

嗨，等等我，等等我，那边有什么好玩的？

山帆速记

2019 年 7 月 22 日

## 转瞬即逝

有一些思想转瞬即逝，若不抓住她，我们就将再难相见。我发现，自己还是更擅长于用诗歌的语言方式，来捕获灵感，表达心理。洋洋洒洒几十万字，在我看来，不过是回旋论证，无用连篇。最核心的是什么，最关键的在哪里，用几十个字就能表达，而且又充满文采，朗朗上口，我们又何乐而不为呢？

---

① 后来发现我仍是少年。

我的悲剧在于，不愿相信他人，不愿吃已被嚼过的饭，厌恶穿已被做好的衣。在我的内心，始终认为，人，应该是活泼泼的；人，应该是独一无二的；人，应该值得被称为，人。这是我诗歌的核心，这是我探索的出发点和归宿。

人当然要吃饭穿衣，我已不再是在北大湖畔树下厌妒鸟儿捕食的少年了，人是要谋食的，这也就有了尘世中众多恩怨情仇。那美人的美，是需要有人欣赏委寄的。人，生于平凡之中，死于平凡之中，在生死之间，贯穿的是疾疾谋生之路。若所有人都用诗用歌用画填充肚皮，那人早就灭绝了。

转瞬即逝的，除了头脑中的灵感，还有建筑工人在炎炎夏日高空作业的汗水，保洁人员不顾污浊腐臭认真擦拭的抹布，夜间保安忍耐饥肠辘辘不时亮起的灯光。文学艺术的作用在于挖掘发现弘扬这种美与精神，而不是做权力金钱香肉的奴才，思维探索的方向在于将这种美与精神予以外显维护壮大，而不是成为无用刊物昂贵书号的废纸。

摒弃一切旧的说教、融汇一切进步的精神、吸收一切先进的思想，用活泼泼的语言、生动感人的故事、论证严谨的理论，来抓住抒发把握这人世间美好且转瞬即逝的一切。①

## 把握全体

当一心清净，不受外界名利欲色困扰，头脑中会逐渐浮现宇宙整体的镜像。当然，我们不能痴迷于这些幻想，若要化影为实，必须要熟知整个人类历史，辅以关于自然与社会演化的科学知识。

有几个维度，需要熟练掌握：以百千亿光年计量的整个宇宙的空间维度，地球 5 亿年的自然演化历程，人类 5000 年文明生演过程，作为中国人对中国

① 2019 年 8 月 9 日晨。

3000年人文生息的考察，鸦片战争之后中国的近代屈辱奋进过程，第一、第二次世界大战及延续至当代的世界政经格局，近10年来具体世事以及当下人类活动趋势。这些维度的掌握，需要经过刻苦的学习研读、深入的观察思考，古人面壁十年，熟读经典，而我们当今要做的是，面世而生，以古仁人之心，寻具体达世途径。

人生苦短，转瞬已近半百，若说天蕴奇才，不过孤苦求索，不满名利羁縻，不求一科称冠，看透天地运转，了知人世迁变，以美以哲，以产以经，描摹全体，融汇大意。

## 生态系统

当一心澄净，不被私欲所染，就能关照全体，看整个人类历史之变迁进展，思人世百态沉浮涌现。个体的生命太过短暂，若是以个人生存的角度看历史尺度的问题，只能产生片面的心态，得到片面的印象。历史有时激荡，有时沉缓，有时悲歌满目，有时笙歌在怀，个体的人有欢喜、有仇怨、有无奈、有慨叹。

中国的一个王朝大都在三百年，从弱冠到随心所欲，一个人要用五十年时间，也就是需要六代人，才能完整见证王朝的兴盛衰亡，所以他们的真切感识是不相同的，我们需要抽取他们对规律与道的认识，结合不同王朝，融汇中外朝代，形成对当下现实的全面体悟。

生态系统是具有自我修复能力的，大厦的倾倒是需要过程的，对于一个王朝来说，在这两种力量与趋势的交互作用下，它以或上或下的曲线形式行走在崩溃边缘。单一指标，诸如生产总值、可支配收入，都不足以衡量刻画国家的整体运行情况，以平均数的形式表现的生产生活状况，更是用所谓科学的手段刻意掩盖了现实中的不均等，而正是这种不均等才孕育了王朝更替的种子。

大道至简，在这简短的表述中，我想表达的是如何观察地球上，不同时段、不同地域，一个个人类社会球体，通过自身内部的运转，实现自身的前行跳动或是爆裂。二分法直接适用，那就是看社会上的精英阶层，和普通大众之间的关系互动，若是权贵精英们，只将其手中所掌握的资源势力，用作自我谋私的工具，那么两个阶层之间的裂痕会越来越大，怎么样弥合两个阶层间的距离，使得社会上已积累的资源财富、已构筑的文化品鉴，不被既得者所独占，而是用较为有效率的方式为普通大众获取，需要政治机制、市场体制、人文建制在有公心意识下的磨合演进。

我们没有必要整日战战兢兢、如履薄冰，洒脱飘逸地度此一生。关于大道，不用悲悯人心不古，这是乌托邦的前戏；也不能撒手放任，还是要敢于身兼重任。

## 有创造力的劳动者

有多久没有安静下来，斜照着夕阳从透明落地窗洒进来的暖光，在洁白的图书馆书桌上写下心里的话。我还是适合做一个人的事，不愿意将各种名头放到自己的名字的前与后。虽然这个名字也是可有可无，那就剩下这副躯壳了，可他也会腐朽老死，那就剩下这堆文字图画了，可它们也会湮灭天际，真不知道最后会剩下什么，也许我就是太过于追求这些虚渺的东西了。不过，它们相对于名声、权力、物质，更加实在真切，于是便将一生的精力，投入其中了，这其间其实是有大算计在。

这也是一个过程，不可能一生下来就是精神性的，婴孩没有奶是要哭闹的，孩童不去接受学校的正规教育是要变成“狼”的，青年人不去努力工作致力于物质财富的创造，社会是要衰退的。当我们用整体的视角思考一国之进步时，就不会为君王的神圣天授之说所洗脑，他们是只为一姓一代享乐的暴君，也不应为聚敛社会财富、凭借庞氏骗局、无知民众集资而暴富的食利者倾倒，羡慕其奢靡的生活，也不要为所谓专家学者的堂堂说词迷惑，丧失自己的独立判断。

社会的兴亡是有过程的，我们用百年的肉躯，只能感受这一过程的某一阶段，或兴，或衰。所谓观察社会的整体视角，是看这一过程的整体现状与发展趋势，不为某一得利团体的观点所迷惑。从经济系统的运作来看，就是考察其投入的资源、资本，产出的社会产品，以及产品在人们之间的分配过程。产业的不断更新，扩展了已有经济系统，使得系统内部不断丰富，产业链不断延伸扩展，但从最初投入与最终产出这两个维度来看，则经济系统的本质没有改变。以经济活动作为整体考察的主维度与主线，辅加以社会关系、政治活动、文化宣传等补充维度，才能对一个社会有透彻把握。

在这个复杂的系统中，活劳动，特别是有创造力的劳动，才是推动现代经济发展的主要推动力，企业家、资本、政治帮扶，都只能起组织协调等辅助作用，要坚持对有创造能力的劳动阶层的保护，要将社会地位、舆论倾向、物质财富导向活劳动。看社会的兴衰，只要看拥有创造力的劳动者的际遇感怀就可以了。噫，只有盛唐和文艺复兴，才能给后人以鼓舞啊。

国家要发展，必须重视有创造力的劳动者们。知识分子可以流血、流泪，被流放，国家之衰则可见一斑。

中国的知识分子都比较精明，因为从根上就有了明哲保身、退而归隐的劝世之说，可以说是我们国家没有那么血气方刚、激扬战斗的血脉，不过其功用是保证了一代代知识的延续，使得中华文化没有被大割断。

要吸收中华文化的广博、博爱、爱民等思想，学习西方文艺复兴中展现出来的追求真理及个人解放的激情、朝气，摒弃传统的老迈、自我算计等奴仆样，不崇尚奢靡、纯粹自我的资本家嘴脸。

怀大公之心，涵奋勇之情，达全面发展，济天下苍生。

以古人的诗情画意、文才武略，汇文艺复兴的青春激情、个体解放，中国有创造力的劳动者定将越来越多，中华之文明盛世可待也。[①]

## 人生的无限可能

这是一个荒谬的论断吗？人生只有一次，即使有转世重生之说，也是根据往生的业报来决定后生的祸福。这是一个幼稚的说法吗？童时的幻想还在，想象自己是公主王子。这是一个臆想的狂语吗？面对生活的诸多不顺，终于癫狂迷信到妄言自己形式上的多样。

这些疑问都是对的，这论断既荒谬，又幼稚，还臆想。当我们把这些平常的，甚至是负面的因素组合起来后，就会重现新的生机。至于最关键的组合方法，仙人隐而不谈，狂夫佯醉不语，因为这方法既不是用语言就可表达出来，又非东施效颦仿照他人作为就可实现的。

用不惑之年的眼光重视这论断、这方法，就发现是每个具体的人来践行这论断，实现这方法。当前我们受到各种束缚，有生理上的，有经济上的，有社会规范的，但要相信，社会与世界前进的最终方向是每个个人的全面解放、充分自由、无限发展，解放与自由是初步的、基础性条件与步骤，最终的趋向与未来是个人的无限发展。

我们考察人类的历史与未来，最终的判断标准是能否促进人的全面无限发展，所以无论中外、古今、文理、学派、专技，只要能促进自我的发展，就要博览广学、融会贯通，成为屹立于当代的奇男子（女子）伟丈夫，努力实现人生的无限可能。

---

① 2019年9月20日，于天津河西图书馆。

## 活着的全部意义所在

你是否感觉人生太过匆忙，还来不及看花落，人就散了。我们总在寻找着什么，为梦想、为钱财、为权势，从不愿让心好好休息，即使躺在床上，也不免辗转反侧，被各式忧愁困扰。

人活在世，虽是赤条条来，赤条条去，但有几个会真看开，孩儿的学费要交，父母的病要诊，房子与车子当然是越大越优质越好。若要硬将这一切看作“空”，是不近人情、弃绝伦常的。若要红尘炼心，熔炼于世，那么炼的是什么，熔的又是什么。

一颗平凡心，只能被诗词感动；一颗贪婪心，若更加锻炼，则目光会更加狡恶。道与理不在冥顽之境，也不是后代转生所见，更不是纸上文章、书中字句，是我们头脑中对客观现实的认知思考。由于我们用的是同一类语言，观察的是同一种对象，感触的是同一代世界，我们的思考结果是有相同相通之处的。但每个人的道，都会带入主观色彩，都有自我的导向性，都会关涉一个终极问题，即自我的解放。

你会立刻反驳，那么纯粹客观的道就不存在吗？科学理论的认知，不就是要求我们弃绝自我、个体的差异，寻求纯粹客观的理解阐述吗？在科学兴盛的现代，我们必须承认这点的重要性，但我不认为科学具有终极的意义。

在国家积弱的时候，我们应该高喊民主与科学，当我们吸收了西方先进科学与民主理念之后，若要再往前进一步，就需要人文精神指引的精神探索。

这种探索，从大的方面讲，可以化为全人类的自由解放，而从其根基与先导意义看，实现个体的自由全面发展。因此我们内心仍将是痛苦的，因为我们必须要不断地在黑暗之地进行探索。这种探索精神将会继成，将会发扬，将会是我们活着的全部意义所在。

## 论人生不完美状态

人，生来就是受苦的，第一声啼哭，最后一声叹息。也许只有童年快乐，那是因为有人在承担生活的压力；也许只有老年洒脱，那时候力不足则心不想。成年人的世界，脱胎于无忧的儿童，难逃衰老死亡的归宿。我们用整日的奔波，满足了肚腹皮囊，纵使有万贯家产、千亩良田，仍会有各式各样的不甘、困扰，于是我们寻找娱乐、田野，可即使将目光投向无限的深空，仍会看到自己孤独的影子。

我们将一切猛兽踩在脚下，树木山泽都因人类的行动而震颤衰颓，生物进化的规律在人类这一阶段似乎停止，一切似乎都应该是完美无瑕的，可为什么有时候我们仍会在内心感到空虚、不满，难以满足？

如果说对完美的追求，是人类前进的动力，那么对人生不完美状态的体察与觉醒，则是人类作为智慧物种，具体践行探索前行的先导力量。在50多亿年的地球生态演化史中，恐龙等其他阶段性霸主，没有这种能力，于是当它们征服了同一阶段的其他物种之后，就沉浸在食物链顶端的盛宴中，尽情享受着地球上可提供的食物，只有天文条件与地球地质的剧烈变迁，能打断这一阶段。从这一意义来看，异类的天赋，是人类长久保持统治主导地位的伏笔、中枢，对不完美状态的体察感悟，引领着人类不断前行的脚步。谁受到的哲学思辨意义上的痛苦越多，谁就越具有天赋，就越能作出跨时代的卓越贡献。让我们追随康德、黑格尔等哲人的脚步，不断开拓无限广阔的、永难完美的未来世界。

## 一种演化的可能

这是一个宏大的议题，这又是一个微小的体验。说其宏大，则经济、社会、文化，方方面面都要牵扯进来，乃至历史更替、王朝换代，都可从中提取出得失论断。说其微小，是因为作为个体的能动的自我，我们时刻用自己头脑中的思考、眼触所得的观察，具体感受这洪流的起荡、时代之脉动。

个体终究是微小的，决定其行为的首要方式是物质的生产、分配、交换活动。思考是一项奢侈的活动，饱食终日却胡思乱想，特别是思想的成果难以界定，其与物质的关联也并非直接，我们对终极思想的质疑，使我们将思想作为一种探索工具，而非接神的圣毯。知识社会的出现，使得人们可以更大范围、更强力度地使用脑力，但正如双手被繁重的体力劳动所束缚，深度思考不能得到深入进行一样，大脑被各项规章制度、操作规范、知识守则框引，也难以进行自由舒展的、全领域的与自身切身利益无关的思考。

西哲所谓觉醒者，不过是对纵向或横向，或两者兼有之全局及其运动方向，特别是关涉人民之切身，进行全局思考的人。之所以这种人不受重视，有很多种原因。假如大厦将倾，我们是去评议，妄想倾倒之后果，还是去奋力扛扶根基，或是转身拔腿跑远，那看到大厦要倒的人，最好是能告知大家选择何种行为方式，否则就只能任人白眼。

当物质文明不够发达之时，充当全局观察者、思考者的人数是有限的。那么假如物质文明足够发达，越来越多的人，乃至所有人就都能够成为全局观察者、思考者了吗？我们思考的范围越来越广泛，评议的对象越来越多，这是文明发展的结果，从农业社会的小国寡民，到大工业时代全球互动，再到知识社会互联网的应用，一地发生的事件，能够越来越快、越来越便捷地被地球上其他地方的人们所知晓。可这与全局思考还不在一个层次，我知道桌上有只苍蝇落在饭碗里了，与我看到异国一个小孩为拍苍蝇而打碎了碗的视频，都还属于感官层面的观察，并无助于加深我们对全局的思考。

抛却金钱、名望、权力的显示标衡，我们对全局思考的追求与渴望，是人类文明的真正内核，一切对其的抹杀、误用、遏制，都会导致那个时代文明的退化。少数几根粗绳，已难以拉动越来越庞大、内部构造越来越精巧的船体了，我们需要更多的触角，有散有合地巧妙协调，带动全体之进展。

# 拿什么去参加盛宴

人是具有弹性的，这种弹性既可以是压迫下的咬牙坚持，也可以是叹息声中的苟延残喘，或是一朝得志时的万丈豪情。社会与周遭的境遇，赋予个人以外在压力，人的内在追求产生自我动力。

好的时代，不过是将对大众的压迫力，顺导为实现人民物质福祉、精神乐健的推动力量。我们一瞥古今中外历史，抛却那些王侯将相的个人得失，不屑于弄权钻利后的作威作福，或是空做空言的故作放逸，才可从滚滚长河中撷取纷纷片段，可以在朝阳中飘散诱人香气，在星空下折射点点光彩。

俱往矣，对于思考者来说，如果他够独立、够个体，则其成熟思想之前，其内在眼光所及之一切经济社会政权文化都化作可重思可塑造之客体。结合上文所提到的一种时代之共进式演化方式，我认为，思想之进化，应由分段式线性进展，逐步发展为自演化协进式膨胀。思想家在不同的空间曲面上，分布在时间之轴上，这种图景似与微分几何中切平面等类似。一时代之伟大思想家，应能打破其出生地、活动场所之局限，实现更广范围乃至全人类式思考，其最终成果为其所在的时间区间打上耀眼标记。将这条直线上的若干分段标牌，大体浏览、一一检视，则旧时代之思想成果已基本了然于心。当然，我们不必太过认真，若是因为见识了知识圣殿之辉煌，而战栗腿软难再直立，就难以走出那扇门了，而门内只有暗灰弱光。

当用锤子打破了偶像崇拜，迷乱彷徨中，前行的路探入了欲望之泥湾。我们呼唤的时代到底是什么样子呢？有越来越多有独立人格的人，加入前锋探索的行列，这种探索不是单方向的，我们作为匍匐在荒野之地的兽群，灰暗之网块向四面八方挣扎；我们作为在星空中飘荡的悬尘，内在的能量支撑着空体的膨胀；我们作为具有多重乃至无限维度的智慧生命体，时代的进展、个体的精神，不断激发着人类扩充探索的维度、扩大前行的队伍、增强前进的力量与信心。

所以，请不要用金钱衡量艺术品，不要用名声标榜个人成就，不要用地位代替纯粹思考。在这场盛宴中，可酸可酸可苦可辣，可无味可无着可喜乐可悲伤。门票也并不是只发给那些戴黑色帽子的人，这不光牵涉思想。时代之否泰、国家之兴衰，取决于有多少人真正有资格、真正来参与了这场盛宴，个人之努力励志方向，则应从万圣节前为奇装异服之搜肠刮肚，变为真正的探索与寻找，不急莫怠、无着用心。①

## 前行旋涡

当看到尼采说，一百年以后会怎么样，我不禁哑然失笑，现在已经一百年之后了，又怎么样呢？如果有幸，这些文字隔了很久，还被从故纸堆中挑出翻阅，那时又会怎样呢？还会为生死、爱恨、离愁、生计等困扰吗，还会不情不愿地埋头于他人的财富创造吗？当用醒眼看世界、以淡然过人生时，我们更多的是无奈、无力、无着。世界可以作为意志和表象的，可以作为现象的，可以作为纯粹逻辑的，可以作为科学理论的，我们之所以存在，也是世界使然，但我们为何存在，我们为存在的所为，我们自身的存在，却是难以用单一原因解释的。

世界本是一团黑暗，是人类通过科学探索、人文塑造，给黑暗的世界投上一束束光线，从而后人可以一窥世界在光线下的样子，哲学范式只是更大范围的光线，世界自身的样子要远大于某种哲学表述，我们只能是不断探索世界的本质，但世界的本质绝不限于我们已知的理论表述。天知，因我而知；天识，因我而识。我们之所以进行哲学思考，就是因为对现有解释的不满，为本体世界的吸引，受内心更广大更光明的驱使。

人生最不幸的事莫过于无聊，如果失去了兴趣，则饮食男女都成为枯燥无

---

① 2019年11月21日。

味，学习最不幸的事莫过于死记硬背，失去了探索的激励与勇气，则知识规则不过是要训练人成为工具。在大潮边慨叹，逝者如斯夫的诗人，没有勇猛如蛟龙过江；在明月下吟咏，但愿人长久的词人，没有沉浸于酥饼的享用。当我们来到人类图书馆前，面对一排排一列列书架，从人文角度挑选的应是那些闪出微弱光芒的记述，那些哗众取宠的、故作姿态的、没有实质的，都可以被抖落在尘埃之中。这是一种精神、意志、强有力的逻辑、义无反顾的追求。在其面前，一切陈规陋习、死板规定、行为规范，都是压迫、束缚、反作用力。当我们脱身于名利权势的世俗之场，来到江边、山巅、市集、人群，不受前行旋涡的缠系，将思维、精神重新回到自身本质、宇宙内核之中，则一身清爽、喜乐无限。至于关于本质与内核的具体表述，则是知识学的不断迭代的进程，也许到了这一步，我们就如浮士德一样，在献身于人类最伟大的科学进程面前，壮烈而死。但这是科学的轨迹，这也是一种旋涡，人文艺术所带来的是，当下的解放与自由。两者都不能缺少，否则，我们或是沦为拉人向前的工具，或是变为夸夸其谈空有其表的骗子。

## 缩头乌龟与天下第二

在车站短暂的等车过程中，连日来阅读中国文化史的一点感悟不禁涌上心来，于是有了上面博取眼球的标题。

中国之大，自古如此，为何汉唐兴，明清衰？其中起主导作用之一的是，境界的变迁。相较荒蛮之地，中国之博大与统一，体现治国理政之道的儒学，成为思想正统，这体现的是硬实力与软文化之间的统一，其他思潮信仰，只能成为辅助与点缀。

千载以降，中国之富庶有所增强，相较周边民土，控制并非弱化，但整个世界之发展中心在西移。这时闭关自守，只能坐等挨打，饱受欺凌。这时儒家说教，妄引古时单孤之族例，就显得非但不合时宜，更是误国误民了。

百年激荡，再整合的时代窗口逐渐展开，建立以整个人类全盘视角为根源的新全球治理政经产的认知时机已到，这是硬思想，是新全球化思潮。在此指引下，可以从事更有助于全球协调发展的投资兴业产业。当我们把中国一切旧思想抛弃殆尽后，用全球化思想思考当今及未来变局时，才发现我们的文化已深深扎根于当地思想之中。毕竟，我们曾是中央之国，毕竟，我们的思想曾是正统之道，只要我们扬起头来，放眼当代真正的全局，永葆不断奋进创新的进化核心。

## 论艺术的个体性与广博性

作为一个艺术的门外汉，何来资格谈这高深优雅的话题？就凭几份草画，几行拙字，几曲终曲吗？也太不知天高地厚了。好在，就如堆积成山的诗集，无人问津论述一样，我早已习惯自娱自乐，对能否激起一点喧扰，不抱什么切实的希望了。因此，这也只是我自己的探索所得，这也只是我自己的前行方向。

好在还有很多可攀可折的借力物，虽免不了望文生义、胡断文章的可能，但也只得援引自勉一下了。心中的火总要自己点起，管这些生火的柴原来是楠木家具，还是松香茶桌。古文人一直着重区分“匠”与“意”，若落入画匠行列，虽画得精巧细密、形真体似，也会被讥讽为不得要领、缺乏韵味。这就是“神意”与“形体”的境界不同。画要传神达意，用文思念想引领贯穿具体的绘制、用笔、使色过程。

只是高山上的水、深海里的冰，不应只有安闲退隐一种思想境界，不论这种境界被多少古贤往圣推崇。现代的社会告诉我们，社会是多样性的，艺术的源头也应是丰富多彩的，竭尽所能展现生命与整体社会的多个方面。这就是现代艺术所应追求的广博性。匠人是做不成的，他们只能临摹、抄录、复制，要用思想的锤子砸破圈围人类整体的岩壁。用理念的利剑斩断束缚自由探索的绳索，用精神的光芒引领后继者前行的脚步。所谓艺术，此处托付得可谓大矣。用艺术品的拍卖价格、收藏价值、画家头衔荣誉来充当评判标尺，是对艺术的亵渎，对需要艺术品点亮生活的人们的误导，当然这种误导很多时候是有意为之的，“这行水很深”。

既然外行人要砸行家的吃饭家伙，索性一黑到底，再来提几个不切实际的想法。古君子闲时四友，琴棋书画，那忙时在干什么呢？应该是升华提升蒸腾自己的思想，进而运义谋事、以思行职。大道奔涌不息，道的美的显现形式，当然应该变易革新，固守一种艺术表现形式，是对道的误解歪曲。当然人的生命有限，个体的精力不足，但这种缺陷不应成为以偏概全、用叶障目的借口。艺术是为了人，其至大则会扩展到地缘、民族、国家、人类，乃至宇宙自身的运转，虽然当前其表现的方式还是个体艺术家，而艺术家也正通过使用某种具体的艺术手法，呈现艺术整体，继而表达出其个体性。但是，艺术的发展是要脱离个体性的，艺术的前方是融合个体的更高一级形态。

当我们学会用规则激发人们最大的创造力，用科学的研究探索自然界最高远、最深微的未知领域，就可用艺术弥合浇润宇宙中广大无边的黑暗空隙。

一粒沙不是整个宇宙
一堆沙也不是
颤抖吧
抓起沙子的手
燃烧吧
飞离母星的尘[①]

① 2020年3月12日。

## 在世俗与精神生活间的平衡

在一片嘈杂喧闹声中，伴着电话铃响、语音留言、争吵自叹，我竟然窝在墙角想到了这个题目。世俗生活与精神生活，需要求得平衡吗？满足于吃喝游玩的人，又何必要自寻烦恼，需要精神上的锻炼折磨？精神上的满足者、自负清高者，又怎么会与市井之徒混席而处、谈笑风生？

可生活本是一体，又怎么应作如此分割。跷跷板的两端，都曾自认重要不凡，又都曾被轻抛不顾。难道两者就没有更能发挥重要基础作用的吗？难道重要基础的，就一定更被向往，更能发挥作用吗？厚土在下，撑托万物，可似乎所有的诗歌唱诵都是描绘天空、飞翔，每个人的梦想似乎都是飞龙、小鸟，很少有人愿做泥鳅、蚂蚁。

世俗生活起着基础作用。首先我们是生物性的，需要摄取食物能量，需要衣来蔽体、屋以挡风，而这些物质资料的获取是需要进行劳动投入的，天上可以掉馅饼，没听说有哪个痴汉，还在盼望念叨天上掉防寒服、掉别墅公寓的。然后是种群繁衍的需要，人类的数量已足够多，一夫一妻制也保证了完全繁殖。幼有所依、老有所养，平常没有冻馁、饿殍，也就是田园诗般的美好世俗生活了。

对于这种追求，只要不偏狭、自私、贪婪、强执，则会带来个人的幸福。

世俗生活是基础、保障。人生能抵达何种高度、何种广度，则要看他对全人类精神世界的贡献了。我们有时会在街头小报上看些一时首富、一代寡头的趣闻轶事，但也仅是为博得一笑罢了。精神生活是严肃的、孤独的，但穿过沙漠无人区，则会掌握运用全人类的力量，最终升华为天空中耀眼的星辰。

## 当一切都明白后

人世最苦恼的事，不是无知，而是一切都已明白。无知，是有一种羞愧感，若是在自知自己无知后，抑或伴有奋发向上的努力冲动，当自己能够立志改变无知这种状态，且外界条件有一丝空间能够允许自己的这种作为；抑或是无助的绝望感，当外界不具备这种条件，自身对改变无知状态无能为力的时候。

但当一切都明白后，则会陷入彻底的绝望中，一切都已失去目标，变为不过是机械的循环往复。或是对自身境遇的绝望，知道自己只能作为一个零件，附着于庞大的社会机器之上；或是对眼前的一切娱乐活动感到绝望，进而达到无欲无求的状态，证得空禅。

个人是社会的缩影，梁启超先生说过，少年兴则国兴，若一些人陷入这种状态，则我们反思更大范围的社会，也会发现社会的停顿甚至是后退。外来文化的冲击，在可接受调整的范围内，对本土文化是一种焕新，新鲜文化的注入，更有助于本土社会机体的勃发。观察古希腊时期，个体城邦间的沟通联络，进而联合所带来的文化交流；古罗马帝国随着军团的征伐，引进的异邦文化；古代中国以已为天下中心，通过朝贡体制与西域及南蛮等地的风俗、音乐、器物等方面的流通；文艺复兴时期，通过重新发现古希腊、古罗马文献艺术而对中世纪思想的冲破；还有近代以鸦片、枪炮为殖民先导，强行打开的全世界版图，在血与泪、悔与苦中，我们都能看到新鲜文化的注入、文化间的碰撞融合，所引发的碰撞融合，所引发的整体文明之提升。

现在的问题是，当世界已是“平”的后，我们未来的出路在哪里？是后退，还是将世界强行再割离、变弯。当前世界增长动力不足，根源就在于全球化已发展到较成熟的阶段，单纯依靠区域开放，来引进资金、技术、文化的策略，已经进入帕累托效率递减。

积极的出路不外横纵两条。

世界之间的平行沟通无碍，要进一步投射到个体的人身上。如果每个人都是博闻广记，横贯多个学科、多种文化，那么这样的个体人，似乎已经在践行马克思的人的全面发展理想。中国古代文化，经史子集、琴棋书画无所不精、无所不通的天人合一、博古通今之文人状态，就可以被再发扬、再光大。

除了对既有学科、既有文化的超越之外，还要在强横基础上的纵深。在全球化成熟阶段，强横只能体现在个体按照全球平行沟通状态所寻求的自我扩张之路上，而纵深本是推动全世界进一步前进的源动力。首先，要找到纵深的源泉，从广义上讲，这样的源泉主要在于科学、艺术、政治。这三类的进一步细分，科学则有宇宙学、生命科学、量子学等，艺术则有表形、申义、达音等多种艺术形式，政治则是对现有权力分配形式、民众参与公众活动的再组织、再调整，以期更好促进个体的全面发展与世界化探索的再深入。

当一切都明白后，不是在“不惑”之后就要满头华发、认命装聋，而是要用思想的锤子、精神的雷电，去打破、劈裂这破旧老碍手的盘子，主要从科学、艺术，辅以政治的手段，去向更深广、更幽远的未知领域出发。

在此基础上，会形成一种全新的全球进化方式，全球化阶段之后的科学、艺术大爆发、大繁荣阶段，这个阶段所经历的时期会很长，其未来的触角也许会接触到他样生命形式、更高阶段的人类组织。

## 灯火阑珊处

夜深了，人静了，刚才激烈地跳了会跳绳，发现几天不跳，竟然从一百多个跌到几个了。又到了写作的时间，浑身散发着热气，若是再耽搁下去，估计写字的速度也会越来越慢了。但又不愿意被已有的情节束缚，感觉自己目前还是适合中短篇的写作，可以更加无拘束些，想到的题目也更发散，更能快捷地诉诸文字，但已有的篇目还是要咬牙坚持下去的。

文字无用，这是我近来最大的感触。似乎就在这个桌子上，前些天我在快合上笔记本时，想到了《世界的尽头是文字》这首现代诗，那是从心而出的光与热，不可复制，即使仍然在这个文件上继续编写，差着几行之隔，我也不能回想起她的更多细节，也很害羞，不愿再去面对她。也许这就是我的诗歌作品，缺乏打磨的原因，想到了写完了，似乎她们就脱离了我，具有自己的生命，而我的孤寂性格，使自己又不愿去主动打扰他人的。

色空、语空、法空、界空，这几个“空”是我杜撰的，跟经典有差异，虽然书就在身后安立，可我却不愿去翻阅求证，如果您想求得真切的解释，就去求得一本经典吧，我这里都是非经典的。所谓色空，就是物质世界，感官所见，都是变化不定的，都有生有灭，所以针对具体的色相而言，说其空，是一种超脱，是人与动物第一层级的脱离。

语空，则是我刚才说到的主题，语言也是变易的。这里有多重的含义，时间还早，我们一层层剖析。对于初学的儿童，或是不经世事的少年来说，有一些词语是具有崇高或是终极的意义的，比如真理、伟大、自由，等等。但当我们研读了一些历史书籍，特别是亲身经历了人间的沧桑不易，则会对这些句词，表示不屑。这些词，是有历史上的阶段性意义的。比如，在唐宋时期，在典籍中就难以寻觅到它们的踪影，当然如庄子《养生主》等篇所表达的，书写于《兰亭序》中的洒脱飘逸，与现代我们所听到的“自由”，是有区别的。我刚才举的几个词，属于舶来品，和“德先生与赛先生”，在同一历史时期进入中国。在那个激荡的时代，这些口号与标语，是有进步意义的，是锤子发出的铿锵有力的响声。而其之所以能有如此力量，是因为它们针对的是具体的物质界、思想界，是要改造落后的物质与文化，它们是革命者的号角与旗帜。而在中国基本实现了这个革命阶段之后，再要诉诸这种词句，而没有具体的针对与所指，就会陷于空洞。

一个人的头脑，若是充满了这种词句，他即使地位名望很高，也是一事无成的。这就是语空的第一层次，概念空。从人文角度，映射到科学研究，则会更好理解。一次次的科学革命，无不是已有概念，被新的、更能把握客观对象本质的概念名词替代，科学家为了清晰起见，一般不用旧的概念名词，来表示扩充了的新概念，都会起一个新名词的。可社科领域，由于要把握的对象更为广大抽象，人们宁可沿用旧的模糊的概念，也不太能够起一个新名词、新概念。

从概念空的层次，很容易上升到判断空，进而会与上面所说的一切世间法都是空的相关联，只不过一个是针对实际存在的经济社会关系法则，说其是变易的、会改变的，进而是在更大时间或更广空间视角看，是空虚的、不具有存在性的。另一个是针对法则的语言表述，一方面是由于实际规则的变更，导致语言的变化，不具有实有性；另一方面是基于语言本身的逻辑属性，使得语言判断可能是假的。

但这里我们还是回到语空的层面，讨论这一层面的极致，即一切语言是否是空的问题。这里出现了个逻辑悖论：语言是空的，即不能完整准确把握客观对象与主观本质。

反方会这样论述：假如语言是空的，那么我们是如何知道这一点的呢？既然，我们用语言，理解了语言是空的这一陈述，那么说明语言包括了“语言是空的”这一属性，说明语言更加广大深刻，因而，语言不是空的。

这里有一个概念偷换，我们并不必须用语言来理解一切，语言只是思维理解的一种手段，并不唯一，还有感官直觉、艺术创作中的抽象具象，以及超越具体判断的领悟，等等，通过这些手段，我们将语言这一层膜，从自己脸上和世界外罩上撕下来，看到了更加直接真切的自己和世界。

这种语空的极致，有助于我们进入到界空，即是认识或领悟到，人类作为进化中的几个阶段，地球作为宇宙中的斑点，是有可能突破现有界限，进入到下一个层面的。从人类历史的角度，我们研究过多种文明的更替，而在全球化的当代，我们如何突破现有界限，进入到下一个层面，是最值得我们思考感悟的。但是，请忽略权势名利的投影，请小心用自己的词语，请用心灵之眼、百会之目，透视洒照全体之演化形势，特别是这里和身后的书，一直在说空，但不可陷入空，切记，空即是空。

## 理性机巧

人要活得通透一些，明白自己有生、有死，知道这世间的事，瞬息变化，看透了这名利权势，不过是过眼云烟，生不带来，死不带去。对于一个将死之人来说，总提死是平庸的托辞。既然必然要死去，何必总将它挂在嘴边，似乎人活在世，最终的归宿就是死亡一样。难道不是这样吗？难道在暗淡的前景中，还有一丝光透过云层照射到这人间？

答案是肯定的，因为我们都肯定这样的答案。当用奥卡姆剃刀剔除无用且只起到迷惑作用的论断后，当我们用纯洁的智慧之眼，看穿带刺的荆棘之衣后，留给我们的，难道不是空白吗？先不论到底是不是这样，但这个答案肯定是否定的。因为即使是，我们也会作出另一种选择。

这就是意志力的作用，人类向往更广大、更持久、更强烈生命力的意志。这种意志并不以超人作为指向，超人只是一种手段。在人类的理性深处，蕴含着一个深刻的道理：一人兴则全体兴。中国古代思想中，将最能体现超人能力的人——天之骄子，规范为要为天下苍生百姓谋福利，从一个极端的点，反映出了这个道理。当全体人民，都明白这个道理，都努力奋发，以带动全体之进展，那么人类的文明历史就将进入新的篇章。

除了改变现状的意志力，超人或是天才，还会遭受面对既有理性框架及其填充内容的厌倦感。很多时候，天才的创造，并不都是在上述光辉口号下开展的，很多或是绝大多数个人的创造，都是由于厌倦了既定知识的解释，从而打开新的视界，开辟新的道路。

小范围的集体，也会产生这种创造意志，和共同的志趣，扩而广之，则成为地区、民族、国家、人类。当整体的某一部分，仍处在落后状态时，作为先行者的理性，是需要帮助带动这些后进的，以期让整体取得更大的进步，这就是理性的机巧，成就他人，实现自我。

封建时代以权势，作为评价的标准，名望在古希腊时期曾有过很好的领导作用，但后来被诡辩者破坏，我们现在所处的阶段是倚靠资本作为主要评价标准。当舍弃了个体或少数派别权势、名望、财利的理性标准，融合了整体科学之考量以及宇宙全体的洞察，则是理性机巧这一手段达成之时。

## 文字的价值

这是一个很大的课题，突然涌现到我的头脑中，于是匆匆来到书房，想要将头脑中的想法用文字尽快记录下来。对于一个已经使用文字四十多年的人来说，再来谈文字的价值，显得幼稚且不合时宜，当现代人可以用文字直接变现，比如通过小说写作或是文案策划，或是将文字作为一种符号，只在短视频中插入表情记号时，再来谈文字的价值，显得迂腐且不谙世事。

好吧，我就是这样的人，勇于改变，甘于现状。要改变的是我们的思想，我们对世界的体悟，我们对人生的把握，留于现状的是我们的境遇，我们在世间的地位，我们作为个体的无奈。

首先抛出主要论点。文字只是把握外界世界和内在世界的一种工具，这种工具并不完美，就如同我们在世间的状态一样。文字有很多种，象形或是会意，乃至抽象字母，都有其本身的张力，而能够描述内外界世界。如果一种文字本身，成为我们把握描摹内外界世界的障碍，这种情况的发生需要两种以上文字的对比，而我们比较的往往是文字背后现实的文明程度的高低，很少或不能比较两种文字体系的优劣。曾几何时，我们觉得西方的文字简练抽象，适合造就伟大的思想家，培育现代化的科学思维，这夸大了文字的作用，是那种文明比我们的文明整体先进了，所以会觉得那种文明的文字包装，也比我们的既好且实用。

现在我们也可以通过语音或是字形输入法，将汉字成功录入电脑中，虽然我们打的键盘也是二十六个字母的，我们拥有了很多舶来词，这说明这种曾被唾弃不齿的文字，也能焕发出新的生命。不光是汉字，世界上还有很多种文字，只要文字背后的文明还具有包容性，还能够吸收改造新的词汇，那它就是具有生命力的。

全球文字的融合，与始于十五六世纪的全球文明的开放互融，是同步的，这一阶段发展到二十一世纪前半叶，已经基本完成，我们可以用一种文字，轻松全面地掌握另一种文明的形态技巧，而且这种相互间的映射几乎是集合间的全映射，因为现在使用地球上任何一种存活的文字，都可以领悟参知地球上的任一其他文明。

当我们生活在一个全知全懂的时代中，也意味着一种文明简单吸收先进文明的先发红利，这种趋势不存在了，当然这种吸收是要付出代价的，很多时候是沦为纯粹的被奴役、被压榨，这种吸收是需要铁与火的，而并不是如婴儿吸奶一般是美好的乳白色，因为那些所谓的先进文明其前身是赤裸裸的奴隶主，他们的手上沾染着劳动者的血与髓。当我们经历了黑红色的时期，终于抵达了可以与其他文明并肩站立的排位，却发现了个惊天的大秘密。

那些文明不过如此，用我们的文字，也能清晰准确把握它们的结构与运作方式，在不屑之后是一种无聊感。今后的文字，需要一种新的导向，要找到真正发挥文字价值的方向。

有几个方向已经被证实是不可行的，纯粹的复古、极端的个人主义，为科学而进行科学的探索。现在的世界仍过于粗放，我们的文字也不够精致，最好的状态是什么，我们可以用自己头脑中的文字，全面掌握所有的知识，把握世界运转的精妙联系。当然这种把握不会是一句句、一行行的，那是咒语或是迷信的做法，而是多层投影之上的那个不断跃升的更高的一层。

我们像蚂蚁一样匍匐在地表，既有本身的渺小，也因文字的无能，沿着无数条的牵缠，耗费着唯一一次的生命，对于这堆乱麻，解决的办法不是直接剪掉，而是跃升，只有身处其间才能感同身受，才具有那个层级的存在感，也才具备向更广范围、更深体悟跃升的资格。这种资格不是他人赋予或是恩准的，而是客观的存在，我们仍在进化的道路之上。尽管地球之上既有的文字已经相通，但我们要看到宇宙之大、心智之深，都是需要调动所有智慧集体要去探索的。我们不过是进化之路上的一粒沙，尽管这粒沙现在已是整个地球，但地球在太阳系、银河系、木星系群等层级之下，不就是一粒沙吗。

## 一个自私者的自白

我是一个自私者，一个极端的自私者，我不愿与他人进行交流，不愿听取别人的意见，不愿将自己的时间浪费在没有任何意义的事情上。

谈话只能徒然增加自己的肺活量，交流只是无知者的工具，对于取法自然的人来讲，他需要的是沉浸，山不言自高，水不言自深，他需要沉浸在山水的怀抱之中，从尽情吸收其乳汁，成长为携伴同游的翩翩少年，再到为山画像、因水生歌的创作者，最后沉眠于山水的怀抱之中。人与人的交流是次要的，所谓寻圣者师、访贤人友，那是因为后者掌握了更高的山水之道，但也是间接的，我们何不直接沉浸于无言的山水之中。

那就住在深山老林、沟渠河渎之中了吗？不必如此心急，刚才已经说了，我们人类每个个体，如同每株植物、每只动物一样，最后都会落得那样美好的结局。作为人，要将根扎在山水之中，将干挺拔于人世之间，要有这种毅力和忍受力，甘愿脱离母体般的怀抱，在苍茫人潮中感受人间的辛劳、痛苦、爱恨、别离。那么就无所作为了吗，任凭风风雨雨的摧残，成为一颗朽木吗？既然生长，就要招展，要用茂密的枝庇佑爱护的人，将带香的叶舒畅生的精彩。

这就是我一直保持沉默的原因，说“天何言哉”的那个北朝皇帝，几年后就被杀了。不需要仿效，只需要感受，学无止境，那是因为学到更高阶段，天下已无师，学无可学，则要返璞归真，向自然学，吸收自然提供的原始养分。

再之后的阶段，一开始已经讲过了。

在这个匆忙的时代，还有人在追求智慧吗？在这个知识经济的时代，还有人宣称自己找到了最终真理吗？当智者与哲人纷纷逝去，留下漂泊的我们，是否只能听从神棍们的迷惑、自大者的意淫。也许是时候独自上到树巅，好好思考一下你我的存在了。

所以请不要用喋喋不休的言语，搅乱我的心神，也不要再告诉我世间有多么悲惨或是美好，我在树巅，抛下一切的琐事，在思考，在感伤。

## 超级大脑

现在已经没有人认为心脏是人体的中枢了，现代医学告诉我们，心脏正如身体的其他器官一样，为全身提供血液的循环，没有心脏，人不能活，就如同人缺少了肺，或是胃，也几乎很难活下去一样，只是程度略微加重了些。

这其实是对心脏地位的削弱，毕竟我们古人曾认为心是人的中心，做人要先立心。那么是谁取代了心的地位呢？当然是大脑。从医学上讲，我们认为大脑控制着全身的神经系统，是所有神经末梢的集合地，是高级感官的控制台，一些直接的感官，如被火烫到、被刺扎到，神经末梢可以控制局部的运动器官做出反应。大脑还是记忆的汇集地、知识的储藏池、思考的运动场，用任何比喻都不足以形容大脑的重要性。

于是我们有了大脑崇拜，某人的脑子真灵，某人的脑袋真大，诸如此类，似乎解决世间一切问题的钥匙已经找到，就是具有更加强大的大脑，又似乎未来人类的发展前景已然清晰，就是具有更多的智力，从而要未来的人，拥有与科幻电影中外星人一样的硕大脑袋。且不说外部存储器，或是大脑内置芯片的可能，掌握更强大的智力，已然成为现在以及可预见的将来，人们的不二趋势。

更遥远的未来会是怎样的？人们通过大脑，将感官与控制器官延伸到草木、动物之上，达到与自然的共融。由于层级观念的驱使，在用智力界定的未来世间中，将有最高级、最终的超级大脑，它与世间一切的有灵物互通个体大脑中的信息，由于它掌握的信息最为充分全面，它就将成为终极的裁判官与控制者。这似乎就是神学资助科学研究的原因，因为科学的可预见未来恰好是要去证明神学的。

对于这样的场景，有血性的呐喊者表示不能认同，即使是逍遥的庄子也会对此嗤之以鼻的。你尽管智慧高超，但我自有自己要表现的内心，自己在人世间的追求。我们学习知识，努力工作，不是为了给超级大脑充当神经末梢，或是手拉着手、额抵着额，献身于全体智慧之中。这样的超级大脑是不存在的，即使有，也是注定要被超越的。

人类不应局限在一种思维模式，或是一个超级大脑之下，即使这个大脑更像超级计算机，能以最快的速度，解决最难的问题，我们身上流的血，我们眼中滚动的泪，使得我们不会，也不愿屈服于这样一种超级大脑的，即使它说的答案都对，它能控制更微细的事物。但我们仍然会相信自己是正确的，也许这就是人类智力能够历经演化成功存活下来的原因。这就好比一个将军要把求救信发出去，他是在城墙坍塌前，将这封信交给跑得最快、武功最好的那个最厉害的人，还是尽量多地复制这封信，将它交给能够派出的所有人，更保险呢？

当然是让所有人都担负起送信的使命最好，让每个人都坚信自己运送信件的正确性，即使里面有伪造的信、有送不到的信、有失效的信，也要让送信的人坚信自己身份的正当性，这样才能发挥出他们所有的积极性与能量。

我们都是信使吗？我们运送的又是什么信？①

---

① 2020 年 8 月 23 日。本文中有些医学知识还有待甄别，如神经末梢控制局部运动器官这条，有臆测成分。

# 养生主

人生已过半，我开始思考一些人生的问题，世间难得意，我就寻找一些自己中意的事情。一辈子怎么也是过，何不过得开开心心。当然，我这种开心并不愿意挂在脸上，放到喉头上，毕竟挤出笑容、唱出歌声，也是要耗费身体能量的，所谓言笑伤身吧。

最近听说人常踮踮脚于身心有益，所谓一踮百病消。我的踮脚则是指突破已有的知识格局，去欣赏探究全新的、未知的书籍或是领域，当然人的精力有限，中年的我已不可能再广撒大网，将所有学科门类，快速地浏览速读一遍，而是在自己感兴趣的几个领域，去学习阅读一些新发现的好书，而不总是低着头自己苦思冥想，或是疯狂码字。

低头不好，容易使人得颈椎病，还会促使头部血压的上升，要常舒展下心胸，做仰望运动，不妨如康德所言，看看满天的繁星，想想自身的渺小。看久了天上的星，就会觉得世界运转得真是慢啊，每一天、每一晚都没有什么变化，可实际上，这些星星都是经历了上万亿年演化，它们的光芒也是经过万亿的光年，才会抵达到我们这里，难怪有人会说人是宇宙的中心，这世间的一切原来都为我们准备好了，经过了亿万年，有了你和我，那么我们还有什么可不满的呢？困扰我们的，相比我们已经获得的，都太过渺小了。

那么就请高兴起来，开心起来，做个在内心中欢乐的“养生主”吧！

因为明天一早，还有人世间的工作要你去做，还有鸡毛蒜皮的小事要你去处理，就请在内心里高兴起来，开心起来吧，要活在人间，那些事必须要去做，因为星球是由尘埃组成的。

## 自由的维度

在这个夜深人静的晚上，在忙完了一天的琐事后，我想将头脑中想到的这个题目，倾倒在面前的电脑屏幕上。文字，只有记述下来，才会被赋予生命力，正如婴儿呱呱坠地，至于它是否成长，则取决于记述者自身的成长。我们将文字影像串成一条珍珠项链，上面闪耀着的是人的光芒。

有一种恐惧，时常萦绕在我的心上。假如电脑智能足够发达，通过海量数据存储等方法，已经能够将所有的文字组合都记录下来，那么我们人类自身还有没有思维的空间和欲望。假如将最美好的东西和憧憬，都编上了号，我们只需要按图索骥、照本宣科，甚至简单到叫出数字就可以实现复杂的内容，那么这样的前景似乎并不是靓丽迷人的，而是灰蒙蒙的，笼罩在黑暗之中。

要想冲破这种“智能”的束缚，唯有拓展自由的维度。对于不会读书写字的人来讲，他的自由在于阅读，在于驾驭文字。而对于与电脑高度共存的我们来讲，自由则在于跨越文字，利用图像、声音、触感、味觉，乃至玄而又玄的体悟，来更加完整地把握我们面前的世界。

从总体上看，科学是拓展人类自由维度的很好的工具。这里不是指科学可以带给我们多少知识，让我们摆脱愚昧无知的束缚，而是强调科学在解决问题的同时，也在不断发现新的问题，不断产生新的疑问，这种如同在土地上不断翻新的做法，使得科学产生的成果是最丰硕的。

在艺术界，我们也能观察到新艺术流派的不断产生，以及对旧有艺术理论与实践的否定，所以艺术也能拓展我们自由的空间。

至于迷信或是强权，则会让我们陷入一种既定的精神与生活方式模具中，它们需要的是将本是个体的人，划分为以年代为标尺的时代，然后用代与代间的自然更替，来推动这种方式的流动性。当然，在时代内部，个体之间也有按照既定标准的相互变迁，但这也不影响总体的特征。因此，迷信与强权，是僵化的，我们从时代整体或是超越时代跨度之上观察，只会看到死水一潭。尽管在当事人或是当代人看来，那是巨大的机会，但那些不过是个人或是时代的陷阱，我们身陷其中，就只能按照既定模式劳作思考，在将个体生命，或是时代整体耗费掉后，不会产生任何新的东西。

前进的路上充满陷阱，那个走到最后的人，一定是最贫乏、最孤独的。

## 生之为大

这个问题在我头脑中盘桓了许久，如果是说十年前，祖父的离世，使我真切感受到死亡的奥义，之后身边又有亲人逝去，以及参加的一些葬礼，好似将我这个当时的热血青年，逐渐拖入死亡的冰冷怀抱之中。其实在我三十岁左右的时候，已经想冲破“生”这层膜了，隐约感到平淡反复的日子，需要用死亡的亲历来激活冲荡。

这十年间，在逐渐学会接纳死亡，尽量看淡它，想活得洒脱一点。但过了四十岁，对于死亡又有了新的认识，这是近来才体悟到的。通过书写、音乐、绘画，我在感受一种生的升腾。这是一种超越个体生命，跨越意识形态，不计狭隘民族国家形态的整体的“生”。我所经历过的死亡，为我打开了一扇通往“生”的窗，从中我可以看到作为整体的宇宙，以及作为宇宙意识承载者的人类。

请原谅我的不切实际。通过哲学书、历史书，我一直在寻找生的意义，一种更好的“生”的状态。有很多钱当然是一件舒服的事情，可就如苏格拉底时代的哲人说的，金钱买不来理性的体悟，那些可口甚至是饕餮的美食，除了让我们增胖之外，又能带来什么；那些一掷千金的所谓美酒，除了让我们呕吐晕醉之外，又能带来什么；那些豪车佳墅、珠宝项链，除了让我们像寄生虫一样爬伏在其中自鸣得意之外，又能带来什么。至于名望与权势，亦不过是梦幻泡影，只有贪恋者才会向往执着，而这些人在中国古代往往会被痛斥为“小人”。

请原谅我的酸腐。你大可痛斥我，因为没有这些东西，而在这里大放厥词，自己装得很清高，吃不着葡萄才说葡萄酸。但我很庆幸自己这样，三十而立起，酸了十年了，也腐了十年了，再酸再腐十年，我也在所不惜，其实是真心向往的。

回归正题，你不用整天蹲在产房外边，或是跑到农村去看下小羊，也会知道，宇宙的第一奥义是：生。无形的孕育有形的，无机的产生有机的，不动的诞生自动的，无意识的孵化有意识的，知识的培育智慧的，智慧的转投全悟的。

从宇宙、自然、生物、人类、意识，这层层嵌套的框架往最核心的中心观察，我们会看到生之为大。如果说世间有什么规律的话，那也是生的规律。死亡只是生的一个阶段，转瞬即逝，黑暗只是光明的外边缘，无足轻重。

## 为了你好

为什么我们总愿意鼓舞他人，因为陷落太容易了。我们激励他人努力向前，并不是因为害怕他们会把自己也拖下水，当然内心深处也许会有这样的担忧，但出于更纯粹的理由是，我们希望作为群体一员的他人，能够为这个群体作出贡献。

这里涉及到一点博弈的问题，假如他人的进步，对自己的职业或是财富造成损害，我们还会像上面说的那样，真心帮助他人吗？不需要冠冕堂皇的答案，博弈论讲究的是个体收益的权衡，假如一种损害整体的行为，能够带来自身收益的增长的话，那么这个个体的最优策略就是不顾他人与群体，而选择只给自己带来好处的行为。

但世间并不只有博弈，这不是从道德的角度在讲，而是要诉诸于制度。假如一种制度，不管是宏观的还是局部的，只能带来个体自私的行为，那么从整体进步的角度来看，这种制度就是坏的，该被摒弃的。在一种人人为了他人进步，而能带来自身进步的制度下，我们是会真心希望他人好的。

这种制度有理想国或是乌托邦的成分，但却是绝对可以实现的，因为它架构于现实世界的物质生产与交换过程，而不是空想或是幻臆。

“看不见的手”，在斯密时代的经济等科学发展状况下，确实是隐而不见的，但现在我们有了制度经济学等现代的经济科学思考工具，是能够让它显形的。若是现在，我们还把一切归因于上天的安排，则既是不理智的，也是不公正的。后者是因为那样的话，这只看不见的手，正被别有用心或是只为自己谋利的黑手，暗中操纵。

## 寻找真谛

我一直在寻求世间的真谛，请不要告诉我，你已经找到了，我在寻找我的真谛，不是你的，也不是他的，而是我的。

我很注意区别“真谛”和“真理”两个词，真理可以只有一个，比如说“两条平行线不能相交”这样的公理，或是原子由原子核组成类似这样的实验观察结果，但先不说黎曼几何还有现代物理学的进展，就是面对这样冷冰冰的世事，我们作为人，不感到恐慌乃至无所措手足吗？

饱含人的感情的客观知识，以自我为出发原点与最终归宿的道路，就是我要寻找的真谛。

但是我现在无法对它进行规范与定义，只是有一个模模糊糊的印象，特别是对既有程式的不认同，让我似乎找到了寻找的方向。但正如黑格尔曾经说过的，想到一个概念是一回事，把概念清晰演绎出来则是另一回事了，后者更加艰难。因此道路仍很漫长。

可黑格尔不是被后人“痛打”了吗，《小逻辑》再艰深，也被当作文本来分析，现代没有人会认为真理就在一页纸或是一本书中，那是武侠小说中的情景，而那些作者是说着玩玩的，若是有那样的绝世秘籍或是最终奥义，他们早就自己练就了，又何必辛辛苦苦去挣稿费。

演绎是一个过程，寻找真谛也是一个过程，我们太过于注重结果了，也许是动物的本性使然，假如我们一直追逐猎物而不把它扑倒杀死的话，那么作为原始人或是大猩猩的我们，就会被饿晕累趴在森林中。可现在我们谈的真谛是超越人的，作为自然或是宇宙整体的内核，那么我们就该摒弃这些动物习性，听听风，看看山，从亿万年的进化历程中，寻找到进一步与地球或是另一个移民星球和平和谐相处的方法。要知道现在人类仓库中的核炸弹，是能把地球炸个上万遍的，若还是按照原来的处事方式的话，即使科技发展到可以移民到其他星球，那也只是带去炸弹和毁灭。而宇宙要毁灭的话，并不需要人来做，这一切不都是从大爆炸中来的吗，我们现在需要做的，就如一直以来的那样，是脱离黑暗，奔向光明。

因此真谛是可以寻找的，而且真谛是必须寻找的，只有寻找才能接近真谛。

寻找除了具有过程性外，还具有本体性。即使一大帮人去找猎物，最终也是一个或是几个人同时发现它。是“我”在寻找，“我”与寻找是不可分的，没有了“我”的寻找是假的寻找，是纸面的、口令化的。

经过了这一番简略的分析，我寻找到了真谛，那就是：我寻找真谛。①

## 从生谈起

初秋的清晨，天气爽朗，当我走在林荫路上，低头看到一两片焦黄的梧桐叶静静躺在被微暖的光照亮的大理石路上，如下的想法不禁拂过我的脑海：

孤独只是一个过程，生命是某个部分，意识是一种投影。

当我们舍弃束缚自己成长以及思维的框架后，我们还剩下什么？这就如同寻找数学中的第一公理一样，纷繁的分支学科都在树立自己的公理体系，从而

① 上两文同作于2020年9月9日。

衍生出定理命题。而哲学要寻找的是第一公理，能够支撑一切学科与意识过程的终极源点。中国人自古似乎没出过大的哲学家，当然这是以西方演绎哲学的视角来判断的，用几段对话或是弟子对日常演讲的记述，还不足以支撑起逻辑严谨、自成体系的思维架构。这是一种遗憾，但也没什么大不了的。要知道所有的哲学体系，都是要被推翻的。只有融合到生活、个体命运的思维模式，才会被人们认可传承。

天之大道在于生。这一个“生”字，我认为就是所有中国哲学的起源与追寻的归宿。我们自古并不推崇竞争，对武力嗤之以鼻，战斗是不得已的举措，“上战伐谋”，能用计策思维取胜的斗争，就不愿意诉诸血腥的屠戮。霸道并不可取，它是暂时的，不能取得公认的，武力的镇压与臣服，只能将怒吼的水流暂时压抑，从而引发更大更深沉的海啸。

我们要怎样理解这个“生”字，空说系统、整体是没有什么用的，生是具体的、是鲜活的，语言是空洞的、虚假的。因此，当我们将思维中的哲学架构在日常的生产生活、礼仪祭祀等方面后，我们的哲学就是具体的、鲜活的。这是中国哲学的处理方式，它从一开始就摒弃了说教与刻板，追求自然与融合。

有人会马上反问，这么好的哲学，为什么在近代没落了呢，造成中国五百多年来衰败挨打的结果。我想回答的是，那时我们没有更好地把握这个“生”字。生中包含死，包含争斗，若是一味强调个体的局部的生命，则会导致整体的落寞，更何况那种生是病态的，是损耗整体的。动物为了求得生的权利，是要进行激烈争斗的，只有最健壮、最优秀的个体，才有资格繁衍下去。这种生存竞争保证了种群的动态择优。

我们的哲学是要求与生活结合的，而生活是不断发展的，若是用礼教束缚压迫大多数人，以便确保少数当权者获得持久的利益，那么人民就会处在水深火热、生不如死的境地之中。谈何天道，谈何人伦。

另一方面，如果我们为了少数人的既得利益，只愿“身在此山中”，不去放眼看世界，那么我们传统的山与水，就会因腐朽而变质，发出酸腐的气味。

中国人愿意说“天”，这个天原本是四方的，只覆盖在中原之上，后来到了领土四周，通过朝贡体系来保证领土的平安，但现在我们知道天是圆的，固守四方之天的人，就是愚昧无知了。我们还可以将哲学架构在无所不包、无所不覆的天之上，只是这种天要是圆的，以后随着科学的进展，还可以是带曲率的曲面，但其广博性、无差别性，还应得以保持光大。

因此我们从中国哲学中能够得到很多养分，生的鲜活，天的广博。我们不是蛐蛐，成天只知道争斗，但若是我们连斗争的勇气与信心都失去了，只能通过幻想来赋予自己绝世武功，那么我们还真是连蛐蛐也不如。

回到开头的那句话，孤独是一种将自己从被世间生存枷锁捆绑的状态解脱出来的手段，它不是目的，也不是人生的本质。我们都在生命之树上，无机界、植物、动物、生灵，在这热闹的大家庭中，我们怎么可能保持孤独的状态呢？孤独都是自我的，是一个人的孤独。当我们走出孤独，将身上沉重的包袱卸掉之后，我们会回到全体的怀抱之中，开心、快乐。天堂就在我们身边，只要我们重新打开心灵的眼睛就能发现这个事实。

在生命的全体之中，我们要保持好个体生命的度。既不能受别人欺压，也不要做白白的献祭。全体的生命是没有生命的，只有个体才有生命。拿生命本身做献祭，说明它已经退化陷落。

意识的投影既有从生命全体到个体的方面，这是个体学习的过程；又有个体到全体的方面，而这个方面才是个体的真正价值所在。“看不见的手”说每个个体在经济生活中，采取为了个体利益的行为，进而带动了整体利益的增长。而意识从个体到全体的投影，则是个体在遵循“博爱”性，这一融合天与生的真义的原则基础上，自由的、无拘无束的生命之旅。

在一个没有争斗的世界，只有自我的发愤图强

在一个没有嫉妒的世界，只有向往与临摹

在一个没有衰老的世界，只有鲜活生命的延续[①]

---

① 2020年9月16日晚间灯下。

## 我们为什么描写未来

不知道有没有人做过统计调查，各个时代、各个地区，人们都在阅读什么题材的作品，是在看严肃的哲学书，还是历史类的著作，当然每个人在不同时期读的书都是不一样的，但也许我们通过大数据等分析手段，还是能够看到时空纵截面上，各类人士所阅读图书的类别的。

之所以想到这个问题，是因为我有个模糊的印象，似乎现在的很多畅销书，都是描写未来的。很多作品把故事事件假设在未来的几十年间，还有的直接将四位数的纪年法，用 30 几几代表，因为上世纪的那一批科幻著作，将时间表述为“2020”之类，而这个数字对于我们马上就要变得越来越陈旧了，科幻小说要变成历史故事了。

这些故事大都并不美妙，假如那时我们还活着，则不是要被外星生物入侵，就是面对核弹地陷，或是致命病毒席卷，丧尸遍野，满目凄凉，即使移民到月球或是外太空，也躲避不了战争或是未知威胁。难道这样的未来，就更能吸引人们的阅读兴趣，就更引人入胜，发人深思吗？在这些例子中，不用列举《美丽新世界》等反乌托邦作品，我们曾经向往的美好生活，被专制与霸权打碎得连地上的玻璃碴都不剩。

会不会是我们自身生活得太幸福、太安逸了，所以在猎奇心理、好奇本性驱使下，要试着体验下悲惨的命运、坠亡的宿命。或是被生活压抑得太久，而明目张胆的反抗又会带来更大的镇压，于是借助故事来抒发自己当下郁闷的心情。这些解释都具有一定的正当性，故事很多，故事的类别也很多，写作的出发点和目的也会很多。

这些解释中，有的还飘着奶油面包的香味，有的则苦得让人从远处闻一下就感到头疼。现在也让我们来做一回科幻想象，假如有一个超级大脑，它把世界上当前所有的故事都阅读存储完了，那么它能够从中获得什么呢？是模仿作家写作，还是能真正懂得世界上的一些道理。

道理是冷冰冰的，流着鲜血的人是鲜活的，故事不论是美好的，还是苦涩的，都用一层薄膜、某种味道，将要表达的意义包装裹挟好，这样人们才能更好接受。比如我们吃饭是为了获取能量，但我们还没有进化到直接像手机一样，连着电线就把能量充好了，还是需要各种食物将内部的能量装饰好，这样我们才好接受，越是好的食物，它包裹的层数越多，我们所谓美食，不过是多了几层包装罢了。

回到故事本身，我们一方面由于大脑没有经过严格的逻辑训练，而不能直接接受用定律写成的世界模样，于是需要将道理用艺术的、故事的方式加工处理；另一方面，也是更加重要的方面，生活本身不需要定理定律，再好的金科玉律，也都是纸面上、口头上的，只是生活的一种不太好的抽象。

思维是一种工具，生活才是本体。故事既是将思维对象外化显现的一种方式，也是将抽象思维还原返回到生活中去的途径。我们对未来的描写，反映的是我们现在的生活。当下的存在，既包括历史，也涵盖未来。

忙忙碌碌的工作生活，除了让我们得以存在外，还使我们免于思考存在本身。在惯性前行的船上，大多数人不过是在用自己的身体与生命，在推动惯性前行的桨。少数愣神或徘徊的人，是要被当头棒喝的，“去，干活去！”

绕圈说了这么多，当我们再看故事时，希望你能将故事的外皮脱掉，看透它的核心意义，然后再将当下这层薄膜给它披上。真正的好故事是经得起这么折腾的，那些没有心的糟糠大萝卜，或是不能再披上薄膜的故事，不看也罢。

## 中国人的文化精神

中国人的文化精神，我认为可以用“生生不息，天人合一”来概括。天之大道在于生，我们一切战略谋术的出发点与归宿都是生，生不是单方面的，要合作要协同，要让他人外物生，要众生。在生的面前，时刻有黑暗、毁坏、灭绝存在，要时刻警醒，随时提防，确保生命之火不熄，不断提升系统的稳定性，我们的志愿是要开万世太平。

最终，我们将与自然归一，更好地掌握宇宙的奥秘，提升个人的各项潜能，达到无限高度与广度，返归无极。

## 不可复者

不可复者年岁，悄然逝者日垂，唯岁与时，不可追复。世人罔顾华韵，空追名利，似水中探月、虚阁访宝，终不能得也。唯仁人达士，放怀四海，俯仰寰宇，不蔽不塞，不偏不倚，可伸可屈，可悲可喜，是以共先哲之灵犀，畅万物之生机。

有赞为记：

咀岁华兮佳肴
品时月兮珍调
仰流水兮共祝
任生机兮盛朝
师自然系一蒿
畅万气兮通辽
伴琴瑟兮欢舞
随清风兮翔高

## 大渊流

清晨梧桐树下，一个想法突然跳入我的脑海，历史的进程到底是什么样子的？

中国古人一直在强调崇古归朴，就是回到更加古代的时候，人民相亲、邻里和睦，有积谷有余粮，便是太平盛世了。不要小看这简单的要求与目标，在中国历史上能够达到或接近这项标准的，还是太少了，即使是那些号称鼎盛的朝代，也只能保证三四十年的太平，之后就会被战乱纷争打乱，至于持续上百年的纷乱，反而是太过平常了。因此提出回到小国寡民时代，反而是具有历史现实意义的。

这是从战争这一个角度看中国人回溯古代是诉求，从经济、社会、治理等方面，这种回到源头的理念也是有其积极意义的。在发展中，会产生土地集聚、经济垄断、分层极化等，影响整体发展的趋势，对于这种不好的势头，我们要求审视其出发点，对不好的发展状况予以纠正改良，是一种基于整体观的战略思维。

因此中国人骨子里是尚古的，以老为尊、以古为美，可我们回溯了近三千年，还是没能回去，除了一些碑帖、字法，在分田制度、乡村治理、国家架构等方面，反而是离古代越来越远了。我们不必为此感到悲伤，因为历史终究是要被打破的。除了一些老学究与腐儒，没有人会为这种思想与现实的不符而气急败坏，因为我们打碎了他们卷曲身躯旁，放在华丽地板上的金饭碗。

我们开心地拥抱现实，奋勇地去进行创新，科学、民主、艺术等现代学科，被中国人很好很快地接受了，虽然当时是伴着屈辱、枪炮与死亡，可我们还是咬牙坚持了过来，我们逐渐知道怎样推动历史的摆锤向前摆动。在这个过程中，也还会产生不平衡、不和谐、不可持续等方面的问题，这时我们就需要利用中国古人的智慧，从战略思维上，在全局视角中，考察一下发展过程与初始目标的偏差，将荡偏的钟摆往回摆动，将这些问题与差误纠正后，才可以更加有力地向前摆动。

我们生活在当今的中国，不是在古代，不用背四书五经，不用俯首屈膝，不用脯尸求活，我们也没有在文艺复兴时期，但拥有发达的科技、探索的艺术、开明的政体。假如掠过具体的波动外，中西方历史上，这无形的摆锤才只摆动了两下，一下归古，一下追新。现在正是螺旋式上升的第三阶段，吾辈何其幸也！

## 思维的恐惧

思维最恐惧的是什么？莫过于僵化不前，甚至倒步退化。对于未来，我们并没有惧怕，也没有盲目的自信。这地球上的一切已经被人类开发探索殆尽，剩给今人和后人研究的只是些零零碎碎的细枝末节。当我们抛开物质的争夺、权势的拼抢，来到纯粹思维界，就会发现人文精神的萎靡不振，而我们之所以成为人，就在于这种精神的存在。

跳开肉体的躯壳，扪心自问，10 年、50 年、100 年、1000 年……之后，保存延续的会是什么？中国历史上 200 多位皇帝，除了鉴评他们的得失外，谁还会记得他们。倒是那几个贬谪的诗人，那几首月下的词曲，还能让后人传承诵读。因为他们记述表达的是人作为一般性存在的共同际遇。好奇、喜悦、寂寞、痛苦，这些人类共同的感受，在代与代之间延续。不管我们是奔跑在荒原的野人，还是骑马执刀的战士，或是坐在公交、地铁上的上班族，抑或是乘坐太空穿梭机的人机混合体，这些作为人之一族，从亘古时就启发伴随我们利用第一次天火、打磨第一根石针、驯服第一头家畜、发明第一台计算机的好奇、喜悦、寂寞、痛苦等等感觉，是我们最核心的前进动力源。

因此，不论我们处在哪个发展阶段，不论我们身处哪个星球，这些感觉实在，都会是跨越时间、空间、个体差异的精神自体。思维最惧怕的就是失去这些感觉实在，只剩下背诵、抄袭、复制，这样的社会即使物质再发达，也是沉闷的，难免陷入内部垄断、自相残杀的境地。感官、知性、思维只是工具与手段，驱动它们的是精神自体，我们通过感觉实在对精神自体进行体悟。

世界终究是儿童的，因为只有他们才能在更高物质与知识基础上，进行实在感觉，进而驱动物质与知识的进展。而成年人的感官都被语言、名利等工具封闭死了，他们只能茫然运动，除了消耗资源外，就是徒然地将窝从这里搬到那里，又从那里搬到这里。

## 二读通鉴

今天是个值得纪念的日子，用了两年多时间，从2018年9月到现在，终于将六卷本的《资治通鉴》又读了一遍。相较于15年前的那次，这一遍读得更加细致，几乎是一个字挨着一个字那样读下来的，当然我没有过目不忘的本领，若是现在被问到具体在哪一年哪个地方发生了什么事说了什么话，我还是记不起来的，但有几点感触颇为深刻。

第一点感想是，今后再也不能泛泛地说“大唐盛世”了，也就唐太宗那几十年，中原地区经历了连绵上百年的战乱，才得以休憩繁衍，结果在《虢国夫人游春图》之后的两三年，就发生了安史之乱，人民惨遭涂炭，之后唐朝就没有缓过元气，内被宦官团体挟持，外为藩镇割据困束，直到唐亡，中国到处都是饿殍遍野、荒废殆尽的景象，后代文人口中的盛唐，在真实历史面前只剩下几块破败的遮羞布。

第二点感想是，中国历史上始终没有解决好政治交替、政权交接的问题，虽然“立长不立幼”的儒家传统，一定程度上减少了政权更替时的纷争，但没有内部争权夺利，并不表示政权就能稳固存续，晋朝的后期，兄弟之间发动内部战争，直接导致了朝代的灭亡。因此当君主贤明时，国家就能过上几十年太平和乐的日子，一旦后代君主软弱无能或是荒淫无道，则国家就会陷入战争的旋涡之中。

第三点感想是，历史上人真的很不值，这里还关涉不到“钱”字，当五代十国时，平民百姓或是俘虏伤员，被车拉着随着军队征战，充当部队的“粮食”时，还能做何谈！历史是血腥的，但万万没想到是石磨碾出来的带着筋和骨头的血。你想掩面略过，你想只谈风月，但历史上文人墨客诗人词家是没有地位的，颜真卿是因为忠义报国、一门忠烈而被记载，刘禹锡是因为错投太子、机关太过而被放逐，韩愈的文章是因为针砭时弊而被转述，在历史中，我找不到钟繇、李北海的字，杜甫、李太白的诗。历史可以有多个维度，但主维度就在治与乱缠绕斗争的纲界内。我们不用对此感到悲哀，这些历史还是处于初级阶段，所以只有主维度才得以外显。

一晃十多年过去了，研二时抱着十斤沉的厚本子，靠在白墙边的那个小子，已经只留在我自己的回忆中了。当然那时痛斥我凌晨两三点钟还不关宿舍灯的睡在我旁边的兄弟，有可能也还记得。这遍阅读，也经历了很多有趣的瞬间，有那么十几天，我由于连续在阴霾的天，盯着这些小字看，把眼睛还给看模糊了。好在现在我的眼睛又变得清澈起来，就像此刻我的心境一样，尽管也到了凌晨，但关起门的书房，只属于我自己。

## 相对思维

我们通常在与人相处时，要求设身处地为他人着想，从他人的角度去观察感受思考。

这种共融的沟通关联方式，不光在处理感性个体之间的互动过程中有效，事实上做到这一层，就达到了孔子所说的“仁恕”，在人际交往中会是很圆融通达的。我们还可以把这种相对思维上升一个更高的层次，即达到感性个体所组成的集合体，以及个体思维体共同组成的思维整体，进而进展到客观存在的物质界，或用更具诗意的说法——自然。

为什么很多哲学宗教思想都在教育我们要“舍弃”，若是夹带个人的私心私欲私利，从个体之间讲，就不会为他人着想，更不要提从他人角度感受思考了，而从我们刚才提到的将自身抛映到更大更广更深范围的感觉思维综合体或物质界的观点看，这样的人步伐过于呆滞，身形过于沉重，只足以自保，不足以达观。

艺术是以感性为途径将个体抛映到上层感觉综合体，科学是以思维为途径将个体抛映到上层知性综合体，真正的哲学应是这些途径的综合体，让我们从感觉认知理性等途径，抵达更宽更广更深的领域，以我感我思我悟，成大感大思大悟。

为了向上攀援，我们总是有两个层级，当下的与将行的。如果把过多甚至所有精力都放在当下，不断强化外在沟联，只能做到垄断集聚的极点，只有将这种霸占行为内映到自身，才有可能趋于内圣，升华为更高的感官思维体，宇宙亿万年的演化，正指向这个光辉的方向，人类的进步不是太快了，而是太慢了，太多的精力资源浪费在内部消耗与无味的拼夺之中。

青年人啊，你将选择怎样的路！

谁在云中

听着风

谁在风中

吻着海

谁在山巅

拥抱深潭

谁在心中

筑起通大的塔

## 自由的不止“财富”

现在很多人在讨论究竟有多少存款，才能实现财富自由，是150万，500万，还是1个亿。

且不论这些纯粹数字，在通货膨胀、人世变故、天灾动乱面前，是多么软弱无力，就是从实现“自由”的角度来讲，抱这种想法态度的人，也是实现不了自由的。

靠银行存款或是收租生活，不过是马克思痛斥过的食利者榨取他人血汗劳动的方式。若是近两百年后，还被广泛地推崇宣扬，只能说其根深蒂固、顽劣难化。同时，我们会发现这种想法对于大众来讲，是最直接最易接受的，因此突然中了彩票或是接受巨额馈赠的题材小说，一直很受欢迎。

但现实不是小说，作为个人来讲，沉溺于这种幻想，只会使自己丧失勇敢生活的底气；作为群体来讲，则会使内部陷入尔虞我诈、恶性拼抢的地步。

就像很多当代哲学家强调的那样，自由并不是关键，关键的是自由的创造。只将自由限定在有多少存款、有几套余房的视角，只会捆束了自身发展的空间，削弱了努力奋斗的意志。最可悲的是，持这种想法的人，也实现不了财富自由，顶多为这类鸡汤文章多点个赞。

我一直强调生活是曲线的，试想如果我们活在一眼就能望到头的直线式生活中，该是多么无聊与悲哀。你也许会说，每个人不都是这样吗，学习、工作、繁衍、死亡，收到，我们是逃不出直线的追索，但要努力让生活复杂、精彩、有意义起来。

当我们能够找到财富自由之后的工作生活安排，当我们能够为此努力奋斗、享受快乐，当他人也能从中获得裨益、收取帮助，我们离自由才真的不远了。

## 你要去寻找“宝藏”

有一段关于挖掘墓穴的小说很是流行，中国历史悠久，老祖宗留下的，能让后人沾光的似已只有墓葬明器。

有一点悲哀，我不是盗墓贼，可心里还是希望能像西方那些探险者一样，发现地下的矿藏，而不是总似不肖子孙那样，还未待先人躺稳了，就去哄抢他的黄纸盆。

我们从小就被教育要一本书一本书地念，一道题一道题地做，上完了一年级还有二年级，上完了小学还有中学、大学，诸如此类，偶尔听说有跳级的异类，也不过是从这边的队列插进前面的行列，在众人异样排斥的目光中把自己弄疯弄傻。

这种线性的社会，像极了几千年来朝代的更替延续，而这，是不符合文艺复兴、科学发展、人文进步的当代世界的。我认为真正的、成熟的学习，并不是一个先捡芝麻、再捡西瓜逐渐累积的过程，这种方式只能是初步的。对于已视学习为终身事业的人来讲，他应该学会在知识的海洋优雅地跳跃，从一个领域穿越到另一个感兴趣的领域，而将积累储存交给机器来做。

扩而广之，我们应该以这种“寻宝”的态度和方式，来工作，来生活。在寻找的过程中，要沉默忍耐吸取，一旦找到了“宝藏”，就让创意的灵感火花，点燃指引自己的工作，为生活增添无尽的乐趣与色彩。

这种工作学习方式可以保护我们不去“过劳死”，一旦将自己陷入纯粹的输入、输出境地，那么要取得更多的输出，则只能不断加大输入量、增强运转强度了。

用“寻宝”的方式去工作，只要我们保证足够的耐心，则爆发式的创作是由于“宝矿”的驱动，与我们自身是不相关的。你找到的宝藏越大，你的创作就越多越好，反之则不要怨自己江郎才尽，只是时运不济。

相较于那种照本宣科、沉闷重复的拉磨式学习工作方式，寻找宝藏之旅会让你一路上保持充分的警觉与内省，在强大内驱力的带动下，找到具有自身天赋的创意爆发点。还等什么，我们现在就去寻宝吧！

## 把握不住

“如果把握不住，那就放手吧。”

我现在才知道为什么中国古代那么多隐士达人，除了追求俗世的享受与承认外，人还是应该有为自己的追索的。即使劳碌终日、为口而活，有些人也能将这种安隐闲适的精神境界，外显出来。中国画追求的这种退隐含蓄的表现方式，实在是隐士的最好写照。

从文化的角度讲，中国没有产生文艺复兴，即使在明朝末年，我们没有采取故步自封、闭关锁国的策略，我也不认为西方的科技文明，能够对当时的中国造成天翻地覆般的冲击。我们的文化根底就如一潭静水，一切水流都会被吸入其中，事实上，我们对外来文化一直是持开放包容态度的。只是后来，中西差距过于明显，所以才引发剧烈的政治社会动荡，给中国人民带来了极大灾难。

以史为鉴，作为超级文明的中国，要一直保持开放涵容的姿态，这是基本面的方面；另一方面，则要不断推陈出新，释放出持续引领世界进步的活力与能量。

由大及小，人是要往高处长的，对于某一阶段把握不了的外界因素，文明不妨就弃之不顾，以更加开放的姿态学习新知识新思想，以不断创新的精神引领提升自身的成长。

只有这样，我们才不会被小事缠住手脚，能够迈开坚定的步伐，去欣赏更高更美的风景。

作于 2020 年 12 月 8 日。

## 人不如树

我总在观察树，树给了我很大的启发。

树不动而生长不止，历风雨而能持静。它的这些优点是动物，特别是直立行走的人，所不具备的。这也许就部分解释了为什么树木在地球上出现的时间更早，持续的时间更长。

树木生长的意义所在不在枝叶。它自身的成长需要枝叶来提供阳光水分，枝叶于它，只是生存的手段，而我们却一直错把后者当作树的全部，赞扬和画笔都集中在这些细枝末节上。

树的精神是顶天立地的。向下，要将根更深地扎牢；向上，要将干更靠近天空。也许，总有一棵树会包裹整个星球，支起整块天空。因此，用树来作生命的比喻与象征，不光是绿色环保，还要更加深刻高远。

我们学习树，就是要学习它面对困难与逆境的坚韧不拔、顽强不屈；我们学习树，就是要学习它深扎根基、广取博采的厚重与沉稳；我们学习树，就是要学习它不断成长、勇攀新高的志气与精神。

从上述角度看，树已接近黑格尔的理念，以自我为驱动力，不断推动自身的本质成长。这也就是树为什么长存的原因吧。

作于 2020 年 12 月 8 日。

## 生命权衡

一个问题出现在我的头脑中，我们能否对生命进行衡量。

从经济学的角度看，物品的稀缺性决定其价格，而我们是通过外在价格判断其内在价值的。

在生命的两端，分别是生与死，死是虚无的，我们就用剩余的生命量来标记死亡。事实上，我们从意识的角度讲，是对死亡避恐不及的，不愿意去思考、把握死亡，这不得不说是一种不成熟状态的留憾。理性地看，不同地区、不同时代的人，是有平均预期寿命的，我们不能总用百岁千年这样的戏语，来跳跃忽略掉这么严肃的问题。事实上，那些被称作“万万岁”的人，死得反而更早。

用你当下地区的平均预期寿命，减去你耗费掉的年月，就是你预期剩余生命。这是天平的一端。至于另一端，不外乎是你用以往的岁月，去希冀、追求、获得的东西，加在一块，组成天平的另一端。

这两端并不是要求得平衡，起码不是眼见的那种平衡。生命的一端越来越少、越来越小，那么物质与感性的另一端，其包袱也要变得越来越轻、越来越无所谓。从这个角度看，生命的天平要能保持平衡，那么这个人也能获得内心的平和与安宁。

我想表达的是一种更高层级的动态平衡。生命越来越少，那么它就变得更加稀缺，而我们以往珍视的东西，在生命面前就会变得更加没有价值。因此，虚耗生命换来的那些，就要明智地去抛弃、舍掉，哪怕是一分钟、一秒钟。

如果真要归隐，就立刻出发；如果心无杂念，则会立地成佛。

当然这种注重个体生命的体验，是建立在你完成家庭、社会的责任与义务基础上的。

青山无古寺，钟声在长街。

## 英雄的阶段

世间呼唤英雄，凡人都愿英雄。这里的“愿”也可以换成它同音的那个情感字，嫌其不成，怒其不争。且不论这种心态的不成熟，其实英雄也是有成长阶段的。不妨煮酒，醉论英雄。

我将英雄的最开始阶段归于庄子。对，就是那个逍遥散漫的庄子。这是一种与自然融为一体的本真状态，无拘无束，没有顾忌。我们的英雄不应该受到外界的诱惑与牵引，他是融合到自然整体的。他的本质就是全宇宙，其表现或抓手就是自我。只有宽泛的范围，没有承载的实体，那是真空；只顾及自我，没打开托举的界限，那是蝼蚁。因此，英雄的第一阶段是庄子。

英雄的第二阶段是孔子。这里有妄议先贤的嫌隙，而且论述粗疏，但我只想从中抽取自认的精华，且做一家言。为什么将这个阶段划归于孔子，那是因为时势的变化、国运的迁转。作为人，在第一阶段的自然属性之后，就来到其社会性。而社会性就不可避免地带来争夺与战争。面对苍生涂炭、尔虞我诈、道德崩坏、恃强凌弱的天下，孔子首倡怀德布教、遵纪施纲，对人如煦，向恶有斧，其道大矣、其流远矣。既文且武，允执阙中，不屑权霸，痛斥私计，只有这样的人，才配得上社会上的真英雄、伟丈夫。

第二阶段是社会性的阶段，这时的英雄与社会是结合为一体的。每当社会发生动乱崩坏时，英雄就会平地而出，干一番大事业。但这种英雄的社会性，又注定了这一阶段的英雄的消失。因为动乱平息后，他们又只能归隐山林、潜于凡间。虽然也可以做个太平宰相，但文治的条条框框，终会束缚其手脚，在定纪布纲后，剩下的事只需刀笔吏即可，第二阶段的英雄将重返第一阶段，除非……

除非找到赛先生与阿女士。鲁迅先生笔下的德先生（民主），我认为在第二阶段就会出现，那是文治的深化与进一步发展。更具根本性的是科学与艺术。这里有两个对应的英雄化身，浮士德与查拉图斯特拉，一个追求为全世界谋福祉的科学事业，一个探索自我超越的意志新领域。但我认为第三阶段的英雄应该是更加全面的，从所有知识、意志的整体出发，如巨人般以自我之力，推动整个人类之进步。

这里的进步是无限维度的，因此不会再满足于一两个功勋人士横空出世，这个阶段的自然与社会，需要无限多的英雄人物，以扩充无限多的发展维度，带领我们前进到无限多的未知疆界之中。直到这时，英雄才完成了进化，找到了永恒的事业。

## 长叶正繁

我同这几年的平常日子一样，走在青石板路上，望着远处高耸入云的建筑，看着法国梧桐树上的几个串铃，再观察下小红果树的叶与果，然后就步入网与眼中。

只是今天略微有些不同，楼道中多了两株阔叶植株，鲜嫩可爱，要装饰新年吗？是啊，今天是2020年的最后一天，明天就将迎来后一个年份了。幸好台历早已精心置办好，要翻过去是很容易的。

在这微小的动作中，似又隐含了很多艰巨与愁苦。世间的人普长一岁，恐怕不是皆大欢喜的事，小孩子自是欣喜又能穿新衣、吃甜糖，老年人则会回避漠视年轮的累积，像我们这些中年人，则在心中掐指算贷款的余额、家中的剩粮。

我不想说今年很艰难，出现诸多的波折，只想感叹人生的不易，只愿赏月的圆缺，也许这就是我选择平凡日子的根源，没有那么野横的决心与狠劲，一束花、一缕光、一叶草，就足以激荡起我内心深处的波澜了。人气味太重，如烟酒的气息，我是受不了的。

可世间谁又关心在乎这些呢？人们有太多的事要忙、要管、要夺，就自己选择一处僻静之所，弹琴、画画、读书、写作吧。这想必是我美好的展望，新年伊始不都是要许个愿吗。

可要做到此点，先要把身上的负担卸净，人活在世，是要尽到做人子女、为人父母的责任的，只有尽好责任，才能超凡脱俗、立地成佛。因此，愿望是美好的，但恐怕不能立刻实现，好在我还是有忍耐力的，咬牙坚持似是我的长项。就是在心理、趣向上做足准备，否则大好的日子也会如指尖白水一样徒然浪费。

这就是新年寄语吗？很平淡，但还没淡过满箱的世界名著。哲人先贤都已逝去，他们的思想其实也不是如众人形容的那样光彩照人、熠熠生辉，只是静静地躺在我的书柜中，等我去翻阅品读。人生何处不寂寞，寂寞的人找寂寞的人以寂寞的方式寂寞。

我似乎选好2021年的主题词了，可它又何尝不是这几年的主题，从这点上来说，它不寂寞。

## 追求宽广

打一出生，我们的视力就在不停寻望新奇的人物，我们的听觉就在感触四周涌现的新声，我们欣喜于美好多样幸福的世间，我们不断学习，努力追索自己的目标。

当历史的巨手就一千年、一千年如枯叶般轻轻掀过，当我们附着的外在事物都如灰尘般抖落，还在活着的人们，究竟要追寻什么呢？

眼观千里，也终究是千里；耳听八方，也只是八方。作为大写的人，似乎应该再去探索些别的，不那么容易的，不那么轻松的。哲学家都是严肃的，但如果他稍微懂些幽默，保留些许愤世嫉俗，那他也会侧着头，不屑地自嘲：“就这么容易吗？”

有很多阻碍我们前行的负担，这些东西原本是美好的，可经过贪婪的手、狭隘的心，就变质了。还有很多鬼魅般的话语，萦绕在迷雾般的四周，嬉笑的声音分散消耗着我们探索的勇气与信念。

如果头脑中有一个场景的话，那我不会将走出这片森林沼泽，看作一场竞赛，尽管很多人奋力前行，就是为了将众人抛在身后，夺取他个人的荣誉与名利。我宁愿将这看作是一场人与人之间的协作，或是一个共同体要一起完成的任务。伟大的人除了自己要走出迷雾外，还要用其精神与思想，引领带动他人的步伐。这才是思想该有的行动方式。那些世俗的、狭隘的，都不配具有思想。

只有通过共同思想的道路，人类的未来才会越走越宽、越行越广。奴役、垄断都必将成为过去时，一种新的人类命运共同体即将到来。

这牵涉到一系列领域，以往的哲人是朦胧的、从感性上预感到她，或是从思想的一个方面、一个视角窥探观察她，真正的演绎是实践性的，我们只能赞美、歌唱、描绘、想象。①

---

① 上两文同作于 2020 年 12 月 31 日。

## 平淡如水

端起一杯水，又来到了久别的屏幕前，将吴历、傅抱石的画册垫在电脑下，开始沉思。

自从写完了第一部稍微长些的小说后，我有意沉寂了一段时间，部分是出于史蒂芬·金的忠告，写完长篇小说后要将它放到没人看到的抽屉里面，隔上两个多月再去回顾；部分是出于自己的慵懒，在寒冷的冬夜，脑子似乎也被冻住了，再难以像盛夏般激荡澎湃，只愿平平静静的，像一汪水一样。

今天重新回来，是感到两个月的时间已经到了，但我发现我对这些以往的文字，就如对昨日的自己一样，那么陌生，那么难以理解。如果让我重新书写，不光是诗歌，就是这些长篇的文字，也不会写得一模一样了，至于修改与完善，虽然我自觉后来的自己确实在心智与理解上要更进一步，但文字带有的当时的气息与感觉，却是完全不同了，难道掌握更多知识的人，就可以凭空批判那些更为原始的生灵吗，这种知识第一的论调，在更强调想象力的世界维度中，是不可行的，我不愿意将有血有肉的文字变为一堆枯骨。因此，我只能怀着一颗平常的心，看待这些完全陌生的文字，就让它们随自己的生命起伏跌宕吧。

当我们终将所在的年份，活成了科幻小说中的未来，才发现我们终究还是逃不过柴米油盐、休做工眠，岁月既不像大江大河，就那样汹涌地奔腾而去，也不像曾被形容的那样，在洗手、洗脸时，从指间面旁滑过。它融合了多种味道，最后以至于无味，它涉及多种感情，最后以至于无感。当我们终不再攀登高山时，其实自己已经上到了山顶；当我们终不再向往江海时，其实自己已经怀抱着大海。沉痛震怒的人，只能从痛苦悲愤中汲取力量、获得灵感；喜悦欢欣的人，只能从欢喜妙美中得到鼓舞、感受幸福。而精神是广大无垠的，琢之又琢，深奥无限的，当我们用以往的精神，不论是人类已获得的共同的精神宝库，还是自己的实际感悟，支撑推动自己向精神的更高、更广、更深境界前行时，那种感觉应该如水一般，淡泊无味。[①]

## 享受平凡

世上矛盾的事有很多，对于平头百姓来说，最矛盾的事莫过于，一方面我们在享受平凡，同时却在厌恶讨厌平凡。

日子就这样一天天过去，没有波澜，连一点涟漪也不兴起，仔细想想，我们就要这样无声无息地衰老死去，在这世间似乎是白走一回了。更亏的是，前半生也曾有几分轰烈，顶了诸多期许，那少白头、悬梁刺股似乎也要连同自己的平凡，而彻底沉寂了。

也许是找到了自己真正喜欢的东西，在安安静静中一分分一点点沉积，有人将泥土做成通天的梯，有人将欣喜用来看别人的脸，而我想要的，不过是将脚稍微抬起，看看栏窗外的春景。因此，平凡最好，将一身的债去掉，将满腹的牢骚卸除，让心灵彻底放松，让精神自由发展，这样的平凡，我甘愿用一生去换。而她却总是不请自来，人生何其幸也！

这里没有一点反讽，也不是如充气袋一样等待爆裂，我只愿像风一样来去无阻，像云一样逍遥自在，如雷一般慷慨激昂，似雨一般浓郁芬芳。这些目标够平凡的了，而其实现施行却又是最不平凡的，毕竟有几十亿年的累积酝化，经千万光年的虚无寻找，人类才拥有它们。

## 把杯倒空

有一段时间没来记叙了，杂事缠身，也是凡眼难开，整日的思绪被几点之

① 2021年1月7日。

间的惯性生活牵系，难有新的悟解。

好在日月运转、冬去春来，在逐渐和煦的清晨，每见弯月东移，才感世间之大道蕴于无形也。

人生如器，财色是求，饱满成欲，冻寒求袍，见日东升，望月西沉，百年一瞬，解索难脱。

何不倒悬，逆求仙道，倾杯空如，通彻活泼，忘愁无忧，顺风抚水，以山为骨，用海通流，日精月华，往注其间。

一忘红尘，飞升九天；二忘私闲，融合自然；三忘山水，再臻至道。

## 洪流前沿

早晨突然一个形象跳跃进正在舒缓骑行的我的脑袋，一种洪流或是江海的前端图像，似是曲折的海星又像蔓延的触角，但我知道那是一种整体趋势的表现。

不同于埋头苦干的工兵或某一领域的专家，我总试图把握知识或智慧的整体，于是才会突然产生这种象征性的图案吧，在其中，我穿行于仿佛静止的横、纵等维度，欣赏着如冰雕玉琢般凌空架构起来的洪流内部，但是更多的时候，是用飞鸟那样的飞翔身形，俯瞰这整个汪洋。

通过以往的经历，我并不觉得飞翔会更高于奔跑或潜泳，都是一种工具，一种在生存基础上的、植根于生物体内的演化工具。光看是没有用的，这就是为什么蚯蚓等生物会放弃视觉器官。当一种生存的工具，太过消耗能量，而不能带来成倍的收益后，那这种工具就会被废弃退化。

难道这就是哲学家衰落的原因吗？当思辨语言已不足以表达客观物体与主观心理活动的精准内涵，那么古典哲学让位于各种具体科学与心理学等人文学科，也是大势所趋了。

也许哲学以后会成为某种观景台，让终日弯腰低俯劳作的人们，偶尔得到些喘息的机会，或是作为一种犒赏，以便他们乘坐便捷的电梯，升到上面观赏环视下四周的风景，但也仅限于看看，有很多人可能还会觉得这种休闲影响了他们工作，或是这种远距离观看的做法，不能满足他们直接亲手游玩的冲动，于是愿意上台的人，越来越少了，更不要说情愿留下来继续建造这无用之台了。

当我们将一切语言、知识、情绪、意志等都当作生存演化工具时，就会发现很多困扰自身的问题迎刃而解。我投资失败，是因为技巧不足、知识不准；我不受重视，是因为沟通不够、本领不强，诸如此类。那么在“小我”之外，“大我”的工具呢？

我们虽然生活在当下，但当下是前进运转的，以史为鉴，人类历史都经过了数百万年的进化，那么我们手中的工具、头脑中的模式，是否有很大改变呢？除了短棒长枪，变成了无人机与核弹，以及头脑中多出的一些名词，一切似乎是僵固不前的。于是，我们这些人，守着那些传续下来的娱乐活动，继续埋头苦干，直至死去不再，这里本是一声长叹，可这叹息经过了千年，是否以后还会回荡？

我不愿将人类的一切进展都牵扯到神性，但似乎神性确乎能解释非常之多的人类进步。从飞翔到运算，从变形到预测，我们似乎正在沿神的方向前进。那么全知全能的神，感知一切、包容一切、带动一切的神性，是否是一切工具的终极汇总，这滚滚洪流，其奔涌的方向，是否是那充满光明、炫彩迷幻的神性，也只能交给历史去检验了。

我们能做的不过是在有生之年歌颂、赞美、投入这一过程，而这绝不限于是观赏，而是要身入其间、感受全体。这不是搭台子、搬砖块的哲学讲师，而是哲学的真正实践者。

天听自我听，天视自我视，为什么伟大人物总是感召我们去从事伟大的事业，因为这样的事业是全体的、全人类的、全部生灵的。请抛却那些生锈的、阻碍自己进一步思考与工作的旧工具与陈腐套路吧，真正的事业不计先后、不先权势，不是排他性的，而是共通共融、互享互助的。

那洪流的前沿是一个个鲜活的生命，但不是机体中的执行单一任务的细胞，而是与整体互相感知、能够胜任多种工作的自由个体，而他之所以在这一领域，则纯乎出于探索的需要与兴趣使然。

至于整个洪流前进的原因，是由于神性的召唤，似回到母体般的全人类代代相传的努力；还是出于环境的逼迫，不断恶化的生存环境要求人类选择这样一种智慧与精巧之路；抑或是工具迭代的惯性，让我们愈来愈沿工具精益的方向前行，就是洪流之外的问题了。我们连洪流前沿都不能停驻，而是要置身整个宇宙去观察、感受、思考。

## 最终幻想

最近常有一个问题萦绕在我的头脑中，下一阶段的世界会是什么样子？

这听起来有点杞人忧天，当今世界还被疾病、气候、战争、纷争等等诸多问题困扰，干什么要去想今后的事？更何况对于当下的问题，世界似乎也并没有找到很好的解决方法，即使有，也是一种力量与实力博弈的过程，在利益面前没有绝对的对与错。为什么不去想想这些事呢？更加切合实际、更具实用效力，不是更好吗？

可以说是好高骛远，可以说是满头幻想，也可以认为是心被物所伤，想出的招法也不会为外界所接受，毕竟，别人听到你说话，是要看你站在什么地方，戴了什么帽子的。

于是就被当下挤到了遥远的未来，当一切纷争停息，当肉身归于尘土，想想那时的人们或生灵，该不会被这几句聒噪干扰吧？因为他们根本不会看到，也不会听到这些杂波。不过作为祖先（请允许我充一次大辈），还是要对未来有所期冀的，而且想好今后的路，也许现在我自己怎么走，就更明晰了，毕竟路还是要自己走的。用自己的思想给自己探路，似乎很是浪漫，也稍显奢侈，这就好比拿着全套的高档烹饪用具，结果只做了一道小葱拌豆腐。好了，菜已经做好了，我要开动了，如果你愿意，也欢迎过来品尝。

最大的担心来自三个方面。一是只看下一步，而忽视或无法预见今后的持续性分阶段发展。二是只看到全体的一个领域，而未考虑到系统的集成性。三是沉溺于对未来的幻想，在名词与口号声中原地踏步甚至退回到专政时代。

从大的趋势看，我们已进入到公元后的第三个千年，没有什么能阻挡人类前进的步伐，公元1999、公元2020，这些预言中人类的“槛年”，我们都迈过来了，现在我们已处在科幻小说中的未来时代，但我们还是感到很平常，每日为柴米油盐奔忙，受七情六欲困扰。科技再发达，也改变不了人们劳作受制的处境。这就如多层的船舱，底层的人们仰仗上层的舍弃和外界的输送，他们是最动荡、最危险的，科技的力量可能会将整艘船抬高一些，让底层的人脱离被快速淹没的命运，抑或是多造些吃用品，特别是上层的低廉仿冒品，来丰富他们的物质生活，进而舒缓其一直紧绷的神经。由于惧怕如火山般爆发的反抗，所以科技一直以来被当作了安慰剂。

没有哪个文明注定要在下一波浪潮中占据主导地位，因为若是我们采纳了这种说法，那么下一文明就会等在门缝之外，随时会拥挤进来，占据着狭小的堂室，难道我们会如那则非洲神话所讲，被如太阳与月亮般挤到天空之上，从此高悬吗？事实上，我们会如斗败的狗一样，趴在地上任人踩踏，被凌辱肢解，再无翻身机会。

上战伐谋，在思考整体趋势的时候，一定不要被一人一姓一地一国所困扰，绑住了手脚，腐蚀了思想与凌云，私心则只会让一国为一姓陪葬、百年为一时拖累。要以大公之心，看全人类的发展趋势，破私利，为万代谋福利。用中国传统的自然融合观，人我合一的情怀，思考科技的进步、民主的昌明、艺术的升华。

在古文明的交流、大航海争夺与文艺复兴之后，我们迎来了第三次世界文明的融合期，我们要摒弃传统的僵化思维，以无限包容的心态与胸怀，拥抱并投身到世界文明的再创造之中。在这一文明期，每个人都是地球人，都能很好处理与他人、外界的和谐共处关系，都能积极投身到科学、技术与艺术的创作之中。当我们用艺术的灵感，点亮引导科技向宇宙层面进展时，我们就会迎来全宇宙时代的到来。

## 无用之物

揣着两支笔、一个橘子，拿着三本书、一瓶水，我偷闲来到左边是太极拳示范、右边是伴着悠扬曲声的太极舞剑的斑驳长椅上，虽然心中的情绪还不激荡，但这个题目却油然跃进脑海之中。

是的，无用之物，一切的功效都会失去作用，一切的言语都归于空洞，更不用说英雄美人迟暮后的共同归宿。也许，一些思想的起源确是悲伤，一切光明都是无尽黑暗中的迸发。

为什么我们一定要追求永恒，也许是想让无限趋于零的功效乘上无尽大的时间与空间，好让这些无用之物还能保有其一点点价值。

可是生命就是架构在这些无用之物上的，那些注定会坏掉的椅子、不久就会被扔掉的笔管，不就是我们生活的组成吗？当然还有无谓的交谈，人和人之间的沟通、交流，缺失或舍弃了这些，生命似乎就是空白了，我们只能退回到虚无之中，当把感情之上的思想也甩掉之后，则是完全不可描述、想象的黑洞中心的真空。

我们想让生命趋向它吗？抛弃一切、舍掉一切，归于空虚。如果说虚空是生命的起源，就如“静极生动”所指出的那样，那么它也是生命的趋向与归宿吗？就如古人一直想要回到“小国寡民”的先民状态一样。

螺旋式上升可以概要地解答这个疑问，如果你曾选择这个疑问的话。我们一直处于起源、回溯、再出发这样的过程，只不过这个结构不光是由基因物质架构的，从宏观上看是个体生命衔接起来的螺旋式上升阶梯。

一切当然都是无用之物，整体生命跨过它们后，它们尽可以，也应该腐坏、风蚀，这里的它们既指物质的，也包括制度层面与文化层面。我们正在高空中的悬梯上，脚下的梯在加速风化，我们的双手必须不停编造继续前行的梯子，而我们的记忆来自源头，于是前进的方向也是趋向源头，但我们同时还是在空中上升的。因此我们就在虚空中勾勒出盘旋上升的即明即暗的图形。

我们所踩、所用、所思、所感都是无用之物，而我们只有通过这些无用之物，才能延续、生存、欢愉、前行。

## 存在的意义

这个题目很大，但既然坐在银杏树下的晨光中，面对着满眼的紫藤花，虽有阵风，且不太暖，但也总要在树叶飘曳声中有所记叙，才不枉这鸟啼花香。

我们的探讨都是基于当下的观察与思维工具的，这是哲学与文学的首要区别。文学是用讲故事者的视角，来记叙故事，虽然“重要的不是讲故事的人，而是故事本身”，但不同的讲故事的人，会给我们带来不同的故事，有的好听动人，有的枯燥乏味。

真正的哲学必须经过康德式的质疑，也就是对思维工具本身的考问，但在没有找到最确切工具的时候，不妨采取渐进式的策略，允许我们个体的观察敏感度与思维成熟度不断提升完善。我们之所以有这种乐观的精神或态度，是从过往人类文明与思想的不断进展而得到的经验结论。通过这种两分式的思考，那么笛卡尔的论断：我思故我在，可以分解为我思、我在。我们把中间的因果联系去掉了，因为对于并列的现象，我们并不能贸然就判断何方在先在前，为因；何方在后，为果。

我们的态度是“我思”与“我在”是如量子般纠缠在一起的，这样才能产生共振等效应，两方都不能孤立存在。请注意这里是“我在”，而不是一般原理判断的“在”，而意义就在于“我”。

我们用不断完善的“我思”，观察思考改造被动的“我在”，于是“我在”也不再是静止的，而是被驱动起来了，不同的“我思”会形成不同的“我在”，在艺术中是鼓励提倡这种多样性的，它也是艺术之不可缺失的原因。当“我思”变得固化单一死板后，那么“我在”就只能在一种维度上运动，缺少了加速度，那么我们也可以说这样的“我在”是僵化的，在相对意义上是没有运动的。

回到“我”，我们的一生都在经历不同的感官思考阶段，对同一事物，童年期、青春期、中年和老年都是有不同感情与想法的，在保证肉体的健康延续与族群的正常繁衍基础上，我们都像是寻宝的人，在寻找“我思”与“我在”的最佳配合，采用这种说法，那么“寻宝”这个比喻就不是很恰当了，因为它过分突出“我在”的作用，任何一个寻宝人在找到宝藏后都会忘记自己曾经经历过的艰辛，而只会沉浸在珠光宝气之中，顶多也只是过后向后代吹嘘自己的神奇且英勇的经历。

但我们这里是要抓住那如电光火石般的闪现，“我思”与“我在”在极端巧合情况下的共振，生命的意义就在于用有限的会死的“我思”，去探索尝试变易不定的“我在”，那天空中偶然升腾的花火，是人生最美好的报偿。

## 一千万种现实

请不要为这个题目吃惊，其实我更想起“九亿个现实”或“无穷多现实”这样的名称，若不是为了昨天刚看的史蒂芬·金的小说。

金说他用虚构的故事来探讨现实中的意义，而这样的小说却开拓了我们对现实的理解，从而不再“虚构”。

传统思维方式总是力求对当下以及演变之中的现实给予解释，告诉我们从何而来，我们是什么，又将向何处去，难道不是这样吗？我们不是都说哲学是爱智慧的学科，当我们有对人生、世界等的追问时，就要去求助翻阅厚厚的、积满尘土的经典典籍，从中分门别类地找出自己对应的解答。

可这只是对待哲学与思维的一种方式，还有一种方式是拿着锤子，将一切既定的、成型的框架结构都打得稀巴烂，从而突显自己的意志与力量，这种相较静止解释而采用的运动解构方式，是破坏性的，是对传统条框的反抗，是要从紧闭的、密不透风的暗屋中解脱出来的奋起之举，尽管我们曾经因为向往光明与透彻，才走进这间门上挂有“智慧”标牌的房间，如今这个牌子与满地的木屑碎块躺在一起，任人践踏。

我曾说过，最重要的贵客是“赛先生”与“阿女士”，而赛先生总爱不断变换新奇时尚的服装，但每一件都在贴近左前胸上部挂着一个闪亮的标牌“W”，没错，就是“智慧”。真正的哲学是集大成的，容纳了众多科学表现，突出反映出人类的智慧。

让我们再来看第三种哲学方式，强人已从暗屋中突破而出，他放下了手中的锤子，面对无尽的宇宙、满天的繁星，伴着鸟啼花香、风声海涛，他是要利用一切工具去进行建设的，可能是铁锹，也可能是计算机。

我们已不再满足于传统哲学的单一解释法，将无限丰富、炫彩夺目的现实世界，抽象解析为枯燥乏味简单的几个句子或口号，那是一千多年前中世纪人们做的事。现代的青年人要听摇滚乐，要看后现代绘画。那就让我们来到思想与哲学的第三个阶段——建构式的阶段。这时的哲学，必须以艺术为核心，必须以创新性的探索为驱动。我们眼前的单一现实，将被开拓出无限多的可能，这些都应是现实存在的，于是我们就有了“一千万种现实”。

我们当下处在一个隧道之中，虽然不断崩坏的顶棚上挂着几盏昏暗的灯，但如果这么多人都长期挤在这狭窄的空间，那么要么是用严酷的法纪约束人们，再辅以转世重来的幻药，要么就是动物界的兽性重现，只有血腥的抢夺与欺诈，那将是人间炼狱。

有人曾说国家最重要的是50名科学家，50名艺术家。但对我们当下的复杂现实来讲，这些人根本不够，一千万种现实需要一千万的有创造性的人进行开拓性的探索，当前方无尽的细小昏暗洞穴被他们逐一打开时，当下的现实也会被拓展开放。

爱因斯坦最感动我的事，是他小时候做的两个板凳，当老师问还有比他上交的板凳更差的时，他拿出了身后的那个。这个故事告诉我的是，要不断突破自己，而这也正是生命的意义。

因此，第三阶段的哲学是具有生命性的，是活的，是要去开拓而不是解析，是要去劳作而不是赋闲，那一千万种现实并不是就直接摆在我们的书桌上，而要求我们拿起劳动工具，去开凿探索。

## 答案

最近一直在看史蒂芬·金的作品，我想从中揣摩出写作的秘密，为什么他能思如泉源，讲出一个个“动人”的故事，虽然人们多数时候是因震惊恐吓而在沙发或床上颤抖起来。

我的文思还未被打开，如果她真有的话，可早上一个德语短语突然跃入我的脑中，虽没有被吓一跳，但似乎两者间疆界被联通了，这个词就是“Das Ding an Selbst”，物自体，哲学家们，特别是德国古典主义者心心念之的终极目标。

我意识到金的大多数小说都会隐藏一个“它”，这个“它”在金看来是未知的、恐怖的，是一切尖叫的来源，“它”类似于暗黑小说中的未知怪物，金也承认他早年读过大量此类故事，从而为金的写作风格打下深刻烙印。

这就是一个作家的世界观，我们终究只能写出自己熟悉的故事，我们的叙事是从自身的世界观出发的，当然很多流行作家专门构思技巧上曲折反复的情节，此类作品是苍白的，只能成为口水文。

金的“它”与哲学家的“物自体”是一致的，只不过前者被感性描述为恐怖的、不友好的，表现出人们对未知与黑暗的最深层怀疑与抗拒，而思想追求的“物自体”之“它”，则或是终极答案，或是永远挂在鼻子前的“香蕉”，可思而不可及。

当我们从故事与思想再抽象往上，就会看到两者之间的相似之处，也让我们对“它”有了更好认知。人类的感官、思维只不过是个体对“它”的把握工具，而人类的组织形式，则在初级阶段是压迫或是维持统治秩序的更好手段，在更高级阶段，如智库、研究机构，则应该成为对“它”认知的集体合力组织。

就目前的认知来看，人类对“它”的认知与把握仍是简单粗糙的。在对“它”的趋近过程中，人类曾为了满足自己的寻求答案欲望，而以笼统的、模糊的神话故事或箴言形式对“它”进行了描写，但这种方式是初级的，人类的思维与探索步伐不能受其绑束，我们仍需调动所能掌握的一切个体与集体探索方式，对“它”进行寻求。这是人类得以从森林中的生存竞争法则逃脱出来的关键，我们的体格与物质并不能在丛林中一直获胜，能不被吃掉就是万幸了，但由于有了对“它”的探求意愿，不论是膜拜日月，还是向往星辰，或是为风雨雷电构造特别形象，都表现着我们对未知的、比自身更伟大之“它”的向往与崇拜。

如果说原先的神话故事曾阻挡了人类对未知领域的科学探索，那么现今我们面对的更大风险则是不断堆积的知识对想象力的侵蚀。只要你在心中明白，不论我们取得了多少成就，在未知的、永恒的“它”面前，这些都是微不足道的，个体生命的价值就在于对“它”的感受、描写、理解与把握。

对此，我是乐观的，尽管惊悚小说将“它”描写为恐怖阴暗的，但我认为那只是“它”的一面，恰巧被这些作家瞥见罢了，黑暗是融于光明之中的。

## 吾心何所

轻舒二山，漫卷丹云。望天地辽阔，叹人世苦短。想圣贤早逝，感飘零无着。百年过半，不过转瞬笔尖，爱恨笑怒，恰似过眼云烟。

吾心何所，晨兴慨叹。未在东石，也非南园。层阶高耸，众生蚁附。携灯内照，趋己所好。形色一空，物我两忘，随性达意，琴书相住。

法空无法，心空非空。滔滔江水，朗朗苍穹，问心何驻，星月无言。

## 静坐无妨

择一朵白莲花在心间，选一方安静土于凡尘，望天，看云，想山，听水。任蝶戏花丛、鸟鸣林中，随月落星转、日出海东，不妨静坐，休心，止欲，返思，内照。

口腹几饱，奢求无已，去矣千载，来者无极，人世无多，吾将何之。与风荡移，入海寻基，山渊随意，庐亭迁一，静坐养心，卧读长志。

## 论人的社会性的剥离

这是一个不合时宜的话题，但对一个孤独内省的人来说却很适宜。我们从一出生起，甚至是出世之前，就生活在社会之中，要不怎么会有籍贯出身之说，乃至种姓阶层的定性，就如盖在生猪死身上的红蓝戳一样，从一开始，乃至未开始，就将社会性牢牢地刻在我们的身上与行为中，即使你自己出于幼稚看不见，别人也会非常清楚地将这些标签认出来的。那么，为什么要谈社会性的剥离呢？有可能剥离吗？剥离的目的又何在？

非常遗憾地讲，人是无法剥离社会性的，即使是终南山的隐士，也要时刻感受来自长安的诏令，要不然那么多名山大川，那大批的人为何要栖身那些小山坳之中。就是有真的“大隐”，他的吃、喝，都要刻上时代的烙印，更别说其语言、行为方式了。很难想象几百年前持经的手在拨弄手机，或是寒江造访因为看了微信而临时取消。我们越来越陷入社会的包裹之中，山、水、天、空，无不如此。呼吸的空气经过了人为的治理，有名的山川都成了收费的景点，即使几万公里之上也有无数的卫星在小心避让。想象的翅膀要么就拉到几百年之后，为未来的人担心，要么就穿越回古代，凭着科技的伎俩去胡作非为。

这问题看似不可能，实则是人的终极追索。当个体面对大自然的强大，而感到无力的时候，就需要联合起来，发挥整体作战的优势，蚂蚁、蜜蜂，甚至是野狼莫不如此，特别是当整体在进步，取得生产、安全等领域成果的时候，个体将为具有这种社会性而感到欣慰与快乐。

但面对星辰大海的是每一个具体的个体，虽然我们将生传承给了后代，但死亡的也是具体的人。对死的悲哀，使人类开始个体性思考，寻求个体的解放与自由。

放眼四周，我不认为具体的学科，或是单一的艺术形式能够成为这个问题的最完美解答。寻求个体自由与无限创造的灵魂，构筑起了活泼泼文化的内核。我们检视全世界历史上那些优秀文化与伟大作品，无不发觉这种个体性的闪光。不论乱或治，这种个体性都在历史的洪流中起着引导作用，只不过社会动乱或落后时，个体更为突出的表现是恢复社会的稳定与昌盛。而社会稳定繁荣时，若缺乏了个体性的打造，则会逐步坠落，越来越失去创新与前进的动力。

社会的进步是分阶段的。当我们完成物质界的改造后，就会进入到个体性的阶段，对个体创造性的培育与协调，将成为后现代社会治理的最主要课题。这有点像孙悟空在如来佛的手掌中翻跟头，人再怎么折腾，也是逃不出社会性的，但要允许个体在不损害他人生命财产安全、不破坏自然和谐等基本原则下，向各个方向自由发展，这样社会的手才会被撑开，人类作为整体，也才可能触碰到遥远的星际，才可能采摘心灵深处最美妙的莲花。

## 空忍广廓

在这个特别的日子，有所思、有所悟。

得成于忍，忍的又是什么呢？是忍耐强权的霸凌与压迫，甘于受辱、誓不抵抗，认为人终有一死，贵贱贫富早已被写好注定，只要逆来顺受、俯颈受戳吗？中华民族的民族精神不答应，天行健，君子以自强不息的文化底蕴不答应，亿万中华同胞的人心所向、民意大势不答应。

所以空有忍耐、光喊虚无在中华大地上是注定成不了主流的。这种“空”的思想与取向，只有与“静”的倡导、“坤”的培育结合起来，才能在中华整体文化中占有一席之地。

现在我们也讲“空”，但空的是什么呢？是无谓的烦恼，是对尘世中争权夺利、虚伪诡诈的蔑视与不取。我们也讲“忍”，但忍的又是什么呢？是对艰苦环境、逆风起航的汲取与准备。

深山老林、孤房陋室中的自我封闭、寻仙打关，在历史的滚滚洪流中，是那么微不足道，连江海表面的一叶白沫都不算。在红尘中的修行，在极动中的静悟反思，才是真金刚，才能从“空”中爆发出无限能量。

但这能量又不是拼命顺着人世阶梯的攀爬，而是化作冲天的火焰，或是在湛蓝的深空迸发出绚烂迷人的光彩，引导鼓舞人们向着更美、更好的未来前行，或是在广阔的基廓底下燃烧，推动全世界科学、文明的进步。

在现代世俗的世界中，存在着普遍的共识与社会发展规律，而哲学思想则在于未来。空与忍不过是手段，空不是目的，忍也不是人的本来面目。物质世界的基廓是思想外化与固化的成果，而活泼泼的精神则在太空站外面的虚空中歌舞。精神的运动目的不是物质壳体，而是在这物质根基上的不断自我前行与探索，因为精神是空的，精神的成长要经历持久的忍耐，而物质世界才是实在的，才是“有”，精神通过自己的外化与固化，具有了自我观察与思考的出发点与跳板。

从精神到精神是不可实现的，是要发疯的；从物质到物质是没有驱动力的，只会落入熵增退化的境地。精神是人类世界发展的源动力。但是并不存在神一样的绝对精神，不论是在主观还是客观，人类精神作为一个整体，分散具象到每个个体。精神的成长与演进是一切奥秘的终极，“空”“有”“存在”等概念是抽象的，不足以把握描摹她。

## 一千亿个世界

一场暴雨过后，墙角的花开了，淡黄色的花瓣迎着晨风绽放，在碧草旁徘徊，看着明显茂盛挺拔的草丛，我感到意识又一次被“生”吸引了，那一点一滴的生机，正从筛孔中点点冒出，这是生的瞬间、美的展现，可我们为什么只注意到这些生与美好的片段呢？关于死亡，关于消逝，我们会用心留意吗，我们又会从中得到什么感悟吗？

答案似乎是否定的，即使在出席完葬礼后，活着的人们也要去到热闹的地方，去除掉身上的晦气，在嘻嘻哈哈、热热闹闹中回到生的一面。作为活着的人，我们不能常驻在另一面，因为那样的话，我们就会失去身上活动的属性。而我们的感官工具，又都是为了活着，动物界中进化的器官，都是为了更好地生存，也就是活着，没见到有专门埋葬自己的成果，即使那些坚硬的壳，也是为了躲避致命的攻击，以便继续活着。人类文明中的祭奠仪式，主要是为了活着的人，惩恶褒善，再多的殊荣、再好的谥号，于死去的人也是无补的。我们之所以能记住一些伟大的诗词家的名字，是因为他们生前创作的感动人心的作品，比如，你能说出苏东坡的谥号吗？知道了，又怎样呢，还不如多吟咏下“何妨吟啸且徐行”这样的词句呢！

人类是弱小的，这种小，不光体现在面对强暴的自然灾害等方面，更深层的原因是我们无法把握住“生”，如果你认为这里的“生”只体现在健康寿命上的话，那就“小”了，这里的“生”是对宇宙中生机的停驻、储存、拥抱、把握，当我们能随意畅游在过去、现在、未来的“生”之片段中时，那才是“生”的终极进化，一千亿个世界都嫌“少”。

而我们过去、现在与可见的未来，似乎只能感叹过去、现在、未来的不可得，不得不“空”。

我注视已逝、在逝、将逝的宇宙生机，心中升腾起无尽的前行力量。

## 色本不空

色为相，心作目，观色不变，睹物不转。凡夫尽色，入色不知，生死迁移，随情悲喜。又复有人，妄称天师，念经背文，断章取义，抄诵千遍，不入法门。六组无字，三昧含义，众生须度，先拯自己。

色本非空，经说是空，取经万阻，再入迷中。空华互转，道法自然，乾坤在手，潜登海山。金刚不坏，妖魔不怪，默念法号，行枯影呆。天音入尘，百花缤纷，闪闪星光，在我凡人。

## 心不空

太早认识空有之法，是一种悲哀，但认识到世间一切现有，都会转化为空，不论是色识法人我，或是外有，或是用见，都转瞬即逝，化为虚无，是对内心的极大打击。我们怎么能欢喜起来呢，在瞬息的世间。也许抛弃识见，返归朦胧，会是一种好的选择，但尽管头被自己深深埋在了地下，认识总归还是会自动睁开双眼的，望天，看地，数星星。

所以我们就不要自欺欺人了，认识的门已经被打开了，虽然缓慢，但我们知道一切迟早会变。个体的生命如此之短，骨肉撑起的身体又禁不起侵腐，在宏远深辽的宇宙整体面前，我们是否只有悲叹的命运，就如人类长河中，那些最伟大的诗人、作曲家所曾经感受到的那样。

谁能给我们答案，用最鲜活的话语装饰虚伪的面目，那只能是迷途。我们从嗷嗷待哺的嫩嘴中，听到了生存的需要，难道活着只是为了活，或是在衣食有着后，独唱哀歌，轻奏挽曲。

活之为活，死之为死，绝大部分人，都满足于在既定框架下的规则安排，死亡给了他们最好的答案，因为当他们刚要意识到生命的本义的时候（如果有这种时候），就死掉了（这是肯定不可避免的）。那么能够思考答案的，或是那些落魄的人，或是认识到这种窘境的人，或是两者兼有的人。

在思想上是没有“圣王”的，只有“霸主”，和煦统一的思想只适合制定维护一种规则体系，而思想的整体是要奔涌向前的，因此，要有“雄霸”的意志与态度。但这种霸道，不是认定自己为对，而是勇于抓起缆绳，在惊涛骇浪中，奋力拖拽思想之船，向前行驶。我们大可不必担心，被这样的“独夫”引入歧途，因为个体的思想是要互相争夺的，生物界的生存竞争，会上升到精神世界，进而彰显人类作为万物之主的作用。

作为个体，我们应该少一些既有的算计，多关注个体精神的成长，就如现在的小学生一样，尽管科学家已经在研究现代数学了，但他们还是要学习十以内到百以内加减法的。

让心不空的方法是，关注自己的内心成长。①

---

① 上两文同作于 2021 年 8 月 11 日。

# 走向死亡

对于文学家和思想者来说，“死亡”是个永恒的话题，尽管能够讲述它的人，已经把嘴闭上、把手停下，而那些臆测描写它的人，则从未体验经历领悟到死亡。特别是对于整日忙碌于生计问题的人，想停下来想想死亡都是一种奢望，在天猫看来，担心恐惧死亡的人，简直就是吃饱了撑的。

好吧，我承认自己刚才吃的早餐很多，但这个问题一直萦绕在自己头脑中，在四十出头的年纪，我感到自己已渐渐走向死亡。

悲哀、悲凉是最真切的感受，尽管在前几年，我似乎还曾写过《寻找荒凉》这类的文字，但现在悲哀感已经如洪水泛滥般将我全身包裹，虽已放弃挣扎，但很明显能感受到，它要将我冲刷到死亡边缘。

如果情绪也能收集的话，那自然就一定要欢迎新生命了，并且在生存压力不太大的情况下，还要尽可能延长他们的萌芽生长期，因为这个阶段是充满欢笑与乐趣的，那孩童的咿呀学语声、发自内心的欢笑声，给世界带来了无限多的动力。

也许当我们不再欢笑的时候，就被自然抛弃了，任这些苦大仇深、满脑子官司的成年人灭亡，他们不过是行将就木的已烧了一半的枯柴，只要不干涉他人，就随意放光彩吧。

我想这就是自然，或是所谓“天之道”，悲哀吗？痛苦吗？我们可以选择做“鸵鸟”，或是在成年的时候，还故意奶声奶气地说话，可这是意志与看穿真相的勇气所不允许的。自生自灭的孤独境地，也许正是自然规律拿我们没有办法的反映，在荒凉的旷野上，我们赤裸着身体，冲着满天的繁星高呼：“我要逆天！”

一切科学与艺术不过是工具和手段，是要服务人的，但这目的“人”是指谁呢？让我们撇除人们为了一些众所周知的“好东西”而采取的狡诈行为，就只剩下最共性的探索性劳动者这个群体了。而他们注定是要分离的，即使因为某个阶段性目标而聚在一起，齐心协力攻坚克难，也会是暂时性的，若非如此，则他们的探索性就会退化。

我们学了太多的枯燥干瘪知识与既定手法，却忽视了对这些前人精神的临摹体会，当我们打破国别朝代的限制，就会发现在整个生物界，闪闪发亮的伟大精神的光芒。他们是不惧怕死亡的，因为死亡也不过是自然界优胜劣汰、绵延生存的手段，而他们的探索是使用一切手段的。当然，手段也是会更替的，从而标记出他们在星图上的位置。

## 后天乐观

经历了一段空虚无味期后，在飒爽秋风的吹拂下，我似乎重拾起了思维的担子，精神也变得开朗起来，昨日竟然还写出“离天不过三尺”这样的句子，虽是想象，但却是觉得自己的腰板直了许多，尽管从侧面看背影，还是有些弯的。

几年前，我曾观察春夏秋冬的变迁，每过一轮就会有不同的感悟与心理变化，我还曾一个月一个月地忍耐，给自己争取成长起来的空间。可过了那些时期后，我已看惯盛衰变迁，也了知自己不过是沧海一粟，余生真的无多，就逐渐变得淡然，有些消极了。

物极必反，阴阳互转，静的时间长了，就会动起来，何况我自认自己还是个天生喜动的人，谁又不是呢？除非是石头、枯木。那么在由静转动的过程中，我们的心理状态是怎样的呢？是满怀悲伤、哀怨断肠，还是整天嘻嘻哈哈、无事找乐。为了常葆这重新得来的活泼之情，不能太过，以致流于浮躁，也不能太过认真，世间皆苦，这是几千年来传下的主基调，我们身在其中，难免会被带走调，但生而为人，还是要找到并奏响属于自己的旋律的。

因此，我们要后天乐观。为什么不是先天乐观派呢？面对一切困苦艰辛，都能一笑了之，岂不快哉，可这种人要么就是不识人间疾苦的世袭子弟，要么就是闭眼无视现实的一味逃避者，凭借纯粹臆想，想向世人炫耀自崇。

既食人间烟火，又怎能不沾染酸咸之味。我辈皆凡人，都需面对生老病死、婚丧嫁娶，所谓后天乐观，是对那些成熟的、已识尽人间困苦的人来说的，苦就不需再表，你我心中都懂，乐则需要共勉，偶然浮现的微笑，恰似一盏明灯，照亮彼此孤寂苦闷的内心。

要做到后天乐观，需要我们将心微微上扬，将头稍稍抬起，以百折不挠的毅力去过好柴米油盐的生活，不断积累集聚正的能量，让自己升华，让家人更美。

然后再来谈其他，再来谈大同。

## 破空而出

红尘滚滚，凡事纷纷，疮痍满目，悲凉心驻。纵东坡再世，亦有难平之事，便桃园再生，还是世事纷争。头上月明，管它阴晴缺圆，寸心难平，倦了人后人前。也愿把酒言欢，可复共曲觞，旧曲新断，又泪洒长衫。半生已过，明了个前缘今果，浮云几朵，糊涂了飘零谁着。空空非空，有有不有，破空而出，临有则入，可笑来人，西去无门。

## 一个人的孤独

很不想用这个题目，这似乎已经被用滥了，每个矫情的人都愿意这么提及，以显示自己的与众不同或是换个相反的方向取宠。

可秋风渐起、青叶渐凋，面对日复一日的重复，又不得不这么想，也许这确实是包治百病的疗药，只要提起，病就好了一半了。管他呢！既然已经闪现到眼前，就和着清水喝下，至于是否仍旧孤独，就不要去管了。

孔子曰四十不惑，四十岁的年纪，对任何事情都不会疑惑了，看过了世间繁华，尝尽了人世酸甜，知道自己从何来，也明了自己将向何处去。我们就像一个个做好的模具，可以放到这个社会上的任何地方，也可以被穿插进历史的任何舞台。是啊，历史早已学了几遍，古人的所遇所感，与今日的区别其实也没有那么大。除了一些闪光的思想与有趣的灵魂，这条绵黑的锦带都是暗不见底的，我们终究难逃避成为微尘的宿命，但不论怎样，我们都来过这里，这就是古今的共性。

人生难得洒脱，我指的是精神层面的，众人都被名利所缚，难以看见、领悟隐含在最底层的真相，所以才有艺术，才有那些伟大而有趣的灵魂，他们在黑暗中闪烁光明，他们在空宇中奏鸣天音。

我没有疯狂，只是孤独，在寻找历史上的同伴，在探求活着的意义。时间就像磨盘，我们将每一天每一夜都投放进去，压出来的除了废渣残液，还有那缠绕着留恋不舍、思念难解的味道。

## 一笑无妨

繁星点点，促织声声，妻女已眠，孤灯窗前，想年来踪迹，早入平凡，念芳华痕影，不在危栏。

也曾登高临远，怀古念今，徒留慨叹，又攀长河野园，吟诗写句，晨影相伴。

目空成空，视人非人，激荡世间，名利关外，百年一瞬，何物是真。花开微笑，花落缘伤，风起扬帆，风住渔航，沧浪之水，痴贤不辨，污洁随涛，一笑无妨。

## 随风卷帆

夜深了，花休了，星在天，人对窗，若说无神，举头三尺便有灵，但论凡尘，迈足七步须成行。古今之间，巨浪奔腾身作帆，天地三才，灵犀一点心头开。莫怨莫悲，造化弄人人莫愁，且歌且舞，乾坤在手手且书。但睁双目，看山成山山在前，勇立潮头，听风随风风卷帆。

## 一切皆美

美是世间一切的归宿与终极目标。当然在动物界，凶残是生存的保证，但人不光是动物，况且即使在丛林中，孔雀等也进化出了美的工具。对于人类来讲，美更多体现的是一种追求状态，或是狂热，或是清雅，这也反映出美作为整体的多层次性。

将美关在音乐厅或画室，是懦弱无力的表现。美不是虚弱的，没有能力经受风雨；美更不是臆想的，只存在于精神病态之中。

大千世界，一切皆美，认清了这一点，只是与美相伴的第一步。美是活泼泼的，就如同所有一切美好的东西一样，而美不用说，是最美好的。所以，将美的各种字体抄写千遍万遍，然后挂在屋里是得不到美的，尽管据我所知，还没有人这样做过，大家挂的都是“福”“寿”，等等，也许真挂出千字“美”，还真是很美的。

美的动态性要求人们去践行、去劳动、去创造，如果机体失去了能动性，就不能追求美了，因此才有世代，每一代人诞生于世，不是被奴役、被剥削、来偿债、来受苦的，而是来做美的使者、美的化身、美的创造者的。

用美的视角去考察、实践我们的工作与生活，才能与天地相通、与古贤互应，打破那些束缚我们身心的规则陋俗，从整体上去把握美、从自身去践行美。

美哉世界，美哉今生。[①]

## 论艺术的综合性

很多人将艺术看作是对现实生活的逃离，特别是在日常工作学习中遇到挫折困难的时候，就更加愿意沉浸在虚幻小说或影像音乐之中，只能说，这是艺术的神奇之处，能够营造出相对独立于真实世界的艺术环境，让人们不需要承担风险、付出艰辛，就能轻松获得美好的享受。

这是艺术的一种成功标志，好的艺术就是要脱离生活、高于生活，试想，如果现实生活中的成功人士，也能在艺术界获得更好的待遇，那样的世界将是对大多数人的极大压抑。艺术追求公平性，尽管在其表现上仍会受到世俗势力的影响，比如对皇权的极力推崇，对将相名士的神化，但艺术足够广阔，能够把这些门口堆积的杂货储放好，我们进入艺术殿堂的时候，只需小心从它们旁边穿过就行。

我今天主要想讨论艺术的能动性方面。上面提到的艺术环境是艺术创造的成果，虽然在评析品赏的时候，人们也会参与到艺术的再创作与重解释过程中，但那是次生的，我们更关注艺术的第一性，即创造性方面。

艺术是根生于人们的生产实践活动的，在小窗枯院孤楼中的人，是创作不出好的艺术品的，你也许会争辩，那么多优美的诗词名曲，不都是在上述环境中写出来的吗？很多诗词，包括你的作品，都描写抒发了那种感情。但描写是一回事，创作是另一回事。作家写小楼，是身在楼外，心在楼内，是通过广泛深刻的社会阅历，来从小楼这个灵感激发点，喷薄而出自己的情怀，进而引起读者的共鸣。

---

① 上两文同作于 2021 年 8 月 31 日晚。

这就引出艺术的第二属性——综合性，其中最核心的是社会性。自然科学也在进行综合，各学科之间相互交互、共同借鉴，所以才有现在科学的昌盛。但有一点遗憾的是，科学通才越来越少，最后只剩下一些满嘴名词虚称的所谓“大家”，从知识与理性的角度，贯穿几个学科都困难的，更不要说将所有学科融会贯通、混成一体了。也许，这就是大科学前进的方向，从整体上去解析研究我们所在的宇宙时空，至于现在，“我自知我无知”。

之所以把艺术的第二属性定义为综合性，而不是社会性，虽然后者是艺术所要综合的最主要部分，是因为社会的推动力量是具有外在性的，我们身处一个区域、一个地区，或是一个单位组织，并不能凭借一己之力，就能将其变美变好。社会更像一个鼓胀的气球，我们身处其中，都想往自己认为正确的方向去推它，而它最终行进的轨迹是最大力量指引的方向，在这种强力面前，个人是渺小的，他要做的是不要站在强力的反面，当然若是浊流滚滚，也可力挽狂澜，或是遁世隐形。

艺术的综合性，受其第一性即能动的创造性影响，强调是“我”的综合，各种艺术门类与一切美的形式，都可被编制描绘进一张图卷，谱写改编成一首曲子。真正的艺术家才是大家，正如古人们所提倡的那样，诗书画乐无不喜好、无不精通。

如果说科学与技术已进入第四次工业革命，那么艺术也进入了新的阶段，正具综合性的艺术作品需要呈现在我们面前。当然，它不是简单地将声音与图像联结，或是将不同画法或音乐流派混合到一起，这个阶段艺术应首先回归到人的主体性，让能动的、爱美的人，去自由探索新阶段下的艺术整体。

由于艺术没有统一呆板的标准，她也不需要这样的僵化制度，所以艺术的再融合将以每个个体的人来呈现。我们每个人都将成为多才多艺的美的践行者、创造者，生活岂不美哉，世界岂不美哉！

## 脱形入神

观夫天地，阴阳变易，通查人事，盛衰不一。或傲居势，或悲失利，颠倒葫中，迁转不已，鲜悟至理，常人愚痴。

近有江水，远睹诸山，青山不老，绿水长流，万物得形，以臻神品。莫恋顽形，莫贪神通，以身为器，以世为炉，脱形入神，方得正道。

## 含苞烂漫

两行小文，一场乱语，说尽平生志气，一杆枯笔，四方画纸，倾注书生才意，纵横山水，钟情琴瑟，俯仰天地间，鸿毛生死线，岂不快哉。

人们常说四十岁以后是为自己活着，我在努力往这方面驰行。做不到放下一切，立地成佛，因为还有家人，还有牵挂，要为她们做好物质的准备，因为我知道自己还没有“一人成仙”之后能带他人飞天的功力，自己追求洒脱，不能给家人带来苦难。

何况美不在深山，仙不住老林，红尘炼炉，以身为器，经不住九九八十一天的煅烤，就炼不就火眼金睛；耐不住日复一日的平凡，就熬不出志气精神。

不要给自己设定界限，最卓越的人是很少满足的，不断地进步、学习，这不是为了得道成仙，亦不是要成为首富名家，而是到精神的重新回归，或是揭去其面纱。

精神是需要外在物质承载的，语言、文字、图像、音乐，与金钱、财富、势力、名气一样，都是精神的表现形式，从本质上是分不出贵贱高低的。并不是说学艺术的，就比马路上摆摊卖早点的师傅高尚，要看他怎么用这种更为纯粹的形式，表达、追求精神。

没有纯粹的精神，只有纯粹的生活。当我们从美好的生活中醒悟过来后，请不要抛弃生活，舍断自己心爱的人或物。精神是渐进式的，要不然也不会有几十亿年的进化，而且还在不停运转，你我皆过客，若有新曲，不妨吟唱，若成丹青，不妨共赏。

心灵的花朵是永远盛开的，这就需要我们将苞蕾含在心中，通过美好的追求与发现，不断滋润呵护她，才能持续地、越来越浓郁地散发出自然的清香。

## 朝圣之路

尽管不愿承认，但终究免不了成为“loser”，虽然不屑于名利权势，但客观上还是会被固定的标尺比下去。听说现在的“鸡汤”文很多，我自认没有看过多少，但听惯了康德、黑格尔、尼采等在耳边的呼唤，估计自己也是从骨子里是“鸡汤”的。

黑格尔认为被奴役者比奴役者更高级，因为他们能够从事劳动，具体内容已经记不清了，满柜子的汉译世界名著，可那些活在自己时代与地区的哲人，说什么也不愿从书柜中走到现在。

从这个哲学角度看世界，也许不得利、没有势的“loser”，反而是幸运儿。这是指什么说的呢？这些失意者没有被主流、既有的势力轨道接纳，也就是说他们不必受既定行为模式的框束，既然游离于主流与名利之外，那么自然会“自由”些了。而人类的一切目标，不都是“自由”吗，请注意，这里的“自由”是加了引号，是有专指的，不是顽童，或流氓，或国之大盗等的“自由”，而是自由地去欣赏、去创造。

最近看了很多关于写作的书，那些作家无不提到那样的一种顿悟状态，即从以往的生活中脱离出来，不认可既定的生活指向，希望通过写作来改变人生的觉悟。扩而广之，我们这些“loser”需要寻找的也是这样一种自觉，当然如果您自认是个成功人士，或对自己根本无所谓，那么我这篇文字乃至整本书，继而人全部作品，都是不适用的。

人都是“知耻而后勇”，而人要成熟起来的标志，恰在于“知耻”，也就是认识到自己受到了屈辱、不公，是个“loser”。

好了，我们把人群简单划分为两种了。这种简化在现实中不能用来甄别人物的好坏，人总是会变的，而且也是一直都是变化的。我们关注的是内心的状态与对世界的看法。

让我们回到孔子，子曰：“富而可求也，虽执鞭之士，吾亦为之。如不可求，从吾所好。”我们印象中，孔子等是最爱讲大道理的，但他却说自己愿意去做赶车的人，只要能求得富贵，当然对于他来说，赶的车肯定不会拒载、绕远路的。这其实也体现出原初的唯物主义倾向，物质是第一性的，代表物质的富与贵，是要先去求的，是要起早去谋的。

遵照孔老人家的说法，很多失意的人，都能做到“春风得意马蹄疾，一日看尽长安花”的。世界需要这样，只有这种奋起与努力，社会才能活跃，人群才有生机。

那么另一小部分人呢？榜单再长也有不上榜的，蛋糕再大也有吃不上的，那么就听从孔夫子的后半句话喽，“如不可求，从吾所好”。钓钓鱼、养养花，看云、观景，做个游戏山水间的闲人，也是非常惬意的。

现在只剩下最后一小撮人了，既没有谋上好的差事，也没有心情老死林下，那么就上路喽，去寻找诗与远方。什么？还有人腿脚不便，如得了高尿酸综合征等，好吧，他们就在屋中神游西游吧，登不上雪山高寺，趴不下八万八千个叩头，就努力改造自己的内心吧，让自己变得更纯粹、更洒脱，更能沉入生命的自身，每天进步一点，如心智的理解、世事的领悟，画技的提升、琴艺的精卓，以有形达无形，以自身为模具，雕琢、升华自己，但这并不是最终目的，因为他们要探索的，是宇宙与生命的圣路。

“我”只是摆渡者，而被渡的正是“我”。

# 一字千金

用一千两黄金买一个字，到底值不值？那肯定要看买谁的了，若是米芾、羲之，则是很值的，而这些字对他们来说，不过是几担好米或是酒后乱涂罢了。同理，画作对于梵高来说，既换不回他的左耳，也不能救回自己的命。那用金钱买艺术品的人，以及“画梅乞米”的人，都是谁呢？

这肯定是两类人，生活在不同时代，有着不同的背景与心态。由此可以庆幸地说艺术是跨越时空的吗？进而依据那些或多或少掺有水分的艺术品拍卖价格，来断言艺术的繁荣昌盛吗？

我认为答案是否定的，这些现象与无奈的现实，正好说明了艺术的悲哀。我们要承认，人类的文明其实还很短暂，艺术的生命才刚刚开始。

为什么我作为一个艺术外行，或充其量算是个半路出家的小子，总要拿艺术说事呢？我的字还太幼稚，我的画还很笨拙。因为我自认在蹚过科学与社会学研究之后，发觉艺术才是人生的归宿。人之所以为人，靠的基本上都是艺术的陶冶养护。

艺术有几方面美德，值得我们欣赏追求：

艺术是高于生活的。请注意，“高于”不代表“脱离”，更不是完全复制或是重现。一方面艺术脱胎于生活的精华，集中反映生活的本质；另一方面艺术不受物质的、规则的、权威的束缚，成为“另一个世界”，一个全新的、可以供自由人自由创作挥洒的世界。

艺术是独立的。艺术无关于生存，更与金钱、势力等无关。美是独立的，超然于世的，具有黑格尔所谓“Das Ding an Selbst”，物自体的属性。所以按此标准，我们评判艺术作品进而是艺术家，就要看作品或这个人有多独立、有多孤独，那些常登大雅之堂的人是不够独立的，起码从纯粹艺术的角度看是如此。试问当今过亿元的作品，有哪几件还能如换米之作的手牍那样流芳百世。人格的独立于特立独行，是伟大艺术家的人性光芒。

而对于艺术作品来说，只有艺术家将自身的独立精神带入其中，才具有神韵。所以，一味仿古摹写是没有出路的，那样的艺术品是枯死的。即使有人出高价购买，或是受到追捧，也只能成为装饰品，用来粉饰虚假的繁荣罢了。

艺术是美的。没有人能给美以具体的定义，这并不能说是思辨的无能，而只能反映艺术的高超。当然康德等已经发现理念的不可定义性，从这个意义上说，美就是理念。我们只能表述已经发现的美等理念的若干特征。如多样化的形态、变动的表现形式，能够叩击人类灵魂最深处的内涵等。

由于艺术是活的，所以需要活泼泼的生命去追求、去表现。因此，艺术只是个人的，那个人死了，其艺术品也已经死了。我们缅怀的只是艺术的死尸。拜石买米的人走了，我们视若珍宝的不过是几卷废纸。

回归主题，一字千金，不过是创作者的初级心态。

“我的字，千金不卖！”

## 无畏前行

有些话，现在不说，以后就会淡忘了，即使以后再说，也会失去当下的色彩与感情。归根到底，我们都如东坡先生所言：“人生如逆旅，我亦是行人。”人生在世，不过行走江湖，或精彩，或痴恋，或追悔，或妒羡。但人生于你我，都是独特的，你的生活，别人无法承担，他人的活法，你也无权改变。

用沙芥来形容人生，甚是恰当，我们都在光与暗的交界面，飞舞滑翔，相互间甚少吸引或排斥，有时因为机缘巧合，会有碰撞交接，但终究不像磁粒那样，能结为一体。认清这一点，是“空”想的第一步，在这里只有悲哀与感伤，因为当我们终于睁开成熟之眼的时候，却发现一切并非美好，世界与生命皆在离我而去，我们正无可挽回地坠落跌沉。

于是想要挽救，于是想要挣扎，于是有了语言、绘画与音乐。当我们出离物质极度匮乏阶段，让生命体有了存续的喘息后，会发觉这些谋生手段，不过也就是工具罢了。请恕我对文学与美术、音乐等艺术表现形式不恭，你可以不屑于我的幼稚与未解，但我仍然认为这些只是人类抗拒空虚与沉沦的工具。如果用“美”来衡量的话，它们都不是“美”的，并不具有超越生命自身的价值与作用。

上述观点肯定会立刻遭到反击，伟大的艺术作品不是能够超越国别与时代的吗，那些久远的文学、绘画与音乐，不是还具有深沉动人的效果吗？我认为这是对艺术的浅解，有井蛙之讥。作为读者与受众，我们不能用自己所处的被动视角，来评判主动的艺术创造。只有认识到艺术是艺术家自身的，是个体的，才能到达脱离“空”的第二阶段，才能领悟伟大先行者的苦痛与挣扎。

《阴符经》有言：“宇宙在乎手，万化生乎天。”这是更加主观化的呈现，已经不是两三种超“空”工具，所能创造开拓的了。所以我们不应歇斯底里，或是自负疯狂天才，孔子曰：“人不知而不愠，不亦君子乎？”在“空”的这个阶段，是广博深邃的，是畅达欢愉的，是活泼生动的。

我们不是红尘路上的泥土，也非名利场中的骰子，要在人类伟大精神的感召下，无畏前行。

## 马场小亭

晨光倾斜洒在斑驳成鹿角形的积雪上，赭色的土湿润化泥，今春的草虽已青黄，但也许这场几十年一遇的大雪可以呵护它们直到再次生长。

松树已然挺拔，顺着它的干，我看到了层叠的阁、舒展的枝、闲暇的雀、蔚蓝的如海的天。没有云，夹雪而来的风将前几日的阴霾完全吹散，于是云也就没了踪影，风还在，因为叶在微拂、鸟在轻啼。

忙碌的人在川行的车上，不过似乎车在今晨也减慢了速度，倒不是由于路口湿滑，温暖的光已经普照，也许正是因为这初冬雪后的光，也在消融人们心头的沉积。

## 开启桥边

假如世上有一座桥，我们宁愿它开启，也不愿它永远沉寂，那么它就在渤海之滨——天津滨海。顺着春光道一路骑行，恰路过成片的月季园，虽入深秋，但夏日的花瓣仍挂蕾枝，似要留存那永恒之美。倚靠栏杆，我让午后的阳光尽情扑洒在浑身上下，波光粼粼，也许只有深入自然的画家，才能捕捉这瞬息之间的闪耀。

船穿过开启桥，向着大海驶去，这里没有黄浦江的忙碌，水更显清澈。岸两边是彩带公园，但它并没有通向天上，虽然有几只海鸥在头顶鸣叫，但更多的海鸟只是停驻在温暖的水面，偶尔才展翅飞翔。带下有青石，有船坞的遗迹，也许岸沙上还有我曾经漫步的脚印，可我知道百味川面馆不再了，只有野鸭和芦苇和方塘。

## 人生的五个阶段

一直在反思人生，一直在总结人生，试图从中找出自己怎么来的轨迹，试图从中寻出自己怎么走的梯级。不是有很多这类书了吗，从通俗意义上说，这叫立志学，教人怎么从善，指导人如何成功，如果嫌其浅薄，那还有很多哲学思辨著作，从本体、主体等角度探讨自由，讲述解放，可这些文字终究只是外在的，只有将它们投射到自身的方向，才会发生作用，才会在心里产生激荡。于是，我终不满于他人的说法，总是要在心里自己总结，自己探讨。

从个人的意识历程来看，我认为人生的觉醒或意识的进升需要经过五个阶段。

人皆有死。死亡的意识打破了童年的宁静与圆满，随着身边亲人的逐渐离去，儿童或青少年脑中那田园诗般的油画画面，开始笼罩黑灰色调。但这种意识只是一瞬间的，悲哀也只是暂时的，即使经历多起死亡事件后，他们也只是模糊地开始认识吃席与哀哭意味着什么，进而对自身作为人，可能会面临的遥远归宿，产生朦胧的恐惧。

四季变迁。如果没有个体死亡的概念，那么时间对我们来说，就不存在意义，反正有大把时间，一切都可随时开始，随时进行，即使经历浩渺的沉寂，也无所谓。所以我们看到，很多天真烂漫的人，是不会匆忙从事生计或努力打拼的，他们的圆满状态还没有被打破，他们缺少时间概念。很难说，这种状态是好、是坏，一定要让小小年纪就扛枪上阵或是辛苦劳作吗，早熟除了为家庭带来微薄的经济收入外，对个体的长期成长几乎是起反向作用的。人生就如抛物线，只有下蹲或沉积的时间足够长，才会在未来跨得更高。但这种童年期终究会被打破，如此联想到亚当夏娃的苹果，我不认为人类因为爱情而沉沦，倒是对死亡的意识，才使人类从天堂般的圆满境地，下沉到有生有死的世间，因此那条蛇才是关键，它代表着死亡，苹果只是表象，蛇的出现才引发了对死亡的关切。我们可以将苹果换成柿子、鸭梨，等等，分别代表幸福、财富，但这些都是次要的，都不是驱逐他们的主因。

重新回到第二阶段，就是因为有了第一阶段对死亡的模糊意识，我们才打破了时间的静谧回环，除了在冷暖阴湿等气候层面感知四季的轮转外，还能从生长、发育、衰败、枯亡等层面分解时间。当然，这也需要若干年的观察，看惯花开花落，听尽风起风去。当我们将宇宙在心、自然在手的时候，就能与天地在更高的层面上再次融合。

世态炎凉。中国古人推崇“大隐于市”，确有道理，我们看尽山景海涛后，还要走向社会，或是被动，或是主动，总之，要做个利落的社会人。回观历史，若不是看破仕途，陶渊明也不会回归桃花源；若不是颠沛流离，东坡居士也不会明月思弟；而曹雪芹若不是家族败落，也不可能写出《红楼梦》。仅举几例，足以让我们明了风雨洗礼的重要。但我们不能因为成功反抗的例子，就说这种压迫是正当的。所谓社会的文明进步，不过是要人们经历过风雨，而能守正本心。若是为了一块馍、一瓶水、一线升学或就医的机会，就让人们丧失做人的尊严，卑躬屈膝、奴颜媚态，那么社会就是太病态了，这种生活我们不体验也罢。当然，身处其中，可不是你我这样在纸上谈谈这么容易，洪流滚动，唯有大毅力、大决心者才能守护通向文明的入口。

如果除去被胁迫的意味外，我们从学校走向社会，又何尝不是另一种学习与实验，在这场实验中，我们可以观察古今的成败案例，以身为器，逐步提升与升华自己。如果以这种警醒与进取的态度入世，那我们就不会成为无根浮萍，随波逐流，而是展翅大鹏，驭风飞翔。

圣贤已逝。一切知识都是死的，一切学问都是死人的。请原谅我在这么美好的冬日清晨，总提到大家都不太愿意碰到的字眼。可这就是现实啊，老子骑牛，不知去向，夫子在庙，不问高香，更不要说那些倜傥词人、风流佳士了，明月还在花还开，旧愁新曲人未安。我们不去管那些头衔，那些帝王，他们除了数字与排号外，没有留下什么。可为什么先哲也要舍我们而去，再也不能听苏格拉底的教诲，再也不能到老子那里请教了。悲哀吗？也许这才是比个体的死亡、社会的迫压，更让人痛心疾首的现实。但没有办法，无可奈何，我们只能接受这样的人生。

我本一生。现在社会意识早已觉醒，大家很少会认为自己会有多少次生命，会有无限多机会，只求今生享乐的思想正在弥散，难道我们也不管死后是否洪水滔天吗，那就失去了这种意识所要达到的初衷了，还不如用转化、用因果报应，来束缚今生的行为。在第四阶段，我没有用“圣哲”，因为我们即使做不了圣人、哲人，那么做个贤能的职场人士，或是简单做个爱护环境、呵护家人的好人，也是很好的了。一生短暂，何必苦苦求它，简单点、畅意些，也就足够了。

你肯定会对人生有不同的理解，对此生的时段有不同的划分，上述只是我的想法，供君一笑罢了。

## 哲学去哪了

这是一个大问题，但同样是一个没人关心的问题，一方面人们被柴米油盐困扰，哪有闲工夫为自己找那些没影的事，另一方面夸夸其谈者反复使用的PPT中写满了真理，问这样的问题简直是自断财路，避之犹恐不及。

可这个问题确实浮现在我们面前，不论从东西方的角度看，它都似乎不见了。论辩的、解析的、演绎的、综合的，都不见了它的踪影。我们再也不会口口声声宣谈真理、道义、哲思，进行经济、物理、天文、生物等学科研究时，也不会再从思辨的角度去论证，而是要通过实验仪器，分析比较实验结果。可以说，西方哲学被科学超越了。

那么东方呢？不是还在画阴阳图，还在铺着黄布的矮木桌边吟咏“道可道，非常道”吗，东方的哲学是流传下来，如不死之鸟不断在我们身边啼叫吗？先不急摇头，因为这里蕴含着一个简单真相。

中华传统文明一直追崇反本溯源，只是古人回得太直接了。当我们知道天不圆、地非方之后，那么回的途径就应该是螺旋式上升的。这些自然科学、实证研究、民主制度等作为助推器与加速器，并非只能被西方文明独占。当向简洁、深奥、自然地回转，长出这些手足之后，就会助推东方哲学的真正复兴与目的达成。

总之，真正的哲学绝不在教室、书本抑或专家学者的嘴中，鲜活的、第一位哲学思想正如巨龙般盘旋周转，裹挟着时代精神凌空升展。我们可以把握全体，因为龙的魂灵就在我们每个人的心中。

## 又能写出什么

有个疑问一直萦绕在我的心头，通过文字，我们又能写出什么呢？

有些问题，我们可以小而化之、分别剖析，有些问题，我们不妨大处着手、整体把握。作为人，我们手中身上又有多少工具呢？（这里我把文字作为表达思维情绪的工具之一）这些工具又具有什么作用，能达成什么效果呢？五官为我们限定了感触范围和个体与外界的直接接触窗口，而自然世界是由物理化学规律维系运转的，金钱、资源等经济金融工具推动着人类物质社会的循环活动，思想、教育等文化工具承续着代际与区域间传播。

对于这样错综复杂、往复缠绕的图景，我们不妨将其清零，割舍掉细枝末节的关联，只观察主干的牵系勾连。那么就会在个体肉身层、社会生产层、世界时代层这些大体层面上，看到我们自身所处的时间点与空间位置，找到个人的“状态向量”。对于有目标的人来说，在此基础上，就可以在折叠历史与延续制度等维度上，找寻到自己要达成的大小目标，通过上面提到的那些工具，画出向上、向前的矢量箭头。

只是位置再高、财富再多、名望再大，也终究逃不出这副早被人翻了无数遍的破旧地图，到头来一切成空，枉费了这无限心机。那么就把这图扔掉如敝履吗？也不应如此，空之为大，就因为我们离不了空，除了上言，还由于对空越是逃离躲避，越是沾染习得空。于是，在多层次的悲凉、恐惧与欢喜中，我们寻到了抒发内心此种情感的工具即艺术手段。

总结上面的观点可以得出，文字的作用也是多层次的，有个体的、社会的、历史的等方面作用，文字可以使人清醒，也可令人悲哀，而面对先哲的文字，我们感受的，应是他内心的悲凉、恐惧与欢喜。

## 持续与跳跃

你是否欣赏线的笔直，从一而终，没有一丝悔意。对于目标，它勇往直前，从不发一点牢骚。抑或你愿跳跃，从 A 到 B 再到 X，惊喜从不乏缺。

我爱线的持续，一丝丝一毫毫积聚，也爱跃的精彩，能引发无限的未来。如果只有线，那生活将多么枯燥乏味，如果只能跳，那人生将多么虚泛无聊。

我仰面躺在虚空之中，闪烁的点线承载我的身躯，沉降、上升或漂浮，我的心在持续，我的笑在跳跃。

## 倒筛

有一个模型，最近萦绕在我的头脑中，一个倒置的筛子。

我们用筛子来过滤掉尘土，保留住金石，无用的不言自明就是那些被滤掉的，而有价值的则是那些留住的。

正如黑格尔曾表达过的那样，生命与活的精神，是物质世界的倒置（虽然我仍不明白为什么会产生这种颠倒，但我们确乎能在现实中找到很多这类有深度的例子），筛子用在人类精神世界中，也会是倒置的。

我们用生命或生存选择方式做成的无形之筛，筛掉的恰是我们最为珍贵的（当然是从整体或相对价值的角度，执迷不悟的个体是不会有这种价值标度的），而留下的则是最无用的。

那么我们的生命之筛，都筛掉了什么呢？首先是时间，以及附着在时间维度上的、用肉体来承载的鲜活生命，也即青春。其次就是作为生命传承途径、个体生命原本的最高奖赏，也就是爱情。接下来就是个体对世界的理念观念以及自身与外界相融合的主观模型。

保留下来的则是那些坚硬的、粗大的，这里不想再予以列举，我们不妨检视自己心中的筛子，看看那网格上还剩着什么，还粘连着什么。

有可能将那些筛掉的再捡拾回来吗？在这个体系下是不可能的，不论我们换多么精致、高贵的筛子，流失掉的永远是那些最美好的“细物”。那么堵住筛眼会怎么样呢？那些泥沙与积石以及所有沉重、粗大的会越积越多，最后将筛子撑破。那么干脆不要用筛子了好不好？刚才已经说了，这是一个比选、择优、竞争的体系，没有筛子，就相当于未开化的人来到高楼林立的大都市，是无法生存的。

古往今来，将这倒筛去掉的人，要么变疯，要么被杀，都没有什么好下场。这就是生命的悲哀吗？不，这就是生命。

## 艺术与生活的循环

在我的脑海中出现如下艺术与生活的循环：艺术、无艺术的生活与有艺术的生活三者之间的往复轮转。

无艺术的生活也即广义的生活，是我们绝大多数人所处的存在空间，我们由此产生艺术的觉悟与追求，向艺术进发，或是追慕先人优秀的艺术成品，进行临摹复写，或是在大自然及社会的接触感联中，获得艺术灵感的激发，独自进行艺术创作，由此逐渐进入艺术的殿堂，这条路是通畅笔直的。是大多数人向往的路。

但这并不是终点，艺术还要走向生活，或是以商品交易的方式，或是通过艺术家一个人的悲悯遭遇。艺术品市场的规模与健康与否，决定了艺术回归生活的程度与质量。所谓艺术品市场的健康，是指艺术品作为稀缺珍贵商品，在市场中的平均分布情况，是聚集在极少数人的库房中，还是能以极大的广度分布在普通的千家万户中。对于那些不被世界接受的艺术家，一方面我们要承认其卓绝与天才，另一方面则要静等他们的凯旋。

本来艺术与生活可以用上述两方面转换来进行描绘，为什么要把生活分为有艺术的生活与无艺术的生活呢？因为只有这样划分，才能在平静的生活表面掀起波澜，引发或真实刻画生活因为艺术的变迁与升华。那么只需要无艺术的生活向有艺术的生活进行跃迁不就可以了吗？这种跨域已经通过上述两方面转换予以间接实现了。现在我们要考虑的是有艺术的生活向无艺术的生活的进展。这个过程会产生融入、稀释、催化的作用。我们前面说过，无艺术的生活也即广义的生活是绝大多数人的，通过有艺术的生活在广阔世界中的带动与引领，希望能推动整体艺术承载面的进步与提高，这就是艺术对生活的升华作用，只是按照这个循环图又是间接的，从而会产生更为持久的作用。

在这种循环图模型下，为艺术而艺术是不存在的，艺术要重回生活，更要带动引领生活。没有艺术的生活是枯燥乏味的，只能退化为死水一潭。

上述图景与分析模式也适用于“自由”“科学”等生存目标，也可看作循环上升逻辑法则的应用。

## 世间悲悯

在循环上升逻辑框架下，个人处在什么地位？纯粹理性或绝对真理是否已经埋在康德、黑格尔等人的坟墓中，永难在世间露面。我们追求的是刻上时代模板的必需品，我们获得的是当代大多数人的满足。那些极限运动、特殊体验也并没有多么稀奇。

都说中年人会对所有事物失去兴趣，事实情况也确是如此。我们再也不是怀着好奇眼光的儿童或怀揣希望梦想的青年，就如同行驶在既定轨道的列车，只能按照一眼能看到头的路线每日往复。

将这一切看成“空”，需要极大的勇气，但本身就一无所有的人会很容易这样做。“空”的中心是什么呢？应是不空。所以我们还是要回到循环上升的逻辑法则中。当我们坐在徐徐上升的轨道车上时，下面的景物确实会越来越模糊，以近于消失，即使是身边的人与物，由于旋转运动的关系，也会时隐时现，而有些人也真的是永远离开了。

这种循环上升轨道图忽略了一个最重要问题：谁在推车，若是通过社会整体的运转，那么我们坐得还不够高，转速也还不够快。总不能是被人推吧？奴隶社会、封建社会、资本社会都要被“扬弃”掉了，只能是“我”自己在推。这里，“我”是主体的、鲜活的、劳动的。

可以不推吗？内心的烦闷与无聊、改造落后现实的冲动、拯救世界的英雄主义，等等，都会从心理、境遇等方向来或牵或推我们去做这世界转盘的动力轮。

你悲悯世间吗？我只悲悯我自己。[①]

## 逝去美好

逝去的一切都是美好的，对于悲观主义者来说，这句话也许是对世间最贴切的阐述。在我们回望过去前，先不忘反驳下乐观主义的看法，将来的会更加美好，可一切现在的都将成为过去，一切未来的都会努力成为现在，于是其前途也不在以后，而在过去。

也许悲观主义是一切思想与感悟的最终出发点与根源地，这里并没有美

---

① 上两文同作于 2021 年 12 月 7 日。

化它的意味，一方面它也并不需要我们进行称赞夸扬，都自称是悲观的了，还需要那些花里胡哨、空有其表的东西干什么，除非是假的悲观主义者，是假悲观，真偷骗。另一方面从上述论点出发，悲观主义是骨子里的，是埋藏在种类基因中的，这只是在简单陈述一件类似科学的事实，与比喻与修辞无关。

我一直愿意拿儿童说事情，也许是因为潜意识里，我仍停留在，或是愿意停驻在那个美好的时期。儿童是没有悲观的，他们是那么欣喜，那么渴望，一点水，一些奶，一丝温暖，一次怀抱，就能极大地满足他们，咯咯地笑、痴痴地乐。那么长大后的我们怎么就成为了悲观主义者了呢，这顶大帽子是什么时候被人扣上去的，还是我们的脑袋会随着身体的逐渐长高，变成帽子形状。外界环境造成的吗？这只是看到问题的表象，确实有环境的因素，但古往今来，环境就都一直这么差吗？你在偷偷点头，我就不置可否了。

这种环境是被造成的，还是天然形成的？一切人类环境都是随着人们的生产生活而改变的，哪有什么天然的，什么亘古不变的。你们造成这种环境的那些人，是悲观的吗？他们虽然流于表象与享乐，但似乎没有谁会在手握皇权、家财万贯的时候，还在拿着这种前后不通的文字苦嚼狠咬。那么也就是说，只有一部分人，在一部分时候，会是悲观主义的了。这不是跟前面提到的悲观主义的某种种类遗传基因的说法，前后矛盾吗？

难道是前文我们太囿于悲观主义自身，而后文又将与思想无关的一切物质与沉迷物质及其附属的人，过泛地纳入进来的缘故。由此引出的观点，似乎在说，我们就像是中毒后挤出脓血的病人，看到鲜红的悲观主义之血后，就代表自己还有的救。

好了，对于正常的人来说，是既不愿意化成那一滩污血，也不愿意流所谓健康的血的。也许我们应该将自己的心肠变硬一些，将过于泛滥的情感收敛一下。一切都将逝去，如果我们还想继续存活下去，并且希望快乐一些、幸福一点，就不要“cry for spilt milk”了，只是作为成年人，我们已经不会像儿童那样，有人精心端着奶瓶，喂到嘴边了，那时我们只要躺平就好。现在，很悲观地告诉你，奶瓶是一定会打碎的，我们能做的，就是在它掉落摔碎前，以尽可能快的速度，拼命嘬上几口，然后快乐幸福地笑起来。

## 寻趣

这是一个很有趣的题目，但是是极度无聊的人才会想出的。

思维是可怕的，或说它具有某种可怕的力量。在发生之前，可以预料事件的过程与后果。思维之想用在研究与改造物质世界方面，是具有推动力的，可如果将其不加修整地用在心灵与趣味上，则会令人烦闷至极。

试想，在游览景观前，就已掌握了景点的详细情况以及景物特点，那么再去身临其境，也会失掉探索欲望与新鲜劲，让人提不起兴致。或是在艺术创作前，如果知道自己的画作，将会被某人购买收藏，或是被存在博物馆的幽暗地下室中，那么这种创作也少了对未来的憧憬以及与前途未卜的命运抗争的劲头，当然作品本身就缺乏这些的，是不会在意的。

在生存层面，人类进化出了智力与思维，来战胜变幻不定的自然界与纯守大性的动物，可以说我们越来越智慧、聪明，同时也越奸诈、虚伪，但为了这种离开，我们失去的那些，却在高楼大厦与星际飞船的掩映下，变得越来越虚渺，以至无踪。

所以我们会感到空虚与无聊，你看植物与动物，它们的生命中每一瞬间都是新鲜的，时间是融合在生命之中的。那么，要找些乐趣，就要回到动物状态吗？虽然很多原始乐趣，确实是动物性的，但就如我们不能拿着现代科技工具返回到古代一样，原始的生物形态也不能在当今的时代很好生存。东坡居士若与子由用智能手机通话，或是视频聊天，那么也就没有“但愿人长久，千里共婵娟”的感叹了，只剩下家长里短的闲聊。而我们若以动物性的形态来生活在当今世界，只能被认为是缺乏教养、一味贪婪了。

当我们脚下的木箱越垒越高，当我们逐渐伸展的身躯看得越来越远，最宝贵的反而是那童真的好奇心与探索欲，那种对美的不计后果的天然喜好，如果失去这些，那我们就丢失了为什么要登上这知识与物质之塔的本心，只会越来越烦闷无聊。

## 新潮流

这是一个很大的题目，这是一个很旧的话题。

每个时代都在追求自己的潮流趋向，当时视为“新”的，后人会笑它“老掉牙”。但我们仍然会去探求、会去摸索、会去尝新，因为我们既不是生活在那个被笑为“老掉牙”的旧时代，也没有穿越到今后的时段，我们就在这里存在，面对一堆老掉牙的物事，心在躁动，人在怅愁。

那么怎么样掀起新潮流呢？事实上这么问，就已经假设新潮流是被动的，而我们则处于主动作为的境地。可实际情况是，大多数人都是在被动接受各种新鲜事物，尽力赶上潮流步伐。这是“入世”的视角，我们不妨超脱一点，离远一点，就会看到所谓社会大潮，也不过是由些小的举动与行为引发的。由此引发了一个争端问题，虽然我们在以前曾经探讨过，但在这里又重新提起，仍会让我们感到这种逻辑的强大。

个体与局部引发的潮流，是互斥的吗？我们看到一些科技规范的设立，确是有排斥性的，有些人指东，有些人说西，最终道路的取向如何，一不能靠投骰子，二不能靠猜谜，那是混杂计谋的综合实力的体现。但我们在这里不妨再超脱一点、离远一点，找出这些互斥作用的共同处，那么合力的指向，就是这种新潮流的流向了。

在这滚滚洪流中，个体有发挥作用的时候吗？前面的论点，很容易让人成为看风行事、两头摇摆的墙头草，这种处事的态度是圆滑的，很容易就能取得成功。但我们不妨超脱一点、离远一点。从网外看、从局外观，谁负谁胜出真的不重要，顶多看他们是否有些微的对整体潮流的推动作用，如果不是更多时候的阻碍力的话。那么我们仍会像以前反复考察出的那样，立于潮头的，是那些自由的、坚毅的、充满创造活力的主体。他们的视角也是全局的，他们的作为是出于整体考量的，于是才能从烦闷、无聊、困苦中，爆发出惊天地泣鬼神的力量，才能引领新的潮流发展。

新潮流具有综合性，是融合的，我们不论生活于什么时代，都要勇敢去创造、感受、适应新潮流，这才是工作与生活的乐趣与意义所在。

## 终落尘埃

这不是一个悲伤的题目，也不是一个逃避的说辞。

这是第三次生命的开始，这是精神奋争的起点。

对于悲伤，我们还是越晚接触越好，可为了成熟，我们又不得不悲伤。对于伊甸园的苹果，曾被比拟为爱情、死亡，也许这里还要加上悲伤了。悲伤是从童真走向成熟的分界碑，跨过那个阶段，我们就进入人生的成年期，有些人终生徘徊于外，还有些人一直被困锁在内。

怯懦者需要的是泪水，断肠人需要的是欢笑。在泪水的浸泡中，我们学会了悲伤；在欢笑的感染中，我们学会了勇敢。

这又有什么，一切终落尘埃。我们的过去、现在、未来，我们的从来、所在、趋向，我们的历程、活动、幻想，从本质上看，都将落入如此境地。但我们是活生生的人，不是本质，更不是抽象的概念或口号，于是在尘埃之上升腾起意志与精神，还有面对苦难、悲伤、无法解脱的命运的欢笑。

笑是一种力量，一种人生的态度选择。但只有完全经历、充分感受过悲伤的欢笑才有这种神奇的功效。在亘古浩渺的尘埃之上，激昂回荡着人类坚毅精神的欢笑。

## 无可奈何

有太多事是无可奈何的，总有些事是个体无法决定的，总有些人是我们无法挽留的。

那就由它去吧，像风一样，放开，如海一般，奔涌。“道之不行，已知之矣。”连夫子都知道大势不可转，你我皆凡夫，又何必强扭枢轴呢。

在一声长叹中，岁月就老了，在转头回眸间，情愁就了了。有太多的事是无可奈何的，就让我们的心，如一叶小舟，飘荡在浩渺无边的海潮之中。“小舟从此逝，江海寄余生。”相传东坡居士这首《临江仙》传到京城去的时候，曾引起那些达官贵人极大的恐慌，我不太明白都将政敌贬到十万八千里外了，为何还要怕他泛海远去，是要将那冰冷枷锁一直套到他头项之上吗？若是他远逃，不再受精神压迫的拷打，就会让他们不再获得心理补偿吗？

只是当朝廷加急的特使赶到黄州后，仍然发现他在怡然自得地吃喝作诗，套用我很久之前想到的一个笑话，在“作诗等死”。

大悲过后若是大喜，则仍限悲喜往复，不妨在一次无可奈何之后，将人生的味道冲淡，但不是无味，或是成为一潭废水，而是将水作酒，喝得更健康，更快乐，更有滋味。[①]

---

① 2022年1月12日。

## 自由创造

也许人世间最终极的追求，用这四个字就足以概括了。

首先要自由，也就是有闲暇的时间，能够随心所欲，它的反面是“无空闲”。其次是要创造，这是自由的终极目的，在这里自由是定语，起修饰的作用，并不是目的。我们强调的是创造，但创造不等同于被动工作，它的反面是“被役使”。

当我们把这最终的追求都想通后，人生仿佛就是这样了，在泡脚盆上的笔记本电脑里，我不愿，也没有激情去欢呼自由，举起大旗，呼喊勇士的前行。这个时代对自由强调得太多了，但对它的内涵却没有深入思考，于是躺平、啃老、打游戏，都成为自由花伞下的舒适选择，仿佛这曾经沾染血的神圣号召，真成了对抗社会、遵循本性的万灵神药。自由不应是这样子的，人生的目标也不应是这般返祖，我们还需要想象，还需要追索。

于是那曾经神圣的艺术，就化为人类永恒进取道路上的精神，用艺术化的手法去活动、去劳作，也就是在发现基础上的创造，融合了物质与意识的人造产物。当我们把艺术拉近大众，将高贵、尊名、荣词从干枯的文学、美术、音乐等艺术品周边扯掉后，除掉一小撮靠此博人眼球、钓取名利的粉末，我们将进入无限广阔的创造空间。那才是个人的价值所在，自然闪耀着人性的光芒。

从这个意义上看，后出者占据着更为有利的地位，可以汲取自己力量所能及的先贤前哲留下的创造遗物，当然更重要的是领会感受他们在自由基础上的创造精神。人生不过是这大半个圈，但我们的心与眼在浏览完毕全世界整个历史阶段浓缩的最高层级精神之后，还是要转过身来，这时或是不舍，或是哀叹，或是鄙夷，或是伤感，坚毅面对用自己的灵与肉即将开拓的无界时空。

一切情感都将逝去，一切言辞终会落空，这剩下的几十年，若能画几幅好画，写几首好诗，作几部好文，也算圆满了。

这是我的选择，你的呢？

## 给青年的一些话

我愿意在行文中，想象自己的读者或听众，是青年人，虽然“青春”二字，也许还留在我未白的头上、依旧活泼的心间，但我无可奈何地发现，这时光，一去还真是回不来了。

曾经校园的嬉戏，往日花间的相会，都只留在自己的脑海之中，世间再大的风浪，也吹不走、打不散，但就是回不去了。

所以我不鼓励让孩子快快长大，除非有特别紧急的战事、非常窘迫的境况，还是让孩子做个孩子，儿童做个儿童，青年做个青年吧。因为时间之轮、自然之光，已经在推动这世间的一切在变转了，这里真不该拔苗助长、催迫太急。

对于能听懂我这些话的青年，最需要的是接触感悟人类发展史上的伟大精神，那些帝王将相，大可快速掠过，他们太过沉迷于世间华丽的外衣，而脚下脖上的锁链，却是后人所能明见的。精神是虚无的，因为它起于虚无，归于虚无，我们只能通过精神的外在产物，来参膜精神，而最方便的这类精神承载物，莫过于艺术品。因为知识是堆积相消的，呈现在我们面前的总是知识产物的最后形态，除非我们通过综合构织往代历史，才能稍微感受下知识发明的艰辛与奋斗精神。而艺术品是超越时空的，时空属性在艺术品身上并不显著，也许是微乎其微的，这倒是可以成为一种标判艺术品价值的反向刻度，时空属性越弱，艺术品价值越高。

于是我们可以通过艺术品的当下存在形式，去追思感受艺术创造的自由气概与创造精神，只有这样，才能扩展我们，特别是青年人的胸襟、气概与潜能。

那些无用的终将有用，那些无价的，其实就是没有价格。[①]

## 不合棋理

最近离开案牍工作，反而有更多空闲，让头脑中有所闪现，当然即使是上等的灯泡，总闪的话也会坏掉，于是在绝大多数不闪的时候，我就看看书、下下棋。

看书没什么可说的，总想弄出自己的大部头，可看来那需要的是极沉着的累积，不是要些小机灵就可以办到的，于是只能静待。下棋则是感到自己心境的不同，于是在又赢了几盘之后，在新鲜空气的激发下，久未削剪的脑袋就又闪了一下。

记得刚开始自学下围棋的时候，被人摒斥为“不懂棋理”，当时懵懵懂懂，并不知道什么叫棋理，即使后来翻看了棋经十三篇，也还是不甚理解，于是仍是瞎下。但下得多了，竟然也悟出了些门道，比如厚势与实地、先手与后着，似乎颇符古文的记载。还记得自己当年竟然用围棋的一些似通非通的语句，来解释天津滨海新区的“十二五”空间规划，想来也是一段趣事了。

棋虽小道，其道一也。这里若是扩展开来，似乎可以通过围棋的视角，来看人生、观宇宙，但棋力有限，不愿妄自揣测，惹大家笑，还是留下这个开放性的题目，供爱棋、下棋的人们思考吧，这里真是有很多值得阐发的，比如得棋道者胜，失棋理者败，竞争的输赢最终靠的是自身对道的领悟力，这是多么深刻的道理啊。若是这条道理显行于世，我们可能就不太会哀叹时运不济、世事弄人，只会精心敛性，体悟道理了。但透过错综复杂的社会关系网，我们仍然会观察到大道的运行不息，虽然有所遮蔽、有时失效，但道是整体的，而整

① 上两文同作于 2022 年 3 月 8 日。

体的道一直都是正确无误的。

所以下棋输了的话，除了看电脑 AI 给出的最优解，不妨也思考下棋理的合否。至于人世之道，就更难了，因为大道不显，而合道的人，最终都是会成功的（但成功的人，并不一定合道，若非如此，则道也太贱了）。

说了这么多棋理的事，而我还只是个业余一段，见笑，见笑，真是太不合棋理了。

## 纵横天下

似乎是故人重逢，残虹斜树夕阳，古道黄沙风扬，透过迷蒙的雾，我似乎看到那个英雄仍在独自倚剑垂立，也许只有这样的氛围，才配得上如此题目。

在琐屑与繁复之中，时常有一股英雄气，贯穿全身，或在朝阳芳野，或在古句兴慨。这肉身在逐渐衰亡，那气概则长存寰宇。世俗的牵扰，只为供养色身，很多人却舍本逐末，入于罗网，迷在其中。这些人也可作三重划分，迫不得已者、迷途忘返者、铺张绳网者。对于第一种人，我们要努力为他们创造更好的物质条件，这是博爱主义的体现。对于第三种人，我们要坚决揭露其险恶行径，一切从“大我”出发，反抗、奋争、革命。至于中间派，则看其用心所在，最终流向。

在空之上，或是在空之中，在扬动、歌舞的，我们可以用纯粹精神、绝对意志等理念来比拟，人之所以为人，贯穿时空的整个人类的核心，都在于此。一切语言都不足以表述她，一切赞美诗都不足以形容她，真正的音乐、绘画等艺术形式，也不过是对她的不断靠近的模仿。

假如我们要学习、阅读、欣赏，就一定要将内心的方向朝向她。当然在经历了无用的知识、吹擂的言词、迷失的表象之后，我们肯定会感到悲伤与痛苦，要知道离“真理”最后的一段距离，就是你自己。这其实就是鲜活新生命得以孕育和生长的原因所在，在千万道门之后，那能引发你跳动内心光明的地方，就是此生的趋向。

遍观天下，不过是花肥柳瘦、尔争他夺，当我们用“空”之钵，将一切都涵盖后，那在废墟与疮痍之上，逐渐升腾起来，载歌载舞的，不就是你我吗？！

## 强制欢笑

最近不知怎么了，心头总是被一片乌云笼罩，如果眼前垂钓的果子被认为遥不可及且虚幻无着，那眼睛又能盯着什么看呢？于是笑也消失得无影无踪，因为长久以来，我们只有在得到了什么之后，才会露出笑容。婴儿在抓住奶嘴时，会开心地笑；儿童在得到小粘贴时，会满足地笑；少年在获知自己考上高中时，会骄傲地笑。再以后，我们就似乎越来越不会笑，越来越笑得少了。

于是有了低俗小说、庸俗笑话，难道我们在掌握了渊博知识、洞悉了社会法则后，就只配去卫生间偷偷地笑吗？

于是我们要从软弱的笑中，清醒过来，继续保持乐观向上的精神意志，强制自己每天大笑几次，不管得失成败，不论衰老病死，因为欢笑是永恒的。

## 一声叹息

今天本来是预定好记录过往三个月感思的，却发生了两件似乎是不可避免的事，七十岁的母亲去骨科医院问诊，九岁的孩子去儿童医院做了去除麦粒肿的手术。近年来，母亲一直说自己腰部疼痛，这次终于下定决心去了医院，上周问她需不需要我陪同，她说自己跟父亲还可以，于是经历了漫长的排队等待后，年轻的医生对着CT照片给出了两种选择：十几万的治疗手术，保守的个人护理，母亲毫不犹豫地选择了后者。下午本来想带着孩子去医院看一下眼皮上的小肿块，结果到了那里，医生就让手术切除，还说已经来晚了，可能会留下疤痕，于是在她坚持完成手术回到自己家后，我半开玩笑地说，以后我会负责的。

这就是平凡人的一天吧，哭过、笑过、累过、待过，我们就这样慢慢地、不知不觉地活着，上万亿年的变迁，在我们面前不过是路边摆着的石头、呼入嘴中的气体，千万年的进化，对我们来说不过是随便嬉笑的话语、坚持活着的信念，战争与文明、生态与环境，都如一层层织网在我们身下展开，但我们并不是活在网中，而是在最上层存在着。也许，有一天我们也会倒下（似乎这应该是肯定的，但谁没有些幻想呢），于是我们就铺排在下面，越积越多，越垒越高，而我们则逐渐深陷，直至再变为尘埃。

活着是最美好的，若你还有健康、快乐，那么你是得到了多少上天的眷顾啊。当我们将目光从眼中向心里看去，就会发现，如芥子般的自我，竟然如同整个宇宙般浩渺广大。

我总爱叹息，也许这些文字就是我叹息的回音吧。

## 打磨生命

如果世间有一种投资，是无本万利并且是没有任何风险的，那必然是对自己的投入。可什么时候开始去投入呢？童稚太小，顽叟过老，生命这趟单程旅途，其实都在寻找那花火绽放的瞬息。这种说法似乎与投入的持续性相矛盾，此刻的顿悟，需要持续遭受多少的痛苦与内心挣扎，这不是用外部的物理钟表所能衡量的。另外，如果生命只为了那一刻，就如古人所谓的人生得意三事，那其他的时间，岂不是太过灰暗无趣。

一切外部的、物理的比拟，都不足以刻画最活泼、最灵动的生命，攀登、点火、燃灯，都只是生命整体的一个组分，偶然被观察者瞥到而已。一切人文社会科学的终极目的，都是为了人性到神性的升华与跃迁。

对生命自身的关注与回归，是对过往、现在、未来既定形态与模式的突破，是对提升我们到当前高度的物质载体对自身的反束缚的挣脱，因为只有生命自身是最灵动的，是解开生命之谜的终极密钥。我们就在生命自身的盘旋中，燃烧、绽放、活着。于是持久性与瞬间的爆发融而为一了。过分关注瞬间感觉的做法，与强调持久直观的倾向，都是不可取的，都应该被扬弃。在此过程中，我们应该利用外界的、物质的标尺，来刻度内心的成长，但请再次注意，外界与物质只是标尺，不是目的。我们用量尺丈衡身长，是为了找到合适自身的衣服，谁也不会每换一次衣服，就收藏一把量尺的。那么我们的目的是物质的衣服吗，是对自身的呵护与表现。

对这一过程的表达手段，有诗词、赞歌、哲文与标语等，但这些工具都不足以表述全体，那背后的既不是虚无的，也不是不可知的，对她的一瞥、一闻、一悟、一梦，都是我们作为人，在世间最好的报偿。

当然，若是得不到，也莫急，有可能是时候不到，也可能是我们暗昧无知，这时就要静下心来，好好打磨自己了。

## 故事的离去

我不是文学大家，却总要谈故事写作，就如我不是艺术家，还总愿意拿艺术作比拟一样，徒惹大家一笑。

可内心总是萌动的，眼前悬挂的香蕉虽然破除掉了，但心还是需要方向的，于是找到了最适合孤独内向者的活计。不求名，也不逐利，下定了三年无闻的决心（之所以不是十年，是因为之前的七年多时间似已经过去了），想用这半世的生命，真正活一把。于是在追逐的过程中，从一文不懂、诸事不知的起始状态，开始捡拾、体验、积累艺术的经验及写作的方法。

在阅读了那么多鸿篇巨制、曲折故事后，心也被充大了，总想写些更好的故事。可真正动起笔来，才发觉这一个字一个字敲、一句话一句话写，是心在劳作的过程，而人心是会疲惫倦怠的。于是有些故事起了个开头，就放置下来，或是干脆有了个故事提纲，就被搁置一两年时间，这也许就是我目前诗歌积累的数量多，小说和感思汇集得少的原因吧。诗歌是瞬间的，在电光火石间，捕捉摹写壮观如整个宇宙、细微如小荷风叶的闪现。而长文和故事则是持久性的，需要沉静的内心、坚韧的攀升，如果一旦放手，那么不光是自身的放弃，故事也将离作者而去，再次回到神秘的异界，直到下一次轮回之后。

所以作者要拽住这若即若离的细绳，让它一点点变粗壮起来，将自己沉重的内心，拉到山巅迷雾之间的故事中。

## 组织语言

这是篇“应制”作文，女儿在旁边写语文作业，非要一旁悠闲督促她的我，也拿起笔和纸，写些什么。于是片刻后就想到这个题目，这也是我近来一直在思考的问题，正好借这个时间，把它组织起来。

随着思想的成熟，我们能够愈发透视语言包裹背后的世界，那是无言、无形、无色、无觉的，非要比拟的话，就是“空”。但空本不空，这可以从两方面来理解，一是空这种状态，只是因为我们用感知、思维等工具无法正确全面把握，而其本身并不是纯粹的空，是一种不可知论、不可觉论的空，由此就引出第二种理解，也即我们是通过感官、直觉、形象思维等工具来逐渐靠近最终的这种状态的，这就好比攀登高峰，如果一路上都是丰富多彩的景象，那么终极的目标理应是更丰富、更充实、更加美好的。

那么怎样用不完善的工具，去把握不可知的“空”呢？不论是渐进还是跳跃，我们都是用已知、已有的工具组成可感知、可思考、可运动的现实世界，来逐渐逼近理想的状态。之所以将后者称为“空”的，是看到了不可触碰性与现实世界的不完善、过渡属性。但我们不能执着于空，那样的话就是顽空，死寂、虚幻的空，不是实空、真空。

语言就是一种逼近空的工具，我们可以通过诗歌、小说、哲文来更好地组织语言，以此来描述、摹写不断提升的空。

不可知论的空与现实工具编织而成的空之间是可相互转化的，前者是后者的目标，是信念与意志的体现；后者是前者的显现与实物化，是空中的阶梯，直达真空的续站。①

## 注入生命

如果生命的最高形态是艺术，那么获得艺术之后呢？

是如某些所谓大家那样，满嘴跑艺术，用艺术的标榜换得名誉与地位吗？还是遁入空门，看空一切，从此抛下画笔，誓不再画吗？我们追求到最后，似乎只得到些名号与身外之累罢了。

也许一切都被看颠倒了，就如这世间的一切一样。我们用最宝贵的所有，换回些无用的外物，我们将原本的手段与辅助工具当作了最终的目的。那么，这世间的一切，什么是最宝贵的呢？当然是生命，个体的、活泼泼的生命。既然如此，我们就要墨守命门，不思、不感、不爱、不怖，在静眠似的状态中度此一生吗，只换回些升仙成道的虚影。

以生命作为本体与核心的哲学，可以帮人们回避这些对生命的误解与错用。

---

① 上两文同作于 2022 年 5 月 15 日。

这门科学将首先赋予生命几个特征：实在、共通、演进，由此就可以推演出生命作为个体存在与整体意识体的变易。最终的形态有些类似于我之前拿来比拟的空中阶梯，但更全面、更综合，我们只能用思维来整体把握它。但思维是僵硬的、衰腐的，不能将观察的视线变为捆缚生命体前行的绳链。至于感官，由于它是瞬息的、局部的，反而更贴近生命体自身的表现形态。因此，我们要有孩子，要呵护好下一代，尽管她们是那么娇小、纯真。这个问题完全可以展开下去，或远观，或近感，或仰望，或俯察整个生命之树的生长。

这里想要表达的是，就如这篇短思的标题在清晨昭示给仍在昏沉中的我那样，对于生命，我们要充满敬畏。要将最美好的所有，献给她。我们作为生物体，作为人，什么最宝贵呢？当然是生命自身了。于是，我们就是要将生命献祭给生命，但不是那种割血的仪式，尽管会更彻底、更纯粹，也不是如自然界中的树木对于阳光与水分的需要，那是外在的、隔离的。我们所注入的生命体，是与整个生命融合在一起的，我们不过是做了自己该做的事，找到了人生的意义罢了。

## 勇敢出发

近来自己的旧毛病又犯了，很是无可奈何。

解除一门新学问前，总是满怀期待，如高台跳水般一猛子扎入深不见底的冷潭中，任冰爽畅快的刺激感冲击贯通全身。可在最初的新奇逐渐退去后，却又开始不耐烦，不愿意持久地待在这如今对我而言静死般的枯潭中。于是又要起身，去寻求新的未知领域，起码是对自己而言未知的地方。

从大的方向说，我似乎是从自然科学，跑到社会科学，然后又对艺术心心向往，现在连艺术这个大坑都有些厌倦了，特别是看不惯所谓的承继、名头。将艺术品的好坏标准，建立在世俗评委的取向上，将个人的成就盖在各种虚置的头衔下面，如桌上笔筒中的隔夜黑尘一样。于是，在上面几篇文字中，我在摆脱艺术这种表达工具的束缚，想要重回生命体。这是对自身作为个体，社会作为有机体，世界之为共融相的再把握。

当一切潭子都游了遍，那么就收拾好行囊，整理好心情，再次勇敢出发，去探索生命本身的星辰大海吧。

## 人性因素

在当下，这是一个很奢侈的题目。不知生，焉知死。可很多时候，我们还来不及思考人生，就离死不远了，当然，更悲惨的是，我们知晓了人性，畅达了人生，却无法改变自己的境况，也无法营造适合自己的环境。

那么这就是一个物多世界吧，知晓与体悟等，都属于个人的主观活动范畴，即使我们能熟读古今中外的所有豪放诗词，若身上没有钱币，坐车买菜时都会畏懦退缩。在这个主观的世界中，我们可以作出自我的判断与认可，可以推选出自己的王，于是很多人都沉溺于此，或是在文学，或是在绘画与音乐，或是在游戏，从满足个体自身主观性的角度看，这些形式的功效都相差无几。并不能因为被世人标榜，就形成更高的地位。

但主观体要突破自身，一方面向着物的外部世界，另一方面要向着更广大、更深邃的主观集合体进发，后者意味着观察的视角与被观察物是相互关联的，共同组成主观集合体，个体学习的目的就是把自身的有色或偏视眼镜，尽量降低度数乃至摘掉眼镜，与所观察的主观意识体融为一体。当我们努力做到这一步的时候，就可以更好地、更全面地把握主体对应的物世界。

作为唯物主义者，我是坚持物是第一性的，坚持主观能动性的发展性，于是主观世界的自我满足工具之高低优劣，就要看这种工具指向外界物世界的能力，是让我们沉溺于主观世界不能自拔，还是推动促进我们更好地理解把握客观世界，是主观表现工具的终极评判标准。

子曰：吾四十不惑。连圣人都只是在四十岁的时候，想通了主观世界的各种问题，那我们普通人，若不勤加省察，那可能人生过去大半，都不会明了世间的分别。人生过半，过一日应畅快一日，柴米油盐的事，可以把我们的身体拴住，不至于成为飘浮的充气假人，如此，则心可遨游太虚，深沉入渊，激昂越山，广博啸海，永恒连星。

## 总有些小

这不是指鞋子或衣服的号码，特别是对孩子来说，随着他们的成长，外界的呵护或束缚总会显得不合时宜。这是对我们这些成年人说的，尽管我们离开屁帘与尿裤，也不过几十年罢了。

人的身体在25岁的时候达到顶峰，随后便无可挽救地逐渐衰落，这是客观规律，每个人都逃脱不了。可现在，我要说的不是这个，若是对此，那么将题目改成“总有些大”，更为合适。对于衰小倾颓的身体，之前合体美适的衣衫将显得越来越大。而这种情况，除了外表之外，似乎在心理方面也是如此。

我们习惯问儿童：你的理想是什么啊？你有什么梦想啊？然后他们会天真而颇为认真地用小脑袋瓜好好思量一番，经过短暂的疑虑后，给出自己认为非常骄傲的答案。而此时，成年人往往会笑出声来，这些孩子的想法也太普通了，不过是医生、老师、警察、士兵等普通的身份。可对于他们而言，这是一份光荣，闪烁着生命未来的全部。当然，也有一些早熟的孩子，会煞有介事地回答道要做科学家、音乐家或县长等。对于这小部分孩子，我们只有惊讶与赞叹。

可大多数人的思想都是逐渐成熟的，即使那一小部分天纵之才，也将经历将高高在上的印字之石，辛苦滚到黄土红尘。理想的爆发期是在青春期，那个原始、野性、不羁的激荡时期。对于他们而言，空虚的名称没有意义，已有的束缚被撇入虚无。这是一个多么美好的时期啊，当我们高唱“青春，青春”的时候，除了油腻与做作，早没了一点青春的意味。

所谓的小，是指我们成人之后志气的缩短、精神的萎靡，房壁坚硬难攀、车尾飘渺难追，面对一次次挫折、一条条重担，我们的心缩小了，用看似华丽坚固的壳精心包裹。在这篇小文中，我不愿意呼吁大家打破这壳，逃避到臆想中的远方。家人、责任与社会都不赞成我们这么做，当然如果一味抛弃，也不过是误入空门，难得正道。

真正的勇士，敢于直面惨淡的人生。问题不在壳，而在于那不断缩小的心。也许除了物理界的熵增定理，也就是一切都会归于均一，逐步丧失差异与特色，在精神界，熵增的趋势同样显著。思考在归于同化，个性在加速沦丧。那一切真正的艺术都是人类的反抗武器。社会越发达，精神的退化就越剧烈。大厦将倾，扶起它的将是我们每个平凡的个体，只要我们能让自己的心，重新自主地跳动起来，能让我们的意志，重新焕发起来。

孔子登东山而小鲁，登泰山而小天下。我们要不断攀登，让一切物质的外界与既往的精神都逐渐缩小，在惨淡的残墟上映出我们努力升腾的背影。

## 生命本质

我应该没有资格谈这个话题，只会叫嚷的，聒噪。

我想静静，很纯粹的那种。当脑袋里被灌得七荤八素，而你在快秃顶的时候，还能听到自己脑壳中的水响时，就会跟我一样，也对自己为什么活着，怎么活着好，有些郁闷了。

对待生命有很多种方式，哪种好，哪种彻底，特别是哪种在你子孙十八代之后能显灵发威，我是不知道的，我为什么要关心那么久远。还记得大三那年的夏天，我好不容易爬上南大主楼的顶层，课间从闷热塞挤的教室来到凉爽通透的走廊，脑袋里还回想着刚刚听到的那个大名词：可持续发展。多么美好的事物啊，多么美好的时代啊。

可现在很多人在为如何活过今天发愁，很多人在为如何抢到面包头疼，很多人在为如何挺过疫疾惶恐，在这种时候，有人还来谈生命，谈生命的本质，简直是笑掉大牙了，如果他还有的话。

就跟数学公理一样，对生命的理解也是架构在少许几个基本认知上的，而哲学的目的，就是使用一切可用的手段，去追溯未来的生命本质。生命科学只是用科学的手段，去理解重构生命体的物理化学架构，而我们需要理解把握的是不断向外扩延的内在。一旦将一切曾被当作目的的表现形式，当作达成这一目标的工具与手段后，我们将活得更为通透，也必能够更好地处理现实事物，虽然从思辨重新回到现实，比去程更为艰辛，世上没有几人或曾达成。

在经济的世界，就要说经济的话，在名利的赛场，就要放出名利的狗。当一层层、一缕缕缠绕在一起的迷丝，被我们用自己的血刃砍断后，我们或将重新回到生命之树的身旁。

## 许愿池

人活着总是要有愿望的，或大或小，我们不应耻笑贫穷孩子对一个破篮球的向往，也不要过分高估成功人士对一个亿商业目标的夸口。用金钱来衡量，愿望有贵有贱、有大有小，但这世间的愿望又有多少是能用钱来实现的呢？

很多，非常之多，我有些遗憾作此答复，但这世间就是如此。这就是我们为什么要抓经济、要搞物质生产的原因。那么我们就躲到那一点点微光之中，聚拢在孱弱的火光边，不时将清高的冷眼斜瞥到欢歌载舞的人群中，心里翻滚着圣教徒不屑也不敢触及的无数字眼，并虔诚地跪地许愿吗？正如有钱不见得高贵一样，没钱也不一定有理。

意识是可以跨越时间与空间的，它还在努力突破自己，从而突破整个宇宙。我们就如从星辰上跌落凡间的光尘，命好命歹全随风。虽然可以从时空统计学的视角，判别某一时期、某一地区的人们，是否幸运，有无祸福。但谁会在快速降落（而且不知道自己的降落包是否能打开）的时候，还去数旁边的降落伞有多少红色、多少绿色呢？

因此我们会有彷徨、迷茫与困惑，这是人的局限吗？这是观察角度造成的思维困局，我们不可能在童少期就具有全局的思考能力，而具有的时候（起码是自认为的）却不可改变落地的位置。这也是人生的悖论之一吧，而人生又有多少悖论呢？

于是我们要许愿，相信通过投下一两枚连一根冰糕都买不起的硬币，就能换来自己的那些美好愿望。神仙真是很难做啊，好在我是人。

## 感受实体

我总在思考怎样做个好人。为什么要加这看似不必要的定语，这个词已经被老实窝囊用惯，因为内心中还是有向往的，尽管很多时候我们活得并不像人。

用思维工具的好处是，可以破除自身现状、既往以及物质、形态等方面的束缚，无拘无束地，空想。但我们是人，由碳水化合物构成的机体，在钩心斗角的社会网中存活。思维只是我们的工具，不能让它限制我们探索的视角。也就是说，我不认为人类的终极进化是成为意识体，尽管可能会挂上超级这样的前缀。我们是人，终将为人。

因此，我们将借助意识等工具，攀登上更深奥、更广博的阶台，但不是被如石子般压在无名的路下，而是起舞弄清影般留下洒脱、活泼的身姿。

这就是生命，这就是实体，无限广博、深邃的意识体，我们要用心思考、尽情感受这种生命的力量与生机。人活着的意义就在于此，而活着，真好。

## 消耗与互换

今天清晨走在月季花渐凋的繁茂绿叶间，我又想到曾经桃李盛开的季节，不得不感慨韶华的流逝、生命的变易。

有些大势是无法改变的，潮水奔东、红日迁转。你可以反驳说，在南半球，漩涡的转向是相反的；在太空中，太阳是一直高悬的。但那也无法改变恒星的陨落、引力的规律。我们处在一层层的框架下，低一层次框架中的约束变量，确实可以在高一层次中得到释放与解决，但那一层次，仍然是有自身的约束的。也许，科学的目的，就是从物质层面推动我们向更高层次的框架跃迁。只是路漫漫其修远兮，大多数时候，我们都停驻在相对稳定的层面上，有爱、有恨，感受着无奈，兴叹着悲哀。

在当下的层面，我们最应该珍惜的是那些消逝的、易耗的物品，毕竟对于长久存在的物质或精神，我们是不会留意重视的，那么，胜境就不是持久的欢歌笑语了，谁一直唱，或是一直跳，也会烦腻的。

除了观察到自身的变动，我们还要看到世间众生的需求是多样的，面对如此多彩的世界，不应以一句类似“色即是空”的话语，就全盘否定。首先，我们没有那么大法力。其次，仁者爱生，若不能“给”，也不要去“毁”。如此，则产生交换，在价值规律基础上的互换有无。“活劳动”这个词用得很精准，既要劳动，也要活。它将活动的生命凌驾在僵死的物质运转之上，体现了生命所具有的更高地位。

我们向往着更美好的生活，有更少的约束，更多的精彩，似那火红钢铁捶打迸发的花火，在这冰冷的星球之间，散发出一缕人的温度。

## 咸盐与桥

有一句俗语：“我吃过的咸盐，比你走过的桥都多。”此语用来指代经验与年龄的重要性，对于青年人来说，确实很有震撼力。只是现在敢于这么说话的中老年人，越来越少了，他们越发沉默，在被社会打磨掉锐角的同时，连整个面都没了。

可这又有什么办法呢？社会在快速进步，且不说互联网的冲击，就是各种层出不穷的网络的新词，也够我们记背的。可这些热词新句，又有什么特别值得关注的吗？似乎也没有，除了舶来词就是本意歪曲，真正有分量、有内涵的词语，屈指可数。

也许这就是我们面对的境况。飞速发展期后的滑落，既有经验全被抛弃，新的转机与路桥，却未出现。更多的时间、更多的积累，有助于我们在沉浮期好好活下去，毕竟我们处于破—立—再破的循环转折关头，第一阶段的“破”是有范式可供遵循的，而现在这个阶段是全球性迷茫期，各式潮流、各种思想争竞发展。在这种混乱的大背景下，个体吃了几斤咸盐，走过几个转折口，显得多么渺小无味。

但饭终究要吃的，虽然是一口一口的，时代精神缥缈难见，而我们活出个时代精神的样子，还是有很多期许的，诸君不妨努力，不妨放开心颜。最后再提醒一句，茶饭须淡、过桥留念，毕竟咸盐太多，于身心无益，桥上戏耍，难免落水，而水是很深很凉的。

## 起身的勇气

你是否也有过这样的经历，连续下棋或游戏后，尽管自己感到又饥又渴，而且已经深陷败输的境地，但就是不愿意起身离开，似被磁力牢牢吸在棋局和游戏之中。这时候，我们需要的就是起身的勇气。

水至清则无鱼，如果人活着，一点趣味也没有，那么若非万幸的，他对死亡也无所谓，则其生活会是极其苦涩难熬的。于是，有了各种游戏和棋局，调和我们的兴趣，让我们在不承担实质失败的情况下，体验人生的各种起伏。当然，你会说，棋如人生，每盘棋都是至关重要的，就如我们在生活之路上走过的每个岔口，稍有闪失或错误，就会陷入不能自拔的绝境。我不知道这种紧绷的线，什么时候会扯断，即使万分幸运，走完了最短的直线距离，但人生多维度的现实，也会在相交的斜坡让他滑倒，在看似不起眼的方面给他好好上一课。

所以古人有伤仲永之叹，今人则面临各种速成班的副作用。绕了这么大圈子，我只是想对陷于棋局或游戏中的朋友说，若你已连续失利，不妨暂且忘掉输掉的比赛和沉没的成本，站起身来，用清水洗洗脸，活动四肢，呼吸下新鲜空气，让整个人放松下来，然后很可能就会发现刚才的失败之处。

人生如棋，我们又何尝不是陷入一个个名利场、一张张情愁网呢？失意的多了，爱憎的倦了，不妨也暂且起身，离开它、远观它，也许会获得新的体悟。

你会说这很难，一入江湖岁月催，当局者迷，要知道催动局中人的正是他自己。你若还觉难的话，就想想那些英勇牺牲的义士，为了理想大义，连身都不要了，让精神超脱肉身的捆束，是何等豪迈、何等英雄。

人生路上摆满了各种棋局，有些供我们娱乐、有些定我们前途，我们须静下心来，沉着应对。若胜利的天平在某一时段、某一地域一直不在我们这边，也不要太过在意，毕竟棋是下不完的，人是输不死的，只要我们有适时起身的勇气。

## 论语言作为一种组织形式

当我们足够成熟，不光反思自身，也将世界投影到心头的主要方式——语言，作为自己认知的对象，就会对内在与外在整体，产生全新的认识。

一切形容词都是有出处与目的的，而名词则是有归属的，我们作为活着的人，我们唯一能掌握的是动词。当然，这是指中文这种没有时态关系的语言，如果连活着都变为 lived，那么其实这种状态更接近于一种存在物形式。

语言可以更加精密、严谨，主要取决于语言所要表达的对象，对于物理、宇宙等客观对象，包括数学在内的广义语言表达工具的完善度，反映着我们对客体的把握程度。这就是科学精神的体验，由于专注于外界客观存在体，而使我们从咿呀朦胧状态，得以成长起来。也就是说，科学的探索，推动着语言整体朝着更精密、更深刻进展。

除了语言的外在表现方面，我们还应注意到语言对人类心理与精神的塑造，它使我们从粗糙、莽撞的原始野性状态，进化为文质彬彬、知书达理的文明阶段。在内在方面，我们同样需要重点关注语言薄纱后面那个跳动的生命，完全陷入语言自身的谜沼，就只能通过无聊的文字游戏，或是背记“茴”字的几种写法，来将头埋入沙漠之中了。

我们用语言把握的是客观世界与内心激情。一个语言学专家，并不等同于专科的科学家，或是卓越的艺术家，这跟我们学会使用毛笔、计算机等工具，本质上没有什么区别。虽然在语言的账簿上记载着我们从何处来、向何处去的全部，但这些泛黄的纸卷，并不是魔法书，因为会魔法的永远是我们这些活着的普通人。

当然，我们很难做到不思而悟、不言而化，这是语言进一步进化的方向，当下，我们不妨披上这层薄衣，在风雨中感受宇宙小舟的漂泊。

## 庶民与天才

想到这个题目，是因为自己在庶民中生活久了，而又自认为是个天才。

现在天才这个词，几乎已经快成为贬义的了，而太多自称是天才的人，我跟他们的不同在于，他们是说出口的，而我则是一直在心里说的（当然，现在见于纸端了，这些文字在面世的时候，并不会就那么顺利地到达你的眼前，除非我是个天才。）

众人已经不屑于与天才为伍，他们或是用此招揽名利，就跟街头飘扬的各式招牌一样，或是痴癫怪傻，连基本的生活都过不了。当然，后者的伤害性要更小些。

今天要讲的天才，从本质上区别于上述人等，是褒义的，大大的褒义。但是，不需要褒奖，一提到奖励，天才就坠落凡尘了，跟那些从凡间张望它的人没有什么本质区别。

天才不应为己，只愿为人。这是道德层面的天才，现在讲理数或艺术音乐天才，都过于注重他们的技法方面，而忽略了天才最原始的内心冲动。他需要达到“我为众生”的精神高度，才能全方面释放天才的本能。而之所以如此，是因为：

天才是从庶民中来的，他们是庶民的精英。他们身心都保留着庶民的影子。在这里，我很遗憾地断言：贵族是出不了天才的，除非他像很多影视剧中描写的那样，沦落为庶民很长一段时间（要自知的，明白注定会成为庶民，而不是下阶层般锻炼一下就被提拔，那样是焕洗不了内在世界的）。这种天才才能为庶民代言，为他们的利益奋争。而之所以如此，是因为：

天才是拥有无尽力量的。这种标准又会淘汰一大批伪娘与伪君子。天才由于从民众中来，深刻知晓民众的疾苦与诉求，于是将大众的追求，汇聚凝化为自己奋斗的推动力，所以他才能不断地进步，用艺术或科学的手段提升大众的福祉。

最后我要说的是，天才就在大众之间，我们每个平凡的人，都拥有天才的成分，关键是要不断提升自身的精神境界，打磨内在自我或刻画客观世界的工具，除了“师法自然”，更要扎根民众，向大众学习。

李大钊先生曾讲过“庶民的胜利”这个题目，而自古以来，庶民的胜利，并不取决于那些不断涌现出的天才人物，是天才能否胜利，则在于其对庶民性的扬弃与把握。①

## 你在追求什么

你在追求什么？爱情、前途、房子、票子？

人生不过如此，由这些重要的问题交织成永无止境的迷网。我们没有破网而出的勇气与利刃，因为一切都来自于网、终结于网。顿悟的人，仍在人间，即使身处缥缈之巅，那仍是人间，还受爱恨情仇困扰，还有痴癫病怪缠绕。将心脱离于身是痴想，世界上没有纯粹的灵魂，宇宙间并未有漂泊游荡的孤魂，身没了，心也就死了。只有这种冰冷的剑刃，才能把我们从幻境中割取出来，于是对破网的一切幻想都破灭了吗，就如水中激起的涟漪，终会沉于污泥之中吗？

我们总在学习之中，可关键的问题是学习对象的选择。取法乎上，用法乎中，得法乎下，除了干瘪的知识与苟活的技巧外，那些贞介之士与脱俗之人的道德追求，更应被欣赏、效法。一切物质与外在的，都是既定的，争夺只存在内部择优的意义，让更优秀、更能适应自然的生物存活下去，可这朴素的自然法则，在狡诈的机巧面前，早被戳得漏洞百出、破败不堪。

我们更应该把注意力与精力放在超凡脱俗的精神追求上，而不应心甘情愿

① 上两文同作于 2022 年 6 月 16 日。

委身尘网。而一切真正艺术作品存在的意义，就在于以直观易懂的形式，传达作者本身的这种追求以及唤起大众的努力，这是艺术的主流，一切丧废、低俗的作品只是为了哗众取宠或安抚迷惑伤败的极少数。

大道真的是如虹贯日，只要你不是永远都心甘情愿被枝叶障目。我们追求的也永远都是正道，只要你能看清它们背后的意义。

## 天下与共

终于到达这个题目，在经过太久的徘徊痛苦挣扎之后。

你首先要破除法障、言障，才能如钻云透日般看见云雾之外的景象。没有魂与魄，作为肉体的人，因为生物机能的衰老病死后，也就永久逝去了。地球上不再存在这个具体的人，宇宙间也不会飘荡他的幽魂。这是对人的认识的出发点与基础，如果非要弄出千年不朽的幽灵，那么一切的叙述也就都成了亡灵之书。

这是一个悖论，有死的、个体的人，要掌握永恒的、全部的世界，但世界就是由悖论组成的，除去机巧与欺诈外，世界的主体就是矛盾的，因而才有螺旋式上升的运动趋势，才能保持永恒性。人们忙忙碌碌，除了糊口，还被各种物质与精神追求引诱，这是主体，经济生活的主要方面。我们就是要与自然抗争，才能吃饱穿暖，不受洪涝、干旱等极端气候影响。而那些商业手段、个体智巧，在这汪洋大海前，不过是取得一勺羹罢了。因此，我们应更加关注海洋，而不是那个小勺。

在海之上，是云。薄纱般的语言，缠绕在我们身上，脱也脱不掉，但我们应该心中清楚自己肌肤的颜色。在语言这个层面，我们就已经初步脱离了个体的局限性，进入到共性的领域。但语言虽然能编织成无限可能，可光通过语言，并不能呼唤出神的名字。语言只是一种工具，除了用来进行个体间的交流外，还体现并记录某一时代、某一地域的思维成果。于是很多研究人员，就想光凭阅读文献、理解著述来把握语言的具体对象。说他们一叶障目有些小了，因为这是一张无穷无尽的网，对网外的窥探与感受，需要天才般的直觉与感悟力。

一切艺术与真正的科学，都是为了推动我们逃脱这张网，到达真正的彼岸。现在我们手中有了越来越多的工具，比如感性讴歌、形象比拟、概念表述，等等。所谓提升艺术的表现手段，其最真实的用意即在于此，而不是换种颜料、扩展线条这么初级。一切艺术作品的终极指向，都是在网外，即使是写实主义的，也能引发我们对彼岸的向往与思考。

这就是我们所在的世界，经济生活基础上的科学与艺术。这艘庞大的船，在浩渺的宇宙之海中漫无目的地航行着，我们只是某一时期、某一地域的船员或游客，即使我们领悟到了网外，心中已小天下，也丝毫改变不了这种人生境遇。这种悲哀是纯粹的，具有传承性的，由此培育出人们的坚韧与乐观主义精神。当世界小到了一粒沙，就请更加珍爱它，用心雕琢、精心刻画最美妙的沙之艺术。

## 回到简单

当行动不便时，才想到灵活行走的幸福；当抛弃繁复后，才知道回到简单的快乐。

当物质极大丰富的时候，我们的手脚是被此捆束的，还是有更多的宽暇喝茶、发呆、想入非非。

在尘世的这趟旅程，难免沾染尘与土，是永陷其间，还是留得几分清醒观荷、闻香、知趣。

物为重、名为副，也许我们将精力或时间划分为 4:3:3 的攻击阵型，方不陷世过深，又有人活得真趣。

已没过颈的，似已无救；刚到胸口的，需要他助；淹于膝盖的，则可自拔。当我们把一块块围堵的砖石拿掉后，才会露出头顶的青天，才可畅快自由地呼吸，才可灵活痛快地行走在这尘间。

## 寻找闪现

对于闪现，我们是在原地等待，还是出发去寻找。

幸运有时会耗尽的，灵感不会总如光般倾洒在自己头上，那种原地等待的做法未免也过于自负，似乎自己才是唯一的通灵人，是打开未知大门的不二人选。

人人平等，这也适用于等候在灵感大门外的芸芸众生。与其如乞丐般企盼施赠，不如站起身来，在大千世界、山水之间探寻自己灵感的闪现。

艺术比科学更高级的意义就在于此。她在拥抱全体后，又会回到自身，而不是迷失沉浸在物的世界，终成为一块砖、一片石。

每个人都是艺术家，只要我们努力去寻找属于自己的闪现。[①]

## 好好地活

当眼前的景象越来越复杂的时候，我们很容易迷失；当手中的工具越来越多的时候，我们反而不知所措。

当把所有的噪音与干扰去除后，我们才能达到本真。老子曰：抱朴守素，这种状态不是用口念心读“空”的方法，就能直达核心的，需要我们一层层剥

① 上两文同作于 2022 年 6 月 26 日。

去缠绕，一点点感悟。所以，子曰四十不惑。连圣人都要四十岁，那么我们凡人三十四岁时，有些困扰和痛苦，不是很正常吗？

感官是整体的，虽然具有渠道的局限性，但不自知，因此它是整体的。而思维是不足的，永远难以满足，总有追求与指向。思维的更高阶段是知不足，知自己的不足，知家庭的不足，知社会的不足，知世界的不足。但知最容易悔，无思无悔，我们总会在思维中重新摆布失败的棋子，但这时棋局已经结束了，于是思需要释达的情怀。指向的思，需要意志力，以完成功业。知不足的思，则需放达阔朗的情怀胸襟，以使我们在这不完美的人生，还能好好地活。

感官与思维是综合的，意志与情怀是相辅相成的，在人生的旅途中，我们要掌握好这其间的平衡。

一言以蔽之，一切工具与手段，都是为了我们好好地活，记住要体验活泼泼的动词，体现广博如大地，然后才能好好的，自己好，家人好，大家好，天下好。

## 天下恶乎定

这个疑问似乎从痴呆者口中问出，所给的答案在他脑中想必也认为是痴呆的。若是精明人，应该不会突发此问，他们会浑水摸鱼，起码也要浊水洗脚的。

几千年过去了，我们仍无法完美解答这个问题。这也是社会科学复杂的地方吧，数学猜想几百年就能解答，而对人生与世界的追问，却是开放性的，没有人自信能给出终极的答案。因为对于物及其抽象，我们作为思维体，只要不断提升思维的能力，积累思维产出的成果，就可以在既定思维框架下给出物体的精准描摹与确凿模拟，找出物的运行规律。这里其实已经隐含了思维体自身的改变，同样的物，在不同思维框架下，是会给出不同的模拟结果的。如果将思维封固，那么虽然我们能得到准确的答案，却不是真实的。科学的不断演进与发展，需要在对各种物的不断观察与应用过程中，改变提升思维体自身，也就是思维框架或范式的跃迁，这是科学革命的使命，也是一切具体科学终要汇聚的源流。

让我们再回到社会科学之问。除了思维框架的束缚外，还有观察体与思维体自身的局限性，而作为具体的人，我们就是在这种局限性中存活，寻找生的意义。这就如一片冰海，我们漂浮在一块快要沉陷的浮冰之上，这时你不能说，海是一切的意义，沉沦是生命的归宿，而要努力站在这块浮冰上，好好活下去。于是，对于冰上之人，我们不想听天下会归于何方这样的问题，更关心的是自己的下顿饭怎么解决，孩子上学、老人看病、这月工资等实际的问题。由于这种漠不关心，所以才会润滑推动这类社会科学问题的发展。我们活在此时此地，这类问题的解决也必须是此时此地的。于是千年前的饮食衣着等习惯，可以传承下来，通过一块块冰、一口口饭、一片片衣。这就是社会的延续，那些空洞看待此类问题的人，需要改变的是自己简易空洞的感官与思维工具。

天下恶乎定，两千五百年前，有个傻子突然问出这个问题。两千五百年后，有个傻子试图再次解答这个问题，他们都是傻子，正在痴痴地笑。

## 集合体

这是一个较长的叙述，我不知道该从何开始。

就从生命本身开始论述吧，尽管首先出现在我脑海中的是深渊与陷阱。除了利爪与铠甲，生物还进化出了毒液、电击等千奇百怪的生存工具，直到高级语言与思维的行程，助推人类从俯伏潜逃的境地，一跃成为地球的主宰。这里存在最初的悖论，不是智慧与爱欲的诱惑，而是语言与思维从本质上说是第一公共性的，而后来却被滥用为自私自利的私家武器。

语言是用来沟通交流的，然后才从口头语言转为记述性的书面文字，而这些写在龟背、岩壁、青铜器上的字画，是想让别人看到、了解的，从而产生语言的间接传递性。也就是说，语言一直是个体与个体间的沟通联结纽带，直到高度智慧的个体，才会用语言进行内省式，与自身的对话交流。

以语言作为承载与运行模块的思维，首先也是集体性的，大家共同克服困难、寻找对策、分享成果，高级思维则展现为具有个体性的思维体，但由于思维所具有的融合性，一切个体性的，都将融入其中，偶尔发出闪亮的火花。

这思维之海的边缘是火红的钢铁与炽热的熔岩，个体抗拒着来自母体的吞噬，迸发出铁屑与光斑，这是一种倒“S”型的双向选择，越优秀的思维个体，越不愿意同流合污、混同于世，但思维母体却对这些强力远离的成果，表现出更大的吸引力量。而越想欺世盗名、急于求成的人，越会遭到拒斥与抛弃。这是思维体在被污染为一潭死水之前的自身良性运行法则。

单一中心的思维体太容易遭到破坏，不利于长期生存，于是人类选择了思维体多中心模式，从贵族式的少数中心，直到现在的全中心模式，所有个体都“复制—粘贴”了一份思维整体。教育是在复制，学习则是粘贴的过程。由于思维体的多维度性，学习也不应局限在书本与考卷上，还有交往礼仪、社会法则、职业技能等方面的学习。

学习的终极目的是忘记。谁也不会带着这么多、这么重的行李上路，路很远、道很险，要约简行李、轻装上阵，于是个体在学习之后，更重要的是总结与概括的能力，不断回溯到更高层次的原理，领悟更高层级的规律。只有这样，才能视这触天的山峰，如一粒沙芥，因为在这滴水外，是更广大的汪洋。

哲学没有死，只要它还能动。在前行的道路上，充满陷阱与深渊，需要无数的劳动奉献。真正的哲学家，是在认清个体劳动的加权值后，利用好经济、管理等工具，号召引导相应的人们，去填平这些沟壑。他的思维是全局性的，他的步伐是轻盈的，他的心是欢快且沉甸甸的。

我不想归结于个人英雄主义，这是有悖于语言与思维的共同性的，虽然英雄一直都存在。

## 虚无

忙碌的人是有福的，因为他们没有时间接触虚无。

被利欲诱导的人是受到“保护”的，在笔直而拥挤的大道上，他们不可能翻越栏杆，坠入虚无。

对于那些在虚无中无法自拔的人，可以放弃挣扎，沉沦到如淤泥般的现实，生根、发芽、开放、凋谢。

意义是绑缚在生命之上的，这段逐渐缩小的木棍经不起这么多方向的冲击，于是会眩晕、旋转、翻坠。只有我们把注意力集中到生命自身上时，才会顺时、感应、随缘。

东方文化是静的，被马蹄、喊杀、枪炮震起，然后融合在更广阔的草原、海洋、空间上，沉静下来。

通过艺术的手段，来直抵古人沉静广阔的心灵境界，然后在朗朗乾坤、滚滚红尘中，翻转过来，做个街头走过的路人，如家犬一般。

对于躯的束缚，没必要完全砍断，一是没有这么锋利的斧头，二是还没有在茫茫大海中前行的本领。

阅读是寻找意义的过程，思考也是一样。

在宏伟的建筑前，做个悠闲的漫步者，是非常危险的，虽然本身是很惬意的。

虚无是一层薄薄的壳，欢笑、人言、阳光都能从外面暂时刺入，而只有不断成长的灵魂，才能从里面突破它。

## 坚守探索

在既定的物质精神框架下，个人的活动内容绝大部分是固定的，甚至是僵化的。这是唯物历史观的看法，是去除了虚幻与妄想之后，干巴巴的血泪现实。

既定大潮的冲击力是惊人的，我们不必苛求古人或先行者，他们的步伐不够潇洒自然，谁不是被大浪卷击，冲入无情的岁月中，只偶尔露出转瞬即逝的泡沫。若我们处于他们那个时代，面对那种环境，大概率也会做出同样的选择。所以，历史没有如果，即使是重演，也必将是相同戏份的再映。

个体能做的，首先是对现实与自我的清澈审查，知道这肉体的身，什么时候衰败、死亡。儿童与青少年是幸运且幸福的，他们的精神成长能够与身体成长同向进展，长大以后这两种趋向是分离的，当然若精神执意沉溺于与逐渐滑落的机体同行，那么他们的前景将是黑暗的，因为缺乏了精神之灯的照耀。

在大潮中找到自我，特别是自我的爱好与兴趣所在，是需要力量与意志力的。有些人幸运地在早期接触到了非常适合自己的技艺或学习科目，但由于受外界的过分制压，或是不能跨越难度的高峰，选择了安逸与放弃，于是一生注定碌碌无为。

我并不是说，一定是音乐或美术，才能成为人们的兴趣，虽然在理想的情况下，它们将是辉煌宫殿的主背景，但每个人在这个自由的场所，是可以找到针对自己个人有趣的事项的。这样才能推动艺术的繁荣，而不是千篇一律、众画同面。而在这所宫殿造成之前，透过艺术帘幕的空隙，灵感与智慧的光芒，照耀着不同岗位的人们，开心、幸福、有创造力地劳作。

对于那些有更大艺术野心或暂时没有触碰到艺术之光的人来说，需要做的就是坚守自己对美、对光明的本心，拿起斧头、凿子、纸笔、画刷、乐器等劳动工具，在自己所在的时空岩壁中，奋力开凿，坚持写作，用心绘画，灵性演奏。

## 发展的指向

这是一个很大的题目，涉及到很多方面，有些别有用心的人，还想将罗盘扳到对自己有利的方向，这里只是就一般性的共识，说些自己当下的感悟。虽然机械性的罗盘，可以被歪曲，但地球的磁场是在微移之中有大趋向的。

之所以想到这个问题，是因为我们都逃不脱既定的发展成果。有些人以为自己有钱有势，就可以凌驾于众人之上，这只是局域性的自利认识所致，在当前的大潮之下，即将被历史埋葬。发展首先是物质性的，思想是对物质世界的认知，是第二位的。于是我们就从原始社会，到奴隶制，再到封建制，再到资本主义，再到更具社会福祉性的社会主义形态。我们生在某个物质阶段之中，大概率地也会亡失在其中，因为一只蚂蚁是搬不动一个苹果的，起码要几百只接续延力。

即使在早期物质世界不是这么丰富的时代，也存在“吾何所适”这样的疑问，也存在百家争鸣、学说林立这样的局面，最后被历史的实践选中的思想，不应以简易判断的方式，判定它的正确还是错误，而应透过表面的文饰，看到其内部包含的合理内核，以及对其他思想的兼容扩展，而这两者的共同指向，就可被提炼出那个阶段发展的趋向。

从原始散漫的人，到从事繁重劳作的奴隶，再到土地分封与附庸在土地之上的农户，再到全面调动资源追求利润生产的资本社会，我们明显可以看到提升社会物质生产水平的制度与文化，都被历史的阶段选中，成为了或明或暗的社会方向，被人们信仰追求。

历史大潮中，已然存在的趋向，并不会完全被抛弃，而是以某种更高级的方式重现，纯朴原始的思想，依然会作为较外围的内核，在新阶段发挥作用，这也就是“扬弃”理念的体现。

综合以往阶段，我们会初步发现，对人的爱，对自然的尊敬，对物质生产的推动，对个体自由的发挥，都可以被认为是历史进程的指向，也在推动引导着当下的发展。

认识与意志是推动不了磨盘的，我们对历史趋向的认知，只可以为我们澄清成长的迷惑，指明学习工作的大方向，让我们不与潮流作对，不做历史与社会的拖累。对潮流的认识，反而会让我们产生个体的无力感，个体再怎么努力，也无法摆脱历史的套索，也不能跳离当下的框架，于是才产生真正的艺术。艺术除了抒发个体的情感外，最主要的功效是对大趋向的直观感性表达，是要引导鼓舞人们投身激荡的历史洪流。而一切人文社会科学则是对这一过程的理性阐述，对其中具体进程的研究分析。自然科学则更贴近现实，致力于不断加深对当下物质世界的认知与把握。

“俱往矣，数风流人物，还看今朝。”吾辈既立当下，就当迎风起舞，金戈铁马，奋勇向前，待青山染霞，大江奔过，再任后人评述，岂不快哉！

## 寻找美好

碧蓝色的天，飘浮着大片的云，我仔细端详，果然发现油画示范中的暗部、亮部，早晨时没有经过海，不知海的颜色是否也是这般清澈。

望云浮想，若能在云宫穿行，也不枉浮生浪荡。于是祈愿，多挣一些钱，与心爱的人遨游云间。

再高的天也要地上的人看，再远的路也要此处的人走，在层楼的顶端会是什么风景，在远路的尽头将有怎样的人等。平凡的生活日复一日，鲜活的生命只此一生。在奔涌的大江中，我们不过是一滴水珠。在历史的长卷中，你我只历瞬间。只有傻瓜，才会逐个去捡拾需求。活泼的人，都将目光放在云端远方。

诗歌与音乐不是懦弱者的慰藉，小说与文学也不是失意者的柴房，用最好的手段去发现生命中最美好的片段，用高超的技艺去打磨世间最珍贵的瞬间。当我们不再沉溺于水中之月，而是用微风荡漾的碧波映衬白云簇拥的皎月，就会离美，更进一步了。

## 盘山游记

择一暇日，携妻带子，随心所向，顺意趋之。凡尘俗扰，名缠利绕，断彼牵系，云淡峰高。此地有山，胜似江南，入胜挂月，云雾梨莲。心与天齐，意在风里，文秀水桥，苍茫松石。常羡锦鱼，肆意飞瀑，或似飞鸟，俯仰景图。人生短促，几时欢愉，莫若知返，庶几识途。[①]

## 无惧前行

你总要把自己装扮成某个角色，才能在这社会上立足；你总要去辛勤劳作，才有资格享受衣食保障。在洪流的裹挟下，你我皆已离开原地，我们携手共时，度过这一段生命旅程。

越来越悲哀的，是那颗柔弱的心；越来越坚硬的，是那双劳作的手掌。我们视古人，有诸多狭隘；今人观自己，又剩几分清醒。在追逐的跑道，我们已落后太多，可有人却说，世界是圆的，难道原地退步，还能回归领先。痴人说梦，狂徒呓语，不过是博得众生一笑。

在瞬间中绽放的，是永恒的花朵，在一生中度过的，是文明的传承。所以你要无惧，以便前行，即使知道归途，即使明了向趋。在大势之前，我们都是蚍蜉，在长河之中，我们转瞬即逝，但在自我的维度中，我们才是宇宙的中心，意义的所在。沉浸吧，在即将升腾的时候。欢愉吧，在火焰将熄的一霎。

---

① 2022年8月27日。

## 传承与创新

这种题目不太适合在短暂的思维模式中体验，不过既然它们已然闪现，就不妨探究一下，也许只是在洞穴口往幽深的里面窥探几眼，那也能初步满足我们游玩的好奇心。

从什么时候，我们开始主动思考的呢？第一次伸手要奶嘴，那是感官的驱动；第一次考试测验，那是知识的复现；想一想自己今后会怎么办，那是在既定思维框架下的个体运转；试验最新的产品能否满足新需求，那是波浪式大潮的倾侧。

可真的有纯思考这个实践范畴吗？一切语言、艺术形式、科学成就，都是建立在既往基础之上的，而我们即使从山侧重新攀爬，除了空耗些体力，多走些弯路外，似乎也将重聚在当下这个四通八达的平台之上。真正重要的，不是对既定成果与已有成就的争夺，而是在物质与社会框架下的推进与升华。

这世界很大，真正有价值的事物却很少。人们不是迷茫，而是陷入。因为通天的卷桶需要被人们转动。一个个无形的、炙热的轴矗立在全世界的文化中心，人们攀附其上，只为了获得一点点生命的意义。

那些陷落的、消失的，可能会以某种循环的方式重新得到传承。而新奇的、开拓性的工作，只是将道路往四周开凿了一些，而我们统称这些创新性成果为前进。

## 且听风吟

很多人都用了这个题目，本不想落臼，但奈何这几个字缭绕在自己耳边，呼之不走。那就随风去吧，禁足了这么久，让心随着风，飘啊飘啊，飘向何方呢？我不知道，你也不知道，连风也不知道。

这就是未知吧。如果一切都是既定的，那么就不需要风了，只要一条履带和几把鞭子。之后会连鞭子都省去了，履带也不再需要维护，有脚的会自动走，有翅的也不想飞。

这不是儿童的世界，这也不是快乐的地方，一切都井然有序，一切又都死气沉沉。所以需要风，不知来踪也不见去影的风，给我们带来新鲜的空气，让我们的心也跟着飘扬起来。所以常去吹吹风吧，尽管周边的一切都是僵死的，但起码还有风，还有未知的风。

如果连风也没了呢？（风当然不会消失，如果失去风，地球很快就会失去最后的生机）那么就去找跃动的灵魂吧，他们大多时候都缠系在历史的时块上，但那举头望月的醉汉，独走江岸的居士，还有高歌者、狂舞者，他们最纯粹、最深沉的精神情感，不就如同一道清风，在浩瀚的星空中正抛洒无尽的光辉吗，让我们去向往、去追寻、去听风。

## 沉溺美中

我沉溺在美中无法自拔，诗经、辞赋、古乐、词曲，这些精华中的精华，总能吸引我们所有的激情与向往。她们是超越时间的，她们是跨越空间的，是神性在肉身上的投影。

那是精神的圣地、挚情的内里，是普照万世的光源，宏举百代的巨翼。一切学习、体悟都指向那里，一切生活、劳作都奔赴那里。

技法可以临摹，心境难以企及；故事能够编造，深思谁能意会。伟大的作品需要趋向伟大的心灵感触，去寻找、去点燃、去释放那隐藏在黑暗尽处的伟大与美。一颗颗巨星在天空闪烁，只有努力升腾的灵魂，才能去发现、去感叹、去融合，最终成为她们中的一员。

## 花在笑

在三维的空间中，我们大多数人都处在点线，如蚂蚁一般，顺着之前的踪迹前行，虽然努力，但永远也出不了既定的轨迹。这样很安全，也很乏味，当然，如果我们真如蚂蚁一样，是不会感到后者的，我们会心满意足地一直走下去，空狭的内心中回荡着前进的力量。

现在知道袁枚为什么编《子不语》，纪昀为何写《阅微草堂笔记》了，闲得无聊啊。于是用些鬼怪奇闻来让人惊，使人笑。可生活本来就平凡如水，即使是当年的宰相、历代的君王，也难逃一日三餐、生老病死，因此，这杯水我们是喝定了。有的人分到的是甜水，有的人尝到的是苦水，更多的人喝的是平淡无奇的白水，但无论怎样，只要喝就行了。再说，甜水对牙齿不好，君不见，再尖利、再灿烂的刀剑器具，不都被打磨如齑粉了吗。

从阅奇中抽身，我们回到日常言语行为的当下，随清风拂面、任花香乱目，就会发觉这世间最美好的除了最美的自然外，就是天真的童年与劳动者的欢笑。逝者不可追，所以我们只能让自己的心灵舒展在优美的自然之中，而自身则在劳动者之间，努力与他们一起劳作欢愉。

对于劳动者来说，他们的苦透着甜，辛勤的汗水闪耀着人类最纯真的美好。虽然如飘散在各个不起眼的角落的小花，但仍绽放着太阳般的光芒。你看，花在笑。

## 笑的力量

今天你笑了吗？有人这么问你吗，若被问起，又该如何回答呢？

中国人传统的打招呼用语是：您吃了吗？这确实是个很严峻的问题，肚皮还没填饱，拖着咕咕乱叫的身躯，在人世间行走是很艰难的。这个问题提示我们，民以食为天，作为生物体的人，是要吃饭的。

这简直就是书斋里的痴人妄语，或是类于“何不食肉糜”的自我迷问，一切习俗、礼仪、文化，都建构于物质基础之上，这个论断不仅对世界与国家适用，还体现在我们每个人的工作生活中。可嘴巴不光是用来吞食的，人之区别于动植物的一个重要方面，就是发声和言语，七情六欲、喜怒哀乐最直接的表达都是通过嘴巴来实现的。而除了哭之外，嘴巴最常做的就是笑了，尽管现在我们笑得越来越少，即使真的笑起来，也感到越来越尴尬了，逐渐近乎干哭。

这里不想探讨氛围、规则等方面，如果那些都运转良好，那么我们这张嘴早就烂掉多少次了。我看古人，后人看我。都说之前的千百年落后愚昧，但也不妨碍大家欢笑一场，留下千古传唱的乐诗爽词。所以笑本身似乎就蕴含着一种力量，需要我们去发掘、锻炼、传承。

西方有一个愚人节，初衷是逗人一笑，但自己的笑为什么要凌驾在别人的愚笨上呢，特别是还要设计定局来陷害他人。那种笑，里面藏着多少阴暗与狡诈啊。

有几种笑不可取。讥笑，以高人一等的心态贬抑低头实干的后进；苦笑，于百般无奈之际措手顿足哑然出声；偷笑，暗得成果望人覆车而不出声地窃喜。我们需要的是，面对千难万险，激昂英雄气概的豪迈之笑，雪中送炭大爱无疆的温慈之笑，天真返璞回归自然的舒畅之笑。当然，还有很多种笑需要我们去发现，去把握，去欢笑。

我们是否可以定一个时间，大家一起开怀大笑呢？不论当时正在起怎样的纷争，不论人们正遭受多大的折磨，只在那几秒钟，让一个城市，一个国家，甚至全世界都沉浸在笑声之中，那将是多么令人期待的美好时刻啊。虽然，笑声过后，大多数人仍要俯身劳作，有的人还会按照指令，举起屠刀枪炮，世界并不会因为这个特殊的节日而变好，但起码不会因此而变坏吧。但世事难为，作为个体，我们只能管好自己。

所以当我们终于相逢时，我会问，今天，你笑了吗？

## 你不坐坐吗

雨后，微风，座椅干净无瑕，几滴雨点轻拂即逝，若干闲愁挥之不去。

你不坐坐吗，在天地之间，于万千中端，就放下一切思绪，抛却无限情线，只是一个人，简简单单、无牵无挂地坐一会。

又能管什么呢？雨不言自来，风无语自去，花开花落，叶黄叶绿，我们的心终如一方小舟，漂泊到宇宙中央去，即使有时花落船上，也会随风飘散；即使能够仰手摘云、落目得鱼，也不过是一时云聚鱼来，与我们其实没有半分干系。只管轻抚船舷，尽情欣赏这一路的风光美景，若有时听闻人声吵闹、世间喧哗，也不要侧耳转目，因为那也是旅程的一部分。若弃去，人生就不完整了。

若有闲，就来坐坐吧，若无隙，就去忙吧，只是要让心态平和、脚步平稳，毕竟我们始终都在自己的船上。

## 两条带子

在满是面包屑的桌子前，我又一次轻轻坐下，不再看窗外白雾蒙蒙的景象，他们说那是雾霾，有人却想就此踏鹤。两条曲线在脑海中飘舞，一条污浊沉重，一条轻敏灵动，裹挟着、缠绕着在时空中滑行的我，或跌入万丈深渊，或越上千重台阙，生活真刺激啊，不是吗。

一切的思想都是对生命本身的考问，是要教会我们如何更好地生活，而思考者最初的，也许是一生的关切点都是，自己如何活着。有人教你理财，有人带你健身，有人用瓶子变魔术，还有人抚平你帽子下的发髻，对于他们，都要心存感激。因为他们是你之所以存在的根基，虽然你会说，我有时还摔倒啊，有时还溅了满身泥，嘴都磕破了，可如果撤去污浊的地基，你还能站立吗，那时只能俯伏在地，祈求上苍的保佑，可天是不会说话的。

一切思想都是装饰，最核心的其实很简单。当然，那不会是一个或几个词语，理念是不能用词语或句子表述的，我不是不可知论者，我只是不再相信语言。如果非要抛出一个标的的话，那么它将类似飞升的仙丹、驱魔的咒语，和阿拉伯的飞毯。你准备好听到它了吗？闭眼聆听。

生命。对，就是这么简单，生命，一切道理与智慧都围绕它展开，它是逝去亡魂的羡嫉、美好赞歌的对象、天地运转的动灵。那条物质的、骨肉的、重拙的带，将生命固定于时空间隙下的大地；而那条精神的、闪智的、敏速的带，带动着生命翱翔在无穷无际的超维宇宙之间，而一切都关键，就在于生命。即使你不是诗仙，李白也会对你羡慕不已，因为你还活着，还有无限的可能。而那些逝去的、僵死的，都被绑缚在历史的框格中，只能偶尔凭借后人的解读，才能挪动一两下。

干什么，你拿剪子干什么？

我要剪断那条乌黑的带。

不，那是生命的一部分，那是人超越神的所在。

接受这种不完美吧，恰是因为这部分，才是我们会更加完美的原因。

## 长城半日游

长这么大，还没自己去过长城，不成为好汉，也是很自然的了。只是今天去过之后，才发现，好汉的腿很酸。

为了赶在女儿下学前，提前站在轿车侧立、家长拥堵的小道上，我选了最早一班客车。清冷的风吹过蓬乱的发，我站到了灰白色的车站大闸门前，耐心等待。当太阳还是个小孩子拍的那种小圆球时，我发现云是一抹抹的，那一定是个印象派的画家用大笔刷上去的，底部是暗紫蓝色，最上面透着浅浅的橙白。它一直在升腾，终于将周边都染成酸嫩的金黄，我才稍许感到一丝温暖。当水面荡漾起薄薄的橙色时，我知道自己这趟是来对了。那个呼唤声终于停歇，心里只有漫山遍谷的松柏，还有依然高挂枯树之上的红柿。

长城是爬不完的，于是在西路上望望北齐的城楼，在东路上扶扶冰冷的扶手，在招展的龙旗下，在未蹒跚前就回到了出口。若有下次，我想自己仍是爬不上去的，但一定还有下次，就暂定在山花重新烂漫的时候。[①]

## 尽归虚无

这不是悲观的看法，恰恰相反，这是一切新生的开始，尽管作为成年人，我们心中此刻充满悲伤。

为什么会有生命的更替，因为需要全新的感官、全新的视角、全新的思考，尽管是面对僵硬的、顽固的旧有世界，但观察方法的改变，也许可以成为星星之火，将熟视无睹的、积习难改的陈俗陋规都予以彻底改变。

当把一切都积压到一生后，我们就如巨大漏斗的出口，用思与行，来描写漫长历史长河的新篇章，当我们觉得自己就是全世界的时候，我们只不过就是一朵无人知晓的浪花，在掀起一点风浪后，转瞬间就跌入沉寂。

但只要活着，我们就是一切，继往开来、伸展舒张，悲伤只是因为你站得低，当你攀到高处时，就不会悲伤了，因为你就是悲伤。

于是我们要寻找欢愉，就如荒漠中的一点火焰，带来生的希望。你可以用沙将虚无掩埋，也可以用火将其点燃，重要的只是，找到那一点点跳跃、一分分闪耀，就如朝霞，大公无私地照耀着这黑暗丑陋的尘寰。

请珍惜生命吧，因为生命之外都是逐渐逼近的虚无。请扶好这救世的小舟吧，因为四周都是昏暗的阴海。

---

① 2022 年 11 月 14 日。

## 北方的秋

生活在北方的人，是不幸的，因为我们每一年，都要面对萧瑟的秋季。几年前，曾经在这个时候去南方城市出差，温暖湿润的气候，弥漫街道的花叶香气，让我皴皱的脸，都感到又焕发了如青春时的光润。

可人不会有第二个青春，树木可以耐得住严寒而迎来春的再生，人却不可以，这是北方的秋告诉我们的，盛开了，就会凋谢，绽放了，就会枯萎，这些铺满地面的黄叶，仿佛在诉说生的无奈。所以我说，北方的秋是严酷的，他一定要把生命的真相揭露给我们看，不愿意用一丝丝煦风吹散内心的迷茫，不愿意用一片片花叶掩盖世间的沧桑。他一定要讲真话，一定要让大家都感到心情压抑，无比惆怅。

可我离不开北方的秋，他让我清楚春的逝去，他让我明白生的短暂，只要你耐得住光秃的树干，只要你禁得起冷风的吹袭。即使有一天，我终于停驻四季常春的地方，即使有时候我再也不会独自徘徊，我仍会想起北方的秋，我仍将领悟他的密语。

## 无风听吟

又是一个喧闹的早晨，在片刻宁静的空当，连忙拿起久违的笔记本，再叙写几行。

思绪如流水一般，只在低沉平稳的时候，才会骤然闪现。而那宽广的河床就是平凡的生活。

有太多的无奈，有太多难舍，直到猛然发觉，自己孑然掉落尘间。衰败、颓腐，似已不可避免，因为我们的心智已足够成熟，知道升仙成神的迷想，并不能在钢筋水泥的包裹下成真。

天是亘古不变的，我们也改变不了它深蓝的颜色，海是汹涌奔腾的，一滴水又能产生怎样的波澜呢，于是只能又返回自己这副躯壳。有人狂醉不醒，有人浪荡无拘，有人痛哭怨恨，有人大笑痴语，不过都是薄纸之后的戏偶，生了灭了，像影也就散了。只有长河，永流不息，只有清风，来去无踪。

放眼星空，有几点闪烁，透过薄雾，你是否听到亘古的呼唤。后人似都误解了西去老人，他只不过想将心中传燃的星火留在世间，无影、无名、无器、无风，只有溯源归古，才能如初生的花蕾般在幽明的尘世绽放，看，那风中摇曳的，不就是这朵鲜花吗。

## 自然而然

一切都是自然生发的，就如这本笔记，不知不觉中就来到了末尾几页。回想当初，竟然出于好玩就起了“四点吃鱼”这个题名，现在已转年入冬，午夜子时只有冰箱的电流轻鸣声和小鸟的叽啾抖翅声。

我们总是想得太多，要得太快，纷繁的世间，转眼已过半秋。我不愿总以“空”字说一切，也已知道心知不能代替真行，那要怎么样呢？总不能浑浑噩噩就度过一生吧。于是，想去追寻春天，如果叶落花枯是不能阻止的，那何不追寻花的足迹，行遍这美好的山河，若每年都如旅雁，想也能独享这世间的常春了。

浪漫的想法似只能停留纸端，睁目谛观的时候，又回到平凡世界，这就是道吧，坦坦荡荡，平平常常，不是捷径，也不是僻境。生活其中，每天都用清水洗面净目，每天的往返，并不总能如蓓蕾般孕育绽放，只是完成做人的形式，这不就很好了吗？毕竟人是亿万年的产物，我们身处时间之河的最前沿，还有什么可抱怨的呢。

看无数朵花的繁长衰败，阅无数英才的喜怒慨悲，我们比那只会用翅膀迁移的鸟，不知强了多少倍。只是不要贪多，不要求快，一切都是自然而然的，从无数片积叶上抬起迷茫的眼，欣喜地去观护心头的那束娇蕾。

## 无声无息

这个题目萦绕在头脑中有一段时间了，今天终于显现出来，以前听来一句诗：于无声处听惊雷，当时觉得很有气魄，现在看来，似有些小了。

发出来的，终究是有形的，有广度、宽度、深度等方面的度量，而在下定功夫的时候，就想听雷鸣，就想让世人为自己震惊，总有些太为己的成分在内了。

功到自然成，静水流深，那一泓深潭又有谁知道它是什么时候形成的呢？反倒是牌坊碑刻会隆重地记录下落成的日子，但谁会注意这些呢？每个人都有自己的事情要忙，那秦陵汉墓早连名字都忘记了，谁还会铭记它们呢？

从吵闹喧哗中转身，不是回归荒野孤屋，而是默默行走在这世间红尘，你我就如陌生人一般，相忘于江湖，纵是擦肩而过，亦不过点头示意，毕竟每个人都是他自己人生旅途的主角，其他的一切都是过客行囊。

所以闹那么大声音干什么，车还没到站，即使停驻，也不会提前告知的，就默默向前走吧。当然别忘了，打开两边的窗帘，好好欣赏下沿途的风景。①

## 花是我

把失败都归因于外，是愚痴，将不利都郁结于内，亦非明智。我们终将习

① 上两篇同作于 2022 年 12 月 13 日晚。

惯在破屋中听雨读书，终会放任花开花败。

悲喜自渡，不是由悲到喜，亦非乐极生悲，是在风叶的两端寻得洒脱与自在。

蝉在高树上欢鸣，我们不必责让它的得志与欢调，亦无需悲悯它曾经的蛰伏与屈弱，彼时是蝉，此时亦是蝉，蝉不变，蠕虫已可如此，我们能吗？

不守空，不恃空，在空有中穿行，若清风一样。

喜怒自忘，似四季拂过枯塘衰木，花开是我，花败是我。我不是花，花是我。

## 重回巅峰

在长久的沉默之后，总有爆发的时刻，不是向外炸裂，而是穿过空隙，透进星光。当我意识到自己已经跨进44岁的高龄之后，不禁哑然，未笑。向前看，又有几番风雨，不过是雨打芭蕉，人在夕阳下。向后望，竟全似死灰，那突突冒响的蓝色引信，已然烧到我的面前。

如此，又何谈重回呢，过去心不可得，未来心不可得，得到又是什么呢？我不知道，可谁又能知道呢。并不是高耸的墓碑下就把真言埋葬，也不是几张凌空飘扬的黄纸就能将道理讲尽，活着的尚且不知，那逝去的就能知晓吗？此刻的我们况且迷惑，透过历史镜筒的后人，就能给当代指点迷津吗，不过又是无用慨叹、无劳废话。

要想将生活过好，一定要成为个好厨子。一点香料，一把素菜，经过火的洗礼，汽的蒸腾，就能呈现美妙的滋味，让人知味，使味得人。所以古人最讲究最后一顿盛宴，即使逝去，也要祭奠。如果说活到老学到老是奢望，那么活到死吃到死就是真理。于是，我们在味觉的满足之上，于朦胧的蒸汽之中，似乎找到了生死的恒常。而在数学中，恒常的就是公理，是一切的出发点。

你不会说哪一顿饭最重要，你也不会因为一次大餐而放弃日常的饮食，每一餐都是我们活着的必要，每一顿都是我们当下最好的满足。于是，年龄在饮食面前失去意义，性别、出身、族群、贵贱、品德，等等，在吃的动作中，都是相同的。

既离不开，又随时存在，还弥漫均洒世间的，不就是道吗。我们被眼迷惑太久，直到吃了那个微微泛着黑黄的馒头，才得以开窍。那么我们要把馒头与馍还有米饭，放到祭坛之上吗，让它们降灵通圣，像是那个要吃血馒头才能医好病的肺炎患者。

大可不必，馒头就是馒头，管饱就好，没有那么多道理可以传递，也没有什么圣明需要馒头奠祭。我们只要掌握好当下的需要，此刻的结合，就是对生的最好理解。能把无限的过去浓缩到当下需要的是智慧，可将无穷的未来融化到此刻需要的是力量。于是，当下即所有，此刻即巅峰。

放松，这其实并不难，毕竟谁不会吃馒头呢。[①]

## 无穷维

清晨，在颠簸的班车上突然有了这样的感想：若是生命不光作为实在的目的，而是作为一种手段与工具，若是灵魂也能够超越自身的存在，它们都会发现什么？

前期，我们认识到语言的工具属性，从此知道它的局限与迷惑性，那么作为个体的生命体，能否托举到自身之上，它又会看到什么？

我认为机器即使再智能，也无法完成这些崇高的工作，因为它们会陷于如黑洞般的无穷维度之中。简单地用0去除一个数，计算机就会报错，而那只是

① 2023年1月3日。

最初级的无穷大。在世界中，存在许许多多的无穷维，比如任何一项技艺，都存在不断精进的空间，更别提科学的探索，无限细化的分支领域，每一门都需要人们穷尽一生，世世代代不断坚持推进研究。还有艺术这些难以量化的门类，谁又能说自己达到了最高峰，后人永难翻越呢。

但感悟与哲学这些人类高级的智慧可以。如电光火石般击打我们的感悟，可以让我们明白自身缠陷的处境，从而助推我们跳跃或是短暂地滑翔一段距离，以看到全景，形成透彻的感觉。而哲学式的抽象思维，则可以将多个正在进行的无穷维度分类、排列、比较、分析，让我们拥有关于整体的清晰认知。

存在的不光是我们所立足的不断演进喷发的无穷维度，还有甄选、攘弃、吸纳新维度的整体时空。可以用诗的语言、画的图案、音的序排来记述表达后者，而能够转化为哲学思考，却是在去伪存真、破障出迷的探索之中。

所以我也不知道它们看到了什么，你呢？

## 破裂碎片

你是否曾留意，破裂的碎片迎面而来，划破你的面颊，划过你的心脏，如落华，如飞樱，冷似冰，暖若火，没有什么能形容那种感觉，于是一切尽归于空无，而你我皆知，那是实在。

那被支撑起的庞大框架，我们称之为范式，用语言形容，用关系捆束，用生老病死维系，用爱恨情愁填充。我们生活其中，用百年的跨度丈量，用一生的轨迹张弛。被动地看，是范式的冲撞造成个体命运的跌宕，冰面之下缓静的演进变换为激烈的冲突，于是有迷茫、愤慨、激昂。

我们仍处于这一过程中，某一处不起眼的漩涡或抖动都能掀翻顺行的大船，只是作为个体，我们可以更加主动，更有预见，跳出所在的层级，跃出覆盖的体系，只有这样，才能去其糟粕取其精华，做个世界的人，宇宙的魂。

攀登，脚踏实地地向上攀登，哪怕世人在不停讥讽嘲笑，哪怕破裂的碎片划破你的面颊，划过你的心脏。[①]

## 更快活些

面对翘起的板，你将怎么做？是绕过去，还是滑下来，抑或止步不停，等待命运的开启桥再次闭合。这板就是世势，作为飘零落地的个体，我们无法选择何时来、何处止，也许可以洒脱地做到“回首向来萧瑟处，也无风雨也无晴”，但这种心态的前提是，你已经迈过了这道坎，或是绕行，或是攀爬。

上文曾提到范式的冲撞，我们附着于上的，不过是某条大板子，若是时运恰好，则三分深埋，三分入地，三分载人，深埋的是底层的运行逻辑和文化底蕴，入地的是物质的载体与社会关系，载人处则是个体的挣扎与奋斗。人们系附其上，或以工作，或因食粮，谁都难逃脱这块板。执意挣脱的，只会坠入虚无与空耗之中。

更积极的处世态度应是跳跃与飞翔，让思想跳跃，任心灵飞翔。一切真正的文学与艺术，都蕴含着这种个体的冲动。在无奈之中寻找出路，在瞬息之间寻觅恒久。

处于缓行、臃肿、挤压、倾轧之中，当奋进之际则义无反顾，全力推动车轮的前进，若月暗风疏孤默之时，则不妨跳一跳、飞一飞，让自己的心情更快活些，毕竟苦与痛是世代相传的，而积极的人生取向则是我们要努力模仿欣赏践行的。

---

① 上两篇同作于 2023 年 1 月 12 日。

## 且抒怀

你是否留意到，自己的眉头一直紧锁，你是否注意到，脸上的阴云一直缠绕，有太多不顺心的缺陷，有太多令人费解的地方，于是在明里暗里，我们渐渐封闭了自己，不去想、不去管、不去看、不去听，埋头于日常的琐事，寻找些手头的乐子。

那些真正伟大的灵魂，除了苦痛，又是如何度过他们平凡的一生。在盛名之下，他们是否给后人留下了足够丰富的精神财富，像一盏盏明灯，指引我们勇敢前行。昏暗中的我们，只能通过一本本书、一幅幅画、一首首乐曲，来努力追索他们的足迹。有的人停留在自己的悲哀之中不能自拔，我们只是走到了绝路或死胡同，虽然周边的风景很美，但不论是他还是后来的我们，都无心欣赏。有的人浪荡一生，用声色堵塞住不断在心灵中弥漫的痛苦，我们只能远远地摇头，望着他凄寂地歌舞。更不要说那些建立在无数骸骨之上的丰功伟绩，不过是在倒塌的石碑上多刻写几行无用的话语。

合上书，闭上眼，往事先贤如电闪般掠过心头，难道真如诗中所说，他们已成为无数魂灵，潜藏在我们身后，用我们的眼来看世界，用我们的耳来听自然。如果生命是个统一体，那么我们活着的人，不过是堆叠在最上层的形偶，除去氏族与种姓等的束缚，我们能感受到全部历史、整个世界的支撑。我们就漂泊在这生命之海上，直到沉没其中，化作无形的尘沙。

所以，对于江河中的吵闹与纷争，我们不妨释怀，即使有一两个漩涡让我们深陷其间，也就随其旋转一二，路很远，海很宽，旅途中的我们，又何必如此匆忙，也许我们已然达成目的，只是还不自知。

## 语言与衣服

人真的很奇怪，在无用中寻找出路，在有限中追求无限。我们深陷语言的旋涡，永不能自拔，难怪很多哲人第一要思考的是语言与逻辑，以及自己在思考这件不言自明的事情本身。

从实用的角度看，语言是无用的，再多的赞美，也抵不上偷偷送上的钱包；再好的夸奖，也管不了孩子“咕噜噜”作响的饿肚。只不过我们认识到这点时，已经浸染了太多语言，熟悉了太多话语。这也难怪，就因为其无用，所以才廉价，穷文富武，自古皆是，而我们对语言包裹的一切，都太过重视了，以至于忘了里面空空如也的现实。

现实总是苍白的，因为它融合了太多颜色，就如暗淡的日光，你不能因为其空白，就断定它华彩？不过呢，只是角度不同，际遇时异。所以冲破包围的，我们称其为勇士；敢于说“不”的，我们斥其为异类。勇士也好，异类也罢，不过是炮弹挂上不同装饰，真的勇士敢于直面惨淡的人生，因为他不面对也不行，四面八方、上上下下都被惨淡包围了，连梦中都因生活的憋屈而嗷嗷哭泣，他还有什么不敢的呢。

寻找支点，寻找第一原理，寻找坚实之物，本质上都是一样的，不过是一些受语言、习俗、礼仪束缚过紧的人，要去觅得一个出处，透透气，舒舒筋骨。可这套无形的甲胄终归还是会套在每个人身上，愚笨的人以为自己穿着华贵的衣裳，聪明的人干脆扯下一切装饰套上“皇帝的新装”，而更多的人则已经无所谓，衣服嘛，只要不太脏、太破，不妨碍自己劳作就好。

## 倾覆牛奶

Don't cry over the spilled milk，不要为倒洒的牛奶哭泣，中文则有句“覆水难收”，只是不提哭的事。该哭吗？该哭。牛奶撒了，孩子饿了，不哭干什么。可为什么不让哭呢？似乎是说哭没有用，哭不能让地上的牛奶逆转，如科幻片中演示的那样，倒流回奶瓶。可什么有用呢？世间有那么多无奈事，我们又能做什么呢?

因此不妨释怀，看尽人世的伤悲后，就不再提哭的事了，只来冷静客观地陈述事实，你收不回倒洒的水了，可为什么用“难”呢，还是留一线渺茫希望，万一几千年后科技真那么发达了呢，看来几千年前的中国哲人说话既有前瞻性又有预见性。

可我们应该等不了那么久了，因为我们都在几十年前，被倾注在这个骨肉的躯壳中，小孩子不懂事，当时肯定哭了，长大了就不会了，不过也总想着被收回去。收不回去了，难啊，因此不妨释怀，既不用斤斤计较还有多少留在瓶中，也不要总盯着一个破瓶子看，奶是拿来喝的，命是要活的，活得精精彩彩、潇潇洒洒，才不枉费那么大劲倒奶。

## 将山留住

心中总有一座山值得你去攀登，眼里总含一片海等待你的留恋。还是要去爬山的，尽管臃肿的脚、脆弱的躯会让你真的体会四肢着地来爬，可努力呼气的嘴角、急速起伏的胸口，会让你忘记自身的不雅与难堪，在一座沉甸甸、灰乌乌的山面前，一切虚伪与掩饰，都会被绝对力量震碎。山是有力的，所以无助的人才爱攀拜，山的力是无法衡量的，你不能用斤或吨来丈量它的威势，就如健猛的武士不能用高矮瘦肥来评价。

登山是会上瘾的，有的人认为那样可以满足自己不断升高的征服欲，所以他们的足迹也只能留在地面。山的气势与昂扬精神只有近距离攀登才能真切体会，就如每日三餐，人还需要精神层面的刺激，若非如此，就会如一块腐肉一样很快变烂、变臭，这就是登山的意义所在，通过一步步或瘸或扭的攀登，将自己与山融为一体，让山承载自己的升腾，如一座缓慢升起的云台。

以海洗目、以山载心，在平凡生活中打拼的你，可能不可以总去登山、常赴海边，那就不妨将山留住，有一颗涵养万仞高山的心，存一双清广似海的眼，如果琐屑与不安压得你实在承受不了了，那就不妨放下一切烦恼与忧愁，抽一时闲日，去独自爬山。山是无言的，所以它能倾听你心底的倾诉；山是厚广的，所以它能承担你曾经的悲伤。

## 进化的代价

当我又一次不能顺畅地直立行走时，突然发觉，进化的代价。若是四肢着地，一肢的伤损定不会造成全身的蹒跚，又如血压的升高或大脑的眩晕，若非一味贪着于高处的美诱，低俯的躯也更能安抚跳动的脏。

可我们已经站在亿万年进化的当前节点之上，身后的路错综交叉，寻不到本源，也看不清来历，身前的道迷迷惘惘，平凡的人，不过是被巨浪狂风裹挟，耗尽满腔的热血后就瘫倒在无人问津的路边，这不是悲观，这只是认识。

没有必要向已然直立行走的人，介绍四肢动物的好处，即使充分赞成，也不能回到万年前的分叉点上了，也许以后人类掌握了充分的科技手段，会让科幻与玄幻故事中的场景走向现实，可那是以后，而且那样就一定好吗？试想你身边不断穿梭着四肢着地的生物，你会感到美好吗？那也是被生活所迫，就如挑山工粗壮的肩头一样。

当下，包含了太多过往与可能的选择，经济学上叫沉没成本，因此仅仅是作为一个人出现，就该值得我们一直庆祝。太大的东西我们无法思维，总将其当作背景，眼睛与心思总是盯在蝇头小利之上，还美其名曰这是可以把握的利益。

鲲，在天上游走，它幻化为蝶，落在海棠花上。

## 经济学的束缚

我不太了解经济学，叫不出许多曲线与回环的名字，我只是一个生活在经济中的人，就如每个人一样。

也许我们太过重视经济了，一切都要用价格与价值衡量，沙漠中的水、过多的牛奶，这些极端的例子我们很少碰到，日常生活中我们都生活在供给与需求的平衡之中，受成本、利润与收益影响，谁没有钱也腰杆不硬，巧妇难为无米之炊，一分钱难倒英雄汉，“秦琼卖马，子胥吹箫，自古英雄，也曾困乏。”困的是钱，乏的是粮，经济既是我们行走其间的大道，也是相互交往的尺度。经济如此重要，又何谈束缚呢？

束缚的是经济学，是我们看待经济的视角与方式，这就需要我们扩展自己观察世界、感受存在的视野与胸怀，有三方面源流可以启发我们，一是马克思主义思想；二是西方先进科技与现代经济的最新思潮；三是中国传统文化中的自然观与隐逸风范。

我们可以生活在一个斤斤计较的凡间，为五斗米、三串钱奔波，但思想与境界上要超越当下经济学的束缚，建构一个凌驾在物质经济基础之上的观察、感受、思维体系。

山高乎，与君共攀，其难乎，与君共勉。①

## 不要打扰

面对着缓慢爬行的指针，我的心无比焦虑，半个多小时的空当又能有怎样的文字从我指尖滑落，由深沉之海坠入沉默的空隙。也许该说说打扰与被打扰

---

① 上两文同作于 2023 年 4 月 12 日。

这件事，行走在繁华的街头，你有多少次被人有意无意叫住，或是指路或是搭讪，在低头沉思的时候，又有多少次有些所谓友好的手臂，迅捷地搭上你的臂膀，要你从沉醉中苏醒，再喝一杯无聊的清水。

每个人都有自己的路，每个人都有自己的场，我们相逢相识相知，也不过是结伴而行或是比翼齐飞，太多时候幸福遮蔽了独立观察的眼，重复掩盖了日复一日的凡俗，于是我们从心底觉得自己需要伴侣，需要有人呵护培育支持，最简单的事实是我们用两条腿独立行走，我们用汤勺独自吃饭，个体在这个日益复杂的社会显得多么另类，又是多么珍贵。

潮流无法逆转，滚滚黄河东逝水，但并不妨碍我们放慢自己的脚步，或是在岸边驻望，或是在水边嬉戏，或是如青石般感受涛浪拍击。不要去赶，更不要催别人去赶，每个人都有自己的固有节奏，要允许人们慢下来，只有这样才能反思，才能融汇，才能成为完整的人。

广义的权力总要在方方面面显示其存在，比如服饰、礼仪、称谓，在当代则变化为对时间的控制、对思考内容的把控、对人格自由的干犯，“不要打扰”这几个字不是喊喊就行的，即使你在T恤衫的正背面都涂上这几个字，别人照样会依照权力或是恶意来肆无忌惮地侵扰你独处的时光。与之进行的抗争，涉及到个体人在社会中的态度与立场，不用太过，特别是不能太做作，这方面因此被杀头的人数不胜数，倒不是说被砍了头就怕了，而是这种激进的行为都指向断头台的话，那这几个字的路牌完全可以涂上黑色字体了。

隐逸与旷达保护了中华文脉的传承，若闹市中太过争吵，则隐于山林溪流，若四邻都是争名夺利之徒，则不妨做个街市中的过客，心是平衡的，不以物喜不以己悲，但不是一潭死灰，而是如海潮般汹涌向前，只是波澜都隐在了岁月的皱褶之中。这样的人，外人想打扰也不能，因为你根本找不到他，“众里寻他千百度，蓦然回首，那人却在，灯火阑珊处。”

## 天狗食月

又是一个遮月之夜，我不由得放起尘鼓之声，在激烈的鼓点声中，我仿佛看到扭曲伸展的古人。伴着简单的打击乐，他们挥舞着赤裸的臂膀，围着熊熊燃烧的篝火，在欢叫，在歌唱，在狂舞。

又是一个误解，把古人当作迷信与愚痴的代表，可有谁会跨越千万年的迷雾之林，回到他们的身边，用心听，用心看，用心去感受他们脉管里流淌的热血，他们内心中澎湃的激情。为什么科技与社会发展会形成减速趋势，是对古人的遗忘与疏远，那是生命的源头，力量的根基。

不是回古，也不需要简单拙劣的模仿，是重燃生命的火焰，重跳不屈的舞蹈。你听到鼓声了吗，驱赶阴霾与雾影的歌唱，昂首天外的勇气与决心，只有这些最原始的、最野蛮的冲动，才会伴随我们走向科学与技术日益发达的未来。做个有血有肉的人，不惧黑暗与未知。

## 收放

每个生物都生活在自己的维度内，你不用费心为一只蚂蚁解释山后面的风景，也不必告诉大雁大地深处的宝藏，对于一只高鸣的蝉来说，尽情鸣唱才是生命的意义与目的所在，沉默与低徊是幼年与死亡的代名词。于是，我们要做的，是找准对应的维度，这样才能守住本分，不迷惘，不失落。

可人这种生物，注定是要迷惘与失落的，因为他们需要的是冒险与尝试。不然的话，也不必磨掉尾巴，也不必站直身子，更不必费心造出各种工具。古人云，人是万物之灵，此言不差，尽管受尽社会与周遭折磨的人们，很难也没有空闲体会到这点，这是后期的偏颇，我们不能因为尾大不掉，就否定头与上肢的正确。生物是处于进化过程的，物竞天择，适者生存，在这片生存之海中，人类率先突破了既有维度的束缚，从更强与更适应环境的肢体单维度进化之轨道中，突破出来，尝试用智慧，试验用工具，来增强自身的综合适应能力，于是具备多维度的人类成功突破了自然的限制，对他种生物拥有了统治与控制能力。

这是从维度角度理解进化的初期过程，那么到了人类社会中又会是怎样发展的呢？我们仔细分析，就会发现这是一个套索与反枷锁的过程，如同一匹野马，在不断躲避套来的脖圈。扔圈的人是既得利益者与已有规则的维护者，而奔腾撒欢的，是拥有突破现有维度能力的人们。早期用语言、服饰、车马等来限定人们的等级，之后则是财富、地位、名望等更具隐蔽性的手段。

一方面，万丈高楼用各种阶层来打造建筑；另一方面，若抽取移除这些束缚与被束缚的组成，楼宇当然会倒塌，那剩下的是宝藏的入口，还是废墟一片。对于这个问题，只能以提问不当来回答。我们站在了上帝的视角，可要解决的是凡间的难题。不同于建筑层面的楼宇，我们面对的是复杂的社会系统，从外、由远地观察与思考，只能获得整体的感性与模糊的认识，而真正在运动进化的是社会的基层，只有身处其间，才能感受与体会到社会发展的方向与需要。

那么我们注定要做一辈子蚂蚁或虫蝶吗，即使身不由己，为物所困，也应将自己的思维凌驾其上，从更高维度去体会、感受、思考所处的环境，很可能会悲凉与无奈，但释然与超脱，甚或是寻找解决的途径，也需要我们对所在维度的突破，什么时候我们能做到收放自如，也就明了此身如寄的情怀了。

不是我们误解了古人，是我们根本未能与他们处在同一根音弦上。

## 两种反馈

深夜中，做完画，久久不能入眠，两个概念跃入混沌中的大脑，于是在清晨匆匆记录。

有两种反馈机制，本体反馈与本能反馈，本来初始构想时，以为后者可以有单独一个“馈”字，就是不要食字偏旁的，可语音输入法中似并无更合适的字，也就作罢。人生如器，这寄托之物除了肉身骨形之外，需要点化与激励，才能自主活动起来，于是本能反馈就是出于生物体的生存与初级需要，给予个体正向的激励，像呼吸、吃饭、喝水、生殖等，都是非常令人惬意的。这时那个带食字旁的馈字，也不那么扎眼了，毕竟人都是要吃饭的，加个食物在旁边，反而更能显示奖励的诚意。

可人不光是要吃的，还需要有更美好、更高级的存在，也就是人作为一般生存物之上的跨越时间空间的高维存在物的显现，我们把这种存在称作本体，对本体的崇拜、描摹与追寻，需要更高等、更欢喜的点化与激励，前者在中国往往被称作顿悟，后者在这里用本能激励概念表述。画家、作家与音乐家都是依靠这种反馈作用而快乐工作的，科学家在追寻抽象概念或是前沿发明的时候，也能通过辛勤劳作而体会吮吸到这种甘露。所以，创造与创作本身就是最大的奖励，一切金钱、名誉甚或是权势，都是外在的、辅助的，不足以评判艺术品与科学发现的价值，也更不能成为艺术家与大科学家追求的主要标的。

从此概念出发，我们就会知道真正的教育应该达成自我的加速，而不应是对内在心灵的束缚。当然，这里是对高级个体而言，并不是要求放任人的一切需求，本能反馈是需要约束的，因为它毕竟是动物性的、低级的，并具有自私与破坏性。只有在适度的本能反馈作用机制上，才能放开内心飞翔的臂膀，自由自在地在神性的领域翱翔。

## 画家可怜

突然发现一个事，画家是最可怜的。何以见此，相较音乐家与作家来说，画家必须将其最心爱的作品，贡献出来，卖出个上好的价格，才能混得温饱；

而音乐家只要到场去演奏；作家更方便，写出来的文字，随便印刷传诵。后两者并不存在割爱的痛苦。

当然，音乐家会比较忙，因为若是人们只想听到现场演出的震撼与激情，那他就得到处赶场，但这更能凸显其成就。作家则只需要背着手，在大街小巷溜达，观察市井百态就能等待写作灵感的光顾，比较悠闲，崇尚自得。

在这三种艺术形式中，存在着某种微妙的均衡，音乐最为抽象，所以需要演奏者亲临现场，就如对着咿呀学语的小孩子一样，大人最好的做法是一遍遍直接教。而文章最宽泛，文以载道、文以达思，上可通天，下应立地，于是急不得，这事业也不是一个人，或一时一地能完成的，需要无数才子佳人的接续。至于绘画，则介于两者之间，既需要直观，又要能传达，于是只能由画家完成，观赏者欣赏，真是痛并快乐着。[①]

## 雨中黄山

一篇课文引发孩童的好奇，黄山的奇石会是怎样，一声提议开启端午的行程，不期而至的雨似与我们相约相伴。提前十几天就在网上预约了当天的门票，看到还剩下一半的票时，当时就长舒了一口气。提前两天时，涛涛像往常一样开始反悔，以不去不玩相胁，于是软磨硬泡兼以各种表现，终于启程来到中转站，可最未被重视的天气，却要站出来发声，而它总是多变的，且在各个平台的预测值都不甚一致，想是天佑我也，怀着些微的期冀，还是挤上了去黄山的高铁。

一出站，迎接我们的就是满天的雨，好在不大，好在微凉，车行驶在雨雾中，穿过各处隧道，仿佛在青竹绿水中飘荡的乌篷。看着摇荡的雨刷，我欢呼

① 上两文同作于2023年6月19日。

“雨小了！”我们跑到上山摆渡的客运站，几步的距离就被淋得半身湿漉，买了鞋套与登山杖，就直接上了摆渡车，指着满车的、都等得不耐烦的人，我欢笑道：“你看，雨中登山的人还是很多的嘛！”涛涛报我以大大的白眼。在七扭八拐中，雨或大或小，在一处几缕光线斜照进密林地，我竟然忘情地嚷道：“看，马上就要晴天了！”全车人都是闷闷的，没有人应和。

好在下车后噼里啪啦的雨点声让人们忘记了曾经在一起的尴尬，每个人都去奔赴他们心中的美景，虽然我们都在一场不期而至的大雨中。很快，我自鸣得意之作，提前购买的一次性雨衣，就被风雨打透了，而更尴尬的是，它更像件雨褂子，两条细长的腿完全不予保护，于是在雨中，我们就这样前行着，笑笑把我当成拐杖，我则手持两根才过一米的木棍，为它们能偶尔点到石阶上而庆幸。涛涛一言不发地在前面攀登，仿佛这山用一口气就可以爬完似的。

终于到了第一个景点，石棚，在1.3亿年前的石头下，我招呼她们站进来，打开随身背的行囊，拿出火腿和鸡蛋，提前两小时补充能量。一只松鼠似听到了我们的欢笑声，或是闻到了火腿的香味，顺着横斜的树枝窜了过来，笑笑咬下一小块火腿，放到石壁上，小松鼠迅捷地捧着它就跑到不远处的树枝上啃吃了起来，如是它又来了两次，直到它吃腻了香肠，我们也就再一次出发了。

匆匆经过了黑虎松、凤尾松之后，食物的热量就耗尽了，即使换了更厚的雨衣，再一次吃了烤肠，也仍感觉到冷，于是下山缆车的诱惑就变得无比之大，似没有人能抗拒。排了半个多小时的队，我们才随着各色雨衣一起，挤进了满满当当的车厢。

回高铁站的车上，司机似乎为当地有如此执着的游客而高兴，也不在乎我们湿漉漉的衣服弄脏他的座椅，面对我的抱怨，他首先强调的是在黄山，天气预报是不用看的，然后谈笑风生地为我们介绍各种季节的黄山，雪盖的松，秋叶的景，他唯独没说的是雨中的黄山，就被我们甩在身后，雨雾缭绕得如仙境一般，只是神仙的滋味只有神仙才知道，你我皆凡人，“回首向来萧瑟处，也无风雨也无晴。”看来这句神句今天是不适用了。不过黄山一定还是要再来的，天气预报权当心情的参考，若真能赶上雾中的山、冰中的山，也是幸甚。

## 重来

追寻了这么久，终于还是时间将我推到了既定的日期中。我习惯在心里设定个期限，一天天、一时时地挨着，忍受生活的嘲弄与命运的捉弄，但就如风雨中飘摆的航船，永远要向着那个既定的方向驶去，而航标再也不是外在的，受人评判与指摘的，那是内心的取向，用生命打开的境界。

时间就是生命，但它不是生命的全部，只是一种内在的丈量与比价，而比较的对象应该是自己以往的心相。你不前行，生命就如沸腾后的热水一样在白白耗散，按照物理学冷冰冰的定律一点点变冷，只有找到生命自身的维度才能够将自身无限地扩张，叠映到整个宇宙或一粒沙。

在梯的转角或黑色印记标注的地方，满载的收获、忧愁与喜悦，并不是如商人般换回世俗等价的流通物，而是遁入虚无之中，用空来承载这一路以来的情结和华彩，用新的船、新的仓来开启新的航程。但不要着急，若急于重启，那只能说明你的前段旅程还未圆满，而生命是要达成时时圆满的。最终我们追寻的不过是此在，欢喜、永恒与圆满的此在。

重启的不是时间，而是我们对生命的再认识与再体验。重来更不是倒退，它不应该含有悔恨与激愤，而是轻松的、欢快的，就如刚刚学习走路的孩童，摔倒了，他自然会重新爬起来，欢笑着向前走。[①]

---

① 2023年7月。

## 曾说

我一生最大的敌人是悲伤。

艺术是空虚的，只不过她是帮助我们逃离空虚生活的最好手段。

人们仰望着我，希望我吐露生命的真义，悲凉在我心中涌起，我该怎样告诉他们，我们正一步步走向衰老与死亡？

总有一天，地球会拿起记事本，算计我们吸掉多少空气，喝掉多少水。①

人们总爱想象一生，仿佛他们真有的选择。

社会狠狠打了你的左脸，可你右脸的红肿还未消退，于是你晃动左脸，笑着说：“不疼！”

这一刻永远是最美的，因为下一刻我就将变老。

我们处在一个又一个涡旋之中，只有设法脱身，才能跨越大海星空。

在最卑微的地方，趋向最高尚的追求。

贫穷并不可怕，可怕的是我们知道自己的贫穷后，却对此无能为力。

我能轻易获得你的芳心，可之后又怎样呢？

我们埋头赶路，只为了躲避卸下重担的机会。

你不用去寻找命运，命运会寻找你。

我曾仰望星空，想象诗的远方，直到有一天，我恍然发现，世界的尽头，仍是凡间。

记忆就像沙漏，把无意义的现在滤走，将最宝贵的往事保留。

人生就如漏空的阶梯，虽然一眼就能望到尽头，但还是要一步步努力向上攀登。

我们习惯了想念远方的风景，却忽略了近在眼前的花叶。

人生最大的投场是相忘于江湖。

---

① 上几条同作于 2021 年 8 月 9 日，之后的时间省略。

我们正在死去，只有生活仍将继续。（We' re dying,and life will on going .）

在这支离破碎的世界面前，我们怀揣着各自的目的，努力保持完整的样子。

美有两个方向，一个虚幻，一个具实，后者是前者的途径与目标。

人性是不会变的，但人生会改变你。①

一切教化的终极目标都是引导我们如何做好自己。

坍塌折叠的黑洞正倒映着扩展蔓延的宇宙。

我放慢寻找的脚步，系紧心头的绳，好与这世间一同变老。

一个人力量的大小，不在于他掠夺的多少，而要看他跨越了多少沟坎，解开了多少枷锁。

这是一个木和绵的时代，因为铁不可塑造。

疼痛才是最好的记忆。

现代教育的最大问题是，只是教我们怎样去挤去抢，而不是去开拓，去为众生开辟新的疆域，去为人类探寻新的方向。

是谁偷走了我的快乐，还是快乐从未来过。当我认真思考这个问题的时候，我与快乐已经隔绝。

余生的志向是漂泊。

什么叫嘚瑟？就是望着这么多好看的书还没拆塑封，还能悠闲地嗑着瓜子、喝着绿豆汤。

人生是一个从此地到彼岸的旅程。

如果离开才是参与的最好方式，我将义无反顾选择独自归来。

在一个被欲望引导的世界，对意志与个人力量的追求具有某种跨时代的意义。

挣扎的人，将自己的泪水化成干，好供别人把玩。

认识到人生的无味需要时间的沉淀与一点点运气，寻找生活的乐趣则完全

---

① 2022年5月，复兴公园晚间散步途中，吴睿岚语。

凭借高超的智慧与坚韧的毅力。

如何让一个夸夸其谈的人闭嘴？让他陷入生活的泥沼中，旁边再有一个夸夸其谈的人。

人生最好的三个阶段：在懵懂的时候玩懵懂的游戏，在适宜的年龄做适宜的事，在最好的年纪遇到最好的你。

如果生活跟你开了个玩笑，那就尽情笑吧。

生存和死亡，从来都不是个问题，怎么样好好活着，才需要我们认真抉择。

生命的意义不在于重复，而是在重复中寻找新的差异。

生命这个方程式，当你好不容易找到解题思路的时候，也快交卷了。

在愚蒙掠夺排挤的世间之上，建造属于自己的世界。

诗人就是被钉在原地，慢慢见证自己死亡的人。

人生是一场不期而遇的旅行。

无知并不可怕，不知道自己无知也不可怕，可怕的是不知道自己无知，还引以为傲。

逆行的道路更能提示我们，要去往何处。

天赋就是把苦涩转化为甜美的过程。

现实只是幻想的柴火，越干燥燃烧得越旺。

最卑微的人拥有的，才更持久。

天才是沟通必然趋势与自由创造间的先导与桥梁。

记忆就像一条小船，将拥有共同尾纹的人们，驶向未知的深渊。

语言寄托着无力的老人对青年人的期望，行动则是最好的回绝方式。

越是有钱有势的人越要读历史，因为只有通过历史，他们才会明白，自己一钱不值。

你停泊了这么久，不过是在积聚，远航的迫切。

# 余声

一定要有点声音才结束吗，对于扔过好几颗石头的人，则未必。不过你总要扔点什么，这是你的动作，管它响不响呢，只要心里的那块石头落下去就好。

这次落的石头有点多，我想分别给它们做个标记，免得日后自己也分不清，当然如果是真落到水里或是击中什么了，谁又会在意它们的颜色或来历，只是扔石头人的一点心理慰藉吧。

思想与行为的发展都是需要经过一定过程的，要给她潜藏、孕育、成长的时间与空间。比如，我在查阅第一本诗文集《从湖到海的涛声》记录的文字时发现，我在 2009 年 12 月 28 日调整其中“心中涛声”这部分的结构时，计划把“新生”从此集中去掉，准备单独成册《新生之歌》，而这个系列的第一本就是《新生之歌》，只不过这本册子最终成型是在 2019 年。

《红黄苍翠之舞》本来起名“生如夏花”，但发现很多地方都在用这个名字，于是用代表四季的颜色来表达，这个集子也是在一年之内写成的，可以说是用诗歌的语言记述了从 2019 年 7 月到 2020 年 7 月间的感思，这是我第一本纯诗集。

《升腾火焰》是从 2020 年 7 月到 2021 年 9 月的诗集，之后我把注意力放到了小说之上，希望用另一种方式寻找闪烁。

《蓝色构筑》这本诗集从 2021 年 9 月就开始积累了，时间跨度很长，到 2023 年的 7 月，按照之前的进度，会有几百首诗歌，但我不愿再将其分割，因为从集合之始，就觉得要一直等待到 2023 年年中，这段时间会是一个整体，一个努力保持忍耐、沉默与成长状态的连续体。还有一层意思是想把一些创造力转移到小说与文思的写作中，但在此过程中，我却发现内心沉默的出口，仍在很大程度上集中在诗歌方面，这也就成就了这本厚厚的集子，顺其自然吧，我只随风捡拾就好。

《浮生记》也可以看作论证的尝试，从那个角度讲它失败了，还有拼凑的痕迹，可浮生不就是一块块碎片拼起来的吗，有人从那个出发，有人喜好那种角度，可走一遍或是看一遍后，我们发现自己都在同一时空之中。论述中，我取疯狂的态度，因为太认真了太疼。

《思维片段》则是小记的一种延续，我试图将头脑中闪现的一些想法，用理性的语言记录下来，不觉中几年就过去了。

石头扔过来了，你躲开了吗？

抑或你仍止步看花，同我一样。

山帆速记

2023年7月20日

# 浮生记

# 目录

## 自语

我是一个疯子，以下是我的记述。

没有人愿听疯子讲话，因为他们都以为自己非常正常，而真正疯狂的人，又不会再去讲话，更不会去听别人的话。因此，我注定是在半疯半醒中迂回，以为自己疯狂，其实很清醒，以为自己清醒，其实很疯狂。最后只得闭上眼睛、塞紧耳朵、堵住嘴巴，不去看、不去听、不去说，而已看、已听、已听的，就让它随风去吧，虽然现在并没有风。

而人是要说话的，就如张开着的嘴是要吃饭的一样，可人真是奇妙的动物，知道了自己说话没人听、没人理之后，竟然学会了自言自语，说遍世间事，讲给自己听。

我知道语言是最没有用的，那是指对外人，对俗世，你不可能通过说好话，就改变他人对你的看法，除非你在摇尾乞怜，或是放下膝盖苦苦哀求，而真正的人既没有尾巴，也不会做那些无益的事。于是语言对外界来讲，就是表达与传意的工具，它被赋予了太多虚假的装饰与无谓的称号，当我们看透这些后，语言就会变得清澈如水，它流向何处呢？自身探索的方向。

语言对内，才能够恢复它本身的探索功能，绘画过于表象，音乐过于抽象，只有语言能够囊括世间所有事物，而同时又足够精确与犀利，于是哲人们都选择沉思与默想，来探讨他们认为重要与困惑自身的问题。

所以我要栖身于内，用语言来解答造成我疯癫的诸多难题，揭开困惑我的层层迷障。

第一个问题是我为什么不容于世。受尽了太多白眼，遭受了无尽的忽视，我突然发现自己不能容于这世间，可我既不会“投江”，也不愿逐流，我只能选择自我疯狂，在沉默中继续沉默，在沉默中默默前行。也许是我太过认真，把“内方外圆”，演化成了内外方矩，因为我实在看不过奴颜婢膝的样子，损公利己的行为，于是我用沉默当作与世隔绝的盾牌，将不语削成奋力抗争的矛剑。

第二个问题是我为什么不嬉笑怒骂。不在沉默中爆发，就在沉默中死亡，爆发是瞬间的，需要集聚太多力量与激情，而我太过平凡，只能选择必然的选项，于是这根琴弦就是平缓如镜的，只有在我内心能激起波澜。我不会责难河流趋缓，抒发不出万里奔腾的豪迈词句，因为思维是能够跨越所处疆界的，但你可以责究我太过明哲，用无言当作保身立命的幌子。我还不够疯狂，因为真正疯狂的人都死了，我却为了不可避免的滑落，而在有意伪装自己，滑稽可笑。

第三个问题是平凡人能够思考吗。答案是肯定的，事实上这个问题根本就不成为问题，而它之所以被反复提问，不过是有些人在自鸣得意，有些人在默不作声，看他们演戏。每个人都是在社会规则约束下的独立个体，需要对自身的行为进行分析与决策，只不过大多数时候，大多数人都被压迫得没有多少选择的空间与余地，于是会看到面无表情的、千人一面的背景人，或是受原始冲动鼓舞的群氓。只有发现体会平凡人的思考，才能深入到当下。我虽然疯狂，但不是在平凡世界中。

在这些涉及自我与基本立场的问题，被自我解答后，我很想趁着清晨清醒的时光，思考下所谓的一些大问题。现在还不算炎热，虽然夏日的炙阳已经藏在树叶后面，要用它的阳光替换掉一切虚伪与空虚。

一切存在吗？这场论证持续了几个世纪，仍然在科学的加持下，向未来的讨论无限延伸。除了愚昧，以及恶意的立场外，从微观到宏观的可观测、可检验维度的不断发掘，赋予着存在这个一切的基底，以不断丰富的内涵与不断扩展的外延。随着视角的切换，与观察层次的变化，有一些物质与精神体，会消失与消亡，而我们关注或所在的当下，虽然在不断变化之中，让人感慨造化弄人，却是绝大部分都存在的。就如一块浮冰，两端与周边都在融化，但我们所站立的中间却是足够坚实的。我们为什么如此肯定自己站在冰面上，而不是马上就要跌落冰河，或是已经在冰冷的河水中挣扎呢，如果没有了存在，还能有上述轻松的、事不关己的不惭论断吗。也许这就是我疯狂的所在，一定要让自己掉落到悬崖深处，即使是在思想中进行实验，因为这样思想才能囊括一切，就如物质存在本来的样子。

思想能把握存在吗？总是在不断尝试之中，就像顽皮的小孩，要去够树上的苹果，而树在不断长高，苹果在不停闪动，不能急，当孩子长大变老，再也不能蹦跳试摘时，他的后代就会来到这棵树下，继续尝试。思想是分层与分角度的，但并不是说存在纯思想或终极思想，当我们走遍大大小小的图书馆后，就会发现那些所谓大家，也不过是个光屁股小孩，只不过是披着颜色鲜艳的新款开裆裤而已，或是他们足够成功，已经躺进最高档的棺材中，或是在争抢喧嚷着要挤进这样的棺材中，对于这些行将就木的人，他们遗存的纸面或口头文字，能称为思想吗，能把握不断变化的存在吗。因此，存在的主体是进行日常算计的劳动者，而存在的边缘，思想的前端是科学与艺术创造者，而思想是碎片化存在于他们之间的，就如稀世的珍珠一般，在他们心头指尖闪烁。

思想的整体能动吗？不能，这是精准的答案，只是有太多号称精准的回答，却对此给出了模糊的回答。就如一潭清水，我们看到的只是一条条鱼在游动，若是鱼在动，潭也在动，是相对运动的科学观点，但若是突然有一天有人告诉你，鱼没有动，是潭在带动一切，那么你大可转身离开，因为这潭水马上就要成为腐臭的死水了。思想把握的不过是一条条鱼的轨迹及其趋势，但鱼并不认可指定的轨道，即使龙门也没有那么大诱惑，有的鱼可以选择跳跃，大多数鱼不过是沉默游过，在思想上设置龙门，只能变为捞鱼的捕网。

于是，我不再独自思考，这一切有太多解答，也有太多迷惑，思想就如梦幻中的森林，可以沉迷其中，享受思想带来的纯粹快乐，但我注定是要漂泊的，内心的冲动使然。即使我依然疯狂，但我感谢自己的疯狂，没有使自己沉陷于表面的芬芳。

有太多值得思考的问题，但我不愿呆立在原地，像傻子一样算计，我要走出去，走到天地之间，去歌，去唱，去思，去想。

我愿化作精灵，那歌唱着、舞蹈着的精灵，
他从茫茫中来，而遁入永恒。
尘世的一切啊，放开你的双手，
那双手曾把我怀抱，
现在应把我轻轻推开。
地上的一切啊，既是，又不是，
她斟的美酒，我已饮尽，
上路了，夕阳照耀，
小路蜿蜒，我将去寻找天边。①
于是我出发了，像个傻子一样，疯狂的傻子。

## 市场

我被叫卖声吸引，陆离的灯光如妖魅般向我招手，于是我来到了市集上，就在青山边，蓝天下。

我喜欢市场，在这里一切都能被买卖，包括我自己。在我把自己卖出去前，要好好观察，这样才能卖个好价钱，有时我也不疯傻，起码我自己这样认为。

以商品交换商品，这是多么直接的认知，除了这种经济手段，就是掠夺、争抢与蒙骗，我们要像保护眼睛一样保护这方小小的圣地，这代表着对纯粹劳动的犒赏与奖励，而劳动者都是可敬的。可我又看到地上波动的水面，市场就

① 摘自《从湖到海的涛声》“朔流”篇。

如孤岛一般飘浮在不停动荡的水中，那是被称作趋势的基地，科技、审美、心态等，夹杂着人们之间的抗争与联盟，在冲击影响着依附其上的市场。曾经流行的商品，不久就被人抛弃，那些万众钦羡的式样，很快就被淘汰，于是商品有了迭代，市场有了活力。

要想通过市场积累财富，必须不断对自身的商品做出调整，而那些不能做出反应，或反应比较慢的人，则获得较少或平均线以下的收益。于是，整体趋势有了具体的思想把握与表现，人们在浮冰之上预判水的走向。这样的社会是有活力的、有思想的。

若是有人有意拦阻浮冰的运行，或是迷惑前进的方向，该怎么办呢？监督的作用就此显现，它的目的在于促进浮冰上的这块圣地更好更顺畅地运行，而不是与市场对立，甚或是阻碍市场运转。

全球市场的图景可以用水冰地模型来想象，我蹲下身，在市场边的一个小水坑旁席地而坐，一只水黾在浑浊的水面上快活地滑动，它很适应自己的世界。水是一切生物的承载，贯通资源与物质的流动，受到时间、制度、文化的映照，我们从太空中观望，在可见光的频谱中，看到的是蓝色的海洋与分叉的河流，而从文明的视角，就可看到全球贸易、科技、人员的贯通与回旋。在时间的长河中，水渐渐黏稠，固化为冰。

冰是坚实的、飘动的、变化的，可以用国土的疆界来比拟，地壳的板块飘浮在炙热的熔岩间，焦灼的眼却只看到消融的冰。在冰之上是划分的区域与我们立足的土地，重农主义将土地的产出物作为商品的源头与归宿，由此开启了商品经济的循环。在裹挟的风暴中，欺诈、强制与垄断，都不能阻抗镰刀与斧头的巨力。但在纷繁复杂的系统中，我们一是不能忘记商品交换的本意，二是不能无视洪涛的趋势。

交换不过是互补需求，在一般等价物过渡中，商品生产则是为了积累财富，但财富也是为了更好地满足人的需求。在这个开放式三角循环中，需求是最本质的。我们不愿去过苦行僧的生活，各种需求如五颜六色的气球一样，飘浮在城市上空，等待着我们去采摘把玩，因此市场也是开放的，针对人的需求，来提升产品质量，设计更多更好的商品。

但有两点是市场无法自身克服的，人的需求本身，以及对利润的垄断。需求是变化的，若不加约束，则会向人性恶的方向坠落，贪婪、炫耀与自私；而管束过严，则经济生活也就丧失了活力，就如死水一潭，甚或是回到原始社会，将需求降为空无。因此要以美与自然，作为整体需求的导向，侧流可以浑浊，但不可成为主流。这是文化与艺术的功用，指引全社会需求的健康流向。

利润可以翻倍，但不能用不正当竞争的手段来把持，为了增加利润，除了排斥、打击竞争者等手段外，应该求助于科学技术的进步，如此则整个社会才会形成良性的循环。以科学的研究、技术的研发，带动产品的更新换代。

在对市场的考察中，又发现了两个老朋友的身影，文艺与科技，真希望他们能在这个广阔天地中，大展一番身手，因为人类文明这些年，他们受到了太多压抑与不公对待。只是在真实的市场环境中，他们仍会受到打压与排挤，因为他们同样需要耗费时间与精力，而与物质生产并不是直接关联，只有在区域及国家层面，才可完整观察到他们与商品市场的交互。

于是，这里不再是孔方兄独霸的地方，虽然我再疯狂，也不会在缺少一文钱的情况下，获得一个白面馒头，可透过它的方孔，我仿佛看到了轮转圆通的世界。我们都附着其上，为利、为名、为势，市场包容迁就我们，人们通过劳动、资产、所有权等，与市场的局部或全局进行互动。我们在时光之块、空间之地与制度约束下活动，就如飘叶上的蚂蚁。

市场的思考还未结束，因为通过它，我们能看到历史、未来以及我们自身。有太多自以为是的故事，有太多欺诈掠夺的心酸，那些趾高气扬的，不过是为了几枚铜钱、几块腐币，那些卑伏求生的，反而有不食嗟来之食的气概。每个时代，每个王朝，每个国家，每个地区都有自己的市场，它们就如放慢的动作片一样，清晰地堆叠在一起，直到呈现在我们面前，而我们的行为，也将被后人如观赏休闲电影一般，嚼着刚出炉的爆米花，喝着清爽的气泡水，随意指摘浏览。

纯经济的视角不能完全涵盖市场，只会引致垄断、低效与不公，除非用绿色经济、创新经济等辅助学科，才有可能在这块漏布上添补上几块歪歪扭扭的补丁，但这块布能否完全囊括市场整体，仍然存疑。但另一方面，舍弃市场良性竞争的手段，容易形成贪腐与权贵阶层，对市场的扭曲破坏作用更大。所以需要以文艺来培育公道之心，以科技来促进产品更新，以市场来调节商品流通，以监管来防治欺掠行径。

对于一般的市场，上述论述似已足够，但对于重大科技领域的投入与研发，全靠市场的中微观主体的力量，不足以实现科技的跨越。以树状结构的引导—群发模式，相较追赶时期的指令形式，更能允许试验的失败，试错成本更低，对于科研目标的实现来讲，更具有控制学上讲的鲁棒性。通过政策、资金的引导，让广大科技企业置身于一个重大科研方向之下，相互竞争、各自探索，可以穷尽更多的科研细分领域，当大树长成的时候，有一个或几个企业的规模会因为比较优势的原因而变得很大，而这也意味着这个科研方向在此阶段上，走向成熟，政策的引导将转向下一个阶段，或是邻近的科研方向上，这些大企业需要继续与小微企业一起进行研发，而不是坐享垄断利润。

对小微企业的保护与培植，永远是市场活力的保障。但这种保护不是放到温室之中的宠溺，而是为它们创造更多的市场机会，在信息、人才、场所、税收、启动资金等方面予以适度倾斜，让它们参与更多的细分领域，以及局部市场的生产流通，让市场的触手变得更多更密，让枝细血管贯通偏远与局地区域。

这就是我对市场的初步思考，我坐在水坑边，粗布裤脚沾染上清凉的泥水，那只水黾向我的脚游来，我单手撑地站了起来，不愿再打扰它精彩的世界。

市场就在前方，叫卖声、喧哗声、嬉闹声混在一起，如迷离的图画蒙上清晨的薄雾，我喜欢那里的味道，但我仍转身向道路深处走去，因为我现在什么也不缺。

## 奇人

一切都太普通了，我要去寻找奇人。于是各色各样的人翻滚着向我靠近，躲也躲不开，我被撞得眩晕了，感觉自己也在翻滚。

1. 线人

“你一定要往自己身上系更多的线，这样才能保持平衡。”

一个满身线团的家伙，在桑叶树下大声招呼着聚拢的人群，那声音极富弹性，我也被吸引了过去。

“线是这个世界上最好的东西，我当然指的是能往自己身上缠的线，至于那些挂在树上的，绕在别人身上的，我们只要看看就好，不要耽误自己缠线。”

一个满脸天真的女学生问道：“老师，请问这些线不会让人变丑吗？”

“嗡嗡”的笑声过后，线人轻柔地回答：“你还是没理解我刚才说的，线是一切，线可转化任何形态，也可由任何形态转化，有一些线看起来有些丑，但有一些线是非常美丽迷人的。”他白翳的眼瞳转向了那个女学生，惹得众人一阵后退。

“那什么样的线是美丽的呢？”女孩怯怯地问。

“婉转的眉线，还有那婀娜的金链，前者只能勾画，后者则能永恒。”

“老师，我没钱买金链怎么办？”又是一阵哄笑，尽管我从中更多地听出了自嘲的意味。“那是因为你们的线还不够多！”

众人静默了，他们就像羔羊一样，只要遭到训斥就会保持安静。线人开始演讲，他等待的就是这个机会。

“年轻人啊，你们需要各种的线，让自己搭系、攀附、承载美好的外界，你们的心就是巢穴，无休无止的欲望，需要用无穷的线来伸展，魔法，快来看线的魔法！”

他太聒噪了，因为他没有线封住自己的嘴，他的线都用来粘引青年人了，就如树枝上那个蜘蛛。于是，我挥去头上落的丝线，转身离开。

2. 斗士

我被呐喊声吸引，走进角斗场。挥舞的刀，四散的肢体，在血与肉间，我只看到模糊的似人的影子。

强人已经走了，剩下的只是些垃圾。

我不明白四周的人，为何如此狂热，是喷溅的血激发了他们的欲望吗，还是扭曲的断肢让他们觉得活得舒坦？那崩裂的刀刃，不应砍向争胜的同类，而应是身上捆缚的无形锁链。

我再也看不下去了，没有强人，剩下的只是些垃圾。

3. 智售

“卖智慧喽，卖智慧喽！”

我顺着叫卖声，好不容易挤进人群，看到一张旧长条桌上，摆着各种稀奇古怪的小玩意儿，一个戴着墨镜的瘦削汉子，扇着不知画了什么字画的折扇，正拼命叫喊着，他似乎不知道自己的声音有多难听，也许是根本不在意。

没人在意他的声音，大家都被他桌上的玩意儿吸引，可没有人上前去买。汉子着急了，时过中午，大半天都过去了，可一单生意也没做，看来今天又要喝西北风了。想到这，他终于放下高高在上扇动的折扇，也不再喊叫“智慧”，而是像个卖针线之类儿女用品的小摊主那样，指着一件件玩意儿，详细介绍起来。

“这件是通智丹，可以让人头脑清澈，不再淤堵！只售五元！”

“是跟通便丸一样吗？”

人群中爆发出一阵哄笑，汉子长舒了一口气，他们终于有反应了，“你可以这样理解，如果你的智慧就长在那的话！”

伴随着更热烈的哄笑声，有几个人已经作态要去抢购了，他们觉得即使这药不能增长智慧，通通便也是好的。

“还有这个，文魁单，贴在身上管保才思横溢，如文魁附身！”汉子得意洋洋地指着一团懒洋洋的黄纸，末了不忘高喊，“只售十元！”

没有人动，相较通便，大家似乎没有文魁的概念，汉子有点怀念刚才那粗鲁的声音了，也许下次先画个小人放旁边效果会好些，就照自己的模样画吧，想到这汉子对眼前的沉默也有些释怀了，更何况他要拿出自己的终极武器了。

“诗仙酒，闻一闻就会作诗，喝一盏就会填词，李杜再生也不过如此，只售二十元！”

“会不会是假酒？”

“有食品安全证书吗？”

“喝坏了身子，找谁赔去？”

“是假一罚二吗？”

……

听到人们的议论，汉子不禁浑身直冒冷汗，他连忙把东西卷起来，像落水狗一样逃离人群，只有我注意到，他桌子上洒落的酒渍。

4. 巨人

这是一个平行的世界，可叠加上的是巨人。你可以不被他的巨大而震惊，但要注意到“叠”。人们为了生存，或是更好地生存，都会主动去叠上去，从最底层做起，然后如果一切顺利的话，再一层层往上爬移。爬也不是那么容易，主要有两种方式，一种是上层倒下或死亡，那么这一宝贵的空缺，就是下层单元争抢的机会，虽然很多时候结果都是内定的。巨人嘛，需要秩序，一味地争抢只会让原本就摇摇欲坠的他更加倾斜，因此，要约束竞争。第二种方式则更受欢迎，为了让底层不再是底层，只要再叠加一层更底层就可以了，这是皆大欢喜的过程，每个人都凭空升了一级，而巨人本身也叠得更高了。于是我们就看到在这个平面世界上，若干个巨人像三轮车一样在平面上滑行，争抢平面上零星的个体，然后用八爪鱼般黏稠的触手粘住他们，再叠上来。

有时巨人间也有争斗，但这是双手都会竭力避免的，相较胜利的巨大诱惑，活下去才能有吸引力，尤其对于巨人胸乳以上那些堆叠的人来说，放弃看、听、说、指挥的权力，只为了底层多粘一些腐尸，绝对是得不偿失的。于是，巨人都是很有礼貌的，或说拥有文明。

可个体总有被叠完的一天，于是有两种解决方式，一是相互争抢，最终产生一个超级巨人，可刚才已经说了，巨人是很有礼貌的，或是拥有各自的文明，于是争抢只被限制在平面的个体，那么就只有第二种方式了，让平面上的个体产生更多平面上的个体，这样这个平面世界就会拓展，而巨人们也能堆叠得更高，又是一个皆大欢喜的结果，而巨人们最喜欢这样的结果了，因为他们是巨人。

5. 奔跑

他们都在奔跑，只有我停留在原地。

于是我以为自己也在奔跑，朝着他们的反方向。

可他们为什么要停留在原地啊，这么多美好与珍贵之物，他们竟然无动于衷。

我努力奔跑，尽管仍停留在原地。

6. 小丑

他努力做出哭泣的姿态，以勉强博得众人微笑的样子；他不断拍打自己好让别人看着全身舒服；他捶胸顿足做出懊悔的相貌，这样人们才会忘记烦心的事情。他是小丑，受到众人爱戴与喜欢的小丑，只要世人讨厌什么，他就去做这些讨厌的事情，这样人们才会暂时忘记自己那幅讨厌的模样。

有的人开始嫉妒小丑的成功，为什么做同样的事，他却能获得掌声与奖赏。于是他们戴上小丑的面具，对着镜子模仿他的动作，原来只要夸张与大胆就可以，至于红面赤耳的忧虑，由于他们面皮本来就厚，即使摘下面具也能抵抗嘲讽奚落的目光。

小丑的信徒成功了，比小丑还要成功，小丑需要舞台，而他们到处表演，金钱、掌声与赞扬围绕着这些人，而他们全然忘记了口袋中的面具，以及如今备受冷落的小丑。

在昏暗的房间
小丑正打扮
亮丽的容妆
他即将登上
耻笑的中央

面罩在一旁
不屑地说道
卑微的人啊
你的存在
毫无意义
即使不断努力
也不过是让人点指

小丑扭过
微笑的面庞
严肃地回答
我只知道
笑比哭好
因此要将
欢笑寻找

卑微的人啊
你为何总垂着头脑
应像我一样
高高在上

面罩闪耀着
五彩光芒
继续说道
即使死去
也要让黑暗笼罩
大地小桥
让人们在墓前
肃立倾倒

我只知道
笑比哭好
就让泪水
留我心底
只要众生
欢笑就好

小丑披上
华丽衣裳
慢慢走向
舞台中央

只有面罩
仍被尘埃笼绕
它的光焰
照亮整个房间

7. 多嘴

他大张着自己的所有嘴，不知道该用哪一个。有的嘴已经流下口水，抗议他的犹豫与不公，有的嘴则老实地等待在一边，不去管嘴边泛起的干泡，更多的嘴巴则只是虚张着，既不声扬，也不放弃，前者在众多的竞争对手面前显得过于脆弱，而后者在这个世界中根本就没有生存的可能。最终的决定权在他，而他仍无法做出抉择。

也许问题出在食物身上，他暗自思索着，若是往常，那个最大的、最凶的嘴，早就把食物吞得渣都不剩了，当然偶尔离桌面近些的嘴，或是一两次身侧身后的嘴巴也会偷袭成功，但这次，所有的嘴都在等待他的指令，这不正常，太不正常了。

这是怎样一种食物啊，方方长长的，像是起司蛋糕，那是很久之前的味道了，一张嘴在像哈巴狗一样吐着长满白苔的舌头，这是胜利者的宣扬，可嘴前的食物明显没有那种动舌的香味，它干巴巴的，还有种陈腐味，这也是这些嘴都在犹疑的原因吧。可木头它们都尝过，红的、黄的、紫的，一切能咀嚼的，这些嘴都不会放过，只有这样才能生存下来，才能适应各种凶恶的环境，而现在环境已经成为凶恶的代名词了。

那它到底是什么呢，他敲着自己因为多嘴而不再平衡的脑袋，就如长满蘑菇片的木桩，视线、听觉连同想法都被一片片嘴遮蔽住了，这种薄薄脆脆的片摸起来应该很好吃，可他手上的嘴巴都厌烦地发出“哼哧哧”的抗议声，好吧，不能再强求了，若是不保护好自己的嘴，那还怎样活下去呢。他将这本东西嫌弃地丢到垃圾堆上，那里已经被他翻找好几遍了，除了这本看起来还行但仍不能下嘴的东西外，还有好多本在那堆积着，这是当今世界中唯一不能吃的东西了，而不能吃的都是垃圾。

他摇晃着自己满身的嘴，去往下一个垃圾站点，也许应该在脚掌上也进化出嘴巴，那样地上的残渣也能随时吸收进体内，就如印象中吸奶一样，而大地是一切生灵的母亲，她当然欢迎再多几张嘴了。

我在人间停留了很久，直到我发现精与怪。

可是众人再奇怪也没有普通人奇怪，就因为他们普通，所以总要想出稀奇古怪的点子来装点平凡的人生，就如那朵金菊花或是那幅从挂历上剪下来的墙画。如果人们都如哪吒那样长着三头六臂，也都会彼此习以为常，就因为大家都相同，所以相互都陷入了沉闷的漩涡。即使财富、技能等能够稍作区分，可也不够显著，不足以激发人们的勇气与斗志。

每个人都从自己的窗户向外张望，好奇者在不停转换站位，直到他充分相信已有的窗户都只看到同样的景物，那么这只眼也就不再眨动，而是直勾勾地盯着如海洋般深广的空虚。

一笑难得，在经历了这么多后，你还能笑出来吗？所以说笑比哭难，因为那泪水不都沉浸在我们四周吗？

我不再留恋这些戏耍的人，他们用自己的手与脚，或是影子在这世界的海洋潜浮，在晃动中，我看到无数的物象在争挤低语，它们要告诉我什么呢？我打捞出一片叶，让它咬住我的手。

## 怪物

“小飞飞来喽，小飞飞走喽！”我被孩子的欢语吸引过来，拿过他们手中的玩具，然后玩具开始对我撒娇，而一切物象都幻化为灵、为怪、为人。

1. 叶片

我无意间踏入一片落叶之中，脚下“簌簌”作响，似在诉说，似在哭泣，我没有理会，对于诉说与哭泣，我们不是一向都很冷漠吗？渐渐地，我感到有东西在攀援我的脚，而我的脚已经因为疲惫与沉重而肿痛不安了，于是我再也不能往前行走，只得俯下身去，倾听诉说与哭泣。

“我们都是叶片，曾经高高在上的花叶，而你为什么对华贵的叶片表示不尊？”

我被质问得哑口无言，尽管自己本就不善言辞，在它们层层递进的逻辑攻势下，直接败下阵来，“对不起，我能做些什么补偿你吗？”

“补偿？我们用你的补偿？那低劣的，如虫子般爬行的生物，我们要你的补偿？”

“好吧，”我起身要离开，小心不踩到一片叶片，那曾经高高在上的花叶，那些华贵的叶片，可我做不到，因为我已被它们团团包围，于是我只能继续倾听诉说与哭泣。

“你为什么仍旧踩踏我们，冷风已经对我们不公，虫子已经对我们不敬，而你却仍要踩踏我们！”

面对或沙哑或清冽的哭声，我再次停住脚步，“我将你们仍旧挂在树上吧，这样你们就不会再受到踩踏。”

“好啊！”我终于又听到了欢欣鼓舞的声音，它们在我脚下盘旋，如鬼魅般闪转跳跃，我将它们一片片向树上抛去，让它们再次享受高高在上的快感。

在欢呼叶跃中，我快步离开了这片落叶，再没有人踩踏它们，因为没有人会来这么冷僻的地方了，除了我这个疯子。

2. 椅子

“快离开我这里，你的肥臀都快让我窒息了！”

我诧异地四处张望，却没有发现任何人注意我这里，大家都埋头干着自己手里的活计，仿佛这样就能拯救整个世界。

“你再不走，我可要把你赶走了！”

这次我发现动静来自身下，因为屁股不自觉地颤动起来，我低下头发现一张怒气冲冲的脸，黑色的面容配上黑色的眉眼，只有一张血红的嘴是张着的，我吃了一惊，赶忙问道：“你是谁，怎么在我屁股底下？”

“我是椅子，当然在你屁股底下了。”

“可你怎么会说话？”

“可你怎么这么多问题？”

我诧异了，这是把椅子，而且是个很会提问题的椅子，莫非是我整日坐在这里，将头脑中的奇思妙想都传递给了它，就跟天线能传导电流一样。可我整天只是机械地抄抄写写啊，脑子里根本就如浆糊一般，也许浆糊也能思考吧，反正现在我的椅子在说话。

“你快点离开我这里吧，我喘不上气了！”椅子催促道。

“离开这里，我又能去哪啊？”我委屈地回答。

“楼道里，或是大门口，我前些天刚运来时，在大门口停留了一会儿，那里的景色真美啊，有树、有草，特别是空气，那是我一辈子最美好的日子了！”

我能感到椅子的赞美，因为屁股底下有一股暖流流过，若不是我知道是会说话的椅子在下面，我真会以为是自己的尿垫侧漏了，可美好总是短暂的，椅子马上又颤动起来，我明白他又在催我了，可我能怎么办呢，有这么多工作要做，我根本就离不开椅子的。

人总是能想出办法的，即使是浆糊般的脑子，我双脚伏地像鸭子一样潜行在光滑的地面上，终于坐着椅子来到了大门口。

“这是我一辈子最美好的日子！”

说完这句话椅子便沉默了，也许他正沉浸在优美与喜悦之中，而我则埋头干着自己手里的活计，仿佛这样就能拯救整个世界。

3. 茶壶

他懊恼地将茶壶放到公文包里，偷偷摸摸地走到楼道中，不时有人向他点头哈腰，他只是报以点头假笑，或是干脆直接走过去，无视某个一直俯身的下级办事员。真麻烦，要趁人不注意赶快处理掉，可他发现要让人不注意太难了，他脑袋上似乎挂着个大牌子，红色的大字醒目地写道“看这里，看这里”，于是每个人都会向他致敬，每个人都巴不得能得到他眼角的些微余光。似乎没有人看到他嘴角浮现的白沫，他们都被那个牌子吸引过去了，可他实在是渴了，累了。

公文包里传来踢踏的躁动声，仿佛有只小兔子被包在里面，他的心也被提了起来，还是死物让人踏实啊，即使是几十张卡也会乖乖躺在里面，等待着孳息与升值。可真被别人发现是只兔子，会成何体统！难道说是要考察动物对会议的忍耐能力吗，还是告诉他们昨晚没吃完，打包带回来一只活兔子！

他终于转弯到了一间大会议室，顿时找到了家一般的舒坦感，将门反锁后，把一直颤动的公文包轻轻放到黄桐实木桌子上，然后瘫倒在紫绒沙发椅上。那个家伙也识趣地露出嘴脸，用空洞漆黑的眼神盯着他，他很想一甩手把它摔到地上，这是他认为自己很优雅帅气的动作之一，特别是在这间神圣的大会议室中，有多少美好的经历啊。可现在不行，鱼死网破，壶碎口渴，他只得耐下心来，用最擅长的语气劝导它："壶啊，你陪了我这么多日子，为什么今天不让我喝水了呢？"

那个圆头尖嘴巴的家伙从公文包里挪了出来，它华贵的身子可容不得一点儿磕碰，冲着这个可怜巴巴的人眨了眨单眼，用水腔回答道："我嫌你臭！"

"我怎么会臭呢，那些人都说我很香啊！"他满脸无辜地说。

"哼，是你嘴巴臭！"

"这就更加不可能了，我虽然只会念稿，但那么多佳词妙句、口号决心都是通过我的嘴巴念出来的啊！"

"你的嘴里有一种烂肉的腥咸味，枯叶的酸腐味，还混杂着让人，以及壶，呕吐的假药味，"壶说着真从嘴边呛出了几滴黄液，那可是几千一两的绝好茗茶，他不禁馋得咽了下口水。

"那你也不能不让我喝水啊！"他央求道。

"你可以喝水，但不可以喝我！"

"那喝的还有什么意思呢？"

“你随便！”壶执拗地扭过肥胖的身子。

他见再没有挽回的余地，便以迅雷不及掩壶之势，一把抓住还在闹脾气的壶，狠狠摔在大理石地板上，随着“啪”的一声响，壶被摔得粉碎，他的心却莫名愉悦起来，多么熟悉的动作啊，多么优雅帅气的动作啊。

“小张，把里面打扫一下，”他冲着会议室门口如寒蝉般站立的工作员吩咐道，“顺便再给我买个茶壶，要听话的。”

4. 筷子

它被高高挂在上面，接受众人的膜拜。细长的身材，漆黑的面庞，乌金的顶戴，都是人们崇拜的对象，以至于在这个世界上，拥有这些品质的人们，才会被称作美，被当作有身份的象征。于是，各种束带盛行，将或大或圆的肚皮勒紧，各种漆膜流行，将或白或粉的脸蛋涂抹，至于乌金的帽子或是围脖，则只有少数人能拥有，因为乌金被定义为限制类商品，只有以贵得离谱的价格或特售票据才能购买，尽管乌金矿在这个世界中到处都是，但被层层保护包围起来。

人们的成语都围绕着它，以说道它为荣，指鹿为筷、黔筷技穷、滥筷充数，总之一切的文字、图像与声音，都以或明或暗迎合它为最高的创作宗旨。这是筷子的世界，但人们却用手爪或一切其他工具吃饭，因为筷子太珍贵了，即使木筷或便捷筷子，在这里也不能被用作实际使用，怕玷污了它高贵的属性。

这个世界一直过得很太平，因为没有用筷子乱指人，或胡乱丢弃筷子的现象，直到邻近的地方竟然也效仿它们，供认另一支筷子为偶像，真筷子之争就此发生了。从口诛笔伐到新闻轰炸，再到商业断交、外交制裁，乃至全面战争的爆发，世界变得动荡起来。正规的解释是筷子自己难以直立，于是需要有纷乱期来进行平衡，直到真筷子胜利那天，倾斜的形象才能重新笔直竖立。只是那一天不知道什么时候才能到来，因为没有人见过真正的筷子，更没有人知道筷子需要两支一起才能用。

5. 柱子

它直直地矗在那里，就像一根柱子。可没有柱子能独自撑起一片天，而它能。只有在它的支撑下，孩子们才能嬉戏，把它当作攀爬与比高的对象。妇女们在阴凉中织着毛衣，尽管根本没有人会关心她们做什么，而她们关心的只是柱子够不够高、够不够强。

一切希望都寄托在柱子身上。它需要足够挺拔，这样才能顶住风雨，它需要足够高伟，这样才能撑起更大空间，它最需要的是足够坚强，只有这样才能经得起流言蜚语与恶意相斥，而最狠毒的语言都来自最亲近的那些人，也就是柱下这些寻求庇护的人们。所以，柱子将自己的嘴吞到瘪瘪的肚皮中，将脸变为苍白的粗皮。

它终于将自己变为了一根柱子，可没有柱子能独自撑起一片天，而它能，起码它在努力坚持。

6. 生计

你为什么要睁开这双眼
它能够看到万物的生灭
以及寿数期运
若你知道来人将会倾倒
你是否会为他移走
指示歧途的路牌
又何必斤斤计较
不断变化的数字
那生命的计量表
是天数还是人为

快闭上这双眼
它在欺骗与迷惑
快打碎这生计的表
它在捆缚与诋毁
叠加的影说
它认清了塔的真相
而塔已倾覆
满地的银珠
映照佳人的倩姿

7. 路障

快把那块路障拿走！

是。

这样我们才能快速通行！

是。

我们有很多事情要去完成，你倒是快行动啊，不能只停留在口头上！

是。

我命令你去把那块路障拿走！

您确定吗？

咦，你干什么动我？！

以下的故事是听来的，因为没有人能抵挡香茶的芬芳，就如我不能抗拒故事的诱惑一样，于是在竹桌与矮凳间，香茶与故事就神奇地缠绕在了一起，这两者对于倒茶与品茗的人来说，其实并没有什么区别。

8. 飞石

听说女娲娘娘当年补天的时候，用的石头会飞，因为天上的东西不都会飞嘛，于是天空中都是飞翔的石头，就如海洋中游动的鱼群，只不过这些石头非常巨大，你站在离天空很远很远的地面，根本看不到它的边界，只觉得灰蒙蒙、蓝湛湛的一片。

可我们头上确实移动着飞石，所谓被命运的安排击中，更准确的应是被天上的石头砸头，不用担心会头破血流，那可是天上的石头啊，斗战胜佛与贾宝玉都孕化于此，那种感觉就像你心仪的人偷偷用手指轻触你，或是忽然之间你头脑里灵光闪现，想出了绝世妙招。

人活在世上，除了有地上的名字，还要找到属于自己的那枚天上的石头，让它在头顶盘旋，呵护保佑自己的平安。没有人能获得两块石头，就如没有人会丢失自己的石头一样。你要站在自己的石头之下，让天跟着你的脚步移动，所以请挺胸、抬头、站直、微笑，这样你的石也会飞得更高、更好。

## 灰烬

我在一堆废墟中找到一些保存完好的纸，在将它们烧掉取暖前，我认真地把它们读完了，以示尊重，因为尊重是我最不需要的东西。

**《无言者说》**

一切的语言都是空虚的，可除了语言，我们还剩什么?

我是一个无言者，连续几天可以不说话，当我不得不张嘴时，如回答“谢谢”，说声“你好”时，我都会怀疑自己的嗓子，能否承担这种震动的重量。

可我还是要说，尽管我知道所说的这些话，都会如声音一样，消逝不见。

**我是谁**

我是跳跃者、独舞者、虚弱者。我不愿走平坦笔直的路，我愿意跳跃，尽管跳跃可能面对万重悬崖，摔下去会粉身碎骨，尽管跳跃使我不能停留在一地一处，让我错过缠绵留恋的机会，但我仍爱跳跃，我骨子里应该是只羚羊，在峭壁悬崖间往来跳跃。

我是独舞者，在皎洁的月光照耀下，伴着微风吹拂的天籁之音，尽情挥洒内心的激情与感动，不需要观众，更不要掌声，那会打断舞蹈的节奏，扰乱内心的独白。舞，是发自内心的，是生命的澎湃，是精神的感发。

我是虚弱者，在世俗的眼中，我只是墙角瑟瑟发抖的可怜虫，没有外在的表现，而我的内心，他们看不见的，因此，我退回到图像、声音以及语言。一切艺术都是个人的，不需要伟大，因为伟大的东西就成为大众的了，起码要经过大众的审视与赞同，而虚弱的我，只是找到一些表达自己内心的工具。当我穷困得只剩下语言时，我只能独语。

**我要说什么**

关于世界、关于人、关于自己，可说得太多了，但我不会像小脚老太太或失意文人那样，怨天尤人，恨世界与他人没有按照自己想象的规则运行。一切存在都是美好的，我们的任务不是去解释世界，也不是去适应世界，而是构造属于自己的世界。因此，这些话归根结底是说给我一个人听的，它们不受重视，是必然的。

它们不是愿景，也不是我个人的行动纲领，也许比作独自鼓吹的，让自己赏心悦目的美丽泡沫，更为恰当。

那么你为什么会看（如果可能的话）？这些空洞的语言，不应成为你的愿景，或行动指南，如果能让你学会怎样自己吹起，让你赏心悦目的独属于你的美丽泡沫，那么我将非常荣幸。

后面是列的一些目录：束缚、空与被奴役者；固化于物质的精神；洒脱、乞讨与飞鸟；流言、传说与文学力量；界限与作为个体的人；当代艺术的虚弱；等不及 AI；气泡碎了。那个不知名的作者并没有将它们写完成书，因此很好保存了这些纸。

我将它们撕碎投入火堆，这个动作纯属多余，可我喜欢多余，那表示我有的选择，就如对待另一叠纸，我可以选择看，也可以选择不看，我才是它们的主人，而不是那个弓着背，躲在阴暗小屋中的疯子。而我，不就是疯子吗，于是我像看镜子一样读了起来。它们很拗口，那个疯子还很傻，这点也很像我。

## 《关于人、创新与世界的思考》

**聒噪**

器不平则鸣，人有思成灵。人类在漫长的演化过程中，生出了眼皮，可以护眼闭眼，对于不想看到的事物，可以闭而不见。但我们没有方便法门，可以将耳朵堵上，于是有些好听的、不好听的，就都纷至沓来，终将要用响亮的发音，占据声音的制高点。先不从生物学的角度，剖析为什么人类的耳朵不能自行关闭，单是这一进化事实，就使得我们觉得这世界吵闹异常。

鲁迅先生曾说过："人类的悲欢并不相通，我只觉得他们吵闹"。

金庸先生总喜欢将主角设定为未谙世事的青年，他多无依无靠、身世凄凉，通过某种机缘巧合，在滚滚红尘、热血江湖中偶遇前辈高人，练就绝世武功。这样的人，在他入世之时、成名之后，也一定会觉得世界吵闹异常的。

我们还未成名，事实上在中国成名是很凄凉的，最好的结局被编排成"蓦然回首，那人却在灯火阑珊处"。成名的人最好是自己知趣地溜溜走远，把灯光明亮处留给他人，否则的话各式飞刀流刃就会把他刺得遍体鳞伤。

我们暂且不替成名者担心了，还是恢复英雄本色，做回热血青年。可这样的青年真的很烦，父母在絮叨、老师在啰嗦、世人在妄议、老板在胡说，各种各样的声音交织在一起，胜过夏日的蛙坑，即使中间有一种和弦，也被噪音粉碎了。

好在我也是这样的青年，而且不喜言谈。请让我将手诚挚地递给你，让我们一同出发，去寻那春日的花田、夏末的荷莲、秋时的香果、冬季的腊梅，当然还有世事的枢机、人生的奥秘，我当然不能保证一定能带你去到那美好的地方，你心中的伊甸园还得是你自己去寻找。

我只能向你轻轻招手，别等了，让我们上路吧。

**各种人**

在出发前，我们首先要反躬自问，我是谁，我们是什么？

我是我啊，我们都是人啊，你会毫不犹豫地回答。

对于我们是人这点，我不禁想起自己一首长了眼皮的诗：

不要再问我

属什么

人怎会是

猪狗猫

谈什么牛羊温柔

扯什么龙虎英雄

从今以后

我只是

人的我

那么人的属性是什么？马斯洛将人的需求进行了分层划分：生理需求、安全需求、社交需求、尊重需求和自我实现需求，但每个人的需求都是处于一定的经济社会环境之中的，空谈需求，不讲历史时代背景，只能落得竹篮打水、井中捞月。

粗略分类，可以将人划分为生物人、经济人、社会人（政治、文化）。

人作为生物人，首要的是维系肉体的能量供应，保证生命个体的安全与繁衍。不知道这点，还以为“何不食肉糜”，那么就注定亡国败家。人类的早期进化过程中，主要是沿食物链的向顶端攀爬，从被猛兽禽怪吞吃，到杂食，到火食，到粮食，再到杂食，再到吞吃猛兽禽怪，大多数情况下肉体的能量供应已基本能保证，所需担心的是不被各式美味可口的剂药整胖毒死。但人的生物属性是最基本的，人不可一日无食，古代作战最经典的战例往往是烧劫粮仓。而看似和平的世界，三日无粮后，一切道德秩序都会崩塌。

谈到食，就不得不谈到与其相关联的最让人兴奋的性了。从单体复制到差异杂交，从无性繁殖到有性繁衍，从生物进化的角度来看，我们不得不赞叹自然雕琢生命的机巧。若是在正常吞咽食物的时候，我们感到的不是愉悦而是厌恶，并进而在酒足饭饱之后不关闭胃门使得再多吃一口都会感到难受，那么这世上就只能有两类人，瘦骨嶙峋者与超级巨胖子。而对于性，人类为了自身的繁衍，将中枢神经系统连接到了泌尿系统，奖励或老或少，或古或今的人们，辛勤不知疲倦地为人类谱系的增长做出无私快乐贡献。而性，终究只是属于人的生物属性之一，使得吃饱了的人，得以繁殖后代。由于沾染了一些感觉器官的正向反馈，使得它成为大多数人毕生追求也难以割舍的生存目标了，自然在偷偷地笑。

不过人类是要征服自然的，当然不是在生物属性方面，要付出多大的奖励或是严惩，才能补偿或扼制这种尝试，历史上不是没有失败的案例，所以古人说“食色性也”，靠外在手段是改变不了人的内在之性的。

谈完人的生物属性之后，我们来讨论下人的经济属性。这对于中国传统士大夫来讲，是不可思议的，因为他们服务好君王就可以了，苍生的死活与升官发财是不相关的。即使是安抚民众的普爱观点，也只是对人民的生产生活需求，用最低限度予以满足，以保证“水不覆舟”就行。当然我们也有农桑耕织的论述，可惜的是不能成为一种思潮，产生对社会整体思想认知的推动力量。

西方经济思想的演进则丰富得多，当然是从被不屑称为“疾疾于寸利”开始，即使在其进行过程中，也被描述为充满污染与脏血，而经济手段则被置于过于主导的地位，可以评价诸如道德行为、艺术创作、个体成就等不单属于经济性的领域。我们这里所讲的人的经济性，是要回归经济属性的本质，即个体利用经济手段，谋求自身生存、家庭延续、社会运转的劳动行为。人的经济性发生的场景，再也不是“小国寡民”，或是乌托邦，或是规划设想出的图纸，而是活泼泼存在的当下。

从经济性上，衍生出社会性。经济是基础的定律，在我们所能接触到的历史阶段中都是有效的。但是人类一方面不再是自然界的奴隶，需要耗尽全部心血，求得生存与延续；另一方面也不应是经济生产的工具，充当工业机器上的螺丝环。当然，这种论断是针对当前我们所处的发展状况而言的，若不能跨越森林猎杀、农业种养、重工业生产的前期阶段，是谈不上人群的大多数都能够在社会上优哉游哉的。

与经济人是在生物人基础上，用经济手段更好满足人的生物需求类似，社会人从根本上看是在经济人的基础上，用社会手段更好满足人的经济需求，这是主要方面。但由于经济人是在生物人的上层，而社会人又是在经济人的上层，我们若从上往下观察的话，会看到这三个圈并不是完全重合的，人的社会属性也会被用来直接满足生物需求，最直接的例子是夫妻制度。

人的社会属性是随着人群集聚、互动、共事而逐渐发展起来的，若是将研究对象锁定在孤岛上的鲁滨逊，则只会产生生物属性的简单实现与满足。经济属性对于个体来讲也是不存在的，自然施予的狩猎耕植等劳作行为，只能满足个体衣食温饱，更高级的经济属性需要更复杂的社会性才能得以实现。

社会性的具体属性也是随着社会的发展而逐渐得以扩展的，由狩猎活动的领导者与跟随者之间的劳作分工，到战争的谋划者与战士之间的战争分工，再到农耕时代土地占有者与耕作者之间的空间资源分化，再到社会化生产中资本所有者与劳动力之间的时间分配不均，社会属性的具体表现是不相同的。泛泛而谈，社会属性除了人群在互动关联过程中或隐含或表象呈现出的经济生产关系之外，还有政治关系，文化关系等方面。进而，赋予人以政治属性、文化属性。

在阐述完人的具体属性之后，我们不应得出这样的印象，即个体的人从一出生就具有这诸多属性，我们不光要把社会发展阶段放到人类历史长河中来看，更要让每个人回归到这一上亿年万亿人共同编制的进化图景之中，只有身处其中，个体的人，才能将其自身的属性得以争夺体现发挥。而要尽快实现这一目标，就把他直接扔到缸里吧。

**大染缸**

中国语言形象生动，善用比拟借代，虽在科学研究中需进行标准化、定量化约束，但在口头表述与文学创作中却很能大放异彩。这个用来形容人在社会中的洗礼融练的词，就很贴切。

人生来是赤条条的，但其实她或他在出生之前与出生之时就已经被涂抹上了一层底色，当然皮肤的颜色也算作其内。降生于中国或番邦外国，朝代或兴或衰，家族或显或僻，家庭或贫或富，基因或全或损，这些是人出生前就确定了的，个体无能为力，因此有人感慨自己生不逢时，有人欢喜成为投胎专业户。社会在这里或为初生儿披上御用的面纱肚兜，或为他盖上补丁重叠的麻布片，或是干脆将其坠入污浊不堪的泥水中。

古人有性相近相远之辩，我们现在倾向于人的后天环境对其成长具有更大的塑造作用，同样是赤条条的婴孩，降生的时代、国别、地区、家庭不同，其从出生到孩童再到青少年时期的成长轨迹就大有区别。

当我们观察人类代际之间的迭代关系，会发现既有“王侯将相宁有种乎”这样的豪迈誓言，又有旧时堂前燕飞入谁家的慨叹，当然还有苦哈哈的小镇青年来到高楼林立、房价高企的大城市时所激发出的愤青类诗歌。作为同在社会熔炉中裸泳的一分子，我们改变不了被炙烤的规则、方向，以及被初始投放时的层级。武侠片中唱到，一入江湖岁月催，当我们从家庭、学校的臂弯中走向社会的时候，就是要经受风雨的洗礼。这里暂时略去社会功能完善与否的讨论，因为这些从现实的角度讲是很难由我们改变的，即使可以的话，也应该是当我们炼就了钢筋铁骨达情稳志之后。

在这个融入社会的过程中，我们认清了所处的时代地区以及自身的出身局限，熟知了社会的运行明暗规则，在逆流与强风中，紧守心中的梦想与理想，为此不惜层层剥尽社会曾赋予我们的地位金钱外衣，要回归真的自我。

我不忍读下去了，匆忙翻到最后一章《第三千禧的人》，但突然想到自己还不够老，或不够年轻，于是我索性把它们都略去，直接投入渐弱的火堆中。因为我虽然疯狂，但仍然清楚，语言永远都是工具，它不能成为永恒的标记，若是有文字如此标榜，我们只需将它们投入到火焰之中。

火终于烧起来了，废纸的灰烬在暗淡的天空中飞舞，像是灰白色的蛾子，它们刚刚从缠绕的丝中解脱出来，马上又要去吐丝，这就是它们的未来。

而我，没有未来，只有火。

## 沙漠

我不喜欢沙漠，因为我总是哭泣，于是我来到沙漠，让自己的眼泪干涸。

在这样的世界中，我努力奔跑，却摆脱不了阴影的束缚，于是我面朝太阳，不再观看黑暗。

沙漠让我回到了从前，原始、无味。沙漠有味道吗？有也没有，若你去品尝，它就无味，若你去回味，它就有味，我们在品尝沙漠吗，不，我们在品尝生活。

一切约束在沙漠中都是无效的，因为沙漠就是约束。

生活在沙漠中的人是不幸的，因为生活是幸福的。

我坐在沙粒上呓语，四周是水坑与矮木，而我以为它们是大海与深林，自己则坐在群山之上。没有沙漠，只有粗粝的沙，裹着肮脏的土，我站起身，向闹市走去，想让人潮冲淡我的忧伤，于是我就来到了沙漠。

这里是一切愁怨的归宿，因为再没有谁有过它的经历，我躺倒在它的怀抱中，任它在我耳边轻诉：

在无尽的幽暗中
我萌芽为微尘
过往与空虚
我任力量的摆布
然后弃之不理
交织的网络
堆叠的势场

终于成为

我的胎床

我穿行在幽暗之中

找到自己舒适的家园

直到炙烈的光芒

将我推到

命运的前沿

我不忍直视血腥的杀戮

于是错过生的狂笑

沙粒

是他们给我的名字

而我

是

过去 现在 未来

沙啊，请闭上你的嘴吧，你在我心头啮咬，让我见识无尽的幽暗，而光如利剑，正从空隙间钻刺，映照着你惨白的牙印。

这里没有水，而我却想在沙中沐浴，相比无关痛痒地抚摸，我更喜欢它的尖牙。

你想到过自己的死亡吗，当然不光指肉身的处理，其实如何处理又有什么区别呢，根本没有，不过是折射死者的无知与后人的虚假。那我们就不用去思考死亡吗，不，在沙漠中央，我想到了死。前无古人后无来者，只有死亡如影随形地陪伴着我，但我不喜欢它，就如它热恋我一样。

儿童是不知道死亡的，他们接触的都是初生的、新生的事物，一切都显得那么美好，以至于让他们以为那就是真实。只有通过一次次接近死亡、见证死亡，人才会成长起来。这是一个环，死亡让笔直的通道变弯、压短，从而实现永恒。

在蒸腾的热气中，幻影在我干枯的眼前飘舞，我仿佛看到了神，死亡的神，它们向我靠近，俯身在我耳边低语：

人啊
快来见证你的神
在黑色的烟雾中歌舞
在黎明的晨曦中安睡
你的远离
带来他的靠近
你的虔诚
是他最大的安慰
人啊
快来见证你的神
抛弃空洞的脑壳
丢掉易腐的躯衣
因为他要思考
他正显现

我在半睡半醒中惊觉，浑身冒出一层冷汗，我要感谢神的出现，让我再次品尝到水的滋味。

记忆，像藤蔓一样在我心中滋长，我感到浑身被渴望与懊悔包裹，如茧一样束缚，但我知道自己不会成蝶，因为遗忘不知何时，已经来到阴影之中，那是我的影子，向我凝望。

无数幻影在我眼前隐现，无数形象在我脑中轮转，我抓不住，也无法抓，于是任由它们的肆虐，当它们如我一样乏了、累了的时候，也就不会再沉迷于小孩子一般的游戏了，重要的是活着，这一口混着沙土味的空气，含着多少期盼与不舍。

我越来越喜欢沙漠了，它让我知道什么才是根本，活着，如此简单，又如此纯粹，一切幻想都已随风飘散，一切虚妄都已成灰烬，我已耳根清净、双眼清亮，但仍不能了断思绪，在这茫茫沙漠中，我只说给自己听，但我真的很聒噪，你看，沙已滚动，它们也厌烦我的话语吗？

闭上你的嘴吧

沉默是沙

即使心中的默念

也如轰隆的雷声

在这片荒芜之地沸腾

感受纯粹的原初吧

如沙 似石

将一切虚妄与幻想抛却

如尘世中的一粒沙

在旷野中飘荡

宇宙中的精灵啊

你附身于我

我孵化为你

一点火焰在我心头飘荡，那是鬼火吗，那是火焰。[①]

## 潮湿

我涌进潮湿之地，几片黄纸在向我哭诉，我贪婪地榨取它们身上满是腐烂味的水分，它们则央求我将其从小库房中带走，那里只有几只野猫和一个老妇人的幽魂。十多年了，它们堆积在这里，等待窗口再次透进来一束光，可我只

① 关于沙漠之旅，我曾经在《三味时间集》中的“沙中夜歌”等章中有过描述，可以参读，如果你能在纷繁的目录结构中找到那章的话。

带着一把刀，将它们剪切摘选，地上满是鲜血，那是时间的眼泪。

当我用噼啪作响的鼠标键盘，用充满怜惜的目光将它们重新拾起后，才发现它们确实已经过时，尽管公平地讲，它们从未迎来属于自己的时光。

罢了，就随它去吧。

就如它最后一句所讲的："于是，现在已经没有要记叙的了，要开始行动了。"①

而现在的行动就是放手，任它腐败成渣，因为总有新的篇页，等待着去书写填充。

这时我手中的纸也干瘪枯萎了，像是吐出了最后一口气，我把它轻轻放下，尽管没有一点重量，那是希冀、憧憬与懵懂，它们本应在运动场上或图书馆里活动，现在却躺在这间逼仄的杂物间，被雨水、潮虫与猫叫困扰。我改变不了什么，只能转身静静离开，随手将积满灰尘的布帘拉开一个角。

## 森林

我走进森林之中，触碰着原始的力量。

万物都处于生长之中，我屏息凝神，好感受它的呼吸。各种声音交汇起来，他们在诉说，我只要倾听就好。

### 1. 困境

孔雀梳理着掉落的羽毛，在角落中暗自神伤，再没有母孔雀搭理他，连正眼都不会再看她一眼，仿佛他会给她们染上掉毛的瘟疫，而她们原本就没有多少毛。反倒是曾经争斗过的同类，都来看他，围观他，可他刚要把那种感激的

---

① 《从湖到海的涛声》"而立留言"。

情绪，表达到头上花冠的微颤上，他们就发出胜利者的鸣叫，像哑嘴的鸭一样，干涩无味。他垂下头，任凭他们在四周奚落，难道羽毛就这么重要吗，没有了这外层的装饰，就没有别物能欣赏他内在的美丽吗。他小小的脑袋想不明白这些事，他只是用三角形的嘴巴不停舔舐背上的秃毛，他唯一的希望就是羽毛能再次生长出来，就像曾经的那样。

笼外，工人们在匆忙地清理着昨晚拽下来的翠羽，毕竟这些装饰物要新鲜的才好卖。

2. 猪王

安静，猪王要讲话了！

它说得好好啊！

当然，要不然它怎么会坐在那里。

它的坐姿好优雅啊！

当然，你知道它有多拼搏吗，300 斤的它整日就如胶水般粘在那把椅子上。

那真是一把好椅子！

3. 青蛙

看，这么多青蛙都向那边爬着！

它们简直是在跳。

有什么重要东西在吸引着它们。

肯定非常重要。

哇，它们都跳到井里去了。

为什么呢？

井底安全且舒适。

你干什么去？

我要追随青蛙的跳步。

4. 狮子

是否有人还在悄悄书写
诗的文字
不是用猥亵或肮脏的字眼
这个世界从不缺乏
自以为是的伟大
可谁又曾追寻
生命本身的意义
于是我放下手中的书页
睁着疲乏的眼
望向漆黑的窗外
冷漠的狮子
一言不发
因为它已
死去

叶子说，我就是世界，因为眼被我遮挡。

眼无语，因为它没有嘴可告诉无眼的叶。

现在，我终于发觉自己误解了森林，除了活泼可恶的动物们，还有更原始的生物，在黑暗中潜伏，它深红的眼睛在绿木深处闪烁。我痴痴地望着树，仿佛听到了它的喘息。

我在夜的边缘
逃离黑暗
伸展的魔爪
已触及心尖
颤抖
呼号

暗夜的魔王
在迎风狂笑

我在夜的边缘
驾驭黑暗
伸展的魔爪
已触及心尖
颤抖
呼号
暗夜的盛宴
快随风来到

起雾了，漫天的雾遮蔽了方向，我只看到白茫茫的一片，我似沉浸在白色的海洋中，深陷其中，我张着手臂狂乱挥舞，无济于事，雾就像薄纱一样将我紧紧缠绕，无法自拔。难道这就是森林吗，充满生机与活力的森林，各种声音如鬼魅般交汇，它们似在说，这就是世界。

我停止了抗争，任绫纱将我慢慢绞死，可它其实并没有这种能力，除了虚张声势外，它什么也做不了，我闭上眼，任脚步在泥泞与颠簸的道路上探索，路是要自己走的，我重回路的本身。

向哪里去哪，没有眼难道就没有方向吗？我站直身躯，感受光的微动，向光的方向走吧，它太光亮以至遭到眼睛的拒绝，因为只有黑暗才能显示眼的卓越。向光的方向走吧，不再需要眼的指引。

我要感谢雾的出现，让我迷茫，让我困惑，让我认识世界的本来面目。森林在伸展，你永远要相信，雾不是全部。

误解是一切正见的起止，自负在当前的时代显得如此匮乏，因为它太泛滥了，就如地沟中的油水，只有清水注入，才能泛起它们迷离的色彩。我不再自信，因为我过于自信，我不再听信，因为没人再在耳边说教。

于是我重回疯狂状态，在经历了火与海的锻造之后，森林也不能使我平静，因为它太过聒噪，我如一只泄气的皮球，在空虚中冲荡，而只有我知道，我正在流出的是血。

就这样过去了吗，这虚浮的一生，我本想记录下什么，权当是对于空虚记录，但空虚又有什么可记录的呢，空虚吗，于是我再次扯碎这些黄纸，替风与火做些无聊的事，因为它们还有更有趣的事要做，比如，送我去高塔。

## 高塔

你为什么来我这里？
我为什么不？
你不是泥土吗？
我是泥土，你不是高塔吗？
我是高塔，可你为什么来我这里？
是你来我这里。

人的一生都在不断堆叠，用沙、用石、用钱、用命，换来的是什么呢，一座塔，高耸的塔。

你一定要十分勇敢
才能堆起高耸的塔
因为懦弱的人
只配拥有沙与泥
你一定要十分勇敢
才能堆起高耸的塔
因为勇敢的人
才拥有沙与泥

在废墟中屹立的

是勇敢者的雄心

在荒芜中高耸的

是追寻者的期冀

不要去管叶的衰败

也不要为死亡

与疾病 哀泣

用一座塔来点亮

生的光芒

用一座塔来诠释

人的意义

你一定要十分勇敢

才能拥有一座高塔

你一定要前去寻找

才能找到那座高塔

我在迷茫中出发，伴着晨曦的淡紫色光辉，踏着沙、石、泥、土，向心中的方向走去，因为那里，有我的高塔。

天这么低

压得我闯不过气

脚下的地

撕裂中已深陷泥泞

焦虑的心

痛苦着搜寻光明

突然之间

在那远方

耸立起通天之塔

直插入天

那是唯一的希望

快逃脱这无尽困难

打碎那脆弱绝望

攀登通天宝塔

向上 向上

抛下一切苦烦

天在我脚下

云在我身边

向上 向上[①]

生活太过琐屑了，琐屑得我们忘了生命的本真，直到我们打碎那层厚厚的壳，才发现一切原本这样简单、纯粹。

不要去看他们的欢笑，那是嘲讽的，不要去听他们的劝诫，那是戏谑的，你只需关注心中的塔，看谁在给它添砖加瓦，谁又在诋毁谩骂。

我看着熙熙攘攘的人流，感到无比的悲凉。人们来来往往，为名、为利、为权势，归根到底，不过是为了那一口吃食，如鸟一样，如兽一般，趋之若鹜，起早贪黑。没人能躲得了命运的摆弄，无人能逃脱人生的归宿，可我们仍争啊，抢啊，好像堆积的金山纸堡，能伴随自己一生，好像一排排、一叠叠勋牌，真能不被后人丢弃。

我在塔上，望着匆忙的人们，感到了无比荒凉。那些楼啊、车啊，就如梦幻泡影，在我眼前兜转，一会起，一会倒，一会又再建起，人们好忙碌啊，而我只在塔上观风景。可哪有什么风景啊，山被涂了，海被染了，连天空都是灰蒙蒙的，这就是忙碌的结果吗？这就是人们应得的吗？我闭上眼睛，在心中幻

① 摘自《三味时间集》诗作《通天塔》。

想更高的塔。

“嘿，那个人！不要睡在路中央挡路！”

我悻悻地站起身，走到路边，那里就是我的塔的位置。

没有人能平白无故地高人一等，没有人能天生就看到未来与希望，这意味着人们都如咸稠的咖啡一样，混在一起，这些愁啊、想啊，既是你的，也是我的。思维是公共的，它一方面是公用的、普适的工具，另一方面是开放、互通的网络，我们都在其中，同感、同思、同想，这个巨大的怪物裹挟着你我，直到某个人死去，然后他的空位自有后来人顶替。所以，开怀笑吧，你我都没什么大不了的，所以，放心哭吧，我们前世来生都被钉在此地。

我想有一座塔，能直达天庭，空气越来越稀薄，情绪越来越激荡，我呼吸着宝贵的氧气，一步步踏上大庭。塔越来越倾斜，那是重力的拉扯，如果放弃，我们将终生被禁锢在地上，那是嘴，那是长满獠牙的嘴，虽然岁月的沧桑，让它把牙隐藏了起来，可我知道地下伸着刀，要不然死人就都会复生，如僵尸般游走在人间。现在它们正与刀与牙搏斗，无暇来到地上。可我要远离这僵固之地，登上这座通天的塔，用毅力与勇气，撑起弯曲的塔身，直达天庭。

冷冷清清的庭院，早没了活物存在的痕迹，乱石堆的祭坛，歪斜倒塌，那最后一坛献祭的血，已经风干固化，粘在石壁上一动不动。我大声喊叫，除了回荡的响声，就再没有声音，那些守护的鸟呢，兽呢，莫非它们仍在抢食。我累了，乏了，便找了一块青石坐下，歪曲的影子映在石壁之上。

我在混乱之中观察混乱的世界，只有混乱不乱。人们如虫蚁般匆忙，有的傲据石块，有的挥舞爪牙，更多的低着头，放弃头上的触角，搬运零碎的食物。有一些闪亮的光在他们头顶盘旋，可没有人注意，因为他们都被白昼迷昏了眼。如果选择是可以选择的，他们仍将如此继续，不是因为对未知的恐惧，而是行为的惯性已经跨越了世代，在他们身上刻下难以磨灭的徽印。

只有痛苦的人才能重生，然后安然面对肉身的毁灭。是快乐吗？人们追寻的物象，是财富吗？众生维持的基底，是权势吗？空中挥舞的魔棒，既是也非，如一层层蛛网，缠系生生死死的众人。总有不可言说的，总有终极指向的，在冥冥之中牵扯命运的丝线。此生，不过是它的揭示、感悟、描摹、撰写、表达。

皮鞭之下的真理，说明劳动的可贵，肉食者鄙，在奴役中流下的汗水与自由创造的汗水，同样都是咸涩且甘甜的，只不过后者更具开放性与探索精神。而探索是永恒的。

我的塔没有终点，因为它一直在升啊，升啊，冲出了云，突破了雾，星星与我做伴，用它们最后的辉煌点亮我前进的步伐：

我想变成星星，无忧无虑，无牵无挂，
不用惧怕风雨，也不必担心冷暖，
任它日月流转，我自固我高悬，
任它岁月变迁，我以光速生长，
任它凡世痴癫，我只隐于明暗。

我想变成星星，无离无合，无悲无欢，
不用借助言语，也不必倚仗权势，
随它宇宙爆裂，我是原始动力，
随它世界冰冷，我将燃烧自己，
随它俗人妄议，我终返还本一。①

往天上走吧，回到原初的故乡，精神的家园。

## 川流

我从高塔上下来，感到惆怅若失，再没有凌空的视野，以及朦胧中众人的

① 《三味时间集》“星星”。

仰望，这一切压得我仿佛承载着塔的倒影，于是我无奈中来到水边，好将影子卸掉。

汇聚与奔散，水是无法把握的，像生命一样。人们常说水是生命之源，可又有谁真正理解水的内涵呢，当然不是指它的方程式，或是色度、明度等物理尺度，也非营养学或是医疗美容上的效用。那最初始的形态一定是水一样的液体，固体太过沉闷，是累积物与承载体，而气态又太过飘散、分离，液态介于两者之间，既灵动又稠实，古希腊的哲学家对此有过论述，米利都的泰勒斯创建了最早的哲学流派，认为万物皆产生于水，这是对世界本源的认知。当然，现在我们不再局限在抽象的、概念上的思辨，因为一切都已混杂，世界既是火，也是土，更是水。

“泰山不让土壤，故能成其大，河海不择细流，故能就其深，”两千多年前的文句依然有启发意义，渊流要广、要博，思想在源头上要具有开放性，广取博收，破除地域、语言、习俗、身份等方面的限制与制约，以对宇宙的终极认知为导向，“不唯上、不唯书、只唯实”。

但思想与流派并不是如线头般并序排列，而是要通过大脑的加工处理，进行有机地整合，当然在世界上这些思想是分落在不同时代、地域上，进行着交融与演化，并不需要某个超级大脑对它们进行指导或干预，这就是文明的客观演化。但客观现实中，存在太多的阻碍与制约，等待它们成型或向好的方向发展，需要太多时间与机会，“一万年太久，只争朝夕”，于是才有主观思想的用武之地，要去吸收、汇总、排选、融合。

公平教育的核心在于开放的图书资料馆，有多少潜能与本领就到这个终极的场所施展一番，这里是开放的、共享的、互助的，没有人能长久地独占一种思想，没有人有能力永远站在思想的洪流前沿，于是人类命运共同体在源头上实现了共融与互促。而对思想的分割与排斥，则反映着现实中权力的偏置与维护，是需要打破的。

思想并不是盘踞在原地，而是要激荡、奔流，这也是水的教诲，于是就有了思想外化的此在，或包含思想的存在，个体生命就是此在活的、思辨的承载物。从资本经济的角度，活劳动被当作了剩余价值的创造体，这种束缚或说是奴役，极大限制了人的充分完全发展。但要注意，具有推动力的是发展，而不是返回本能的取向，或是一味地要所谓自由。于是，我们看到只有艺术家与科学家是自由的，因为他们在从事着创造性的劳动，并从劳动中获取了创造活动本身的奖赏与报偿。

从源，到体，到流，水教导了我们思维的起源、承载与应用，所以那个老者才会在江水边感叹："逝者如斯夫，不舍昼夜"。

我转身望去，看到我的塔轰然倒塌，再没有什么高塔，以及通向天庭的梯路，一切脱离了根基的建筑都将如此，只剩下它的影子在水中碎裂、消散。

我纵身跳入水中，想寻找过往世界的痕迹。只有水的激荡与风的轻抚，一切过往、现在、未来都在这条大河中交汇，我以为它是海，而海正是河，如果你也如我一样抬头，看到波涛汹涌的海洋如树杈般交汇向天，泛起滚滚浪花奔向未知的虚空，如果你也像我一样低头，看到炽热奔涌的熔岩似龙须凤爪般伸向地面，承载期冀与懊悔挣扎着要在当下浮现。

我在海水中不断浸泡
好吸收
整个海
我在尘土里不停沐浴
好裹挟
这红尘
月斜挂在枝头
无痕
人徘徊在街角
无闻
我浸泡在这尘海

好沾染

人的味道[①]

我们多么渺小啊，因为我们认识了海，以及海的渺小。

## 对话

你够聪明吗?

不够。

你够明智吗?

不够。

你够傻吗?

不够。

我陷入了对话的漩涡中，气泡翻滚着要把我拖下逻辑的深渊，而我知道，这个世界上根本就不存在什么逻辑。

你从何来啊?

我从虚无中来。

你向何去啊?

我向虚无中去。

你当我是傻子吗?

为什么啊?

我是虚无。

你去过沙漠吗?

---

① 摘自《蓝色构筑》“尘海”。

没有。
你在沙漠中吗？
在。

我不想再进行这种无意义的对话啦！
我也不想。
请说些实际的话吧！
实际的话。

你到底是谁？
我是我。
你到底是谁？
你是我。

你姓什么？
假如跟我一个姓氏的话，我会选择吴。
为什么啊？
它很幽默。

说说你以前的事吧。
以前的事。
请不要再玩这种文字游戏了！
一切都不是文字游戏吗。
现在请严肃些！
谈以前的事，还用严肃吗？
那谈什么事，需要严肃？

没有事。

你总要有个出处吧，比如出生地，出生时间，成长经历这些？
这些都不重要。
那什么重要。
没有事。

你是有隐疾吗，我似乎看出你的悲伤？
我的悲伤很明显。
好吧，就请谈谈你的悲伤。
悲伤自己会说。
那就请它说吧！
它总是选择沉默。

时间不早了，我不想再这样浪费时间了！
时间不就是用来浪费的嘛。
怎么会，有那么多有意义的事！
那些跟时间有半毫关系吗。

我们总是处在某种时间之中吧，那就请你谈谈时间吧！
我无法谈。
为什么呢？
它在流动。
你也可以运动追赶啊！
我不动。

难道你们哲人都是这样说话的吗，指东说西，靠南批北？

你是说狗吗？

我说你们这些人！

我没听见。

天下多艰啊！

为什么呢？

还用问为什么，你举目四看就知道了！

我不看。

那你连匹夫都不如！

确实。

我困惑了，你能解答我的问题吗？

不能。

那谁能呢？

谁也不能。

那我该怎么办呢？

你不困惑。

你能告诉我，我们从何来，又向何处去吗？

能。

那请说吧！

我不能说。

为什么呢？

你的耳朵，只听你的话。

你的样子好像一条狗啊！
丧家之犬吗？
摇头摆尾。
那我们都是狗了。
不，我是骨头。

请把那本书拿走！
为什么啊？
它影响了我的思维。
书籍不是知识的源泉吗？
它的水太多了。

你太过浅薄！
你太过复杂！
你浅薄得就如河中的水一样。
你复杂得好似河底的泥一般。
他们为什么争吵呢？
小河就爱吵闹。

听说南山上有虎……
可哪里是南山哪？
就是有虎的那座山。
可天下哪有老虎啊？都是待宰的羔羊。
有羊当然就有虎了。
虎死了，都是些披着虎皮的羊。
羊吃羊吗？
不然呢？

故事已经消亡了。

为什么呢?

因为一切都太单调、平凡与透明了。

不就是因为单调，所以人们才爱听故事的吗?至于平凡与透明，完全可以用故事的崇高与迷幻来遮挡掩映。

你是在编故事，我想听真实的故事。

那你就去啊，不要妨碍我编故事。

## 闪烁

### 傻子

拖着残破的躯体
走在稀奇古怪的街道
你透过迷离的眼
看着柏油路上的自己
去 来食
嗬 歹命
不禁感叹
我是如此伟大
竟遭遇了如此多的挫折

### 鹰的亲吻

我将明亮的礼堂留在身后
寂寞、喧嚣与辱骂
高高举起的路灯角落
细碎的树叶
跳过一束束光斑
独自舞动

我追寻心的声音
敲击、沉闷与空洞
高耸的崖壁映在深潭中
垂死的灵魂在拼命咀嚼
无穷的欲望
我们将自己捆绑在巨石之上
好享受
鹰的亲吻

**最遥远的星海**

你是否担心
衰老与死亡
不知名的触角
悄悄爬上你的额头
贪婪的鹰
啄食你的腐肉
与内脏
没有你的世界
有什么可留恋
看那天边的云
如青山般变幻
又有谁曾跳入
最遥远的星海

**蚌**

我自由开合
绚丽的壳
轻柔的云现出
孱弱的水漂浮
我在天地之际
俯仰休憩
直到它的来到

令我痛苦煎熬
一粒细小的沙
一生不停地挣扎
难道这就是命运的安排
要用珠的晶彩
折射我
此生的无奈

## 公羊

我的心如此悲伤
以至于空洞
压折了
飞翔的臂膀
于是我不再
向天
而是起身
像个直立的
公羊
透过黄色的叶片
我看到枯冬背后的春芽
于是我躺倒在青草之上
任凭空洞
压折了
行走的脚
四周的蠕虫兴奋地爬行
无明的蝉早已躁动不安
盛宴
空洞的盛宴
最后一缕微笑
终于闪现在
我的胡须之间

## 沙中之门

你一定要找到
那道门
轻柔的风吹拂绵薄的纱
炽烈的光洒遍漫天的沙
你穿过森林
跨越海洋
才能来到
沙中之门
高山已经沉陷
深渊正在耸起
黑暗将化为光明
虚无会脱离心灵
无数的沙在接续
我们终于找到
最终的财富

**吞沙**

我慢慢睁开眼
望见
漫天的沙
席卷

天地昏暗
一片
星辰战栗
不安

尘沙拥塞
吞噬沧海
繁华不再
只余残骸

我鼓起勇气
迎风站立
大口将沙
吞下
嚼出了天
咽掉了山
刀在刺
风在泣
我轻轻闭上眼
享用
沙的盛宴
还来不及绽放
还来不及绽放
就快枯萎
还未曾微笑
就将死亡
循环
是落入深渊
还是冲上
新的天

## 还来不及绽放

就快枯萎
还未曾微笑
就将死亡
悲凉
是寻到荒芒
还是心的
墓葬

## 攀登

你为什么不停下脚步
在群山之巅
喘息片刻
那里是人们仰望的地方
你可将众生踩在脚下
享受无尽的荣耀

你为什么不停下脚步
在困苦之前
稍作停歇
众神已经震怒
没有人能攀上
神的领域

你为什么不停下脚步
前方的路
已经消失
在死亡面前
你已成为黑暗
微点
来吧
这是群星的世界
神的宫弦

## 黑色的河

循着夜莺的嚎叫
我来到黑色的河边
无数双手在河中抓挠
要攀上血红的堤岸
他们或是拼命哭闹
或是狂笑疯癫

顺着黑色的河水
我看到生命渐息的光斑
无数支手扭曲缠绕
编织成人身上的网栅
透过阴浓的雾霭
我望向昏暗的云天
空涩的洞口闪耀
那是永恒的终点

## 沉水

我缓缓坠入
昏暗深处
高台的歌舞
已渐渐模糊
我伸展四肢
沉浸水底
远方的嘈杂
不再落下
升腾的气泡
似在宣告
沉寂的力量
这儿好冰
我倒行在
山的峰
用心倾听
轰隆的巨响

## 寻找

你是否找到了
真的自己
一遍遍循环
一次次丧失
死亡
已近在咫尺

你是否找到了
真的自己
世间如谜
要抓紧
最后的生机
四季
又回到起始
死亡
已近在咫尺
你是否找到了
真的自己

## 就这点吗

就这点吗 痛苦与悲伤
就这些吗 琐屑与繁华
我从宇宙的深处走来
坠入一瞬间的空隙
虚幻与缥缈
我将向何处去啊
我会飘向何方
落红与飞鸟
流水与峰岩
我俯下身来
观看水月镜花
我仰起头颅
谛听幽谷洪涛
我将向何处去啊
我会飘向何方
我向宇宙的深处走去
我坠入一瞬间的空隙

## 回归

我又回来了，带着满身的伤痕，只有这样才算成长，才能再次回归温暖的家园。

我经过最后一个十字路口，将双手抱头，旋转着展示身上的伤口，可那个人仍然用挑剔的眼光看我，似乎我受到的伤害还不够，旁边的人早已等得不耐烦，他们佩戴着叮当作响的挂章从我身边走过，只有我像傻子一样停在原处，停在最后一个十字路口，盼望人们能够多发现我的一处伤痕。

一切血都会变冷，只有这样燃烧才有意义。

奔腾的大海归于溪流，通天的烈焰化作柴光，不是因为它们的衰老与不堪，而是它们在寻找新生的力量。在平静中积聚力量，在凡尘里闪耀伟大，只有这样才能更长久、更坚韧、更贴近现实，而在现实中保持长久与坚韧的，我们通常称其为永恒。

我破除了一座座业障，化解了一层层谎言，才重新回归平凡。疯狂的外表被制服领带掩盖，于是它钻进我的心里，耳畔常回响着摇滚的节奏。

忙忙碌碌的人啊，我们都一样，每日在为三餐奔波，我常想一千年前的人，是否也如此，只不过他们牵着毛驴，一千年后的人，是否也如此，只不过他们驾着太空梭。不为古人担忧，不为后人惆怅，我们在这趟时间的旅程中，有自己的风景要看。

谁把我们带到了这趟列车，谁又将与我们相伴，那列车员检查的票据，到底凭依的是什么标准。

你有自己的理想吗，不妨给梦想划定一个期限，等待，是最好的修炼。那迎面而来的爱人，笑容在逐渐绽开。

是等待还是虚耗

从来不是个问题

在等待中虚耗

在虚耗中等待
既然选择了背面
就要接受人的洗礼
我们与命运握手
求他放过自己的脖子
终有一天会迎来和解
就在争斗爆发的时刻
我又回到起点
望着苍老的脸
既然选择了背面
就迎接光的轮转[①]

何必固我，有太多人执着于自身的躯壳，从而被谎言与秘卷欺骗。生活是一团交织的网，我们投身了初始角色，选择了前进轨迹，就应该尽情戏耍。

没有什么可说的了，我合上了这本书，起身离开。

---

① 参见下册《蓝色构筑》“背面”。

# 山帆观海集

吴建新 著

下

文化发展出版社
Cultural Development Press
·北京·

目录

Contents

# 红黄苍翠之舞

# 目　录

## 红

# 黄

# 苍

## 翠

# 红

## 保持安闲

在太阳还未升起前
就请享受清晨的安闲
在未来还未到来前
就请享受美好的今天
生如夏花①
但要经历春秋严寒
在还未找到自我前
就请保持这份安闲

① 本来想以此为题，但看到网上已有此标题的书，决定对外改为《红黄苍翠之舞》，这个题目，与《新生之歌》，正好对应，虽然在我心中，后者更为重要，也许是我已变老，开始怀旧的缘故。

## 如何学会诗歌

如果有人读我的诗
我会一直创作
如果有人听我的歌
我会一直歌唱
唉
可是没人读我的诗
没人听我歌唱
于是
我为花儿写诗
于是
我为小鸟歌唱
于是
我学会了写诗
于是
我学会了歌唱

## 我的诗

我的诗充满力量
我不愿无病感伤
亦不会无谓吟唱
我的诗表现了自信与坚强
歌咏光与苍茫
但有时我也会悲伤
但有时我也会欢喜
我会写下或悲或喜的诗
我会唱起或疾或缓的歌

## 天台

在繁忙之外寻一处清凉
在白云之下觅一方闲亭
世间的聒噪
震耳欲聋
云下的青草
随风飘舞
五颜六色的花
青绿活泼的草
就热情奔放地开
就自由舒展地蹈

## 过去的伤

我不愿总谈
过去的伤
不是忘记
亦非惧怕
因为我不愿
用这伤口
换取同情的眼泪与廉价的道歉

就让鲜红的血
冲刷这伤口吧
让痛苦结成钻心的疤
让懦弱铭刻警世的痕
真正的强者
不会遗弃过往的伤
因为
鲜血在喷涌
自我在痛省
力量在生成

## 补牙

我大张着嘴
躺在牙床上
任几双眼睛窥探
她们竟还戴着眼镜
知识的渴求
无休无尽
身体的奥秘
强烈迷人
但当衰老死亡来袭
就请拿去
这副躯壳
我将不胜
感谢

## 甘于平凡

当我躺在手术台上
像动物一般
任人钻研
殷红的血
滴答流淌
我在想
为什么我们不
甘于平凡

当你抱怨
再大的 house
也装不下曾经的美好
无尽的忙碌
只能掩饰内心的空虚
我在想
为什么我们不
甘于平凡

喝着菜粥
嚼着薯根
看花开花落
绘心中风景
任老衰难躲
换一生洒脱

## 快递员

你们穿梭在城市的各个角落
将温暖与安逸
带给人们
不论风雨
不论严寒
从早到晚
奔忙不断

微黑的面庞
透露着父母的期盼
有力的肩膀
承载着孩儿的学费
生活的艰难
你们穿梭在城市的各个角落
将温暖与安逸
带给人们

## 崩塌的星

遥远的天际
一个星系
正在经历
终极的奥秘

它正崩塌
收缩不断
尘埃与气团
向内翻卷
核聚变的力量
炽热火焰
它在展现
虚空的无限

万道金线
来自彼岸
萤火虫的光芒
点亮尘间

## 哪个我

我挺拔着胸膛
奋勇向前
心中的希望
无尽的力量

我无意看到夜色下的我
佝偻着背
蜷缩着肩
蹒跚的脚步
难逃黑影的缠抱

我不知道哪个才是我
心中的我
影上的我
眼中的我
地上的我

## 严肃地问

我很严肃地问你
明明没人看你的诗
你为什么还要写

我也没有办法啊
他们的讥讽
当时还未听到
他们的嘲笑
我又满不在乎
看到花
看到草
我就不由得要去写

那你为什么不去写高兴的鼓舞人心的
我也没有办法啊
白天与黑夜
本就不能分开
世间已有了那么多美辞
而我
只想用自己的眼
去看自然
用自己的头脑
去思索人间
也许
一霎之间花就逝去
也许
一瞬之后草就折枯
也许
我的诗只铺就了自己的心路
也许
我的诗会随风飘舞

## 新的角度

我很庆幸
没有学习哲学
我很庆幸
没有背会陈词滥调
我很庆幸
一生终将一事无成
在尘间穿梭
感受爱恨情仇
高声哭
尽情唱
迎着朝露
用鲜花编织五彩的环
站在高岗
呼喊浩瀚星辰

## 属性

用整个宇宙
折射一枚原子
用亿万年的演化
形成现在的生物
用一生
追求人的属性

没有削减
就不会增长
没有舍弃
就不能寻觅
在茫茫人海中
找到自我
在生死链条上
发现新的通道

用整个海
浣洗一粒沙
用一朵花
点醒迷误的人
用一生
追求神的属性

## 故事的力量

在世间行走
需要一种激励
面对人生的困惑
需要有人娓娓说道
在即将安睡前
孩子说
就请再讲一个故事

话语
不会带来实际效果
虚构
只能营造憧憬的美好
但是
在面对黑暗时
需要点亮心中的火焰
在迷茫街角时
需要萤火虫的引导
在失望痛苦时
需要有人轻抚你的臂膀
面对多彩的人生
就请再讲
一个故事

## 我突然想到一个问题

我突然想到一个问题
这世界上可有最美丽的花
最美丽的人
再姣好的容颜
也会被时间消磨
再俏丽的花朵
也终要凋谢
在宇宙的尺度下
地球真是粒沙
在追求最美的时候
我才发觉
一切正在
离我而去

## 假如我是燕子

假如我是燕子
我也会站在树枝
尽情欢啼
假如我是燕子
我也会排成一队
与同伴嬉戏相追
假如我是燕子
我也会用心构筑
爱的巢屋
假如我是燕子
我也会扇动翅膀
划过无瑕天空
任矫健身姿
留下无限幻想

## 继续走

我向你挥手
你却对我不停摇头
不
我不愿继续走
外面的风太冷
外面的夜太黑
我不愿继续走
可是
曾经的梦想与诺言
我只愿享受安逸与温暖
迷离间
合上满足的眼
去品尝无限美好的梦甜

不
我要继续走
摆脱醉人的安逸与温暖
去追寻曾经的梦想与诺言
也许我会迷失在无星的黑暗
也许我会倒在荒草之间
就用生命点亮漆黑的夜晚
就用鲜血燃起升腾的火焰
在火星的爆裂中
我要继续走

## 寻

道
可道
何为道
道即非道
黑与白颠倒
有和无易混淆
正念非念难交好
痴迷外物何谈解脱
洗净自身得无限光照
四大皆空我心立地成佛
五体随炁素手拈花点头笑
任花开花谢看破生死池不老
随潮起潮落红尘黑土无中积道
茫茫逝者成败转瞬英雄人妒
慷慨洒脱壮怀高歌绘画图
不求人知乐享陋室茶粗
百万雄兵江山在琴书
达则兼济救苍生苦
激浪小舟难全渡
三分在天力孤
不愧己心足
一生成路
名不虚
归去
无

## 动物本色

你的内心是什么样子
是平静似水
抑或波澜起伏
有时你是否感到
全世界都在跟你作对
或是你在偷偷笑
因为你骗了全世界

心智
本是人与动物的最大区别
现在却成了人们的炫耀标志
道德
本是共同生活的保证
现在却成了束缚前行的绑索
在欺诈中成长
在说教中探索
在这森林中
重返动物本色

## 勇立潮头

在无限广阔的天空下
在万物生长的厚土边
有一片海
波涛激荡展现无尽力量
海风习习诉说古老故事
在万钧雷霆下
在排山巨浪中
有一叶舟
无惧险阻傲然前行
不畏沉浮劈风破浪
在圣洁的白帆下
在颠簸的小舟中
有一个人
风浪拂面坚毅执帆
潮起潮落勇立潮头

## 假如庄子复生

假如庄子复生
他是否还逃归森林
又不是荒野求生
搞什么末日逃亡
面对高楼林立的城市
车水马龙的街道
还有不时污浊的空气
他是否还会
吟诗
作曲
击缶而唱

嘻哈青年会说
你太老土
摩登女郎摇头
你不懂时尚
科技馆的小朋友拍手
我要登上月球
你只能重回故纸书卷
时代的精神
已没有你的份额

飘逸洒脱的歌
比不上乌黑浓密的长发
追求自然的诗
比不上与鲜花的亲吻
时代精神的存在
需要比街舞青年更帅的舞者
比秀场模特更靓的身姿
比航天模型更真切的探索

## 我快步行走

我快步行走
不顾身后的聒噪
挺起胸膛
伸直脊梁
昂首阔步
只走自己的路

以前的我
也曾经彷徨无措
在痛苦中挣扎
在孤独时受尽冷落

现在的我
看尽了名利争夺
也见惯了人世的虚伪欺诈
我只求得
浇灌内心的花
描绘奔腾的马
抒写自己的诗

## 独立高岗

独立高岗
环视天宇
星辰浩荡
变易无常
巨涛拍岸
海鸟低翔
啾啾我心
奋起无极
精贯天地
风云再起

## 以星洗目

以星洗目
用史浣心
观浩渺长空
临千古虚海
叹一身孑然
生死超脱
感世事苍茫
空怀激荡

## 我想攀上一颗星

我想攀上一颗星
属于我的一颗星
地球上太挤
早已没有空隙
牵一发就动全体
束缚得太紧
对于世事
我已了然于心
对于名利
对于生死
跟我已脱了关系
轻身
上浮
我攀上一颗星
属于我的一颗星
放开拳脚
来个大大的卧倒

## 我看世界

我看世界很小
世界看我也小
是哪样的镜子
造成这样的效果
难道我一分为二
一面是我
一面是世界
我站在世界的对面
世界就在我的对面
那么我要尝试
将世界看大
……

## 拥挤肚腹

拖着空荡的肚腹
行走在拥挤的都市
欲望要用欲望填补
死亡要用生命祭祖

当我不再
在饥饿时长嚎
在满足后离开
才发现
娇艳就在丑陋之后
真相正在面具之前

## 爱的决裂

在午夜十二点钟
我依然徘徊在漆黑的夜空
摇曳的影
孤单行踪
你为何还不懂
现在已经不同

我们的爱已不在
你到底明不明白
没有了爱
一切都已不在
我对你已没有期待
就请放手让我走开
没有了爱
一切都变为苍白
我们的美好已不会再来
我已失去对你的忍耐
没有了爱
没有人会在街角等待

在那远处的花丛
燃起几点星笼
是你在呼喊
爱人的回转
泪水模糊了我的眼
我的心在不停地颤
这时我才发现
我对你的爱未变
当爱有了期盼
一切伤害都可以回转
我高声回应你的呼喊
我的爱人
我要回到你的身边

## 爱情的掌握

冷风吹过
落英朵朵
在这繁华的花花世界
迷失了自我
你虽然伤害了我
可我的爱无处可躲
在这爱情的沙漠
你永远是高歌的骆驼
任凭你的折磨
甘拜你的洒脱
我永远不愿摆脱
你爱情的掌握

## 怀古

清歌淡雅
枯木音老
天阔身狭
地广人渺
星海浩荡
洪潮奔涌
英雄代出
风神洒脱
一曲未了
千年已过

# 再

经过了无数的门
忍受了无穷沉闷
我一直未曾放弃
最初的追寻
抚着清风明湖的阔吻
伴着古木枯琴香薰
我的心一直在问
我要成为怎样的人

是沉溺权力的气泡
还是陷入金钱的魔爪
是在温暖的怀抱
终老
还是在世俗的喧嚣
无聊
面对重叠的庸扰
我已无处可逃

轻抛
此身
莫恼
此生
就再经过无数的门
再忍受无穷沉闷
继续追寻
最初的追寻
继续追问
人的本真

## 我想要

我想要一些欢愉
而不是遍世粪便
我想要轻声欢呼
而不是低头垂泪
我想要深情的拥抱
而不是决然的回避
我想要这山这水这天空
而不是雾霾尘埃与虚度

我想要
高歌纵跃飞翔
我想要
吟诗作画弹琴
我想要
开怀畅笑凌虚
我想要
众生不死无忧
我想要
……

## 给她全体

为了一口残食
穿越漆黑的丛林
争夺一些微利
填充空洞的孔隙
拼抢一点知识
遮掩裸露的无知
在这当世
过活
尚且艰辛
需要付出纯真泪水与自我
而有的人
却想掌握全体
笑话
天大的笑话
就让她汗流浃背
到头却一事无成
就让她离群索居
背负污秽的骂名
就让她经受
生的痛苦
爱的离愁
让她的美
转瞬即逝
让她活在
刍狗之中

## 化身为人

在漆黑的夜空中
一束光
从天而降
浩渺的星辰
滚落一块炽热的石
滴入尘世的汪洋
煮沸腐骨枯木
见惯了扭曲的嘴脸
听遍了痛苦的呼喊
就拾起这支撑旧世界的柱
扫荡一片新的天

从深沉中腾起
从厌恶中挣脱
我要变形为人
点亮这黑恶的天
挥舞手中的棒
纵跃万里的云
我狂笑
我大哭
我翱翔天地之间
我识破伪善面具
我点化妖魔慈心
我无惧邪门歪道
我拥有无限力量
我是斗战胜佛
我化身为人

## 宣言

我不再相信
自己是猴
我不再相信
古老的说教
我不再相信
指定的轨道
在生死之间
我选择做人
在生死之后
我毫无念头

我要寻觅
花间的芳蜜
我要寻找
世间的美好
我要亲手雕塑
通天的塔柱

## 十万公里

在死亡之前
尽情奔跑
在身死之后
充分安眠
我喜欢
这人间的日夜
让我感受
十万公里的变迁

## 世人说

世人说
你要成为螺母
你就点点头
做一枚螺母
因为你需要那一点点油的润滑
有人指着满是零件的跑车炫耀
就请甩过头
给他报以轻蔑的嘲
因为你知道
那不是你的需要
金钱只是工具
何时成了生活的目标
在温饱之后
要将生命的美好
留给深邃宽广与自我

## 就让笔自由游走

就让笔自由游走
好似手长了眼睛
即使没有诗的韵调
可是诗歌又有何用
不过是多了些无病的呻吟
那一堆故纸
早已融化在取暖的火炉里

寻找生的意义
在还有口气的时候
为了一点微利
放弃爱与自己
那无意识的行走
在怒海沉浮的夜空
不过是要走出
被深埋丢弃的自己

我们本来非人
原始的冲动
被压抑太久
只能靠珍珠贝壳美酒
来填充内在的空虚无聊与荒谬
那无意识的游走
不过是在带我们回到生命的最初
远离物质界与名利场
用一颗原子
窥视整个宇宙
用一篇乱诗
描绘终极的追寻

## 天有阴晴

天有阴晴
月有圆缺
此心持一
不悲不喜
不怨不悔
覆水莫收
世事难平
一身端进
一生洒脱

## 寻找

一种事业不因人多而失去方向
一种收益不因人多而失去分量
一种乐趣不因人多而失去色彩
在磅礴的海浪中坚定自身的沉着
在崇峻的高山前激荡内心的豪迈
在变幻的天空下感受世界的深邃
人世多艰
不妨苦中作乐
世事无常
就将名利抛却
笑看庭前花又谢
可叹几行轻薄史
来也匆匆
去也匆匆
且来且去
且去且来

## 化身自己

我知道自己终将逝去
因此我愿失去
我知道自己终将死去
因此我不归去
自己的路
要自己走完
或甜或苦
或喜或伤
人生的酸楚
要自己扛住

微笑的背后充满了艰辛
枯萎的面庞笼罩着华丽
那不朽的身体
抛出棺木任人鞭弃
在这百年的间隙
要将世界化身自己

## 七夕

在美好的日子里
做美好的事
在谈情说爱的七夕
寄托对你的爱意
情的缠绕
无法解脱
爱的追索
无处可逃
你可知道
为你我已白头
你可知晓
一颗心
已为你倾倒
一个人
愿与你偕老

## 我努力活着

我努力活着
就为掩饰外在的荒谬
我努力微笑
就为掩饰内心的荒凉
在该闭嘴的时候
汹涌
在该点头的时候
起身
我
注定孤独
在这喧嚣的华亭

## 人生悲喜剧

在黑暗中徘徊
在孤独中前进
这些韵脚
都已用过
可我还是
逡巡不已

也许人生
就是悲剧
一个个瞬间
悲苦难已
一日看尽长安花
那余生
似已无花可赏
春风得意马蹄疾
得意的马
由不得失意的人

也许人生
就是喜剧
只是悲苦的是自己
欢喜的是别人

## 爱该怎样

云很低
雨很细
风打落叶难已
在我心里
有个结儿缠系
最最亲爱的你
何时能再回到我这里

面对以往的错
我不会再有退缩
爱情已惩罚了我
让我终日失魂落魄
请你不要再闪躲
快帮我解开这爱情枷锁
爱情枷锁
绑得我好难过
爱情枷锁
让我失去了自我
爱情枷锁
让我知道了该怎样活

在今后的岁月里
我再也不能没有你
我们再不会分离
不论悲伤或欢喜
我都要与你在一起
在今后的岁月里
我的心里只有你
我们再也不会分离
不论悲伤或欢喜
我们永远在一起

## 为一人

你问我是否知道了错
我已无言以对
你问我为什么一直在闪躲
我已不知道自己是谁
你问我何时能再洒脱
我已一遍遍沉醉

为你我知道了错
无言以对
为你我不再闪躲
我是谁
为你我要再洒脱
为爱沉醉

曾经的我
已经沉睡
内心的失落
让我难辨错与对
我不敢说
你是红颜祸水
爱情的枷锁
压得我好累

错与对
是与非
我已难分
爱与恨
情与醉
都为一人

错与对
是与非
我已难分
爱与恨
情与醉
都为一人

## 人生的意义不是荒谬

在一片混乱中
我努力寻找
前行的方向
有时用诗
有时用文
有时停歇
有时波澜
我不愿委身于陈规俗律
也不想听从道德说教
已逝的哲人啊
谁还会鼓舞后来的人
道貌岸然的冠啊
你还在地上打滚

在一片混乱中
我努力寻找
前行的方向
有时哭泣
有时伤悲
有时欢欣
有时悲哀
我不想随波逐流
也不愿人云亦云
森然的大道啊
遍布石猴野马
林边的小溪啊
你是否通向通天的海

在一片混乱中
我努力寻找前行的方向

## 探索的力量

有一种探索的力量
不时在我胸膛
激荡

不是向上
这不是权力的攀爬
不是向前
它已被同音污染
不是明晃晃的语言
故纸堆中充满
欺骗

我在头脑中寻找
记下一行行诗句
我在自然中沉醉
描绘典雅的色彩
我观照整个宇宙
却难逃
自己的孤独
我看遍绵长历史
不愿陷入
尘世的旋涡

这种力量
让我沉思
让我抒写
让我痛苦
让我成为
独一的我

## 小舟

难道你就这样走
再也不愿回头
我好想再拉起你的手
登上湖边的楼
你跟我说好忧愁
让我放开你的手
你跟我说生活就像一叶小舟
你再也不愿漂泊到头

罢 罢 罢
就让泪水在我脸颊滑落
内心焚烧似火
谁让我给不了你更好的生活
我面对伤害不再闪躲
以往的岁月有太多蹉跎
我让重新做回自我
解开缠绕的枷锁
就让小舟随意漂泊

登上湖边的楼
赶走昨日的忧愁
看风雨将一池香水打皱
似花叶散落
小舟随潮起潮落
还有爱在默默寄托

## 活成人样

我要忘记悲伤
在痛快哭泣之后
我要尽情欢笑
在还活着的时候
风起了
就随她摇摆
雨来了
且吟笑徐行
夜深了
要安然睡去
何必太过匆忙
何必太顾得失
给心松开绑索
让人活得像人

## 野火

对一个主题我不断思考
为一个问题我饱受折磨
人为什么活着又将向何处而去
随着岁月的迁逝
皱纹已爬上面颊
衰老不期而至
可我仍然日复一日
为生计为平凡困扰缠系
写些无人看的诗
想些没有实际的话
我似已陷入无底的黑洞
抬眼望
发现众人莫不如此
为生计为平凡耗尽残生
这些诗 这些话
不过是一些野火
在无星的夜燃烧

## 道理

我曾痛苦追寻
却发现你就在我身边
我曾立志成人
却发现人就是这个样子
我曾想有所成就
却发现生活在默默打磨
最深奥的道理
却在最浅显的地方
最普通的事实
却耗去最宝贵的时光
怪不得老子西去
他已不愿再做馆员[①]
怪不得作家死去
才会被人拾起
阴鸷的眼
盯着烂漫的羊
1984
也已成了过往的记号
琴声消散了
就随它逝去
火焰升腾了
就安然睡去

① 指老子骑青牛西行出函谷关，老子曾担任周朝守藏室之史。

## 三变

十年寻理
曲尽自然
为达妙意
融汇经籍
奇数长序
求之不倦
风波一起
眼界为变
穷势达格
献策纷争
济世为任
苍生有赖
世事难为
独木无支
穷变斯人
循轨是寄
我访高古
琴音初调
绘吾丹青
书载心怀
我笑我悲
吾歌吾叹
极目无极
委身一息
落笔成花
抚音复逝

## 孤芳自赏

我总是孤芳自赏
沉迷于自己的这边
偶得的片言
都被用心收藏
没人看的诗篇
都被精美包装

也许是我无法面对
尘世的嘴
也许是我总懊悔
难以挽回的美
在众生皆醒的尘慧
还守着那一块宿绘
在空空如也的年岁
还在渴望那一束追随
当我沉沉欲睡
还想斟上一杯清水
当老病相追
还不得心遂
只有片言与诗篇
才能让我在孤独中沉醉

## 读黄裳

收吾有为之心
变为无用之习
藏吾冲天之志
化为绵薄之气
强壮骨筋
广博阅识
十年面壁
忍强达逸
古今一体
筹谋画指
静极复静
乾坤不移

黄

## 你还好吗 我的老朋友

你还好吗
我的老朋友
夜晚时分
你是否还感到炙闷
黎明的时候
你是否还被小鸟吵醒
飘零的梧桐叶
你是否记起它们的形状
仍在飞舞的蜻蜓
是否能排解你白日的寂寥

你还好吗
我的老朋友
你是否还记得
我们一起写过的诗
还有那总在江边徘徊的我
你是否还用
远处的帆
红嫩的枝
涂抹心中的画
你是否还爱
天空中飞翔的海鸥
青石边嬉戏的鱼儿
与她们悄声说话
你还好吗
我的老朋友

## 在秋叶渐黄的时候

在秋叶渐黄的时候
我能写下什么诗
自古佳人多悲歌
可我已不愿悲愁
再大的苦
也不过是一种人生滋味
再难受的委屈
也不过是必须蹚过的门
我不愿在死亡面前放声大笑
因为笑也是一种做作
我不愿再苦等希望的到来
因为天平已不再颤抖
逝去的已然逝去
不要再以来世相欺
未来的正在生长
就在坚硬的果壳之中

## 假如我有一个书店

假如我有一个书店
我会将她取名
山帆书局
里面有琴有画有诗词
动人的故事
会顺着琴弦流出
绚彩的诗句
就隐在枯木山水之中
我会用缕缕朝阳
编织七彩的窗帘
再用四季的鲜花
唤醒沉睡的人

## 一生度过

当我接受了自己的缺陷
我就变成了完整的我
当我知道了自己的追求
我就变成了快乐的人
街头靓丽的身影
消失在茫茫人海
一时间的相遇
再难有重逢的机缘
为什么要在苦海解脱
难道苦不是人生滋味
尝尽了悲欢离合
才会把一生度过

## 小楼

我安静地走开
不愿再被牵扯进来
静谧如此稀缺
何必再碌碌奔忙不绝
找一处安静的角落
将人世爱恨闪躲
不再羁迷于情愁
隐身于自己的小楼

## 秋风起

天地不仁
以万物为豕狗
后哲又加上了犬的根性
我们摆脱了秋风肃杀的循环
却难逃百年一遇的深渊
众生努力向上攀爬
有人哭
有人笑
有人真把他人当作猪狗
一个个气泡
都已幻灭
一个个王朝
都已塌陷
在秋风到来前
尽情欢娱吧
在秋风到来后
忘却
也许
我们情愿被当作猪狗
也许
天地圣人真的很仁慈

## 玄关

虽然还未打通玄关
但我却十分勇敢
用自己的眼
将世间的荒谬来看
四十岁的人
不曾入深奥的门
熟知了玄妙花纹
好将世间的荒谬照认
我看见
高台上的低矮
我看见
黄金堆中的悲欢
我看见
流放的诗人
死后的名画
我看见
蒙娜丽莎的微笑
终极的答案
就含在上弦子时的笔端

## 天然

年年岁岁岁岁年年
眠眠醉醉醉醉眠眠
真人入定三千年
战尽妖魔鬼祟
空山不识物化迁
任凭红绿相随
坚石易碎
强求无为
但到归朴抱一时
全与自然

## 是谁

是谁在昏沉中将我叫醒
是谁在黑暗中吹响前进的号角
是谁赋予懦弱的人以力量
是谁让哭泣的我不再悲伤
曾经追寻的身影
子夜城市的街角
破冰碾碎的声响
沉潭孤雁的翱翔

我们追求太多的一切
金钱权力不死秘诀
却从未知觉
生命中最宝贵的稀缺
拖着疲惫的身躯
整日忙忙碌碌
奔走在繁华之路
胆怯得像只迷失小鹿
习惯了卑躬屈膝
学会了逢场作戏
不再讲什么道理
只看中手中的利益
我们的背越来越弯
我们的梦越来越短
假笑得如此自然
随意换着想要的嘴脸

就让昏沉的人沉睡
为何要将他叫醒
就在黑暗中沉醉
为何要吹响号角
就让懦弱的人沉坠
为何要给他力量
就让哭泣的人不知为谁
悲伤你我的余生

## 划过夜空的星

当我明白
每一天都是从头再来
失去的爱
不能渲染今天的空白
当我接受
自己的忧愁
一个人的时候
就伴着脚下的身影行走
我抬头看天
不再羡慕他的高远
默默祝福白云飞雁
任凭冷风吹打我的脸
我低头看地
不再嫌弃她的卑湿
忙忙碌碌的蚂蚁
又在为生活奔走不息
匆忙的一生
就在茫茫人海中抗争
感受世间的炎冷
就像划过夜空的星

## 明月

明月高悬天际
乌云阴翳
阻挡月光四溢
我虚弱无比
全没了力气
躺在床上叹息
生的非时
昔日的努力
全都失去了意义
四十载的光阴
都在茫然不觉中消逝
死亡似已
不期而至
我低头沉思
突然想起那个居士
百无聊赖中在山坡边游移
那诗 那画 那词
不过是自娱自乐的游戏
有悲有喜
或缓或疾
于是我拿起手中的笔
在这千年后的尘世
描摹他的内心
透过阴云遮挡的缝隙
高歌举酒把欢的欢喜

## 月

你的美艳
让我无处闪躲
你的弧线
如何沉迷也不为过
我羡慕黑衣的云朵
可以在你身边婆娑
经历了亿万年的演变
你早已不屑诗人的做作
不再观看世间的坠落
高悬在天
如此沉着
任那潮起潮落

## 夏末的天台

也许又到了分别的时候
你娇弱的身躯
仍在随风飘舞
我脆弱的心
已受不了这份苦
炙热的拥抱
我们曾喃喃细语
爽朗的天空
我们看白云飘浮

也许又到了分别的时候
你俏丽的目
似蒙上了一层冷雾
我的孤独
又爬上了夏末的天台
我和你近在咫尺
却难以摆脱岁月的捉弄
我不忍见你虚弱的脸颊
你却仍对我暗暗微笑

## 小鸟

当我还是个孩子
总想逃离
地球的引力
似乎一跃就能跳起
尽情呼吸
稀薄的空气
在白云边展翅
与鸟儿一起
翱翔天际

当我长大的时候
爱情的愁
未来的忧
一齐涌上心头
怎样也驱赶不走
在蹉跎徘徊中
我不觉已变得臃肿
生活的重
使我一刻不得放松
偶尔抬头望向天空
发现只有小鸟
还在翱翔随风

## 夜深了

夜深了
街静了
黯淡的日光灯
洒向零乱的桌角
我坐在坚硬的板凳
看着半杯水与面包
滴答的钟响
偶然轰鸣的机车
夜行的人啊
你可知道
你会将这片思绪
带走

## 爱的成熟

你说我对你还不够爱
你说我给你的都是伤害
你说曾经的承诺
为何如此苍白
面对生活的无奈
你不再相信未来
我们之间的爱
正在风雨中摇摆

我只想变得更加成熟
我只想你不再孤独
我只想你能够幸福
给你遮挡风雨的小屋
让你走上快乐的路
我们一起去看日出
在杨柳纷飞的烟渚
品尝三月桃花的蜜苏

于是我重返孤独
努力让自己变得成熟
心中的泪水
在黑夜中淌下无数
爱情的委屈
我一个人吞

我只想变得更加成熟
我只想你不再孤独
我只想你能够幸福
于是我重返孤独
努力让自己变得成熟
能够给你带来幸福

## 填补时间

一瞬之间
过去已消失不见
我努力追索
却无法将往日重现
我向天空高喊
可你却静默无言
只有白云片片
飘浮在落霞天边
我寻求广博无限
想填补分别的时间
可你却渐渐走远
再也不能回转

## 跟过去分离

过去的我已死
我要跟过去分离
深爱的你
可知道这一切都是为了你
你曾说爱得好累
你曾说不想再一个人流泪
你曾说自己的美
不想就这样枯萎

深爱的你
为了你
我要改变自己
我不愿再这样无力
再被称作呆痴
我不愿再家徒四壁
再让你在风雨中无依
深爱的你
为了你
我要改变自己
跟过去分离
我要给你温暖的臂
我要让你感受家的美丽
任时光流逝
深爱的你
我要永远和你在一起

## 自己的诗为什么没有人读

我似乎知道自己的诗为什么没有人读
每个人都有自己的苦
每个人都要走自己的路
一生忙忙碌碌
或为功名利禄
或访先贤之路
时光灿若宝珠
年华短似朝露
每个人都在写自己的诗书
又何须他图

## 路过耀华学校有感

我不愿长大
面对世间的种种无奈
心中的苦
只能暗暗咽下
曾经的韶华
不觉从风间滑过
稚嫩的脸
闪耀青涩梦幻

我已明白
说出的话
不会都得实现
最好闭口不言
生活的难
世人都会遇见
谁愿顺其自然

假如再来
我仍不愿虚度
翰墨丹青
古今纵横
要去掌握美的技能
研读深邃思想
接近伟大灵魂

## 三尺薄绢

我耐心等待
她的成长
用心头的热血
浇灌她的美
世间太过空白
青山都已游遍
只有陋室孤楼
才能装下古今精彩
摘一朵桌角的星
采一束窗边的琴
顺着羊毫小楷
映到三尺薄绢

## 玉珠满地

我努力将生活的片段
连成一串
满地珠盘
我徘徊在春夏晨间
苦思不断
五藏杂乱
我研读最深奥的书卷
口吐胡言
满目狂癫
终极的武功
黑白颠倒
魔鬼的血口
圣人的衣角

## 滨海呼唤

有一片海
充满生机与爱
有一片海
欢迎你的到来

滨海新区
朝阳蓬勃欲出
滨海新区
未来成就宏图

海风扬起
远航的旗帜
大雁栖息
静谧的湿地
辛勤的汗水
闪耀荣耀智慧
青春无悔
要把梦想去追

有一片海
充满生机与爱
有一片海
欢迎你的到来

渤海之滨
白河之津
开放创新
融汇古今

滨海新区
朝阳蓬勃欲出
滨海新区
未来成就宏图

## 超人赞

经历了岁月无尽蹉跎
忍受了命运无情捉摸
面对世间的伤痛
你心中的苦
还剩几多
看淡了荣辱
只默默走自己的路
用冷风冷雨
洗刷满身屈辱
高傲的头
未曾向艰难屈服
纵使注定会输
也要拼搏到日出
攀上众山之巅
用天地星辰
渲染胸中画图
潜入深海之处
用古今甘甜
浇灌五洲幸福

## 一生一曲

如果有大片空白
我会一直涂抹
管它有没有人看
管它时间促捉
我只书写自我
而我
有悲 有喜 有痛 有忧
我想无愁
于是荒凉满目
我想共舞
于是鹤鸣幽谷
书写
没有用处
卷图
难经焚炬
我嘲笑世间的癫狂
要将风华收尽
我痛心众生的迷痴
生如朝露般短暂
我笑 我哭 我舞
风尽 雪冷 梅故
一生一曲
弦绝鹤去

## 我是个诗人

我是个诗人
即使我不愿
承认这个名号
可灵感闪现
最先显现于指尖的
是一串串文字
一行行韵文

我羡慕画家
可以用画笔
描绘美好的世间
我嫉妒作家
可以用精彩的故事
唤起众人的同感
可这一串串字
一行行文
似乎都流自
我的心间
浇灌了探索的我
记录了心中的我
也许诗人
最是自我
一个人写诗
一个人动情
也许当我老了 病了 死了
这字 这文 这诗
会飘洒出
曾经的我

## 你不在这里了

你不在这里了
我曾经深爱的人
你的身影
渐渐模糊
风雨之中
我难以分辨
你的面容

是谁在湖边
细语缠绵
是谁在花间
回眸娇艳
你不在这里了
我曾经深爱的人
我在茫茫人丛
苦苦搜寻
却再也难见
你的容颜

## 还有只是

终于有一天
我学会了慢慢长大
努力寻找喜欢的事情
平静度过每个平凡的日子
我感受着尘世的苦
理解了凡人的忧愁
面对着生老病死
遭受了爱恨别离
我在尘世已化作沙尘
我在人间已混为凡人
只是
……
还有只是

## 海之爱

未来如此之远
你是否找到了自己的船
面对陌生的脸
你是否还感到彷徨不安
人人都在奔忙每天
你是否仍会徘徊花间

也许在这城外
就有一片海
再将你等待
那里静谧多彩
那里水清云白
就躺在柔软的滩
尽情看天
就扬起心中的帆
自由舒展
就放开过往的片段
在这片海
重新去爱

## 武陵回想

我记得曾坐在泉边
看着你的眼
你的发梢
随风轻展
你的裙角
拂过远山
我们将微笑
留在了那片源

## 跳跃的鱼

几颗星落在河中
闪烁光芒
几滴泪融在水中
飘摇不断
左岸的树在想念右边的叶
前方的路在回忆脚下的石
几束光从庭院射出
好抹去夜的寂寞
沙哑的嗓音
藏在震撼的音响
希望就寄托在网中
跳跃的鱼逃不出身下的箩
我们总要找到自己的地方
好让思念站在对面

## 街边哭泣的女孩

你躲在
街边的牙石
秋叶下的树荫
放声哭泣
也许是
为爱
为情
为自己

夜已黑
找不到前行的方向
风太冷
没有人温暖你的臂膀
心好苦
再不愿在陌生的城市奔忙
在街边的牙石
秋叶下的树荫
谁在放声哭泣
为爱
为情
为自己

## 升灯

我置身于苍茫的宇宙之间
以一粒沙
以至无限远
左边一片海
右边一片海
我坠入无穷的深渊
透骨极寒
在无可下坠的地方
失去呼吸残喘
静无黑暗
在广大的虚空中间
寻到一处光
一点微颤
似种芽
似心跳
用虚无与瞬间
熔炼她的震颤
渐卑渐起
渐微渐燃

## 魔法学校

你置身于人海
茫然不知所从
在名利的眼角
胆怯懦弱
你怀念童时的美好
没有太多忧虑
只知道开心地去玩耍
可不知不觉中
你我都已长大成人
面对诸多的困扰
你是否也曾在深夜独自忧伤
怀念曾经的青春年少
还有那五彩缤纷的魔法学校
多想再向白胡子老师认真请教
怎样才能变出自己的世界
让王子与公主在王宫中永远欢舞
让鲜花与小草永远不会枯萎
让小鸟的翅膀带着我们自由飞翔
永远都在开心歌唱
如果还有魔法学校
我们一定要学会
变出自己的世界

## 一刀两断

我曾爱你那么深
你可知我对你的真
你曾是我心上唯一的人
可你却对我关上了爱的门
把我独自留在
风雨之中苦苦等待
深情的呼喊唤不回你的爱
苦涩的泪水让我幡然悔改
既然你一定要分开
我再也不要死死守着这份空白
曾经的时间
已不能回转
就抛开那一丝爱恋
我不愿再被愁怨牵缠
我要和你一刀两断
这是我的爱情宣言
我已识破你虚伪的嘴脸
不会再受你欺骗
我要和你一刀两断
这是我的自由宣言
一切的苦果你自己承担
我要扬起快乐的航帆

## 站岗的麻雀

在天台的花丛里
有一群麻雀在默默啄食
紫红的太阳花
淡黄的绿长叶
在一片红黄中
我忍不住滑过斑驳的水泥地
慢慢走近无香的世界
猛然惊起
一阵叽叽喳喳的欢叫
望着你们远逝的背影
心中充满歉意

于是我学会在远处静静等待
让粉蝶随意采撷花瓣
任微风轻轻拂动茎秆
当站岗的麻雀也已不见
面对空空的栏杆
我默默闭上了双眼
想象自己在与你们欢宴
心中充满喜安

## 午睡的农妇

谁说过我们都一样
谁讲过我们是老乡
你裹着破旧的毯
倒在阴冷的地上
苍白的衫
遮不住树的寒
熟悉的脸
无视我的陌然

我吃过你家的饭
我喝过小村的泉
铁青的茧
团起甘涩的面
暖心的言
白花花留在心间
我在茫然
你在难安

## 林间白马

是谁闯入金色的森林
穿过薄雾笼罩的晨曦
踏着翠鸟的鸣唱
和着粉蝶的欢舞
一片云从天边拂过
一朵浪花从海中跃起
一粒沙坠入浩瀚的星辰

## 小店倒闭

你们还好吗
忍受着繁华都市的雨淋日晒
是否还穿着皱褶的衣裳
没命奔忙
你们还好吗
遭受着世人嘲弄的眼白
是否还能坚守前行的方向
挺直脊梁
你们还好吗
远方家人还在苦苦等待
请接受爱的力量
莫惧悲伤
你们还好吗
在这利益丛生的年代
请为了内心渺小的希望
咬牙死扛

## 十字路口交通灯上的麻雀

你将世人踩在脚下
叽喳欢唱
无视
车流的嘈杂
众生的奔忙
树太老
装不下轻快的心
叶已黄
照不见新换的羽
你将世人踩在脚下
叽喳欢唱
看
车流的嘈杂
众生的奔忙
用闪烁的灯装点新换的羽
用艳羡的视照耀轻快的心

## 活着

有些人为活着而活
有些人因为惧怕死亡
而努力挣脱
黑暗的魔掌
有些人为了活着
日夜奔忙
用命换粮

有太多的说辞
论证生命的意义
有太多的故事
讲述生命的真谛
可谁又知道
活着的答案
那些寻找答案的
还在迷茫
那些知晓答案的
已然死亡
那些对答案无所谓的
正是活着

## 诗与灯

假如我死去
这首诗还在
可谁又关心
她的死活
有太多的词语
可以组成心中的句子
有太多的可能
可以编造纸上的铅字
在飘零的年代
寻一处遮护的矮檐
在无依的深夜
找一盏昏暗的桔灯
风停了
就去赏池中的荷
天亮了
就来捻灭这盏灯

## 小丑的独白

富丽堂皇的王宫金瓦碧屋
一个小丑在纵情欢舞
臃肿的国王无比欢娱
满堂的朝士仪表楚楚
金玉鼎钟吭吭作响
丝竹簧管曼妙绵长
异域舞妓歌喉嘹亮
扭动腰肢轻展华裳
小丑努力变换嘴脸
满堂穿行在众人之间
各种笑声从未间断
好一个盛世太平武英之殿
宫外武士铠甲冷森
把守城堡紧闭铁门
黎民痛楚何人能伸
莫非冤恨永世坠沉
小丑突然打翻葡萄酒杯
放声大哭滴答垂泪
匍匐于地蜷缩似龟
众人不解他之所谓
伶伎高唱异国之歌
四方争斗不解干戈
战士红血积流成河
满堂朝士可倚者何
国王大笑癫狂不已
朕之江山天地所倚
朝士陪酒负有大事
今派将军就是个你
小丑得旨满身披挂
斜披肩章头戴菊花
铜锣开道前排金瓜
随行人马雀跃鸣蛙
大军直指茅厕之东
挖个深坑还有地洞
神机妙算谍影重重
他的作为无人能懂
城外皇陵太过遥远
死后不过黄土埋掩
此处正作甘泉驿站
人人有份无须挤占
众人狂笑垂泪不止
纷纷称赞小丑机智
办事干脆有胆有识
现在何不入睡安息
满堂寂静全失人语
一人一坑管他日出
雀飞朝堂赶走鸦乌
烂肉满地独饱口福

## 星液

我抵达无限的宽广
穿越隧道的绵长
坠落在黑暗的深渊
晕眩
突然发觉
身外的洞穴
时空早已颠倒
星辰闪烁秘奥
光芒化为金液
汇入无极之河

## 相守

在你凋谢的时候
谁会黯然神伤
在你悲伤的时候
谁会独守身旁
世界很大
却容不下一生的荣华
生命短促
谁愿为爱踟蹰
在最好的年纪
遇见最美的你
在一无所有的时候
承诺为你相守

## 开门

你瞪大双眼
对我说着谢谢
层叠的包裹
压过低俯的前额
我推开铁门
为你让开出路
佝偻的背挺起沉重的负担
一个谢字却让我无言以对
你们总是做得太多
却索要太少
甘愿默默奉献
却从不抱怨
道很长
请留心脚下的路
天渐黑
请点亮自己的灯

## 星芒

我迷失在无尽的星空中
想找到一颗属于自己的星
我在海边无数的沙石中
不停翻找
想找到闪闪发光的那一颗
就似天上的星

时间很长
可我的年岁无多
宇宙很大
可我只想找到属于自己的星
但我并不慌张
也不愿太过匆忙
因为不论是
在青山
在深渊
在河岸
在尘间
在心田
那一点微弱的光芒
都隐约可见

## 珍重

你是否跟我一样
每天一睁开眼
就为生活奔忙
为三餐
为温饱
父母已老
妻儿幼娇

你是否跟我一样
即使穷困潦倒
愁苦交集
也要继续寻找
生命的美好
一方纸
几行字
足以
伴深爱的人
做欢喜的事
余生
请保重自己

## 钢琴

我坐在钢琴前
平静无言
看着黑漆中的我
抚腮静默
有太多的事要做
有太多的情未了
一天天
一年年
就这样逝去
我不惧怕死亡
可当终曲响起
谁又会来
合上琴盖

## 沪之晨

红尘寻真意
升起一轮煦日
凡世存感激
收进几片灵汁
人生苦短
穷困交连
保得一心欢喜
与金乌玉兔相依

## 江边留影

你在岸边自顾自地笑
黄浦江的浪涛
盖不住你的脸好俏
人生易老
青江尚早
切莫回瞭
韶华如风

## 羊兽

你们张着狰狞的眼
血盆的口
游走在人世间
要将一切吞下
不留一点残渣
温顺的羔羊
躲在树枝后
乳白的身躯
瑟瑟发抖

他一定在想
前世的因果
可世界不止羊与兽
强大才能顺应自然的道
水在下流
光仍普照
看谁能用有限代价
支撑起最凶猛的壳
羊在狂吃
一刻不息
兽在安息
等待时机

## 少腿爬虫

当写下假如我死了的人也死了
当说出来去空空的佛也无所得
当我们面对血腥不再饥渴
面对诱惑不再倒戈
我们还剩下了什么
人不能两次跨过同一条河
波涛汹涌
倩影如鸿
她是否愿意再等
这少腿的爬虫

## 平地如山

我终于拄着登山杖
红色的
蹒跚前行
没有陡峭的悬崖
没有通天的梯道
拐杖缓缓敲击着水泥地面
笃笃作响
衰草附和着秋风的摇摆
冻土不顾灰白色的涂抹
在一无所有的时候
才懂得珍惜点点滴滴
平地成山
寸步维艰

## 树叶

假如树是巢
叶是鸟
你是否还会驻守
与我相依到老
经过了春夏
共历了繁华
你在枝头招展
我在用心观看
风拂起你的裙摆
雨划过你的粉白
假如有一份爱
我愿为你默默承载
北方的冬好冷
身上的伤好疼
你有翅膀
为何不展翅飞翔
无星的夜好寒
我怕你会孤单
纵是枯萎
也要陪在你的身边

## 子牙

你钓的是自己的寂寞
撒不去的忧愁
所以不需要鱼钩
落寞
清江无皱
一人一舟

青山
杨柳岸
冷风拂面
扬起一抔水
伴一壶浊酒
沉醉

# 苍

## 狮子林桥

我骑行过狮子林桥
望海楼角
暮灯仰照
百年沧桑
汇进穿梭的车流
各种狮子
或怒或笑
或悲或喜
守候奔流的海河
平凡的人们
或花枝招展
或行色匆匆
奔走在生活的前线

## 小雪

你藏在我的视线里
奇幻的云
无形的风
在北方的冬
闪躲

你划进我的眼睛里
些微的冷
轻柔的抚
似恋人的发
拂过

## 九条命

假如我有九条命
我要撒在九条河
在长江
在海河
去东海戏鲨
历西洋扬帆
在悠然转弯处
有灵溪一潭

## 大光明桥

我行过大光明桥
一束光
洒过晨面
清冷
殊艳

迷茫的眼
不再离散
前行的路
不再孤单

嘶吼的马头
虚悬的箭
向日葵的光芒
维纳斯的微笑

## 在哪能找到苍凉

我问自己
在哪能找到苍凉
是草木不生的荒地
还是锈迹斑斑的废厂
拥挤的城市
容不下一方静塘
名利纷扰的尘世
解不脱无味的繁忙
在生死之际
谁不曾黯然断肠
几行小诗
治不了流血的伤
无鱼的池
化不去落叶的脏

## 一个垂死者的自白

我默默等待
死亡的到来
没有悲哀
昏暗的雾霭
遮住曾经的爱
远处的钟摆
敲去生命的空白

我默默忍耐
死亡的到来
没有悲哀
为了爱
为了空白

作此诗前，曾在笔记本上写下这段话：世间本没有路，自己走过了，也就成了路。

## 沉默的海

投入沉默的海
无望的洋
我难以躲避
不期而至的荒凉
猩红的嘴
雪白的口
折翅的鸟
倾斜的草
满天的落叶
怎样跃进凝冻的池
翻肚的鱼
还在注视枯树的枝
停工的楼
流沙的基
几张薄纸
如何烧出往日余晖
数声叹息
又要汇入沉默的海

## 为了梦的延续

多少梦
在林中已醒
怎奈爱
仍欲延续
你告诉我
我们不再相爱
可我仍欲献上
玫瑰五彩
为爱
为情
为了梦的
延续

## 叶的形状

我想看遍
叶的形状
空白或残缺
尽管芬芳
却无声无息
面对阳光
你选择闭上眼睛
你是春的燕影
夏的荷亭
秋的风舞
冬的残冰

## 口罩的绳断了

我又一次在候车亭下踱步
又一次
鼠年的寒潮来了
灰色的车走了
纸巾粘在黑色的车筐
拂荡
冷风夹着雨
驱逐了残冬最后一场雪
口罩的绳断了
我将它系在耳朵上
路边的树倒了
仰视着灰蒙蒙的天

## 迎贤路站

这灰色的楼
白昼的灯
划破昏暗的天
就落在泥泞的路上
飞扬的幅
拥挤的字
系在断裂的绳角
扑簌簌作响
断头的桥
锈迹斑斑
行走的叶
腆胸叠肚

## 你我自己

你曾在那里
看天
看地
看云移
我在这里
想我
想你
想自己
风吹散天上的星
雨融化无影的云
尘落进世间的人
你曾在那里
看我
看你
看自己
我还在这里
想天
想地
想云移

## 想到尼采

人是人
你却想要超越
有太多的残缺
阻挡了神的门
你栖息在远古洞穴
仰视浩瀚星辰
你抚拥皎洁明月
感受生命美真
你在晨曦中独觉
拒绝周遭昏沉
你痛饮甘涩的酒
撕咬忧愁苦闷
你鄙视陈规陋纪
思想发出叮当响声
你在高山之巅呼唤
呐喊摇醒沉默的心

## 自己的天地

我一直在寻找属于
自己的天地
尘世太过拥挤
人潮汹涌不已
为了名利
为了生计
山上歌舞欢啼
山下遍布墓地
穿过青绿
伴着孤独
我在寻找一方归宿
风拂散云雾
雪悄声倾诉
庆幸自己
独饮融水叮咚禅迹

## 一叶舟

我想打开一叶舟
舒展纸与木
重新折叠
做飞船
做大象
绘上五彩的图案
点缀闪亮的星星
月光拂过锈钝刀口
晨曦驱散昨日烦恼
在一日一夜间
品尝造物的欢悦
在生生死死中
接续断裂的震颤

## 雪

我曾来过这里
却难寻你的踪迹
冰已融解
你在消逝
往来穿梭的脚步
清晨十点的温度
如云般飞散
似风儿吹拂
是否再次欢舞
要穿过迎春秋雾

## 名字

你们在农忙之际
聚在一起
要为一个新生儿
起个名字
皲裂的手抚摸娇嫩的脸
干涸的眼穿过低矮的檐
从未见过海
想象她的蓝
村里没有山
向往他的巅
整日背朝着天
无声无息推着磨盘
脚下的这方土
汗水润湿了思的泉

## 月光洒在我的身上

月光洒在我的身上
轻柔的女神抚摸初生的婴儿
苍老的脸映着皎洁的光
生命在不知不觉中流淌
女神
是你拿走了我的青春与热血吗
扭动的躯投入火红的窟
鲜艳的血发出腥烈的味
人生
总要找到目标
献祭月
削成镖

## 故乡

在一个触手可及的地方
生活着一群纯朴的人
纯正得连水都显得咸涩
朴实得连土都显得浮华
没有山
更没有海
四方的院
狂吠的狗
一切从地下开始
那根
那魂
那条线

## 爱的猎物

红红落日浸在天边将你我抛进无边黑暗
遥远星辰几束微光似在嘲笑这爱恨人间
我牵你手柔软如酥在寒冷冰面不住震颤
你拥我身似只羔羊全力遮掩内心不安
苍黄落叶无助飘零跌进残破的雾
黑色荆棘伏在岸边阻挡逃生之路
闪烁火苗焦躁扑朔那是饿狼的眼
它在追寻爱的猎物

献身于爱你我义无反顾
纵是粉身碎骨
也不要一个人活得虚无
分离的痛楚
无情撕扯流血伤处
爱情的誓言系在相牵手腕
生存负担压住紧挨的肩
饥饿的浪吁吁气喘
它在等待爱的欢宴

## 残酷的魔王

丑陋的脸
血腥的面
黑暗中闪烁的双眼
贪婪无厌
懦弱
愈发无味的餐
卑微
不屑你的奉献
用时间牵引沥血的盘
用梦幻拉紧套索的线
敞开的陷阱
直白的谎言
世间的人啊
为何盛装打扮
来参加这裸祭的宴

## 我与诗

我把你从空白的文字中拉起
渲染多彩的色
采撷最美的味
用心的激荡
赋予你的脉动
用血的呐喊
唤醒你的沉梦
用天 用地 用海 用我
献祭于你

你把我从无脸的墓中映起
空虚的天
失魂的人
枯草不愿花的鲜艳
腐骨听不进虚声假言
就放我回去吧
与孤独相伴

## 我想让你们活过来

我想让你们活过来
因为你们是
我的血
我的肉
我曾经的青春年华
我想看到
镜中的自己
影中的影子
你们带着
我的血
我的肉
我的青春年华
被锁进了棺
埋进了土
烧成了灰
我看到
火中的呐喊
垂死的叹息
身边飞落的尘灰

## 在蓝天白云下

一丛野草
冲过黄土的壁
破壳而出
几只小鸟
划过清晨的枝
欢快鸣唱
我站在这里
午后初春的光
斜照身旁
曾经的忧愁
似被风儿吹散

血肉的欢娱
生命进化的祭奠
痛苦的挣扎
精神升腾的旗帜
浩渺的星辰
无视地上的尘
顿悟
在蓝天白云下

## 洞穴深处

洞穴深处
安稳舒适
潮湿的泥土
亲密的接触
卷曲的身体
躲进黑暗的角落
没有灯
更何谈光
不合时宜的闪烁
刺痛了皱褶的皮肤
惊扰了美梦的欢娱
快打碎那盏灯
快熄灭那邪火

## 纸与笔

用坚硬的土封住洞口
用香甜的蜜堵死嘴巴
坠落
洞外的万丈深崖
妄言
人间最大的恶源

在肉色的欢娱中
谁在痛苦呻吟
在无光的循环中
谁要点燃火焰
自由流出笔端
未来透过纸面
崩塌吧
这腐朽的穴
燃烧吧
这人类的心

## 我似乎明白

我似乎明白
你们在珍惜什么
我似乎懂得
你们要寻找什么
内心的火
从未熄灭
生长的光
永恒燃烧
锻裂
一切束缚的枷锁
打碎
阻挡前行的界限
挣扎
探寻力量的源泉
奋斗
焕发人性的尊严

## 你是否找到

你是否找到那眼泉
取得越多
流得越多
你是否找到那块田
耕种的才能收获
苦涩的化为甘甜
你是否找到那方山
宽广的才能攀登
憧憬的就在眼前
你是否找到那点帆
激昂的才能远航
深邃的浸透荒凉
你是否找到那片天
自由的才能飞翔
欢乐的散发光芒

## 石与贝

你吞下一粒石
耐心研磨
和着血
咽着泪
锋利的缘
刺痛柔嫩的肤
无望的盼
沉碎软弱的心

你潜入一颗贝
安静等待
忍着苦
遭着罪
黏稠的嘴
啃噬光洁的壁
时间的流
冲刷朴拙的身

## 枯树

我喜欢在春天
凝目枯树
看你们
一天天
一点点
生发出芽
珍护着蕾
粉白的桃
娇黄的藤
唤醒冬的沉睡
迎接春的爱垂
归雁匆匆
小鸟叽喳
等待你们
立起城市的维度
映出远山的模样

## 长乐无阻

你还在等什么
花开了
草嫩了
人老了
你还犹豫什么
青春无多
欢饮几何
人生聚散离合
夜深了
月明了
佳人在兮
良友伴兮
举觞共祝
长乐无阻

## 我若是湖

我将书稿投入湖中
慢慢沉浸
消失无踪
我将石子投入湖中
点点涟漪
波澜不兴
我对着湖水
大喊大叫
大哭大闹
没有回音
宛如沉睡
我跌倒在地
眼望着天
旋转
露出玄机
我若是湖
怎会屑于几张碎纸
我若是湖
怎会乐于几粒顽石
就拿更多的泪
来洗刷污浊的手
就用更多的悔
来浇灌新生的人

## 乡下没有山

乡下没有山
就在心中起一座山
村边没有江
就在心中流一条江
赤条条来
一无所有
在荒凉处感盛衰
在寂寞时寻奥义
纵览千古
博取八方
建一番新天地
继圣开来

## 任山水

欲江长无限兮可等我
欲山广无界兮可载我
身如沙芥兮志无极
皓首早白兮未服愁
乐道好学兮终此生
观史读经兮任山水

## 我想任心漂泊

我想任心漂泊
可是海在哪里
我想随意飞翔
可是天在何方
桃园东坡
人在蹉跎
断桥危楼
正恁凝愁
难道这琴
一定要用情丝拴就
难道这画
一定要用血泪染成
三千诗书
不过一部忧愁史
古今文明
徒剩枯骨断碑

## 眼睛

你看着我的眼说
爱我
我找了你那么久
原来你在这里
我看着你的眼说
爱你
你可在我的眼中
找到自己

# 翠

## 请再试试梦想

总有一座山会把你的心磨钝
总有一方海会把你的气淌平
人不能总是飞翔
你不能总在迷茫
也许是伤
也许是悔
也许是一个人的面对
也许是深夜的苦醉
当你的心碎了
当你的翅折了
请再试试飞翔
请再试试梦想

## 自然的法度

鸟择木而栖
鱼逐浪隐溪
人们奔走趋利
川流不息

两足的动物
进化的生物
远离的地心
难脱自然的法度
何不学学一棵树
一株花
在哪里站立
就给哪里带来阴凉
在哪里绽放
就给哪里带来清香

## 活出个人样

你仰望天空
因为你还在地上
你不停懊悔
因为你还有伤痛
你是否还会追求真相
假如真相只能带来苦涩
你是否还愿打碎沉梦
假如沉梦无限美好

你仰望天空
因为你向往他的宽广
你不停懊悔
因为你还思念她的温柔
你追求真相
打碎沉梦
因为你想
活出个人样

## 不如树

我被困在这里了
就像一棵树一样
可我没有树的根
也没有树的枝

我眼睁睁看着自己的腐坏
我眼睁睁看着自己的老去
我被困在这里了
连棵树
都不如

## 当思想来敲门

假如只有一支歌
你要歌颂什么
假如只有一段舞
你要膜拜什么
是太阳神
还是维纳斯
在宇宙面前
他们都微不足道
渺小如沙
当生命是宇宙的生命
当进化是宇宙的进化
我们就找到
终极的起点
最后的归宿

生命是一种偶然
是广阔空间内的碰撞
因为其广
因为其空
无意义的空白
翻滚的泡沫
好在有
黑色的垃圾桶

时间是一种宿命
不在其长
不在其短
你将怎样转化
手中的燃烧弹
心中的火药桶

## 逆仙

一切的艺术都歌颂你
一切的作为都献祭你
在心之上的
广博无边
深邃蕴含
顺而为人
逆而成仙

## 托起天

是谁托起天
让光
透过魁梧的身躯
照射进黑暗
力大无边
胸怀宽广
你托起天
让光
照进人间

## 共鸣

当你面对风雨
会说些什么
是何妨吟啸且徐行
还是让暴风雨来得更猛烈些吧
当你面对岁月
会想些什么
是花前月下岁月静好
还是似曾相识燕归来
当你面对艰难
仍然埋头苦干
当你面对痛苦
感到无能为力
总有一首诗
一首词
会穿越时空
摒弃悲喜名利
直击你心间
敲响空谷的钟
弹奏共鸣的弦

## 小鸟

我悄悄注视着你
躲在角落
你欢快鸣叫
立在围栏
蔚蓝的天
几片白云洗过
昨夜的雨
几丛野花绽放
一阵风拂过
你一跃而起
消失在那天际

## Are you angry

Towards endless cloudy
While darkness unsighted
Are you angry
With just one determine
When plants burned to dust
Flowers turned to white moist
Are you angry
With just one endness

## 有怒

平地一声雷
静潭耀金鳞
浮波七尺浪
风涌九天阴
潜隐三千载
化形由古今
去去凡孺子
激昂朝圣心

## 恒星的形成

我想探究恒星的形成
比太阳还要光亮
无限宽广的空间
渺小分子的挤压
在黑暗的云端
爆发生的力量
将一切虚伪在你面前脱落
让一切言词在你面前燃尽
经历亿万年的演化
揭示终极的力量

## 克鲁苏的触角

你是否足够勇敢
掀开黑暗的一面
乌鸦在冰冷的墙壁
不停欢叫
黑猫贪婪舔舐
克鲁苏的触角
你是否敢于
直面自己的死去
让浓重的夜
遮住苍白空洞的眼
听
万物生长的声音
就在你的脚下
就在它的身旁

## 在关闭的门前

在关闭的门前
我在寻找进去的路
跟随路灯昏暗的脚步
或是学习无风的树
在关闭的门前
我在寻找进去的路
望着园外的树
照着昏暗的灯柱

## 叶子

假如一个人
就是一片叶子
那么树木是什么
森林又是什么
假如每个人
只需要一片叶子
那么世界会变成什么样子
我们改变不了世界
只能改变
自己
每个人
都在森林中
寻找
属于自己的
叶子

## 终极追索

你是否摆脱了道的束缚
你是否脱离了路的缠牵
你是否忘了语言
也不再用画笔涂抹
心中的键盘
不止黑白
追索终极的自己
体会人的意义
在自由的虚空
创作
在黑暗的边缘
呼唤

## 循环

对于道
你要开放
对于善
你要共享
对于贪婪
你要凶狠
生命的歌
需要共鸣
成长的梯
不断攀援
我从尘间来
复向尘间去

## 源泉

在最卑微的地方
生长
在最琐碎的尘隙
起始
用鲜红的血
浇灌前行的心
用空白的言
祭奠逝去的魂
在黑暗中跳跃
寻找慰籍的力量
手揣青涩的果
探索甜蜜的源

## 人啊

人啊
本是一个整体
不论活着
死去
还是未生
曾经的呐喊
仍旧回荡在空城
血色的印痕
就隐在柳岸溪边
人啊
本创造了神
为何仍旧
俯匐求生

## 你在叫我吗

你在叫我吗
站在高高的天台上
清脆鸣叫
我转过微驼的背
透过钢铁的阴影
在明亮的光芒中
将你寻找
你的美
无人欣赏
我的眼
已然花白

一只蚁
爬过石壁
带着翅膀
它落在我的牛仔裤上
就在写诗的时候
你飞走了
字输完了

## 反义词

用一棵草的娇嫩
去搅动江河
用一粒米的饕餮
去溢满贪欲
得未必正
失注定愁
生如蝼蚁
却总勾画龙虎
用生命填满空隙
却总夸口
千秋万寿

## 庄子两则

人们来来往往
走在地上
走在树下
花叶开开落落
生在枝上
生在笔下
经历了寒暑
谁能拖住
岁月的脚步
不知不觉中老去
无声无息地死去
你在枝头箕踞
你在尘间欢舞
震落世俗的捆束
不屑名利的绑缚
在山
在水
在花
在叶
悠游无极兮
畅达妙境

一蝇相随
两雀嬉闹
三声长啸
我看着斑驳的地
映着苍白的天
又是一个
Philosopher day
人们挣扎攀爬
相互吞噬
几颗星
早已坠落尘间
这就是
地球文明

抛却一切语言
去掉一切形象
舍弃一切音符
在虚空中闪念
在岩壁上描画
在雷霆间吼叫
谁还在击缶欢唱
缶碎了
人亡了
声消了
就选那条
带花纹的皮带

## 世界的尽头是词语

穿越荒凉的沙漠
划过浩瀚的星河
我在空中
在陆地
在海洋
将你寻找
经历沧桑的变迁
忍受成长的无奈
我在废墟
在街角
在尘间
将你寻找

我穿行在词语的密林
谎言在不停闪烁
发出白磷般的荧光
我爬过奇形怪状的嘴巴
甜腻的口水
沾染着胭脂与黑血
总有一个词
最能表达我对你的爱
总有一句话
将能承载终极的真理

在丝网的尽头
透过蜘蛛的黑腹
我看到迷茫的旋涡
似天上的星
在黑洞边旋绕
似海中的沙
在深蓝中迷失
你的吻
带走了我的一切
你的笑
剪断了救生的绳
当我们忘了语言
就如婴儿
当我们置身荒野
就如野兽
让我们重新感受
原始的力量
让我们重新焕发
进化的生命

## 你要进入哪扇门

如果你来掌管城门
你会要谁进入
如果你有那串钥匙
你要进入哪扇门
生命的进化
似江河铺排
无数道坎
无限的窄
谁能进入
永恒的瞬间
谁能窥探
光明的未来
从族类中升腾吧
你要突破那局限
从高山上纵跃吧
你并不是那么矮

## 绵羊

你瞪着圆滚滚的眼
唱着软绵绵的歌
洁白的衣下
有颗真诚的心
盼望着世界的美好与安宁
希望遇到
慈爱的阳光
无边的花草
而不是
欺诈的牙
不可告人的幕

醒醒吧
圣洁的绵羊
你身上的血在流
你眼中的火在烧
请记起头上的角
不再咀嚼失魂的草
向着张开的口
刺杀
向着绝壁悬崖
纵跳

## 巫师

对痛苦的人
你在说放松
对劳碌的人
你在说因果
对贫穷的人
你在说来生
黑色的祭坛
沉渍的血迹
你用金色权杖
指着太阳
匍匐的身躯
空洞的眼
乞求的哀号
在月光下回荡
有死的人
快打开你心上的枷锁
微弱的光下
请自行成长

## 一瞬

我许下千年的诺言
就为了在人潮中再多看你一眼
人来人往
你的倩影转瞬不见
我已对红尘无恋
可心却为你不停震颤
花开花谢
何时再能与你相见

我许下千年的诺言
就为了在人潮中再多看你一眼
相逢太难
我甘愿做风中的霞
等你到海角天涯
红尘无恋
心在震颤
相逢是难
何时相见
海角天涯
情化弱水
千年诺言
只为红颜

## 一个青蛙的自白

我从池塘中来
跳到茶壶中去
就为了一口水
一点饭
别跟我提什么尊严
更不要给我贴上崇高的封条
我还没死
活蹦乱跳
塘干了
梦碎了
夏日的午后
闪耀着断壁残垣
我是活的
脸是绿的
心是红的
为了一口水
一点饭
我跳到茶壶中
紫砂的
高贵的
水是苦的
叶是咸的
可我仍然
欢快鸣叫
壶里挤满了蛙
还有无数的蛤蟆子
早已被安排好
我们一起快乐高喊
水快凉了
快加开水

## 花谢了

我用音符
拉平皱褶的皮肤
我用色彩
涂抹心中的悲哀
可我仍然不满
人们来来往往
当我明白这点
似乎已来了太久
花谢了
在最炙热的时候

## 美好希望

我希望天永远都是蓝的
虽然有时它会变黑
我希望云永远都是白的
虽然我们能够让她变污
我希望孩子们永远都是快乐的
虽然她们也会长大成人
面对蓝色的天
白色的云
回想快乐的童年

## 进沙

我捡起一粒沙
看过九重佛
指尖巍峨
大圣到过
我进入这粒沙
海浪翻腾
星空闪烁
我雕琢这粒沙
平地高楼
美轮美奂

## 光之子

如果有黑暗
有光明
你将怎样选择
如果有杀戮
有生命
你又将怎样选择
交错的支架
搭起光明的阶梯
透视的画面
描摹永恒的未来
觉醒吧
光之子
永恒的主人
请举起你心中的权杖

## 隐藏力量

在黑暗的尽头
是鲜艳的色彩
在痛苦的终点
是无限的欢爱
谁在肆无忌惮地狂吠
谁在风雨之中飘摇
金字塔的顶端
是沙与血
绚丽的图案背后
是虚无的空白
谁在山水之间挥洒
谁用泪水和着盐巴

断桥边的梅
又被碾碎
失散的魂
找不到回乡的门
黑色的铁
有死的人
谁能举起心中的锤
砸碎这瞬息的幻臆
放飞的绳
黎明的生
谁在歌颂隐藏的力量
降服本来心未来心衰死心

## 大隐人间

繁星点点
亮于众心
银河灿烂
终归人海
穷极古今
化成此息
观宇宙宽广兮
感人生短暂
寻闪亮光华兮
大隐人间

我没有想到这本集子会以这首诗结束，红黄苍翠，代表一年四季的颜色，2019 年 7 月到 2020 年 7 月，我用诗歌记录了自然的色彩与自己的感受。季节还会流转，但我的感受就永远停留在这里了，在白纸黑字间，看不到光彩。也许这就是岁月，这就是一个中年人会清醒面对的无奈。可还有歌唱，还有舞蹈，还有升腾的力量与火焰。如果一定会沉沦于黑暗，那么就请在飘落前尽情享受向上的力量与光彩吧，用音乐、绘画、诗歌等等通道，来打开通往光明与自由的无限广阔未来。

# 升腾火焰

# 序

从2020年7月初开始，在写完《红黄苍翠之舞》后，我将捡拾到的诗歌都汇集到这个集子中。当时，我心中有一种火焰升腾的景象呈现出来，要把自己烧尽，把身上的残渣尘垢都燃烧尽。如果说《红黄苍翠之舞》是我从2019年夏天到2020年春末，将这一年四季变化投影到心灵的写照，那么这个集子要表达的则是心灵自身的挣扎与成长。

这个集子按照原计划，在2021年9月中截稿，我故意将跨度往后延长，用了一年多一些的时间，因为不想再那么仓促，不妨让心灵更自由地舒展。

集子中诗歌的时间，在正式刊行时都被去掉，但其排列还是按照写作时间的先后顺序，至于其内容，则无须此处多言。

山帆影记

2021年9月

# 目录

## 火焰在升腾

火焰在升腾
点燃心中的光
冲破此生的劫
在宇宙中飞翔
燃烧的蜡烛
谁也不能阻止你的悲伤
沉默中死亡
谁能打碎窒闷的枷锁
火焰在升腾
不息
永恒

## 蜻蜓

在最炙烈时飞扬
迎着太阳
独占荷塘
将世间最美的香
携在翅膀
在飞舞中坠落
纵使轻薄的翼
沾染上尘世的土
也不让死亡
带来片刻悲伤

## 心中的眼

当你从梦中苏醒
是否还存留着幻的影
当你转动眼睛
是否还能瞥见奇妙的境
当你告别童年
来到这纷繁的世间
是否还能睁开
心中的眼
看五色的花在云上飘
听七弦的琴在水中摇
问百年的松在青山上早
随远古的潮在沧海中笑
愿你还能睁开童年的眼
在这纷繁的人间

## 将你寻觅

我们一直想要飞翔
但却没有翅膀
我们一直想要自由
但却总是陷入忧愁
虚伪的说辞
蛊惑的假饰
让我们在慌乱中迷失
我们只有努力坚持
才能做回自己
我们只有让心孤寂
才能找到一生知己
红尘翻滚的旧街
你是否还在那里伫立
曾经携手的相期
我要努力将你寻觅

## 鸟的欢喜

我站在灰色的檐下
欣赏着鸟的欢喜
云的飘移
蝶的羽翼
滴答落下的雨
打湿了栏杆
阻挡了脚步
那一簇天台的瓜畦
再无法赏析

我突然产生一个疑惑
为什么鸟儿不在屋檐下
躲避雨水的追弄
它们鸣叫的声音
无比欢欣
也许它们不光喜欢花叶上的晨露
还有这雨 这云 这自然的一切

## 我们都在探索之中

我们都在探索之中
有人向往星河
有人投入大海
有人念念有词想要将一切都被理解
有人张牙舞爪似乎世界就是战场
只有勇敢战斗
才能获得美好
鲜花掌声还有想要的一切

当船停泊的时候
我们向往航行
当水流的时候
我们渴望安静
在摇摆中度过光阴
在无谓中消耗岁月
用稚嫩的眼看着椭圆的外界
用世俗的尺丈量生命的长度
一切写下的都将烧尽
一切做过的终成幻影

我们都在探索之中
汉朝的碑
秦王的陵
翻开这本旧书
听一首故乡的曲
望青山
望沧海
背起砍柴的行囊
划过无鱼的小舟
行走在昏暗的深巷
望一眼霓虹灯上的星空

## 我们要用文字记述什么

在四百万亿光年之外
隐藏着宇宙的边缘
在无尽的黑洞中央
存在着渺小的我
假如空间只用来填满空白
假如时间只用来回忆悲哀
我在此刻的起点
耐心等待
云在四周散开
雨在迎面扑来
人世间的路
无比狭窄

我们不需要狂乱
也不必呻吟震颤
就随这思想的船
再航行一段
进化的前沿
就在细细的笔尖
纵情歌舞的石癫
高耸无语的青山

谁能深入海底
将这世间的重力
压入一极
在宇宙的井底
看繁星闪闪相吸

谁能打开光的门
让我们感谢生而为人
谁能解答孩子的提问
让她们留下爱的吻
君子无闷
默默无闻

谁敢摘下虚伪的面具
让我们直面内心的焦虑
用金钱铺就成功的路
用掌声引起他人的妒
笔在游走
心在漂浮
用一粒沙装满整个世界
藏在笔尖

## 请接受我的嘲弄

请接受我的嘲弄
再高的栏杆也有竹脚
再装模作样的羽翼也不能飞翔
你攀援的索套住了自己的头
你拉扯的线拴紧了双眼的孔
那些高歌的不一定快乐
那些迷茫的不一定走失
谁在跟随心中的光
丢掉诱人的陷阱
谁在勇敢前行
只为了生命的尊严

请接受我的嘲弄
贫贱的要奉献富贵的
弱小的要保护强大的
那些侃侃而谈的何时能闭上你的嘴
那些寄望施舍的何时能拿开你的手
请接受我的嘲弄
为了做人的你

## 假如海水涌进我的眼

假如海水涌进我的眼
我也不会痛苦不安
天那么蓝
心这么干
就装下整个海
好好去爱

## 线

我站在线的中间
望不到两端
被过往系缠
为未来绕牵
逝去的不会重现
将来的无缘相见
我看着满身的线
只剩下悲叹

## 黑鸟

在明晃晃的光中
舒展你的翅膀
在肆无忌惮的黑中
渲染你的羽芒
路太窄
把你挤向天空
心无爱
不愿靠近花丛
出风 入雨 凌峰
一喙 双目 此生
黑色的翅划过塔的低耸
自由的心鸣唱风的歌声

## 我安静地坐在这里

我安静地坐在这里
任由体内的蛔虫钻营
再俏的颜也是人
再美的躯也会死去
对于人生
你是否已有答案
对于未来
你是否还会去爱
我安静地坐在这里
像一尊泥像
血和着水
游走在黄土之间

## 隧道

你该进的隧道
躲也躲不掉
你该入的黑暗
就在光明之畔
那盏灯在风中摇曳
那把火仍未熄灭
勇敢地来吧
谁能躲避命运的捉弄

## 火种

我嘲笑普罗米修斯
对于火
他们只能偷
为什么不燃烧自己
点亮这天际

## 蓟州之夜

是谁把你从梦中惊醒
是远处的山太高
架不住梦的翼
还是近处的水太深
藏不进漂泊的心
绚丽的色彩隐入暗黑的夜晚
北派的山脉苍劲壮观
乾隆的娇曾在哪里驻足
在这江南之境
我找不到回到梦中的路

## 旅雁

你们现在就要离去
尽管这里依然温暖如故
迎着日出
划过月弧
你们享受着征途
无视仰视的羡慕

假如我也有翅膀
是否仍会为了更好的食物
守在废墟之旁
我是否有足够的力量
也在空中画出人的模样
我是否有足够的勇气
不断踏上新的征程

你们现在就要离去
尽管这里依然温暖如故
俯视爬行的生物
享受自己的征途

## 四季随我

花开花落
清风云朵
岁月韶华
尽成蹉跎
我舞婆娑
朝霞是捉
四季随我
升腾之火

## 上学

假如想象都能实现
我们将不能想象
假如一切尽已实现
我们将失去一切
纯真的希腊人啊
最害怕永生
高高在上的王啊
你是否又吞下毒药

背上的鞭痕驱赶脚下的路
忙碌的身影映照惨白的纸
我们在寻找中迷失
在迷失中寻找
为了梦
为了腹
谁已写好答案
请走出生的门外

## 不再等待

我们一直都在等待
等待爱情
等待成长
或是无可奈何地
等待死亡

终有一天
我们将不再等待
迎着朝阳
奋勇前行
为了爱情
为了成长
那时我们就会明白
爱情就在身边
死亡不可避免
且爱且行
且行且爱

## 眼

是谁将一团薄纱
抛向天际
寥寥几笔
轻松愉快
是谁给天空染上颜色
是谁为大海铺就炫彩
即使哭泣
也不要遮挡你的眼

## 雨

雨打在穿行的伞上
噼啪作响
人们蜷伏在黑色的幕下
匍匐前行
太阳燃烧着最后一点能量
艰难关上喷薄的口
呐喊从钢铁中发出
伴着嘶嘶的炸裂之声

## 路口所见

垃圾 扫帚 绣花鞋
鱼翅 鸡尾 坐骨神经
雨点 薄雾 通天塔
摩的 豪车 拥挤巴士
颤抖 耳麦 粉白面
哈欠 口罩 五块一单
黄圈 红帽 三角旗
逆行 辩解 下次注意

## 我曾在这里徘徊

我穿过狭窄的街道
差点被青石绊倒
回头凝望
不觉自己的老

我曾在这里徘徊
那些年的爱
都被灰尘掩埋

我曾在这里徘徊
天空被楼隙挤窄
参天的树也已变矮
我常在阴影下发呆
想想未来
想想今后的爱

我穿过狭窄的街道
微风拂过发梢
注视前方
想把曾经的爱寻找

## 一百只麻雀

你们叽喳着从草丛中跃起
留下晃动的叶与徘徊的我
你们站在高台上
俯视曾经的食与侵袭的人
没有鸣叫
只有风声
下午三点的云
遮住了那道光
你们在静静等待
我的离开

## 文字的苏醒

假如文字也有生命
他们是否会相互拥抱陷入爱情
还是会坐在窗前瞪大眼睛
徒劳感慨阴雨或是云晴
爱与恨 败与赢
是否会相互撕扯直到天明
喧哗的大师 纸上的精英
是否会闭上嘴巴还有滤镜
仔细观赏跳动的型
远摹星 近略名
你是否能感到文字的苏醒

## 问题

我们从不愿思考
自己的老
我们早已忘掉
天的高
花的娇
躲在狭窄的卡槽
幻想着明天的好

假如一千朵花都已凋谢
我们拿什么遮挡迷茫的眼
假如风已不再云都飞散
我们拿什么填充胸中的孔
衰败的岩
倒塌的碑
还是水中的灰烬

## 我庆幸自己的懦弱

我庆幸自己的懦弱
若不是胆小如鼠温顺似羊
我怎样才能一直苟活
点燃一根烟烧掉一座山
干掉一瓶酒喝下一片海

我庆幸自己的懦弱
还能够埋首于书
欢愉 离我而去
感触 渐渐生疏
我在内心的荒野奔跑
不断撞进黑暗的怀抱
因为光明太过明显
不能将我捕捉

## 暗舞

你在光明中闭上眼睛
沉浸在内心的世界
黑暗
洗刷眩目的晕眩
跌陷
在坠落中回顾
往世的帷幕
独舞
无色的欢趣

## 车行随感

你站在高处
裙摆飘飘
我穿过白色的雪
仿佛看到红色的梅
粉色的蝶
你的香
飞过碧蓝的海

你站在高处
裙摆飘飘
似红色的梅
粉色的蝶
化入我的心田
融入我的脑海

## 摇铃的手

哪里传来的铃声
震耳欲聋
刺破夜的膜
鼓起航的帆
三界的面
激荡难安
快停下那只手
压迫已至咽喉
转世的门
拥挤不堪

## 痴笑

假如你在山下
就去看山
假如你在海边
就去看海
是世界规范了你我
还是我们框束了世界
穿着盛装的国王
爬出棺柩的白蚁
谁进了镜中的世界
痴痴地笑水下的影

## 天空之城

你是否会沿着这无形的梯往上爬
穿过黑色的雾
掠夺粉红的爱
你是否会抵达心中的境
站在众山之巅
俯瞰芸芸众生
虚幻的虚幻
是否会成为真实
痛苦的极限
是否将是快乐
我在虚度中慢慢变老
对这一切
无能为力
我看着灰烬在熊熊燃烧
编织出幻的城
虚的美
我提出种种疑问
未来的你
却不屑回答
我只好在梦幻的城堡
收起翅膀
等待不死的花
再次绽开

## 秋雨无题

我在江边等待雨的褪去
我在花前欣赏月的云白
举一杯酒喝下满腔的寂寞
挥一挥手招来初秋的冷风
撕掉快乐的皮囊
我看不到一点人的踪迹
向天空怒吼
我只感到世间的悲哀

## 战神的弓

举起战神的弓
瞄准黑暗的空
坚毅的笑
划过傲然的面
铁一样的臂
拉动燃烧的箭
用血和骨
祭奠古老的仪式
用弓和箭
划出自己的天地

## 二重奏

我的心
化开了
内在的火
燃起了
三月残存的冰
在秋日的夜
消融殆尽
五月火热的情
在荒凉的野
奔腾狂啸
丑陋的嘴呼出最美的音
衰老的躯向往青春的翔
我从黑暗中来
死亡是我的宿命
我向光明而生
无限是我们的未来

## 暗线

在地下的深处涌动
穿过
火热的岩熔
交错的根藤
冲破
窒塞的心灵
固化的畸形
点亮万物生灵
直抵深邃的辰星

## 好好晒晒太阳

终于
我闭上了眼睛
在一片喧哗声中
闭上了眼睛
树在长
鸟在翔
风拂过草间
沙沙作响
失去的已经逝去
忧愁的终难消散
就闭上眼睛
好好晒晒太阳

## 好好地看

在这匆忙的世间
没有什么永恒不变
霓虹灯不断转换
人们来来往往从不停站
可我只想对着你的脸
好好地看
春的桃
秋的潭
有你在我身边
幸福无限

岁月打磨得了你的容颜
可却阻挡不了我对你的爱恋
天太老
月太远
我只想把你拥入我的怀抱
爱到海枯石烂
春的桃
秋的潭
我只想对着你的脸
好好地看

## 大幕

你渐行渐远
是否找到了自己的原点
稀薄的雾与浓重的喘
你是否曾怀疑自己的择选
失去得太多
错过得太多
你是否还敢对自己说
我不愿受命运的弄捉
当大幕缓缓下落
请不要退缩
抹去心头的泪
任凭岁月的打磨
坚守心中的勇敢
欢享崭新的一天

## 颜色

用红色填满鸿沟
用蓝色追逐梦想
用绿色遮挡眼睛
用粉色代表童年
用黄色淋洒太阳
用白色充实背景
用黑色阻拦过往
你喜欢哪种颜色
你又会选择哪种颜色
用红色填满鸿沟
用蓝色追逐梦想
用……

## 绳

一根根绳
一道道锁
困的住手脚
难以抑制
向往自由的心
一粒种
经历了夏冬
却只迎来
枝的焦黄
叶的枯败
因为它明白
如果找不到出路
那就再抹上一层黑
只在心中记录
生的征程

## 假如心会漂泊

假如心会漂泊
她是否还会留在
我的身边
假如心会漂泊
她是否会登上
世界之巅
假如心会漂泊
她是否会扬起
海中的帆船
未来太远
人生恨短
你到底在哪里
我这漂泊的心

## 高跟鞋

你在地面摩擦
撞击着大理石板叮咚作响
它们曾在青山之上
直面蔚蓝的海
枯黄的树叶
洒满青绿的草
它们不明白
为何昨日的招摇
却经不过一点风凉

## 形态

我们需要一个形态
才能够存在
或是物
或是树
或是一缕风
或是一捧水
如果你成为一片云彩
就能感受世间的爱
请替我向低俯的人招招手
轻声问好
我们用生命感受生命
暗的空寂
生的炫彩

## 红马甲

一只乌鸦
掠过弯折的枝
空洞的笼
难以吸引黑猫的到来
尖利的爪
抓不破钢铁的栏
天空飘着雨夹雪
阴冷沉抑
光透过喜鹊的巢
洒在黄叶白痰之上
大张的嘴
曾吐出最美的词
飘舞的彩球
在一片哭泣声中
又落回地面

作于2020年11月22日。

## 你的光芒

假如你看见了光
在闭上了眼睛之后
那就不要在意
耳边的喧哗
大张开嘴
尽情呼吸
高空稀薄的空气

闪烁的灯
滑过没有护栏的桥
跌落心的深渊
化作漫天的星
闪闪放光

有谁知道你的苦痛
燃烧自己的光芒
有谁知晓你的忧愁
漫无目的地寻找
当你把线引向自己
当你把眼面向自己
你在寻找
你的光芒

## 冬树

你们是否坚守如一
当一切脱落殆尽
我曾想看透繁华冷暖
可谁愿光秃如是

绿叶青枝
经不住冷风席席
鲜花嫩蕾
耐不住寂寞枯时

我是树
冬天的树
纯朴得只剩下根与干
我将根
深深扎在幽暗地下
我将干
无畏迎着世间炎凉
我是树
冬天的树
我走着四季更替的路
我唱着生命铿锵的歌
我是树
冬天的树

## 陷地

我被捆住了手脚
不代表我不能挣扎
我被堵住了嘴巴
不代表我不能呼喊
我陷入了地洞之中
黄沙已埋到了嘴边
我抬头望着惨淡的天
露出这一瞬的笑容

## 空雀巢

狭窄的巢架在光秃的枝
迎着风
顶着雨
没有叶的遮蔽
只有尖的桠刺

我透过密密麻麻的隙
望着昏暗的天
阴霾的雾
没有欢啼
只有空寂

## 等等自己

我竭尽全力
追赶远处的你
气喘吁吁
汗水浸透单衣

我不愿放弃
寻找虚无的你
筋疲力尽
心中重现幻臆

我停下脚步
望着来时的路
你匆匆而去
如此执迷不悟

我就在这里
你却一再远离
为何不等等自己
长成真正的你

我停下脚步
你却匆匆而去
我就在这里
等待你的觉悟

## 白马

我丝毫没有察觉
今年的雪
来得这么早
直到穿过
浓浓的雾
薄薄的纱
来到枯木之下
看见白马
洒下水花

## 白鹿

我看见白色的鹿
迷失在浓重的雾
金色的光
不再眩目
我看见佝偻的人
拥挤在狭窄的路
小心翼翼坚毅勇敢
肩负着生的希望
死的重担
我们注定平凡
就像金色的鹿
迷失在浓重的雾

## 帆

我行走在蜿蜒的海
轻快的心
挤榨咸涩的泪
在平滑的路
跌倒
没有阻碍
没有波澜

谁接了佛指
连起玄黄一色
浪在翻腾
铁在燃烧
我扬起孤独的帆
飞翔
划过天空
坠入火红的海

2020 年 12 月 17 日，晨起梦中，班车小寐时作。

## 爬虫

我抬起沉重的脚
踩向多足的虫
初冬的光
新下的雪

你拖着坚硬的壳
爬过漫长的路
轻细的角
微点的食

你低头看影
湛蓝的天
无风的云
我仰鼻嗅闻
厚重的地
细微的沙
前方的门已开
后面的路未断
我抬起沉重的脚
爬过漫长的路

## 梦

我努力奔跑
将自己向前抛出
沉重的壳
掉落暗黑铁屑

迷幻的森林
斑驳的出口
而我
只认准
一个方向

寂寥的路
落寞的人
弯驼的影
俯伏在泥泞的地
脚依然站立
头依然昂起

我努力奔跑
将自己向前抛出
轻快的梦
洒下浅蓝星辉

## 化身为树

幸好你没有眼
不会见到自己光秃的样子
幸好你没有耳
不会听到凛冽的风和讥讽的声
幸好你没有嘴
不会说出无用的话
幸好你没有腿
不会临阵退缩只能忍耐坚守
你向天空伸展枝
渴望光明雨露
你向大地扎入根
汲取养分力量
你是生命之源
纯粹精神的化身
我要化身为树
默默守在
繁华城市的街角

## 欢愉

真正的芽
不在土中
它不用依附
那一点点养分

真正的火
不在心中
它不用缠系
易逝的躯壳

拥抱光明的人
紧闭双眼
说出真理的嘴
咬住牙关

星光经过亿万年的旅程
在青草露珠上闪烁
人们拥在鬼魅的屋
尽情欢愉

## 祈祷

你是否因为黑暗
就怀疑太阳
你是否因为悲伤
就沉默不断
天那么蓝
水那么长
我们俯伏在地
就为了一点食
一点雨
一点光

## 回

你是否从遥远的未来
回到了现在
经过九万八千里
只为了心中的爱

眼界
太窄
直线
太短
你绕过星辰大海
只为了曾经触手可及的爱

嘲笑
不再
卑弱
不见
你跨越高岗险塞
只追随内心的澎湃

你是否从遥远的未来
回到了现在
经过高山大海
找到了曾经的爱

## 光环

假如衰亡
不可避免
你是否还会抗争
假如一切
都将化成灰烬
你是否还会选择生命
面对终极的答案
万物最终的宿命
谁把火焰点燃
照亮黑暗中的光环

## 淡蓝色的光

一道淡蓝色的光
冲破浓雾笼罩的地平线
缠绕在森林最后一丝叶脉
映照着几粒灰黄尘埃
硕大的地鼠探出细长的头须
无意中触碰身下的枯骸
吱呀的微响惊醒昏睡的蝉蛹
沉重的土仍将它压在冰冷的地下
这半个残球已经不起它的聒噪
它只好闭上乌黑双眼收起淡蓝色的光

## 炼金师

纸贴在铁上变得冰冷
水泼到火上变得炽热
经过了这么久
你是否仍在追寻
生的意义

浓重的幕笼罩青涩的草
血红的雾掩盖无声的骸
假如你仍一无所知
又何必占用这生的躯壳

最残酷的利刃在一点点剥刺
最恶毒的诅咒在一天天吐露
假如答案写在轻薄的纸上
那么灰烬就是我们最终的归宿

## 立春

在春的吻前
你还在留恋
冬的寒
旋转的地面
并没有让你晕眩
在生的转弯
你是否寻念
影的暗
把杯斟满
畅饮轮回的欢宴

## 想到女娲

我静静等待灰尘落下
烟花的绚烂
只留下迷离的眼
轰鸣的乱

我默默望着远去白马
曾经的相逢
只伴着干枯的藤
凄寒的风

我用手搓起
脚下的土
不再理会
脸上的泥
如果女娲在世
她是否还会
挥舞藤条

## 旧园驻亭

我正不可救药地变老
斑驳的娃
泥塑的鹿
相同的面容
不同的脸庞

我正不可救药地逝去
曾经的荣耀
一直的沉默
迎春花都开了
庆幸此生
又多了一冬

## 盛开

在青石岩下的孔隘

我没有翅膀
不能在天空中飞翔
只能向往
初升的朝阳

我静静等待
那一瞬间的到来
盛开
绽放生命本身的光彩

## 大雁

在众雀欢愉的时候
你们仍在飞翔
天空的蓝
粉嫩的桃
都不能阻挡
前进的方向

我常想
如果仓颉
也曾将星辰仰望
那么是否
人
也能飞翔

## 我奋力奔跑

我奋力奔跑
在白茫茫的荒野
枯萎的草
颤抖着发出哀嚎
凋零的鸟
惊恐中不再鸣叫

我奋力奔跑
在血红色的迷境
愤怒的潮
吞噬坠落的渺小
烈火燃烧
扶起灰烬的跌倒

我奋力奔跑
无限循环的结界
黑夜的笑
倾斜向下的轨道
谁在招手
渐渐远去的目标
盛开
我没有双脚
不能在旷野上奔跑
也不能躲到
屋檐墙角

我只能静静等待
那一瞬间的到来

## 远望五莲

静观变化万千
任风起云涌
胜败瞬间
默见佛法无边
随潮起潮落
灵机心端

## 也许

也许天上的云太远
擦不掉你眼角的泪珠
也许脚下的地太软
承不住你太多的期许
也许你不愿面对黑暗
于是只得重返孤独
也许你听不到我的呼唤
但我仍停留在来时的小路
看着你渐渐走远
泪水模糊
望着你点点沉陷
太多包袱
我拼命撕扯黑暗
难透光束
我绝望中呼唤
不要离去

也许心中的结太紧 天上的云太远
解不开简单的问题 擦不掉眼角的泪珠
也许身边的影太虚 脚下的地太软
陪不了你一生 承不住太多期许
也许你不愿面对黑暗 可我仍停留在
来时的小路
你听不到我的呼唤 我在黑暗中孤独

## 蜥蜴

三月的光照在初生的草上
它们蛰伏了太久
现在已变得肆无忌惮
干瘪的蜥蜴在静静等待
它的猎物
沉重的脚步小心避开
这场精心准备的诱杀
一天 两天
海棠花开了
粉嫩的蕾迎着淡黄的风
浅蓝的天空下
龟裂的石板吱咯作响
干枯的头还在寻找
那最后一线生机

## 尘归尘

尘归尘
土归土
老鼠爱大米
英雄已迟暮
我在霸陵的街头
看到熙熙攘攘的人流
人们欢笑歌舞
全然不顾
尘土弄脏了华丽的挽服

快拿来我的三弦琴
天地人
弹起我心爱的土琵琶
悲欢离
今朝有酒今朝醉
莫问明朝黄泉水
苦辣酸咸我自饮
不烦无常索命追
巨浪滔天甘露垂
阴风刺骨好解睡
来世若得愁难忘
明月金樽两相对

## 百味川面馆没了

你静静地躺在河下
忍受着人世的嘈杂
和鱼儿的拍打
你已放弃了挣扎

我轻轻地把你唤醒
我们一同去看曾经的秘密
可你却不住摇头
在黏稠的河水中哭泣

百味川面馆没了
那里只有干枯的苇
和鸣叫的蛙
铁锈的柱钉住了我的脊
那里成了野鸭的世界
再也没有我们的生机

你默默躺在冰冷的河底
任凭河水冲刷眼角的泪迹
透过忽明忽暗的云际
望着再也看不见的辰星

## 心的二十个方向

在钢筋水泥中间
我驻足聆听
鸟的欢鸣
迎着海风
默默行走在
空阔的城

请不要嘲笑
我的癫疯
谁不曾看过
花开花落
谁不曾感伤
人的死生
假如心有二十个方向
你会选择
在哪里停航

## 自语

泛学海夜航
古今兴衰要了然
觑白日狼狈
争名夺利痴妄贪
品先贤哲语
高堂论道松鹤蝉
共今生曲觞
忘山忘水海天间

## 佳人

慢卷珠帘
红粉几点映远山
倦对妆残
秋露心境白云天
相看芭蕉
雨横风冷小湖乱
此处无语
新荷翠羽伴古蝉

## 坐倒

坐观东海潮
浪起浪伏
谁个真逍遥
不比青山老
云厚云疏
莫染是非好
争食强鸣鸟
啄来啄去
不过混个饱
一生几回笑
缘散缘聚
无事松下倒

## 干江

是谁吸干了奔腾的江水
干枯的地面
龟裂成块
人们俯伏在
大地表面
顶礼膜拜
逝去的雨水啊
请再回到这无木之地
鲜红的血
都快凝固
我们只在
苟延残喘

黑色的幕
不再降临没有梦的世界
朦胧的雾
被透射的光打散
轰鸣的雷电
压不过死寂的沉默
聪明的人啊
你们在自食其果

## 行走的大脑

我将头从地面抬起
远离了芬芳的泥土
不再一直盯着猎物
腥咸的口水流淌不已

我逐渐失去了目标
空白的大脑
任由十万年的星尘在飘
忙碌的蚁啊
何时长出另一对脚
贪婪的蝇啊
你是否仍在废墟中翻找

假如生的第一天
就要面对死亡
我们是否还会微笑
那一瞬间的火
能否照亮
永恒的黑暗

我在这里行走
心中无限悲愁
逝去的人啊
你们正在何方
未来的人啊
你们可寻到
足边的答案

## 回忆苏格拉底

那个老人要死了
可还在喋喋不休
他想论证
灵魂 美德 不死

我轻轻合上书页
看着赤裸的脚
那道箭仍在飞驰
穿过猩红的嘴与惨白的唇

我无力地摇摇头
按下蓝牙音箱的按钮
从此进入
Music time

## 夏至

天上没有龙
只有一只燕子
在追逐
它的食
地上的蜘蛛
爬过光的狭隙
风吹拂
它的足
静止不动

## 心中的土

我心中的土丢了
没有了遥远的家
没有了牵绊
我在空中飘浮
失去了魂
丢掉了根
那道线
已被剪断
那抔土
已被吹散
我在空中飘浮
寻找丢失的土

## 茧

我把自己裹进
透明的茧
张开苍白的脸
看着这多彩的世界
黑色的血
在古老的血管中涌动
象形的字
刻在五千年的土地

我把自己裹进
无形的茧
关上一个人的窗
体会这多彩的世界

## 一生所爱

苦海翻腾
欲波涌荡
今生未能与你再逢
红日当空
暗夜无星
漫漫路长
心头难明
回眸 浅笑
我为你魂牵梦绕
执念 心倒
去何方将你寻找

落叶飘舞
尘沙迷雾
此世相分
似是陌途
我不惧
苦海翻腾
我不悔
欲波涌荡
漫漫长路星无
今生只愿与你
再相逢

## 想到小龙

何不痛饮
在卖掉几本书后
岁月让我的手癫痫
青春让我的嘴歪斜
可我还是
非常快乐
今天卖掉几本诗集
是的
这是我写的诗
堆在三轮车的后架
上面还有我的照片
朋友
我们再次相见
一次在梦中
一次如在梦中
请举起面前的酒杯
喝着两块钱一瓶的酒
嚼着刚炒熟的花生
祝福
岁月更好
青春永驻

## 一片田

我要是有这样的一片田
就让他荒芜多年
当他不再觉得炙热的光
是一种熬煎
当他不再觉得暴烈的雨
会让呼吸困难
当他受惯了冷风冷雪
才会发现
活着的暖
任粉蝶追逐花香
任鸟儿嬉戏草间
他会感到花的微语
草的呢喃

我要是有这样的一片田
就让他荒芜多年
不要农药的侵害
也不要捆束的围栏
就让他躺在地上
舒展
就让他沐浴着光
自然

## 停驻的船

你停在那里
在等待谁
这么宽的海
为何不去启航
这么蓝的天
为何不去翱翔
众生的心
终须自渡
黄梅的石
印着衣痕

你停在那里
在等待谁
我转身离开
不带走
一丝思念
只留下
宽阔的海
湛蓝的天

## 水中云

斜风拂柳
暗波无痕
两三鱼银
咬住香饵痴门
淡香随处
金线照人
几朵燕影
剪断闲云愁闷
想壮志几多
都付明月流水
青春付谁
佳人空楼泪痕
韶华怎追
不过梦醒混真
百年大醉
花开花落红尘

## 火烈鸟之翼

我躲在火红的花瓣下
迎着夜晚
闪电将天空撕裂
黑暗又将其复原
呜咽的雷
将声音吞咽
只剩下淅沥的雨
远远飘来

## 三弦空弦

我在第三弦的空弦
看到空的震颤
那裹挟一切的江
奔涌进一望无际的海
冲天的云燕
映照在变幻无穷的霞光
Re Re Re

我在第三弦的空弦
仿佛看到佛的指尖
空音的震颤
莲花的彼岸
那海轻拂着江岸
那光呵护着灵燕
来 来 来

## 西山老树

这么大江山
全系在一棵老树
那么多臣子
只剩下一个老奴
五百年岁月
不过是作威作福
假仁假义
落得个腥风血雨
可怜老树
遗恨满腹

## 白色泡沫

我跨入空的海洋
明晃晃一片
像七月的光
照在身上
我沉入九万里的深渊
内心没有一丝慌张
海水吞噬着嘴眼
白色的泡沫
在黑暗中闪亮

我跨入空的海洋
明晃晃一片
不再寻找
坚实的彼岸
任海水将我吞噬
将心中的忧伤
驱赶

## 临《乙瑛碑》随感

我歌三千大千世界
众生妙美
我赞九重宇塔叠重
一身魁伟
四方八方
芸芸来聚莲华听法
前因后果
漫漫去缘苍木求渡
散铁成沙
磨石生发
血肉之躯
纸笔之书
沧海桑田
既寿永年

## 茱莉亚前的路

你独自走在海边的路
穿过逐渐清冷的树
你的孤独
有人看见
海边
湛蓝的天
仍难免
云散云聚
就任海风吹拂
你的脸
拂去
泪珠几点
让曾经的苦
倾注
入海
你独自走在海边的路
穿过逐渐清冷的树
你的孤独
我在注目

## 夏蜓

让我们做最后一次飞翔
在盛夏之后
扇动轻盈的翅膀
迎着湛蓝的天空
飞翔
风
已清凉
欢愉
继续
让我们做最后一次飞翔
扇动轻盈的翅膀
迎着湛蓝的天空
飞翔

## 那株银杏树下

如果可以
我还想回到
那株银杏树下
秋风未鸣
燕园鸿飞
远去的云
带不走一丝惆怅
拂面的风
吹不动一点幽伤

如果可以
我还想回到
那株银杏树下
看看书
发发呆
听疯癫的老人痴语
看灰白的鸟儿翔空
就在那里
任青春缓缓流淌

## 云宫如飘

我用身体丈量天地
发现离天不过三尺
我用肉身跨度历史
发觉老子
并未离去
燃灯内照
我自独笑
痴狂似我
云宫如飘

## 笑我痴狂

冷风吹打我的脸
任泪水未干
心中的苦
还不够爽咸
一生痴癫
只剩下梦驻云尖
看蜻蜓飞舞
在荷叶中间

我也知自己的狂傲
寒雪压枝不能动苍松树梢
就这样孤独到老
与青山碧海共笑
我亦懂世间的奥妙
百年一瞬何必自寻烦恼
就这样痴狂到老
与明月朗星相照

## 跳动不息的心脏

孩子，不要再哭
黑夜的狼
正在荒野上奔跑
它在寻找
跳动不息的心脏
弥漫四周的雾
我们已迷失了路
黑夜的狼
瞪着火红的眼睛
那是远古的星
坠落地上
孩子
不要再哭
你的泪水
模糊了眼睛
我们无法寻找
跳动不息的心脏

## 回到原点

我不想哭
可笑容已在嘴角浮现
我没有疯
可狂舞已难再见
当一切的美好
只能通过想象实现
当我已厌倦
尘世的往还
只能默默承担
余生的熬煎
在鼓荡气泡的铅水中
慢慢沉淀
我拒绝了一千种选择
终于回到原点

## 这棵树

我站在漫天的白絮下面
听着机械的蜗牛轰鸣
忙忙碌碌的人们
在追寻心中的方向
我常想
为什么我们会
失去翅膀
再也回不去天堂

我回到一年后的今天
看着沾满泪与咸涩的笔记
渐渐枯黄的叶
仍顽强攀在
这棵树上
它在等待
最绚烂的飞翔

# 蓝色构筑

# 目 录

## 努力后退

你拖着庞然大物
努力后退
纤细的足拼命摆动
尖利的爪咬住不放
也许
这就是你的希望与一切
管它墙角的花倒了
台中的草黄了
你拖着庞然大物
努力后退
干枯的蝇壳
一动不动

## 雨夜的阴沉

雨夜的阴沉
让你变得
像一块铁
凝固
前行的步伐
撑起
花花绿绿的伞柄
你伸展四肢
静静躺在这里
就在桥下
就在我的身底
我拒斥你的吸引
坚韧的翅
划过柔弱的波
重新投入
雨夜的阴沉

## 我将背对太阳

将一束光
洒在江面
我将背对太阳
想凭自己的力量
移动阳光

暖意在背后升起
江水在眼前涟漪
我独自骑行
在花间林隙
愉悦的心
终于发现
阳光
从未离去
你的手被捆住
你的手被捆住
无法搭建
绚烂的积木

## 你的脚被束缚

无法追寻
梦的轨步
可你不应
认输
也从不
孤独
只要回到
心的归宿
改变
将自己雕塑

## 唯一的希望

你一定要找到一些
坚实的东西
金钱腐木或自我
当一切开始变得
虚幻空洞
大地只能承载
却难以
将你托起
那根腐烂的绳
才是你
唯一的希望

## 鹰

我在原地逡巡的时候
你们在那里
一动不动
掠风的翅膀
滑过白云之巅
我抬头仰望
发现
天空
如海般湛蓝
而你们
早已消失在水中

## 对尘世

我从沙芥中来
翻滚在人潮人海
对尘世
我不想说爱

莲花盛开
谁会怜她污泥中栽
英雄壮烈
谁会念他迟暮老衰

一霎太短
容不下千千万万
一生太苦
经不起思思念念

我从沙芥中来
翻滚在人潮人海
对尘世
我还想去爱

## 壳中的我

乳白色的雾弥漫青老的森林
寂静的一切留下沉闷印记
地下的蝉仍在等待
它将破土而出或是早已死去
三匹马
狂野奔腾
它们向我咆哮嘶吼
犹疑
脆弱的身不停战栗
隐匿的影慌忙退缩
呐喊渐近
无处躲藏
铁一般的马蹄
踏碎
僵死的壳
和壳中的我

## 那抔土

你们静静躺在那里
乱蓬蓬一地
曾经绚烂的藤枝
被随便委弃
可我并没有感伤
默默走在一旁
并不是因为心的坚强
或是看到春的希望
我们都被紧紧束缚
或为名利或为躯腹
谁会关注
生命的痛苦断续
还不如那抔土
迎来送去
见惯了争夺
闻遍了花露
朝霞日暮
高堂古墓
我们都被紧紧束缚
还不如那抔土

## 重过新港园

独木微斜
伊人憔悴
恋落英纷飞
青黄相接
念远鸿来北
离愁怎追
长道曲透
孤影纹碎
幽思难别
飘零知谁
佳园重回
听尽鱼喃啼雀
不过还是
望断一池秋水

## 一树春秋

斜阳映雪 浮萍遮云
飞鸿无影 旅雁留声
觅一方池
沾染夏荷习气
乘一席风
洒落一树春秋

## 午休中的环卫工

清冷的石映着灰白的雪
你舒展泥泞的鞋
斜倚在阳光照不到的阶
锃亮的皮拖着高筒的靴
阴影中的你被完全略过
填满鱼肉的肚腩
更闻不见你怀中的干馍
可你却安心停歇
舒展泥泞的鞋
斜倚在阳光照不到的阶

## 松莫笑

松莫笑
西门东风西门柳
可无愁
几家欢喜几家忧
小叶舟
归来烟波归来休
黄花酒
一壶春雨一壶秋

## 海鸥

假如能成为鸟
我愿做一只海鸥
这样
海
就能
装在心中
而风
会带我
翱翔天空

## 冬树

你未曾转身
就已发现
繁华不再
假如没有温暖
又有何留恋
就抖落一身华叶
不必雨打风吹
只留着根
默默等待
心中的爱

## 亲爱的

亲爱的
你是否记得
我们曾经的苦乐

我们投入星辰大海
却发现
满眼的尘埃
这里没有生机与爱
只有无尽的悲哀
缠绕在
心的灰白

是你点燃
希望的火焰
让我们终于发现
这单一的色彩
才是世界的本来
我们沉浸在
星辰大海
好掩盖
心的灰白

## 微瓶

谁将轻沙洒进微瓶
再投入几点光明
静静等待
慢慢观察
新的生命
反正有
无限多的时间
反正有
无限广的空间
就任凭
他们肆意
就任凭
他们翻转

一抹光映在稚嫩的脸上
如彩虹般纯粹清澈
孩童似的笑声响起
它是多么幸福
拥有无限多的微瓶

## 板

用几块板
堵住光的方向
因为那里是
空虚与空白
我们惧怕虚无
所以选择昏沉

我们蜷缩在
板的世界
温馨而吵闹
我们不怕拥挤
因为终于可以
感受不到
内心的虚无
叶的飘零
有谁关心

## 叶的飘零

你为世间带来凉阴
也曾引发诗的激情
可如今
你独自在冷风中飘零
繁华已尽
一生成轻
可你对人间
仍然眷恋
我仿佛听见
你在轻喃
春天
再见

## 寒江东流

寒江东流
静水难收
望枯叶枝头
青黄曾留

星月满楼
孤影独愁
又故地重游
慨兴仍旧

## 蚯蚓

你潜入厚重的地
坚硬的土石
刺痛你绵柔的躯体
你没有牙齿
但仍在拼命坚持
一点点养分和光丝
足够你奋斗不已

你潜入厚重的地
任坚硬的土石
刺痛绵柔的躯体
你没有眼力
但仍奋斗不已
昏暗黑漆
孤独坚持

## 月如钩

月如钩
星远楼
霓彩难收
冬水静流
望桥头
风景依旧
念新愁
枯情仍留

## 午游紫云随感

我一直在寻找
那片山
直到
瑞彩千条
霞光天边
我才醒晓
那山
早在
心尖
海风咆哮
飞鸥翔展
我轻坐峰端
微笑

## 朝霞

我终于又见到你
朝霞
火的红映照深的蓝
雁的翼掠过云的尖
你们要去哪里啊
温暖
你们何时回来啊
明天

我终于又见到你
朝霞
巨人曾站群峰之巅
呼唤
英雄曾立烽火之间
呐喊

我终于又见到你
朝霞
火红的云映照深沉的蓝
飞翔的翼掠过巨人的肩
你们要去哪里啊
未来
你们何时回来啊
现在

## 劲梅展展

寒林陌陌
细雨沙沙
望层云渺渺
归雁点点
斜阳微晕
落红片片
叠峦重重
飞雪漫漫
听松柏簌簌
翠羽啾啾
长河潜震
劲梅展展

## 春意桥下

我终于又遇见了你
朋友
可你却依旧
无言
薄纱遮掩
你的容颜
晨曦映照
你的躯干
我停下脚步
向你注目
可你却默默转身
依旧
东流

## 海河咏叹

一抹橙色
映照微冷的河
夜的眼睛
融化雪的痕迹
炽烈的火
在我心中燃烧
月亮说
她已懂我

几道红光
点亮天的东方
鸥的欢鸣
唤醒金色大地
奔腾的火
在我心中燃烧
太阳说
他会伴我

天津建城617周年纪念。

## 晨行突感

我循着导航
行过光明之路
一片荒芜
挤入暗淡的眼眶
废弃的厂房
歪斜的树桩
我恍然回到
小镇之上
错落
接驳

我循着导航
走在光明之路
心中不再恐慌
因为光明
指引着方向

2021年12月那天，我又一次让班车先行几步，骑过春意桥后，来到两边是荒废厂房与低矮窝棚的一条近路，尘土之上高高立着路牌“光明路”。

## 折叠的盒盖

朋友
你是否要打开
这折叠的盒盖
血红的印记
昭示终极的奥义
水中的沉溺
折散挣扎的游丝
一切美好
都有光的映照
一切黑暗
都曾眩目灿烂
快闭上你的双眼
我们正迎接
炽热的爆裂
快移开你的双手
鲜花即将迎来
最后的绽放

## 空地

人们即将安住的地方
正是荒狗的天堂
一片狂吠
唤起沉睡的喜鹊
风不愿面对
只要雾霾
不来
月不要相接
只愿转脸
打扮

我行过空旷的荒地
躲开斜躺的树枝
一切如此安详
只待
春的到来

## 没有属蛇

我庆幸自己
没有属蛇
不用蜕去
层层薄片
流血的躯体
会死的魂

我庆幸自己
没有属蛇
不用蜕去
层层薄片
挣扎的自己
蛇行的人

## 贺岁

金灯闪，银月圆，
风打酒旗未换，玉箫声声乐断，
为谁企盼，要等佳人归返。
千杯盏，万户欢，
笑对红尘不乱，青松席席鹤站，
何事盘转，愿为香君舞宴。

## 沉睡

你为何还在沉睡
是风未把你吹醒
鸟儿未把你唤起
你沉睡在此
安静无言
幻彩的霓虹
映照你的面容

你为何还在沉睡
是天未蓝
花未开
雁未还
你沉睡在此
似在梦中
远行

## 莫急啊

莫急啊
快马
待我跨上你的背
我们一起去闯天涯

莫慌啊
人啊
待你寻到真的己
自然会攀上山的崖

莫弃啊
点沙
待你飘上飞的叶
定会看见美的花

## 洗车

我把一个念头
留在天台
转身寻找
却已消失不见

他在寒风中
站在十字路口
举着一张破旧纸板
慌张的人啊
急匆匆奔忙
谁还顾得上
车的肮脏
心的纯净

我把一个念头
留在天台
他站在十字路口
迷般微笑

## 永无尽头的桥

一半是黑夜
一半是冰河
我穿行在永无尽头的桥
将你思念

一边是落叶
一边是飞鸽
我漂泊在永不停驻的船
将你思恋

夜的暗
河的栏
将你我分割
我看不见你的脸
你听不见我的歌

## 想到歌德

我轻轻地来
恰如我静静离开
不带走一片落叶
不拿走一粒尘埃

我将对你的爱恋
化作清水一莲
任凭命运的风吹打
天边不熄的火焰

## 米芾

我将一亿年的礼物
放到你的面前
可你却转头
凝望风和雨
惊雷阵阵
黯淡的星划过漆黑的天
你捡起冰冷的石
奋力掷向
云端
火焰
照耀你的脸

## 以天地为师

以天地为师
内蕴万物
气吞山河如虎
以自然为友
东方渐曙
寂寥寒江日暮
不争不夺
以臻乎良纯
不弃不惰
以进于秋春
限广博兮
思尘埃
立刹那兮
保身骸
极歌舞兮
天地间
尽笑哭兮
与自然

## 自拟

观虚有之变转
感洪涛之浮迁
天地之大
本乎自然
宇宙之妙
臻乎纯甘
集万物生机之炁
于胸掌
汇古今先哲之智
于一堂
我哭雨落
我笑花开
畅达如风
清澈若海

## 晨星

你从远古
向我发来讯号
穿越了金鼎甲骨
葬掉了秦皇宋祖
又经历了多少屈辱
直到顽石
都已修成正道
我才透过
云的飘摇
虹的悬倒
穿过指间
看见
你的闪耀

## 自嘲

半生浪荡，不问世事炎凉，
怎落得，这般模样。
一意孤放，但求风雷在旁，
且随它，信步荷塘。

## 思念

思念
是一种繁缀
拉低了望云的眼
绷紧了看海的弦
可我仍在
千里之外
将你思念
任风吹斜了飘舞的叶
任雨打湿了滴露的莲
我仍将你
思念

## 不打搅

我小心不打搅
山的休憩
海的沉寂
我小心不惊扰
蝶的轻舞
叶的孤独
将歌默默吟唱
任风缓缓吹拂
我将视角
探到天边
就为了不打搅
这尘间的喧闹

## 拐杖

我将缠绕的触角
从脑中收回
倾倒的拐杖
已不能刺痛滴血的手
疼痛
就如污泥中的螺
吸附着荷的脚
我这才发觉
她笑中的灿烂

## 我想停泊这里

如果可以
我想停泊这里
如一叶小舟
解开身的牵系

如果可以
我想停泊这里
任落花在风中飘舞
不再忧伤
随清云在水中轻拂
不再心漾
如一叶小舟
消失在海天之际

## 晨过开启桥

你静静流淌在
人们的脚下
没有咆哮
也未呼喊
无言
默默映照
蔚蓝的天空
和我的眼
桥的分隔
生的限界

## 车道

我拖着臃肿的左脚
蹒跚走在应急车道
雪白的箭头
直指
仍在跳动的心脏
我咧开嘴欢笑
任凭清冷的风
灌入污浊的袖口

我拖着臃肿的左脚
蹒跚走在身后的道
惨白的光
映照倾斜的背影

## 我将

我将厚重的纱
包裹遍体的伤
小心不让
光芒散放

我将破碎的裳
缠绕滴血的疮
小心不碰
无尽力量

我小心沉入
轻薄的沙
用血浇筑
心的痛楚
我且歌且舞
在空的幕
此生短促
只争朝暮

## 雾

那白茫茫一片
荡漾无边
我跨入其间
弥漫
心间

这白茫茫一片
荡漾无边
洁白如玉
醇香似乳
我透过紧闭的眼
跳跃在笔直的线
这白茫茫一片
弥漫
尘间

## 晨过海河有感

莫怨悔 人世间多少不公
要面对 这一生起伏涛中
我敛志 牢记曾经的疼痛
若有时 再展翼高翔青空
须长啸 静观取松海金钟

## 空纸一张

日出日落江头转
月明月暗不移山
扑扑簌簌潇湘雨
去去来来楚天雁
空纸一张在心间
潇潇洒洒随意现
上可延展达星海
下曾深潜入沉渊
鼎新无鼎红黄蓝
忘忧得愁痴悔癫
莫怨年轮偷暗换
丹青在手画未干

我有空纸一张
不惧千斤肩上
呔 你这顽少
莫拔耳后毫毛

我有空纸一张
无量寿佛万丈
呔 你这泼猴
快取真经撰抄

我有空纸一张
云压黑山风浪
呔 你这老妖
吃我老孙一棒

## 请不要说

当你困苦的时候
请不要说
当你一无所有的时候
请不要说
言的飞落
心的解脱
在世界的角落
你终将发现
真的镜面

## 就在刚才

当钟尚未敲响
门还没打开
又何必匆忙
惹起遍地尘埃
望鸥的飞翔
不论在湖或海
听鸟的鸣唱
透过树高枝矮
何不驻足欣赏
这世间山外
听钟已敲响
看门已打开
不是远方
就在刚才

## 美术馆小憩

就休息一下吧
在宽阔的座椅
靠着牙黄石和青铜器
干涩的沙粒
透过紧闭的眼底
落入无罩的湖际
喧闹的城市
逐渐消失
在昏沉的黑漆

就休息一下吧
在缩短的缝隙
伴着闪烁星和苍白纸
跳动的心率
已不属于自己
远古的号机
正接驳在梦里

## 空荡

生命是一种持续的空荡
攀缘
挣扎
或扯断
在坚实之前
只有虚无
与灭幻
我们肆意享受空的盛典
丝毫不愿沾染
死亡的显现

生命是一种持续的空荡
你我正在
攀缘
挣扎
或扯断
在死亡面前
只有虚无
与灭幻

## 空瓶

我把心装入空瓶
漂泊
在无边的大海
巨浪袭来
我在旋涡中旋转
丢掉了恨愁
抛落了思恋

我把心装入空瓶
漂泊
在拥挤的人海
巨浪袭来
我在旋涡中旋转
捡起了忧愁
拴住了情恋

我把心装入空瓶
碎裂
在无垠的星海
巨浪袭来
我在旋涡中旋转
融化了心愁
释怀了曾恋

## 默思感怀

二月春华，灿若桃花，
芳菲先占，英韶早发。
问彼枯木，何曾人妒，
旧堤老岸，无踪少路。
对空语痴，临江忘一，
若去情忧，何得愁系。
缘不相追，离莫相对，
徒增吾累，徒加吾罪。
任彼风雷，蕴藉双肋，
清风在怀，肆意在我。

## 宇宙之树

如果终极的星足够遥远
我们又何必匆忙
错综复杂的方向
不过是
一条条笔直的线
就给生命足够的时机
让她自由生长
蔓延
在宇宙中间

## 解放者

在黑红的铁链下面
是嗤笑的面庞
有了面包和水
谁还在乎嗟骂与呵斥
如果不是他的到来
进化的车轨
又能模刻出
蠕动的畜类

是他告诉我们
皮鞭不是
懒惰的惩罚
果实也可以
人人分享
没有光也没有赞扬
在尘埃与鲜血之中
他高扬着人的头颅
向着天空向着自由

## 絮

谁抛飞絮浅底，惊惹锦鲤，轻摇粉鳍追觅，破取涟漪满池。
桃花香空无迹，春风孤寂，摘夺老树素髻，笑问青青可知。

## 晨到夜之感

我躲在那三角形的顶端
享受片刻的温暖
光难驻
我难安

我徘徊在人潮人海
感受转瞬成败
几个欢笑
几个悲哀

我抚平这易皱的衣裳
做出人的模样
奔放
任孤寂
飘落身后的荒凉

## 只求

我取沧浪之水一瓢
不为腹饱
只求随老
我取万仞之山一角
不为富傲
只求祟少
我修半世尘缘一遭
不为仙道
只求花好

## 紫云晚停

如果一定要停留
我愿停在这里
晚风吹拂梨树的青叶
豆荚散发木竹的味道
远处的塔尖
映着嬉戏的童音
脚下的石子
铺排望云的彩练
我放低鸣噪的吼叫
怕打搅回到唐朝的梦境

## 学车女郎

喜鹊投下乌黑的影子
在洒满尘土的大地
斜矗的机器捶打吼叫
而你还在这破旧的车里
任凭漆黑的手指
在画格裙边喘息

爆裂的光不再等待日出
只有干枯的鱼
躺在满眼鲜花的桥上
怀念冬雪覆盖的路
命运的轮毂
从来不指向
幸福

## 能动性

你将万千的触角
投入灰暗之中
光亮
在你身后闪耀
带刺的爪勾住
坚硬的壳
你忍受着足下的疼痛
任千万种呼号撕裂
你的神经末梢
又一滴泪珠滑落
你无眼的眶
你扬起锋利的角
顶破头顶的星

## 春意桥边

鱼游浅底，深潜
鹰击长空，纸鸢
叶落孤岸，花间
伊水静默，美人盼兮
小舟逝矣，清风在侧

## 9号线

我穿行在桃红柳绿的园
轻柔的枝叶
散发花的呼唤

我徜徉在无忧无虑的海
蔚蓝的气泡
映照瑚的炫彩

我飞翔在欢歌笑语的空
变幻的云朵
鸣奏风的律动

## 扬起头

当我低头的时候
就无法看见云的变幻
当我抽泣的时候
就无法闻到花的香味
当我悲伤的时候
就无法欣赏笑得烂漫
所以
我要扬起头
看云的变幻
我要笑起来
如花般烂漫
尽管仍有悲伤
尽管仍会低泣

## 美人鱼的眼泪

如果心在海中
就是眼光在天空游走
也会滴落咸涩的泪珠
拍打漂泊的小舟
沉入心的海中

如果人在风中
就是月影在花间徘徊
也会惊扰青黄的树叶
轻抚沉睡的羽鸟
飘落孤独的风中

## 月之子

你可知道自己
从哪里来
月之子
虽然你仍在
人世徘徊
曾经的情愁与爱
都已转瞬而逝
薄薄的云翳
也将散去
快抬起你的头
接受母亲的怀抱
虽然你仍在
人世徘徊

## 静观花

如果不能将你
全部拥有
就找个安静时候
默默观赏
繁华褪去
你仍娇嫩如初
暮色清染
你华贵芳肤
我将时光错至
重获四时香丽
在这安静时候
好将你
全部拥有

## 你是否在跟我开玩笑

你是否在跟我开玩笑
命运
才离开拐杖
又让我瘸腿行走
肿胀
离开母体的怀抱
刺痛
如葵般收缩

你是否在跟我开玩笑
命运
在最后的时刻
体会爱的温暖
灰烬
在我腐朽的身旁
盘旋
狂欢
在我奄奄一息的
时候

## 面罩

你戴上面罩
好把最好的一面
呈现
喜怒哀乐悲
都被深深
隐藏

无情的魔王
跳动的心脏
为赶上
匆忙的步伐
你将獠牙
深深隐藏
就在
面罩之下

## 老头儿

就为了一点点好事
你却奋斗了一辈子
啊 不
老头儿
你摇摇满头的白发
露出幽默的笑容
人生并非颠倒
小舟已过群山
就让这一点点好事
伴着青菜萝卜
喝下这碗稀饭

2022 年 7 月 3 日，看到宋庄一位老书法家的事迹，有感而发。

## 晨过天桥随感

你步履匆忙
逃不脱命运的追赶
轰鸣的列车
离不开铁轨的羁绊
易腐的躯干
需要神的化点
那在微风中飘荡的
不过是迷的影像
向你招拂的
才有莲的芳香

## 飞毯

缭绕的雾境
盘旋的笛音
疾驰的毯
快速前进
干渴与枯败
都被抖落尘埃
人们用力攀缘
好保持优势瞬间
高扬的毯
俯伏的魂
人们残忍厮杀
好享受占有的快乐
缭绕的雾境
盘旋的笛音
飞翔的毯
已被干渴与枯败
充满

## 月季

你不等我吗
就开放
你不等我吗
就衰亡
天那么大
我只觅你的香
地这么广
我只寻你的方
你不等我吗
就开放
为天下
你不等我吗
就衰亡
只孤伤

## 独乐双对

问炎炎夏日谁人得享独乐
叹芸芸众生何时可受清凉

山乐峰乐海乐云乐谁人能享独乐
松藏风藏秀藏香藏唯世可得珍藏

## 麻雀

我在天桥上
漫无目的地走
脏污的玻璃
过滤世界的古怪
笔直的道路
仍令我徘徊不前
直到看见你
麻雀
娇小的身躯
躺在冰冷的地面
瘫折的翅膀
再也不能划过
天空
那为什么要在这里
死去
这里只有匆忙的脚步
漫无目的的人

## 白塔寺

巍巍白塔
屹立人间
似峰 似云
似标 似螺
看尽痴癫狂怪
绕塔三匝
潜诵七通
有悔 有恨
有怨 有愁
难洗前世今生
阵阵铜铃
喳喳鸟喧
无我 无尘
无说 无缘
遁入灭空门

## 梧桐

我可以坐在这里吗
梧桐
只要你不影响
鸟的欢鸣
叶的沁润
我轻轻走过
如沙上微风
鹤在舞
松未动
人先老

我可以坐在这里吗
梧桐
只要你不影响
蝉的脱蜕
花的娇语
我轻轻走过
如莲上小蜓
鸟在鸣
花在语
人未老

## 寻找生命

人们在大口吞咽
和着血和泡沫
将鲜活的生命
撑入拥挤的胃部

在诗与画之间
响起金戈的狰狞
负着千古骂名
那一缕青灰
能否招来远去的鹤鸣

寻找生命
这未解的谜团
又要交给
踢打的顽童
撅起的嘴巴
分明在说
我不

## 暴雨

暴雨在两分钟后来袭
我安静地坐在沙发椅
听着优美的
do re mi
时间在不知不觉中流逝
我在无可奈何地老去
也许在风雷之前
就已遍体淋湿

暴雨在两分钟前袭来
我在匆忙的街道
躲在一棵树下
椭圆形的世界
人们早已习惯
带血的壳片
咸涩的乳液
我望着破碎的天空
和着优美的旋律
lami mimi domi
痴痴地笑

## 凤凰

寂寞
如潮水般
向我涌来
将咸涩的空间
挤满
我吸入又一口气
努力不发出
又一声哀叹
欢愉
只在繁花盛开的季节
疮痍
正在我心底蔓延
衰败
已不可挽回
直到我想到
凤凰
风尘翕张
凤鸣九霄
天地玄黄
真铁锻烧
就在灵与火间
重生
就在狂与怒中
归一
衰败
已不可挽回
直到我变成
凤凰

## 世界的尽头

我跨越无数阶梯
受尽孤独困苦
终于来到
世界的尽头
通天的火焰
将一切燃尽
虚无与谎言
都已成为灰烬
爱情的纽带
仇恨的锁链
都被融化消解
我望着火中的自己
仿佛回到
童年

## 城市中心

在城市中心
找一棵安静的树
小心不踩碎
臃肿的壳
柔弱的身躯
经不住沉重的步伐

在城市中心
再也看不到乌鸦
颤动的枝
承不住它的聒噪
纯真的颜色
闪烁的灯光
鱼在飘
沉沦的饵
再钓不起
浮荡的白

## 河道

念经的人去了
燃烧的灯灭了
嘴闭了
眼暗了
在灰烬之中
冰凉的心倒下
硕大的羊骨
没有一丝血迹
干枯的河道
迎着太阳升起

谁在唱着
沉沦的歌
谁在舞着
破旧的衫
空悬的钟
爬满散射的铁渍
婀娜的人
在向谁招手
远去的人啊
你何时归来

## 逆投影

我原以为
光下行
直到发现
万丈的火焰

我曾抱怨
光太暗
直到打开
光华的世界

我在光芒之中
燃烧生命
我拥抱着光
像个太阳

## 晨树

你摇摆着婀娜的姿
在晨风中
展枝
昨夜的雨
不知你怎样度过
我只看到
你的婀娜

你挺拔着苍劲的身
在晨光中
展伸
这个秋天
不知你怎样度过
我只看见
叶的金边

## 天才

他随意一抹
就成了
他随手一涂
就好了
我仰望天空
看着他的杰作
我俯瞰大海
感叹他的巨制
如果天才死了
还有苍鹰相伴
如果魂灵散了
还有青山和唱
没有孤独
也没有寂寞
我沉浸在星空海洋
看着他的杰作
感叹他的巨制

## 呵退

走在泥泞的地
我未停陷
望着天上的云
我有向往
将咽下的泪
浇灌心头的蕾
一切屈委
都成流水
不再虚伪
无所惧畏
我挺直佝偻的背
将一切虚幻的累
大声呵退

## 北方的云

我喜欢北方的云
因为它有
海的映照
山的脊梁
千变万化中
隐含金光道道

我喜欢北方的云
因为它足够深沉
足够宽广
绵柔的絮
轻抚鸟的翅膀
变幻的形
指引心的方向

## 无名花

即使只开一秋
也要绽放
即使只爱一生
也莫彷徨
挺直脊梁
迎着光
做出模样
为了她

即使没有翅膀
也要飞翔
即使感到悲伤
也莫惆怅
挺直脊梁
迎着光
只要做一朵
无名花

## 市民广场站

在一片混沌之中
我跌落树巅
漫长的队列
谁在前行
谁在后退
巨浪之前
疯狂逃窜
列车还有一站
我仍昏睡不醒
幽冥
谁在敲打
我心头的弦

## 夜风筝

在暗蓝的天空
点缀无星的夜
苍穹
我冲不破无形的膜
我剪不断爱恨的线
凡间
流连
我仰望暗蓝的天
闪烁
在无星的夜晚

## 原点

当我终于学会
数到 100
却发现你仍
遥不可及
跨过无数的欺诈与掠夺
我终于回到了
原点
来时的船
依然航行在
星海
而我脸上
刻满逃离的苦难

## 宁静

你是否答应
即将离去
在紧紧拥抱的时候
独自承受
相思的苦

永恒的宝珠
只在瞬间燃放
一刹那的欢愉
需要永世等候

你是否学会了施舍
在抱怨不公的时候
琐屑的一切
承载她的爱慕
宁静
恰在喧嚣的深处

## 等离子的挣扎

在一个个瞬间
我发现了黑洞的所在
所有的精力
都难逃脱
命运的吸束

我转头脱下
这身皮囊
在喧哗的街道
独自行走
吵闹
等离子的挣扎

## 幂指数

我高高在上
俯瞰世态炎凉
心动
情伤

我不能降低
任凭线的浮抑
经历了跳跃
仍不能忘记
自己

本体
神的无力
我高高跃起
任凭线的浮抑

## 转经筒

透过旋涡的中心
你能否看到
历史的重现
往日的画卷
仍在你我身边上演
俯伏
神圣的王冠
幽明
消失的秘符

你是否知道
白日之后的奥秘
你是否清楚
黑夜隐藏的痛苦
消磨
利刃
燃烧
灰烬

我们有时跌落
在无底的深渊
有时跃起
到青云之巅
难逃
指间
命运
倒颠

谁在念诵
远古的经文
谁在转动
通天的经桶
一闪而过的
是白鹿的角
扶摇直上的
是飞天的舞
透过历史的旋涡
你能否看到
自己的重演

## 我站在这里

我站在这里
像个傻子
不知在等待谁
不知在送走谁
试图用文字
代替血白的嘴
那么多人走了
那么多人来了
我只站在这里
像个傻子

## 嘘

嘘
不要
告诉他
这里有曲径
通幽
熙熙攘攘的人们
正在享用
红肉白名
细腿的城堡
浸血的獠牙
暗影中
传来
欢歌笑语

嘘
不要
打搅他
你一无所得
而他一无所失
就请静默地离去
留下
无限欢娱

## 草堂

你俯身去拾
那根蓬蒿
破烂的棉衫
对着暗淡的云
你在呼号
西风在啸
下一顿饭
是野菜还是剩羹
饥肠的响
震碎瓦砾华堂
这血肉的躯
能否挨过
泛黄的纸
去矣
罢也
就和着风
哭笑

## 再见 卡夫卡

我坐在这里
想要寻找生活的意义
图画 文字与音乐
它们说
你错了
你的方式决定了你的结局
你起码要站立
以示自己的恭敬
你还须膜拜
好献祭你的尊严
我的嘴角一撇
露出短胡下的伤疤
一切都是因循守旧
又何必遮上这闪光的幕布
再见 卡夫卡
你是否在耻笑
人的软弱
你的城堡
正在天空飘扬
大门紧闭
谢绝参观

## 你爱吗

你爱吗
在我还未衰老之前
你爱吗
趁我的心意
还没变换
天这么高
我只爱你一个
海那么深
你只要等我来
即使万载千年
你我只相遇
一瞬间
你爱吗
在我们还未衰老之前
你爱吗
趁我们的心意
还有爱的温暖
你爱吗

## 停驻春意桥

一群蝴蝶
擦拭我迷蒙的眼
他在用心拴系
诱惑的线
震耳的鞭炮
搭在黑白的车上
云说
鸟啊
你为何盘旋
食物
你这无形的块
贪婪
你那带翼的牙

## 跑道

我原以为
线是单向
出生 长大 死亡
直到我回过来
看到弯曲的跑道
一圈圈更替
一圈圈轮转
那道光
在回折
透过血肉的躯
我触摸到
新的世界
会生 会长 会亡
未生 未长 未亡

## 夜驻富民桥

你是否曾停留
沉浸
夜的黑
一个人的城市
空旷
无明
喧嚣
都被埋葬
只有江水
陪伴
岸的孤独

## 仿纪伯伦《花之歌》

我是自然的女儿，自然把我孕育，
我在她心间绽放，然后又回归自然……
我是流星，从浩瀚的苍穹坠落，
点缀绿茵红尘。
我是瞬间的闪烁：
冬教会我坚忍顽强；
春令我开怀欢笑；
夏抚我婀娜婉转；
秋赠我成熟的芳香。
我串联着友情，见证了爱情，
我是生死轮转的祭献。
清晨，我随风舞动，迎接光明；
傍晚，我偕鸟欢鸣，歌颂落霞。
我在高岗上站立，听大海的咆哮；
我在草原上轻吟，小草为我鼓掌；
我在墙角处绽放，点缀世间的孤独。
我与群星闪耀，映照太阳的光芒。
我永远仰望高空，从不顾影自怜，
我不知美的书写，
而人类也找不到美的所在。

## 秋夜紫云

你是否抬头
看到了海
一片片黄叶飘荡
波澜
白色的帆远去
无岸

你是否抬头
看到了海
还是依然沉浸
心底的渊
一片片黄叶飘荡
波澜
就舒展
在秋夜的山
随白色的帆
远航

## 晚秋文化中心

灰鸟，雨雾，穿行倚塘秋梧。
莫语，莫语，惊散触莲锦鱼。

## 印记

我甩掉一切羁绊
好托举起
整个地球
心
在黑暗中游荡
光
照耀
宽广的田野
一切
都挂着我的印记
好去体现
自然

## 可以

如果可以
我想追寻你的足迹
在最寒冷的时候出现
在最黑暗的地方闪耀
海浪映照你的光芒
山峰刻画你的笑容
你从不声张
却托举着
万物生长
茫茫星海
你是我们
终极的归宿
坠入火焰吧
燃烧
自己

## 时间

是我掉落时间的裂隙
还是时间
在此
为我裂开
我回过头去
看不见
一点
尘埃
我纵身
飞翔在
天边
任时间
掠过
我的发间

## 岸与波

你是否怨恨
岸的束缚
还是在感谢
它的保护
它用沉默
回绝你的咆哮
它以冰冷
对抗你的摇荡
波澜
不兴
直到你找到
真的方向
直到你回到
海的怀抱

## 火焰

先不要召唤
火焰
让冰冷浸透
骨髓
听从远古的呼喊
感受深渊中的
光线
就放开自己
坠入黑暗的
海底
在水的尽头
燃烧着
火焰

## 尘海

我在海水中不断浸泡
好吸收
整个海
我在尘土里不停沐浴
好裹挟
这红尘
月斜挂在枝头
无痕
人徘徊在街角
无闻
我浸泡在这尘海
好沾染
人的味道

## 伞棚与藤蔓

当天空逐渐昏暗
人们纷纷聚集在
伞棚之下
并不温暖
还有寒风
人们瑟瑟发抖
祈祷自己在
伞棚倒塌前
死去
轰然倒地
四溅的藤蔓
火焰里
挣扎
新生
就在寒风之中

## 枯树相伴

在 2022 年的
最后一次月圆
之前
我仍与
枯树相伴
没有风
冷涩的沙
磨砺冰的海
心中的笑
已被无情掩盖
我只能
默默等待
春的到来

## 靠近

靠近光
跟随光明的指向
靠近花
感受花朵的芳华
靠近大树
欣赏它的魁梧
靠近大海
聆听海的澎湃
我们相互靠近
彼此吸引
又在暗中排斥

纷繁的结点
交织的网线
只有光
透过亘古的昏暗
向你我靠近
不分贫贱
不论悲欢
只有花
只有树
只有海
向你我靠近
不分贫贱
不论悲欢

## 15/3

在逼仄的八条线中
我幻想着痛苦的消亡
如它来时
一样
悄无声息
狮子
盯着奔跑的象
沉默
当真正的诗人走后
又是哪个小丑
在挥舞着高耸的礼帽
向伟大致敬

## 左脚

当生命有迹可寻
你是否还愿来到
这悲惨的世间
锁链
捆束着跳动的心灵
却放任
硕大是身躯
行走在鬼魅中间
于是
我又一次躺倒
在漂泊的船上
直挺挺的
像个死人

## 读诗

管他什么流派
也不去理会
眼前的聒噪
我只静静拿起一本
尘封的书
默默阅读
他的鲜血
流淌在
我的指尖
我哭了
无可奈何地哭泣
像个傻子

## 花的绽开

春快到了
你是否正迎来
花的绽开
还是仍沉浸在
血红的悲哀
都过去了
你可以不相信我
但请听从
心的脉动

## 诗人

那高悬的
能否感到
人的祈祷
那遥远的
能否关切
生的悲喜
那摇摆的
能否带走
她的哀愁
那流淌的
能否冲洗
他的酸辛
在一瞬间
我睁开了眼
身后潜藏
无数的魂灵
莫悲 莫喜
莫怨 莫愁
因为我听到
衷心的祈祷
因为我看到
虚幻的悲喜
因为我感到
无尽的哀愁
因为我尝到
心底的酸辛
在一瞬间
我闭上了眼
默默隐在
身后的魂灵

## 月季花

那一片月季花
默默沉浸
在深冬的夜
我闻不到
她的香
于是
我不去闻
我看不到
她的艳
于是
我不去看
我只徘徊
在她的身边
等待

## 传承

我将一切传承给你
在一片荒凉之中
头顶的光
尽情燃烧
在你心中的海
欢唱歌舞吧
像个孩子一样
金色的钟声
回荡在低沉的地方

我将一切传承给你
在一片荒凉之中
头顶的光
如明月般照耀
你心中的海

## 一室

我们同处一室之内
有的人争吵
努力挤到白蝇飞舞的地方
有的人安静
默默守在粉墙的角落
光的声音
拨动时钟的回响
幽暗的魂灵
走进朦胧的迷雾
那只鹿
就站在门口
好奇地窥探
喧闹的室内

## 河边

在一片飞舞的乱发中
我闭上了河边的眼
漂浮的肚腹
诉说着腥沉的过往
坚硬的冰
挡不住饵的诱惑
枯败的枝
迎接着春的孤独
若是鱼
就去游
若是鸟
就去飞
在一片飞舞的乱发中
我看到了那根银白的
钓线

## 光的水

他们说
我离你很远
努力伸手
也够不到
他们说
我不能看你
炽热的烈火
燃烧肉的眼
直到我向你奔去
放弃一切虚伪与悲泣
回归
生命的光辉
一切力量的源泉
我啜饮
光的水

## 关于虚无

一切归于虚无
一切复从虚无中来
我呢喃
这两句咒语
天地仿佛
化入最后一滴泪雨
破裂的循环
激越的铁
那一道飞舞的魂气
久久回荡
心中的峰山

## 夸父

我们在街头徘徊的时候
是否知道一棵树的悲伤
我们向空中抛洒雪花的时候
是否留意土坡鼠的春天
来来往往的蚁啊
快捡拾地上的残食
高高在上的鹰啊
小心你脚下的峰
我们已知道自己到太阳的距离
可又有谁
在把夸父追随

## 芽

你昂扬着头
愿突破土的束缚
爪须
向大地深处伸展
只为积蓄
力量
展现
以嫩芽的形态
在孤耸的枯枝上
任清风吹荡

## 花的震颤

你是否感到
花的震颤
娇嫩的枝
挺起
万水千山
留恋
疾飞的燕
花在震颤
暗香的痕迹
弥漫
心的空幻

## 枯枝下的座椅

我与暮色沉为一体
渐冷的血
映着枯萎的玫瑰
我逡巡已久
又回到枯枝下的座椅
颤抖的躯体
想寻求月影下的自己
空蒙的城市
找不到山的荫蔽
我听着车辆的宣泄
想分辨海的气息
于是
我又回到
枯枝下的座椅
渐与暮色
沉为一体

## 五彩光斑

在痛苦的挣扎中
我仿佛看到了
闪亮的金
那不是垂落的沙
也不是滑动的翅
因为两样
我都没有
我已学会
用沙包裹
无翅蹒跚
亿万万浮起的沫
闪耀着
五彩光斑
我不再挣扎
因为痛苦
已经沉陷

## 海鸥

白色的翅膀
划过
灰色的海
娇嫩的躯壳
包裹
绽放的花蕾
我翱翔
在无边的虚空之中
欢快的笑声
在尘世
回荡

你拍打着强劲的羽翅
划过我迷蒙的眼帘
带来迎春的清香
桃花岛的芬芳
你是否仍裹挟
雪的晶莹
还是已忘记
曾经的冷寒
你拍打着强劲的羽翅
飞向湛蓝的天
我徘徊在岸边
被海水包围

## 乐观假设

我努力睁开迷蒙的眼
丈量着两米距离
仅能蠕动的人
才会欣赏
爬行的胜利
我们生活在太多的条件之上
乐观地假设
命运的女神
总将自己眷顾
胜负的天平
总向自己倾斜
直到易腐的躯
真的腐败
血肉的人
真的滴血
痛苦揭开了掩埋的布
花格的条纹随风荡漾
坚实的双脚终于踩到
浓雾笼罩的泥泞地面
猫头鹰飞过
它奋力挣扎要摆脱
身上挂的虔诚祝福
乐观假设

## 假如所以

假如你不够从容
那是你还未慌乱
假如你不够优雅
那是你还未落魄
假如你不能保持微笑
那是你未曾痛快哭泣
佛说 要静
所以 才能动
面对翻转的挡板
你为何总站在
阴暗的正面
人说 要动
所以 才能静

## 壳

是臃肿的壳
阻挡了我
还是我一直躲在
壳的背面
时间
是一切问题的答案
于是我重做真的人
飞舞的羽翼
收敛
跳跃的心脏
隐藏
我透过薄薄的壳
任世人观赏
裸露
生命的诞生

## 僵固

在一条条线之间
你选择了最差的一根
可为什么还要抱怨
有的人连选的权利都没有
我们习惯了运动
灵活的四肢
跳跃的头脑
直到水银灌入惨白的躯壳
不用跌落更不应放弃
在深沉的渊中
找到生的倔强
僵固
动的缺陷
执着
飞的起点

## 背面

是等待还是虚耗
从来不是个问题
在等待中虚耗
在虚耗中等待
既然选择了背面
就要接受人的洗礼
我们与命运握手
求祂放过自己的脖子
终有一天会迎来和解
就在争斗爆发的时刻
我又回到起点
望着苍老的脸
既然选择了背面
就迎接光的轮转

## 一座山

我将碎屑与不安
带到你的面前
好让你
无情碾压
又滋长了
一座山
镇住三关
天地鬼怪
尽归虚幻
我夹在缝隙之间
任钻心的痛蔓延
好把你
顶在我的头肩

## 四瞻

陡峭的阶
啮齿的路
我重又拖着臃肿的脚
享受幕布后的欢喜
亿万年的进化
直立行走的代价
用倾斜的影
陪伴曾经骄傲的心
以凡间的基
撑起昂首天外的头
四瞻
独我

## 翼龙

谁咬住我的脚
将我摔倒地面
我感到透骨的牙
却看不到它的脸
我扑打泥泞的翼
翻腾流血的躯体
无济于事
沉重的脚
将我狠狠摁在地面
一切飞翔的惬意
都将被撕扯
成为碎片

## 死谏

你将头磕在冰冷的阶上
你将血洒在紫金的柱间
可他们却嘲笑
你的痴愚
死谏的士啊
你的死
换来了什么
是茶余的谈资
还是饭后的饱嗝
历史的车轮
从来都在泥泞中拖曳
而你
要学会在大道上
游走
像条鱼一样

## 黄叶

人不是被时代抛弃
而是被无能埋葬
直到他明白
昂贵的虚伪
与自己没有一点关系
于是他开始专注自己
飘零
如一片黄叶
他才看见
身后的海
头上的天

## 失眠

我无法昏沉
在本该昏睡的时候
闪起的灯
打扰轻哼的鼾
我胡乱抓起枕边的笔
在散碎的纸上涂抹
没有押韵
也不律动
我等待着困意的回涌
像每晚一样
将我杀死

## 一只鸽子

一只鸽子
落在蜗牛爬行的地上
它要啄食
人类的残渣
抢夺 夜与日的拼扯

一株海棠
裹着满树的叶子
怀念 花的季节
从来没有绽放
不是为了果实
丑陋 世间的真相

一只鸽子
收敛着翅膀
一只蜗牛
奋力前行
留下黏稠的印记
映着空旷的天空

## 落叶

在虚空中飘落
旋转
摆动
无法摆脱
源点的吸引
只有将希望扑灭
换取堆积的沙时
尽情飘舞吧
落叶
安落
在虚空之中

## 平静

在激荡的浪涛中
我嗅到了鲜花的芬芳
在炽烈的火焰中
我看到了往日的影子
一切都太过平静
于是我选择了平凡
在指责与讥笑中
我似乎找到了
平静

## 困在这里

我被困在这里
河边
树下
苇间
燕飞过封堵的栏
鱼游过未通的桥
而我被困在这里
望着阴暗的天
惆怅

我被困在这里
河边
树下
苇间
倦怠的躯需要依靠
疲惫的心需要停歇
我闭上海天的眼
听着无纹的风
缠绵

## 纪屈原

你沉在江底
人们却在岸上
尽情欢喜
逝去的人啊
你可听见
我的呼喊

我沉在江底
被粽香吸引
飞驰的舟
拖曳我的句词
莫悲伤啊
徘徊的人
举起杯吧
让清澈的江月
写满
我的哀愁
你的欢喜

## 天平

你是否足够坚强
能承受梦幻的气泡
你是否太过软弱
不敢面对金石的挫败
在黑色的幕布下
隐藏的是迷幻的微笑
还是骷髅的嘴牙
天平再一次平衡
那粒微尘
仍跳跃不安

## 岸边

我曾追逐你的波纹
你却说
前途太远
若天水相连
又何必仰望
飞翔
就停驻岸边
默默将你
流连

## 稻草人

在嘈杂的噪声中宽阔的湖面
穿过无人通行的石桥
高耸的烟囱还未吐出
轻薄的白雾
若不是稻草人的点缀
那破烂的衣衫又怎会被
惊飞的雀鸦识见
雨中的山
缠绕着湿漉的脚
我立在无人通行的石桥
望着鸦雀的飞行

## 方圆

在无声的波中我自由摇荡
任凭岸上的风吹打飘落的花叶
几人哀叹 几人嬉闹
只有青石默默躺在浮桥之下
鲜厚的苔似矮脚的蟹
满足地蜷缩进它的方圆

无色的水映照五彩的天
徘徊的心寻找坠落的点
几时哀叹 几时欢笑
只有浮桥默默躺在青石之上
满足地映照它的方圆

## 愿意

你是否愿意
将灵巧的手
变作飞翔的翅
划过天的边际
掠过海的波纹

你是否愿意
将追逐的心
变为月下的叶
随风飘舞肆意
与花终老相依

我们都生在
平凡的世间
很多选择
只等待
你的愿意

## 防守反击

是我迎面撞上未来
还是它坠落
如匍匐的蜘蛛
将我捕捉
你要有足够的重量
才能抵抗
漂浮的诱惑
不要再做一粒微尘
有太多的缠系
干扰它的轨迹
吸引
从来都是
反向而行
潜伏
蹲下
再来一次漂亮的
防守反击

## 山的崛起

你又何必在意
山的高度
在你低头耕犁
荒芜的时候
每个人都有自己的结
而你不应停驻
坍塌的界内
傲然的碑啊
映着血红的残光
黑色的乌鸦
在高唱它的胜利
你无需回首
就能看到
山的崛起